Annik Couppez
Véronèse d'Olrac

I0655064

L'Attendue

Éditions Dédicaces

L'ATTENDUE,
par ANNIK COUPPEZ VÉRONÈSE D'OLRAC

BIBLIOGRAPHIE DE L'AUTEUR : L'énigme de Satovska, Le tour du monde en dix contes, L'énigme du Val d'Acoz, Fernand Dernies, sa vie, son histoire, Nostradamus l'usurpateur démasqué (traduit en anglais), La Gardienne de la 9e porte (6e au prix FondCombe 2013), Contes et légendes.

ÉDITIONS DÉDICACES LLC

www.dedicaces.ca | www.dedicaces.info
Courriel : info@dedicaces.ca

Annik Couppez
Véronèse d'Olrac

L'Attendue

Préface
Éloge de la simplicité

Dans son discours de réception à l'Académie Française, Buffon énonça cette phrase étonnante : Le *style est l'homme même*. Vérité surprenante de paradoxe : l'art n'est-il pas toujours et partout artifice, convention, déguisement ? Bien sûr que oui ! Mais combien de fois – des centaines, des milliers ? – n'ai-je pas constaté que Buffon avait vu juste...

Car le paradoxe n'est pas là où on l'attend, pas dans l'art mais dans l'homme : le petit homme ordinaire est un petit menteur et l'homme public est un grand, un immense menteur. Telles gens qui ne parlent que de défendre ou prononcer la justice sont seulement avides et iniques ; tels politiciens ou syndicalistes qui se clament les défenseurs des petits travailleurs s'acharnent à faire grosse fortune, et vite ; telle vedette qui se construit une renommée de charmante gentillesse est, hors caméras et micros, une fort méchante rosse ; et tel Don Juan susurre : "De toute ma vie je n'ai jamais croisé une femme comme toi" à celle qui vient de lui faire savoir en se plaignant de son homme qu'elle a envie de passer, dévêtue, une couple d'heures en présence de ce semi-professionnel de la baise subreptice. Les artistes aussi font tout cela.

Mais l'art de l'écriture est différent en ceci que Buffon avait bien perçu : lue attentivement – vraiment attentivement – toute œuvre d'écriture livre l'être intime de l'écriveur. Je vais vous donner un exemple qui est à l'exact opposé d'Annick : si vous lisez attentivement les romans de Mauriac, vous comprenez que l'auteur, qui affecte et affiche la sainteté formelle, est un sinistre faux-cul infecté de presque tous les vices que Satan, en sa malignité, créa.

Il y a un sacré bout de temps que je connais Annik. Deux images pour vous la montrer : Annik, dans la mer à Cuba, apprivoisant des dauphins jusqu'au point de les amener à venir la caresser, et Annik, quelque part en Afrique, parvenant à prendre et papouiller un lionceau à côté de la lionne qui surveille, et à portée d'un coup de griffe mortel ! Voilà donc qui est cette femme d'une force de caractère hors du commun. Par des moyens simplissimes – pas de mots, peu de gestes – elle conquiert l'âme des êtres sensibles en leur parlant avec le langage de son cœur seulement : bonté, gentillesse, générosité et simplicité.

Le style d'Annik, c'est ça : pas d'effets gratuits, pas de "m'as-tu vu écrire", pas non plus de ces collections de ficelles et de trucs qu'on enseigne dans les écoles d'écriture américaines et autres, non, rien que la simplicité. Les cuistres, je le sais d'avance, dénigreront cette manière de faire les phrases. Je vais donc répondre par avance aux méchancetés dédaigneuses qu'ils n'ont pas encore dites. Moi, je suis un vieil homme de la terre et mon style est à l'image de la terre, parfois sec comme un désert, parfois gai comme un pinson, parfois acéré et attentif comme les loups en chasse, parfois complexe comme une molécule d'ADN, parfois calme comme un bord de mare. Mon style est terrien, celui d'Annik, lui, est stellaire en ce sens que ses livres sont composés uniquement d'une accumulation d'atomes légers, et puis tout d'un coup, on s'aperçoit que ça brille, comme une étoile.

Mais seul le sage voit les étoiles...

Il me reste à remercier Annik d'avoir puisé dans mes travaux une partie de la trame de son roman car cette histoire que j'ai découverte, l'histoire vraie de sauvetage de l'Ordre du Temple manigancé par le prieur de l'abbaye cistercienne de Cambron, est tellement surprenante et tellement belle qu'elle mérite de devenir une légende.

Rudy Cambier

Avant-propos

Ce livre est une fiction, mais si j'ai pu l'écrire c'est grâce à un homme, un ami que j'apprécie énormément, Monsieur Rudy Cambier.

Après des années de recherches et de travaux, Rudy a traduit les Centuries d'Yves de Lessines, des Centuries dérobées à l'Abbaye de Cambron, en Belgique, par Nostradamus lors de son passage chez nous.

Les traductions de ces Centuries ont conduit Rudy sur la route des Collines dont il en a tiré son œuvre : « Le Dernier Templier : Le Chemin du Vieux Moine » (Tome 1), parue aux Editions Pierre de Lune.

C'est avec une extrême gentillesse que Rudy m'a emmenée sur ce chemin…. jusqu'au « Petit Abri Blanc »….

Certains passages sont des extraits du livre de Rudy, ou des Centuries qu'il m'a gentiment copiées.

Merci Rudy.

Voici les dernières Centuries, celles qui conduisent au
« Petit Abri Blanc ». Celles qui étaient destinées à guider
l'Attendu, le dernier Templier, vers la cachette du trésor :

IV 31   *La Lune au plein de nuit sur le haut mont*

II 17   *Le camp du temple de la vierge vestale*
          Non eslongne d'Ethene monts pirrennees
          Le grand conduit est cache dans la malle
          North getez fleuve et vignes matinees

IX 40   *Pres de Quintin dans la forest bourlis*
          Dans l'Abbaye seront Flamens ranches

IX 87   *Par la forest du Touphon essartee*
          Par hermitage sera pose le temple

II 96   *Pres de la fin et principe du Rosne*
V   75   *Montera haut sur le lieu le plus a droite*
          A l'aise n'ira, le Buy ne retournera

IX 20   *De nuict viendra par la forest de Reines*
          Deux pars voltorte Herne la pierre blanche
          Le moine noir en gris dedans Varennes

V   75   *Demoure assis sur la pierre quarree*
          Vers le Midi pose a sa senestre
          Baston tortu en main bouche serree

VII 2   *Noir blanc a l'inde dissimule en terre*

I   23   *Au mois troisième se levant le (du) Soleil*
          Sanglier Liepard du champ Mars pour combattre
          Liepard lasse au ciel estend son œil
          Un aigle autour du soleil voit s'ebattre.

I 27 Dessous de chaine Guien du Ciel frape
Non loing de la est cache le tresor
Qui par long siecle avoit este grape
Trouve mourra l'oeil creve du ressor

II 27 Le divin Verbe sera du Ciel frape
Qui ne pourra proceder plus avant
Du reserrant le secret estoupe
Qu'on marchera par-dessus et devant

X 81 Mis tresor temple citadins Hesperiques
Dans iceluy retire secret lieu

X 94 De Nismes, d'Arles et Vienne contemner
N'obey tout a l'edict Hespericque

X 13 Soulz la pasture d'animaux ruminants
Par eux conduits au ventre herbipolique
Soldats caches les armes bruit menants
Non loing temptez de cite Antipollique

I 10 Les vieux et peres sortiront bas de l'enfer

VIII 27 La voye auxelle l'un sur l'autre fornix.

(Source : Rudy Cambier).

10

A mes lecteurs

J'ai écrit ce livre en me basant sur les travaux de Rudy Cambier, mais aussi sur la raison « d'être » des chevaliers du Temple, sur le chemin spirituel qu'était le leur.

Les personnages sont fictifs, mais leurs messages sont empreints d'une vérité spirituelle.

Je remercie du fond du cœur Monique De Gelas et Freddy Sosson pour leur aide si précieuse de relecture, de recherches et leur soutien.

CHAPITRE I
L'élue entre toutes

Il est dans chaque ville, une saison, ou plutôt un court moment, qui touche à la perfection, juste après l'été, avant la torpeur hivernale, avant même que l'on ne songe à la pluie et à la neige…

C'est un moment privilégié.

L'air est transparent comme du cristal et commence à fraîchir, les cieux sont d'un bleu éclatant, et l'on commence à aimer porter des lainages.

Le ciel commence à se pommeler de nuages chargés de pluie plus gris et menaçants, derrière lesquels le soleil commence à s'éloigner ; déjà, il semble nous dire à l'année prochaine.

Les derniers fruits sont cueillis, certains jonchent le sol et serviront d'humus à l'arbre pendant l'hiver.

L'odeur même de la nature change et devient plus puissante, la terre sent la maturité de son cycle.

On revient à la vie, on se remet à faire des plans, tandis que septembre s'achemine vers octobre, un mois qui commence à voir la nature prendre des couleurs flamboyantes et orangées.

C'est le dernier sursaut de la nature avant de sombrer dans le sommeil hivernal, c'est le cycle de la vie dans nos régions du Nord.

Les femmes sont plus belles, les hommes plus entreprenants et même les enfants font preuve d'une étonnante vivacité, au moment de retourner en classe ; c'est comme ça dans toutes les villes du monde.

Tout le monde est rentré de vacances.

Fini les promenades nonchalantes, les jours torrides, la plage, les soirées sur les terrasses ; l'insouciance de l'été laisse place aux projets de la rentrée.

L'automne est là.

Septembre, ce mois plein de vie nouvelle, est de retour ; ce sont les retrouvailles.

Sabrina Di Cabrel, assise confortablement dans sa limousine, se remémorait de tendres souvenirs qui montaient en elle et son visage épanoui affichait un léger sourire. Ses yeux noirs et brillants observaient avec amusement et intérêt les passants. Ses cheveux bruns croulaient sur ses épaules. Ils étaient retenus par des peignes d'écaille.

Elle déploya ses longues jambes, ôta ses chaussures et se détendit sur la banquette arrière. La circulation était, comme toujours à Bruxelles, terrifiante ; mais elle s'y était accoutumée.

Sabrina avait vécu ici toute sa vie, sauf durant la période où elle étudiait dans un lycée privé de la capitale française et mis à part quelques séjours qu'elle passait à Paris, chez sa marraine Renée et son parrain Léon.

La tête posée sur la vitre, les bras à l'abandon, Sabrina s'adonnait à la rêverie sans retenue.

Bien que la Belgique soit sa terre, son port d'attache, les grands moments et les rencontres capitales de sa vie s'étaient toujours passés au-delà des frontières belges.

C'est à Paris que Sabrina avait rencontré Déborah et c'est avec cette dernière qu'elle venait de passer une année d'immersion linguistique dans la capitale anglaise, se souvenait-elle, une ville pleine de fantaisie, de sorties, d'espaces verdoyants qu'elles avaient adorée.

C'est à Londres qu'elle avait rencontré l'homme de ses rêves.

Courbant le dos et rejetant la tête en arrière, Sabrina se mit à rire aux éclats, d'un rire éclatant, et joignit les mains avec étonnement.

- Tout va bien Madame ? interrogea le chauffeur décontenancé. Jamais je ne vous ai entendu rire ainsi.

- Personne ne m'a entendue rire ainsi, même pas moi. C'est la première fois répliqua-t-elle en souriant. Je suis heureuse, tout simplement heureuse. Je suis heureuse et j'aime rire.

- Je suis ravi de vous voir de si bonne humeur, Madame.

Le chauffeur lui avait adressé ces mots avec un petit sourire au coin des lèvres, en la regardant dans le rétroviseur.

Sabrina se replongea sans sa rêverie. Une année - un cycle de vie - venait de s'accomplir et, en un an, elle était passée du statut de jeune fille insouciante à celui d'épouse.

Elle avait épousé Steven et était devenue une reine de la haute couture. Elle était déjà par sa naissance, princesse de ce royaume et c'était en réalité par son talent personnel qu'elle avait acquis une notoriété qui ajoutait à la légende et non pas seulement pour avoir épousé Steven, l'héritier du plus grand empire de Londres de la maison de couture la plus célèbre, celle dont le goût exquis et le luxe étaient renommés dans le monde entier.

Di Cabrel était un nom magique pour beaucoup de femmes et, pour le couple, deux talismans.

Lui était grand, brun, un magnifique spécimen, très british avec ses yeux bleus.

A trente et un an, Steven était l'héritier de l'empire San Versa.

Elle était la filleule de Renée Hérogué, la reine de la couture parisienne des années 1900.

Déjà à 17 ans, la jeune Sabrina connaissait la haute couture mieux que bien des hommes de 45 ans. Elle avait un don extraordinaire pour la conception des modèles et des coloris.

Son goût s'était formé, année après année au contact de sa marraine. Elle savait reconnaître, sans se tromper, ce qui aurait du succès et ce qui n'en aurait pas.

Lorsqu'à 75 ans, Renée Hérogué avait vendu sa société aux Américains, Sabrina s'était juré de ne jamais lui pardonner. Mais, les deux femmes s'aimaient tellement que Sabrina avait très vite fait de lui pardonner.

Cependant, elle pensait avec nostalgie que si seulement sa marraine avait attendu quelques années de plus, elle aurait vécu à Paris, repris les affaires de La Maison Di Cabrel, sans doute avec succès, mais jamais elle n'aurait rencontré Steven !

Il avait fallu six mois pour que leurs chemins se croisent à Londres, six semaines pour décider de leur avenir et trois mois pour que Sabrina devienne la femme de Steven et l'un des phares de la maison San Versa.

Elle se remémorait leur rencontre : tous deux étaient invités à une soirée mondaine organisée par l'internat.

Il était magnifique dans son costume gris qui mettait son regard d'acier en évidence ; elle portait une petite robe cocktail en satin vert pâle. Sabrina se souvenait avoir pensé : « C'est sa mère qui l'a préparé ». Enfin, si l'on peut dire, pour un grand diable de vingt-six ans, n'y aurait-il eu qu'à sortir le frac pour un bal ordinaire, les boutons de manchettes et les souliers vernis … : il était absolument parfait.

Elle l'avait remarqué, mais d'autres garçons tout aussi séduisants lui faisaient une cour assidue. Elle était sortie sur la terrasse prendre un peu l'air frais. Sans doute l'avait-il suivie du regard, ou était-ce le hasard ? Mais il l'avait suivie.

Très sûr de lui, il s'était approché de Sabrina et ne l'avait plus quittée de toute la soirée. Elle le trouvait gentil, agréable, mais sans plus. Une folle valse les avait emportés.

Le jeune homme s'était pris de passion pour les mélodies que le vent éparpillait à travers les feuilles des arbres du parc.

En dépit des protestations de Sabrina, ils avaient valsé seuls au monde sur la terrasse durant plus de deux heures. L'absence de Sabrina dans la salle de bal n'avait guère été appréciée par la directrice de l'internat et celle-ci était venue sur la terrasse la prier de rejoindre ses camarades pour le retour.

Au moment de la saluer, à la seconde précise qui précédait son départ, Steven avait fait quelque chose que Sabrina avait trouvé curieux, impressionnant. En y repensant, elle en était encore toute troublée. Tandis qu'elle s'apprêtait à l'embrasser sur la joue, en guise de salutations, il avait plongé son regard dans le sien si profondément que son âme avait failli chavirer. Sabrina eut le sentiment que Steven avait accroché son âme à la sienne. Telle une frêle embarcation soudain amarrée à un paquebot, elle s'était sentie emportée vers les eaux profondes du grand bleu.

En un an, la jeune fille avait acquis une place dont toutes les femmes rêvaient. Il était facile d'envier Sabrina. Elle possédait absolument tout : l'élégance, la beauté, le succès. Il suffisait qu'elle entre dans une pièce pour que les conversations s'arrêtent et que tous les regards convergent vers elle. Elle avait un port de reine avec quelque chose de plus : son rire cristallin, ses yeux d'onyx qui soudain s'illuminaient d'une flamme, sa façon aussi de découvrir infailliblement le côté caché des gens, ce qu'ils feignaient d'être et ce qu'ils rêvaient d'être. C'était une jeune femme extraordinaire qui vivait dans un monde merveilleux.

La limousine ralentit pour s'engager dans la circulation dense du quartier proche de l'Atomium. Ce symbole national belge, vestige de l'Expo '58, fut pensé, imaginé et conçu par le jeune ingénieur André Waterkeyn, ingénieur à

Fabrimétal, à Bruxelles. Pour la petite histoire, lors d'une réunion à son domicile avec des amis qui étaient aussi des confrères, Monsieur Waterkeyn manipulait machinalement des boules de laine abandonnées sur la table par son épouse. Au moyen des aiguilles à tricoter, il échafaudait une structure avec les boules de laine. Cela a donné l'idée à l'ensemble des convives de présenter un projet en vue de l'Exposition Universelle de 1958. Nul ne peut ignorer que ce fut un projet audacieux. Cet édifice qui compte neuf grandes sphères reliées entre elles par des tubes transformées en escalators et ayant une hauteur de 102 mètres, symbolise une molécule de fer agrandie 160 milliards de fois. André Waterkeyn fut surnommé le Père de l'Atomium. Sabrina ne se lassait jamais de regarder les boules scintillantes de ce prestigieux monument.

L'énervement des automobilistes était palpable, certains étaient à la limite de l'agression. Comme tombé du ciel, l'un d'eux bondit de sa voiture pour en insulter un autre. Trois passants l'entourèrent pour lui barrer la route qui l'aurait sans aucun doute conduit à une infortunée automobiliste.

- On ne vous a pas appris le code de la route, hurlait l'homme sans ménagement

d'une voix forte et dénuée de tout sentiment.

Stupide poulette ! vociférait-il.

Pétrifiée, l'inconnue se crispait derrière son volant.

- Laissez-la tranquille hurla un nouveau passant qui s'était rapproché de la scène

de l'accrochage.

- Voulez-vous que j'intervienne auprès de cette dame, Madame ? avait demandé le chauffeur.

- Non, rentrons Eric, je pense qu'il y a déjà suffisamment de monde sur place.

Nous ne pourrons rien faire de plus.

Comme c'est bon de sentir la fraîcheur, après la chaleur étouffante de cette journée d'été, se disait-elle.

Il était trop tôt pour que déjà les rues, les magasins et les maisons se couvrissent de guirlandes lumineuses, mais elle y pensait déjà.

Sabrina venait de régler les derniers détails du prochain défilé au Trade Mark.

La jeune femme s'adossa une nouvelle fois rêveusement sur le siège arrière de la voiture, la tête appuyée contre la vitre et les jambes posées sur la banquette, puis elle ferma les yeux. Elle avait le même âge que Steven. Jamais elle n'aurait pu quitter ni son métier, ni son pays. Pourtant, cinq ans plus tôt, au moment de la naissance de Simon, son travail, l'espace d'un bref instant, lui était apparu secondaire. Mais la nouvelle ligne de printemps, la peur d'être copiée par une maison rivale, les exportations…, tout cela l'avait hantée et, depuis, elle jonglait entre sa vie privée et sa vie professionnelle. Cependant, à mesure que les années passaient, elle ressentait une sorte de nostalgie, une mélancolie de plus en plus grande, lorsqu'en rentrant chez elle à 20 h, Sabrina trouvait son enfant couché et endormi par les soins d'une nurse.

- Cela te tracasse, n'est-ce pas ? lui avait un jour demandé Steven en la voyant pensive et triste dans le salon tendu de vieux rose.
- Quoi donc ? avait-elle répondu d'un ton faussement désinvolte.
- Sabrina, mon colibri, ma beauté …

Cela la faisait toujours sourire ; depuis leur rencontre, il l'avait toujours surnommée ainsi.
- Je te demandais si tu t'ennuyais de lui ?
- Cela dépend ! Nous passons de délicieux moments ensemble, le dimanche. Je suis sotte. J'ai tout pour être

heureuse et... Pourquoi cette maudite nurse n'attend pas que nous soyons rentrés pour coucher Simon ?

- A 22 h ?

- Il n'est pas si tard !

Elle regarda machinalement sa montre.

- Zut !

Elle voulait profiter de Simon avant qu'il ne soit trop tard. Avant qu'il ait 17 ans. Elle avait vu autour d'elle trop de femmes occupées uniquement par leur carrière.

- Tu as l'air si triste ma chérie. Tu veux que je te mette à la porte ?

- Tu parles sérieusement ?

Elle fit la moue.

- Il doit y avoir un moyen pour que je continue à travailler tout en m'occupant de lui.

Elle regardait autour d'elle, songeant qu'elle n'avait pas vu son fils de la journée.

- Nous y réfléchirons sérieusement ma chérie. Nous trouverons une solution, je te le promets.

Au bout de onze ans de mariage, il l'adorait comme au premier jour. Plus que jamais même.

Sabrina aimait beaucoup le style de la mode cette année. Les robes étaient sexy et plus féminines, rappelant une des collections de sa marraine bien des années plus tôt. Elle-même portait une robe couleur ivoire à tout petits plis. La limousine venait de se garer devant son domicile, une nouvelle journée commençait.

Sabrina sortit de ses rêveries. Quelle heure était-il ? Elle regarda rapidement sa montre : il était 19 h. Enfin, aujourd'hui, elle rentrait plus tôt. Elle allait pouvoir coucher Simon elle-même.

Sabrina demeura un moment dans l'entrée. C'était un bâtiment magnifique taillé dans de gros blocs blancs, les énormes hautes fenêtres étaient couleur coquille d'œuf. Un large et imposant escalier de pierre conduisait au perron où deux magnifiques colonnes montaient la garde. Elles étaient les gardiennes des lieux et se voulaient accueillantes. Quelques fleurs ajoutaient à la chaleur et la beauté des lieux. Cette maison était son foyer, au même titre que la villa de Marne-la-Vallée. La demeure était splendide, les sols étaient recouverts de marbre rose. Les tons choisis pour la décoration étaient le gris et le rose. Au premier étage, des rideaux de soie rose habillaient les fenêtres, tandis que les tentures en velours étaient grises, le mobilier moderne choisi avec soin cohabitait avec l'ancien, tout en gardant une sobriété de style. La touche finale était rendue par le lustre de cristal que Sabrina avait rapporté de Paris après de longues et pénibles discussions avec les nouveaux propriétaires de la société de sa marraine. Ce lustre avait une histoire, elle tenait plus encore à son histoire qu'à sa valeur, sa marraine l'avait fait fabriquer à Vienne, il n'avait pas de prix. Le deuxième et le troisième étage étaient occupés par des bureaux décorés également dans les tonalités grises et rose. Ces deux couleurs cendre et rose étaient à la fois ravissantes et reposantes. L'intérieur des fenêtres était décoré de stucs blancs. Sabrina avait été mannequin pendant une courte période. La maison San Versa servait d'écrin au couple.

Sabrina avait créé pour cette saison, une ligne dont elle savait que les femmes du monde entier allaient apprécier. Il lui plaisait de savoir que ses modèles seraient portés à Rome, Londres et Paris. Mais cette ligne était destinée à un monde particulier. Il s'agissait de personnes issues de la noblesse et d'actrices de cinéma célèbres. Beaucoup d'entre elles avaient la beauté sensuelle et irrésistible de Sabrina.

Steven et Simon étaient sa raison d'être, sa raison de vivre. Ils signifiaient bien davantage encore que son métier, ce qui, pour une femme comme elle, n'était pas rien.

Lorsque Sabrina regardait Steven, il semblait qu'elle se fondit dans son regard.

Ils étaient deux aigles qui évoluaient dans un ciel à part, dans leur ciel. Un monde fait de mystère, de complicité et de tendresse partagée. Ils volaient au même rythme, de leurs ailes largement déployées, en parfaite harmonie. Leur union était totale et sans faille. L'un et l'autre avait apporté quelque chose à leur couple. Sabrina se sentait grandie en la présence de Steven. Elle se sentait plus précieuse et en parfaite sécurité. Elle avait acquis suffisamment de confiance en elle pour entreprendre tout ce qu'elle avait envie de faire.

Steven était tel que Sabrina ne percevait pas ses limites, tel un aigle invincible aux sens exacerbés que nul ne pouvait atteindre.

Grâce à son amour, elle avait compris qu'elle pouvait tout se permettre. Les yeux de Steven étaient brillants et reflétaient l'adoration qu'il lui vouait. Sa passion à elle ressemblait davantage à une torche brûlant dans la nuit et dont on aurait pu craindre de s'approcher. Personne ne craignait de s'approcher de Steven.

Tout le monde souhaitait être proche de lui, mais il n'y avait que Sabrina qui l'était réellement.

Insondable aux communs des mortels, Steven était en tout point un homme d'exception.

Au contact de Steven, Sabrina avait changé, elle était plus forte, plus vivante. Le lien qui les unissait allait bien au-delà des simples liens amoureux, ils puisaient leur force l'un l'autre, l'un dans l'autre, l'un pour l'autre, l'un avec l'autre. Souvent, il aimait lui dire que la clé était dans l'acte d'amour.

Lors d'un séjour à Paris, Steven l'avait traînée au Louvre, bien que Sabrina n'ait cessé de lui répéter qu'elle y était déjà allée à de nombreuses reprises.

Il l'avait emmenée solennellement devant les pyramides et lui avait murmuré :

- Voilà le secret !

Sabrina avait alors ressenti au plus profond d'elle-même la véracité des dires de Steven. Tout son être s'était éveillé aux connaissances de Steven et aux nombreuses choses très spéciales qui faisaient partie intégrante de la personnalité de l'homme qu'elle chérissait. Il était doué pour tout. Il l'avait guidée sur le chemin des Rose-Croix. Elle l'avait suivi, mais pas pour lui plaire, simplement parce que tout son être appelait à cette connaissance, à cette évolution spirituelle.

Depuis l'enfance, Sabrina était ouverte au paranormal, au spirituel, elle était naturellement intuitive et ce monde l'attirait plus que tout autre. C'est sans doute ce qui l'avait rendue si exigeante dans ses relations, surtout avec les hommes, elle n'y pouvait rien, elle était ainsi.

Steven était le seul en qui elle projetait ses propres valeurs, sa propre personnalité. A son contact, son âme encore endormie s'était éveillée, mais elle n'était jamais allée au-delà de ce que Steven lui montrait ou lui faisait découvrir ; il était son guide et cela suffisait à sa quête.

Le premier baiser de Steven fut, pour elle, le réveil de la Belle au bois dormant. Steven était passionné par les signes. Il était rare qu'une promenade ne se transforme en séances de photos. Tous les prétextes étaient bons pour se rendre dans une église, une abbaye... Steven disparaissait alors parfois pour un long moment, à la recherche de monographies inconnues, il prenait alors de nombreux clichés qu'il étudiait soigneusement des heures durant, dès qu'il en avait la possibilité. Il aimait les montrer à Sabrina, sans plus. Jamais, il ne lui expliquait l'essence de ces signes. Elle le regardait alors avec tout l'amour qu'elle éprouvait pour lui. Sabrina avait bien tenté de lui demander quelques explications, mais il lui avait répondu :

- L'essence est en ton âme.

Ne rien dire c'est la loi. La sagesse est en toi.

Les signes ne parlaient pas à Sabrina, elle laissait cela à son Steven, préférant jouer avec son petit Simon, ou chercher l'inspiration pour concrétiser de nouvelles créations. La nature était sa plus grande source d'inspiration : un arbre, un lac, une rivière, le soleil, tous ces éléments pouvaient lui donner l'inspiration dont elle avait besoin pour créer une nouvelle collection. L'inspiration de sa dernière collection lui était venue alors qu'elle jouait avec Simon au bord d'une rivière sauvage. Le plissé des tissus, l'ivoire des pierres et la sensualité sauvage de cette collection n'avait pas d'autres sources.

Dix ans plus tôt :

Paisiblement assis sur la berge de la Seine, Steven regardait se rider en cercles concentriques l'onde troublée par le caillou qu'il venait de lancer. Il tenait entre ses doigts une autre petite pierre qu'il soupesa un moment avant de la jeter machinalement dans les flots. C'était une journée d'été chaude et ensoleillée. Son regard bleu de faïence était perdu dans un songe lointain, un songe aussi distant de l'instant présent que ne l'était la ville grouillante qui était derrière lui. A le voir, on aurait pu croire Steven sorti d'un tableau. Non loin de lui, des canards barbotaient.

- A quoi pensez-vous ?

La voix toute proche le tira de son songe.

- A mon destin, à une décision que je dois prendre sous la pression des événements   et avec la bénédiction de tous.

Il fit un timide sourire et il tendit la main vers l'homme qui s'était approché de lui. Ils avaient lié connaissance l'hiver précédent, lors d'une fête qui célébrait le succès de la présentation de la collection d'été.

Le sourire de Steven n'était pas vraiment sincère, il voulait juste rassurer son interlocuteur. L'homme était détective et il habitait Paris.

- Venez-vous souvent ici ?

Ils étaient restés côte à côte, un moment silencieux. L'homme était de taille moyenne et taillé dans du roc.

- J'avais l'habitude d'y venir lorsque j'étais enfant. La filature que vous m'avez demandée m'y a ramené.

Revenir habiter la maison de son enfance, c'est à la fois renouer avec le passé et se forger un nouvel avenir.

- J'espère que notre rencontre sera fructueuse.

Un nouveau silence s'installa entre les deux hommes.

Soudain, ils entendirent un éclat de rire cristallin alors qu'ils regardaient deux jeunes filles qui semblaient s'amuser comme deux adolescentes. Les deux amies sortaient de la maison « Di Cabrel », elles venaient d'y passer des heures d'essayage pour le défilé de la prochaine saison.

- Vous avez de la chance, je pensais vous fournir des photos, bien que vous l'ayez déjà vue dans les magazines, mais ici vous l'avez en live.

- C'est inespéré ! Elle est encore plus belle que sur papier glacé et son amie l'est tout autant.

- Ce sont deux très belles filles, je vous le concède. Je peux prévoir une filature de la blonde également si vous le souhaitez ?

- Non, cela ne sera pas nécessaire !

Ils s'étaient assis dans l'herbe. Steven avait ôté son chapeau. Ne sachant trop que répondre, il hocha la tête.

- Elles sont à tomber par terre, n'est-ce pas ?

Le détective avait murmuré ces mots, un sourire malicieux aux coins des lèvres.

Steven acquiesça, sans laisser apparaître la moindre émotion.

- Vous n'êtes pas bavard. Il y a pourtant une question qui me brûle les lèvres. Vous êtes bel homme, séduisant et l'héritier de l'empire San Versa. Vous pouvez avoir toutes les filles que vous voulez. Pourquoi celle-là ?

Le regard de Steven trahissait à la fois désir, tourment et colère.

Les deux hommes s'étaient levés et ils marchaient maintenant le long de la Seine. Le trajet qui les ramena à l'hôtel où Steven était descendu, dura plus d'une demi-heure. Les rues étroites et sinueuses apparurent bientôt. Les vastes habitations qui bordaient la route se dressaient derrière leurs murs de brique et leurs portails métalliques, dissimulés par les arbres, comme enveloppés dans un silence guindé.

Comme Steven restait muet, le détective reposa la question.

- Pourquoi teniez-vous tellement à trouver une jeune fille dont la date de naissance
comporterait trois six et deux neuf ? Jeune, belle et riche, j'aurais compris, ce qui est par ailleurs, le cas de Mademoiselle Di Cabrel. Si je vous pose cette question, c'est parce que j'aimerais avoir la certitude que vous ne lui voulez aucun mal.

Les deux hommes approchaient de l'hôtel. Ils franchirent les grilles et poursuivirent un chemin bordé de hêtres qui conduisait à l'entrée. La porte s'ouvrit et une dame au visage sévère en sortit promptement, un homme dont le crâne chauve luisait sous l'éclat du soleil l'accompagnait.

- Tu m'as ignorée depuis notre arrivée, lançait-elle hargneuse en direction de l'homme qui l'accompagnait.

Ce dernier, très digne, la suivait dans un silence solennel. Derrière eux, une domestique tristement coiffée traversait l'entrée d'un pas pressé.

Steven daigna enfin sortir de son mutisme.

- Si vouloir épouser une jeune fille est lui nuire, alors oui. Je veux lui nuire, car mon intention est de l'épouser.

Les deux hommes marquèrent un temps d'arrêt sur le palier, le temps de considérer le long couloir au sol gris. Tout à l'entour était gris. Steven ouvrit la porte et entra dans sa chambre, suivi du détective.

- Très bien. Je ne vous poserai pas davantage de questions.

Il ouvrit son attaché-case et en sortit une chemise rouge.

- Avez-vous tous les renseignements que je vous ai demandés ?

Steven était tendu, de plus en plus tendu. Ses larges mâchoires carrées étaient résolument fermées, ce qui chez lui, loin de le rendre hostile, le rendait plus charismatique encore.

- Oui, tout se trouve dans cette chemise. Depuis sa naissance à aujourd'hui. C'est une jeune fille étonnante.

A peine cordial, Steven sortit son portefeuille et paya le détective. Laissez-moi à présent, j'ai envie d'être seul.

- Je serai ravi de travailler à nouveau pour vous, si vous avez d'autres filatures à me confier.

- Je saurai m'en souvenir.

Steven n'avait qu'une hâte, prendre connaissance de tous les documents fournis par le détective ; il n'était pas homme à s'encombrer de courtoisie, lorsque cela n'était pas son bon plaisir.

Sentant sa présence pesante, le détective salua Steven et prit congé. Après avoir remis ses lunettes, ce dernier referma la porte de la chambre sans bruit.

Longeant le long corridor qui le ramenait vers le hall de l'hôtel, le détective regarda par les fenêtres qui se succédaient sur son passage. Seule, l'une d'elle donnait sur la cour intérieure ; de l'autre côté, il pouvait apercevoir une grande salle de jeux. Dans le hall, la dame qu'ils avaient croisée lors de son entrée dans l'hôtel avec Steven, était de retour, plus courroucée encore que lors de leur première rencontre, et cette fois, l'homme qui l'accompagnait, semblait hostile. Dehors, une bruine soudaine, glaciale, l'attendait. Le ciel s'était subitement couvert de gros nuages lourds.

Steven prit place dans un des fauteuils du petit salon attenant à la chambre à coucher. Autour de lui le décor était de couleur gris perle et gris taupe, ce qui donnait un cachet très élégant à cette petite suite. Deux superbes commodes Louis XV se dressaient de part et d'autre du lit à baldaquin. Des appliques anciennes étaient fixées au mur, entre de petites gravures de Magritte.

Steven parcourut le dossier remis par le détective, et lut :
- Sabrina Di Cabrel, héritière de la maison Di Cabrel.

Steven tourna la page nerveusement en pensant : « Si je l'ai payé pour apprendre ça ! ». Puis, il continua :
- Pas de petits copains depuis quelques années, juste un flirt, alors qu'elle avait

15 ans. Etonnant, mais c'est parfait en ce qui me concerne. Jeune fille très timide, voire sauvage, malgré son potentiel. Parfait !

Ah ! Date de naissance : 27 juin 1986.
- Jour   :   27   2 + 7 = <u>9</u>
- Mois   :   6   <u>6</u>
- Année : 1986   1 + 9 + 8 + 6 = 6
<u>6 6</u>

Trois fois le nombre six et deux fois le nombre neuf. C'est parfait !

Une des notes tomba sur le tapis persan aux tonalités bordeaux et gris perle qui rehaussait la beauté du parquet. Le dressing room se trouvait juste à côté de la salle de bain. Steven jeta un rapide coup d'œil à sa montre qui indiquait 18 h 30.

- Trop tôt pour aller dîner et trop tôt pour téléphoner à mon père.

Abandonnant ses chaussures et ses vêtements sur son passage, Steven prit la direction de la salle de bain et s'y doucha longuement. La chaleur de l'eau sur son corps lui fit un bien fou et calma ses tensions. Selon le schéma traditionnel de sa famille, il venait de trouver la jeune fille qui mettrait au monde son héritier, son successeur, son dépositaire ; il serait le nouvel Attendu. Descendant de la lignée de Jésus, son destin était tout tracé, mais cela ne l'empêcherait pas de le rendre heureux, de fonder un foyer avec une femme qui saurait aussi l'aimer et de qui il serait épris.

Steven enfila un peignoir de bain blanc en éponge ; le col et les manches portaient, sous forme de broderie bleue, l'effigie de l'hôtel. Il sauta sur le lit qui émit un drôle de craquement sinistre ; il se cala confortablement sur deux oreillers et prit le téléphone qu'il déposa à côté de lui. Trois sonneries plus tard, une voix masculine rude et ferme répondit.

- Allô, qui est à l'appareil ?
- C'est moi.
- Steven ! fit la voix, avec un peu moins de rudesse. As-tu de bonnes nouvelles à m'annoncer ?

- Absolument ! La date de naissance concorde ; avec les trois six de l'antéchrist inversés et les deux neufs, c'est la gardienne du puits, la gardienne de la neuvième porte de l'enfer.
- Très bien ! Il faut l'éloigner de ses proches. Il faut absolument qu'elle vienne en

Angleterre. Il est important que ta première rencontre avec elle soit à ses yeux le fruit du hasard. Lorsqu'elle sera à ta merci, tu sais quoi faire. C'est toi qui auras à l'initier. Et puis, qui sait ? Peut-être même en tomberas-tu amoureux ? Ce serait plus agréable, mais ta mission n'est pas celle-là et tu le sais ? Tu le sais, n'est-ce pas Steven ?
- Je l'ai accepté depuis longtemps.
- Tu dois gagner son amour et le garder.

La pendule indiquait 19 h 30.

- Je ne suis jamais resté plus de quelques mois avec la même fille, je ne sais pas comment je vais gérer cette situation.

Le ton du père de Steven devint autoritaire…

- Personne ne te demande d'être fidèle, tu devras apprendre à être discret. Ton pouvoir ne s'accomplira que lorsque tu auras l'amour absolu, total, de cette jeune fille. Je dois te laisser. Quand rentres-tu ?

- Dans quelques jours, peut-être une semaine.

- C'est parfait ! Bonsoir Steven.

Steven reposa le téléphone sur la commode, il se leva avec lenteur, il avait la tête en ébullition.

Sabrina et Déborah étaient amies depuis leur première année de lycée.

A 12 ans, Déborah avait la peau claire, les cheveux dessinait un V sur son front, le nez délicat, elle était parfaite. Elle était d'une joliesse de poupée de porcelaine et ses yeux, d'un bleu-vert profond, faisaient d'elle une beauté remarquable. L'enfance de Déborah cachait un drame, son père qu'elle adorait, était décédé brutalement d'une crise cardiaque, la laissant seule avec sa mère. La jeune fille était alors devenue le seul rayon de soleil de sa mère. La veuve vivait sa vie à travers sa fille, par procuration, et Déborah n'avait pas la force de se rebeller.

Elle était la plus belle, la plus talentueuse, c'est ainsi que sa mère la voulait.

Déborah était douée pour les études et le théâtre. Sur scène, elle pouvait, comme par magie, devenir une veuve inconsolable de quarante ans, une oie blanche, une mangeuse d'hommes, elle pouvait être toutes ces femmes à la fois, simplement parce qu'elle éprouvait naturellement de l'empathie pour ses semblables.

La jeune fille vivait seule avec sa mère dans un minuscule appartement carré, sans cloisons, en dehors de celle qui délimitait la salle de bain. Deux chaises métalliques entouraient une table en acajou à abattants. Une grande armoire sans style servait de rangement et de garde-robe et, pour terminer le décor, deux petits lits pliables étaient rangés dans un coin. Quelques magazines de mode et de peoples, la lecture préférée de sa mère, jonchaient le sol.

Déborah avait un talent fou, elle était belle et lumineuse, unique, mais trop douce, trop docile. Elle n'avait pas le mordant que possèdent les gens qui réussissent vraiment. En vivant à travers sa fille, en la contrôlant, sa maman l'avait guidée certes, mais vers ses propres aspirations et non pas vers celles de sa fille. Sa mère était tellement dominatrice que Déborah éprouvait quelque difficulté à prendre son envol dans la vie. Sa chance était d'avoir des grands-parents exceptionnels, riches et titrés ; ces derniers protégeaient leur petite-fille, mais à distance, ils étaient slaves.

Dès la première heure de cours dans le lycée privé, Déborah et Sabrina étaient devenues amies.

Sabrina vivait dans l'opulence et Déborah dans la précarité, même si la seconde avait connu une vie plus aisée avant le décès de son père. Leur sensibilité et leur timidité commune, associées à leurs dons respectifs, faisaient d'elles plus que des amies : des sœurs.

Les deux lycéennes étaient devenues inséparables. Chaque après-midi, avant de rentrer chez elle, Déborah accompagnait Sabrina chez sa marraine, à la maison Di Cabrel. Les deux gamines se réfugiaient dans la salle de bain où elles essayaient des maquillages et des vêtements des collections des saisons précédentes.

Ensemble, elles suivaient les cours d'art dramatique chez Mlle Des Champs, une grande femme à la silhouette épanouie dont la figure évoquait la proue d'un navire viking.

Sabrina et Déborah ne manquaient jamais les moindres défilés. Cachées dans les coulisses, elles observaient le balai incessant de ces filles filiformes qu'elles trouvaient divines.

Les années s'écoulaient lentement. Les gamines d'autrefois étaient à présent devenues deux splendides jeunes femmes. Lorsqu'elles avaient manifesté le désir de devenir mannequin, Mme Hérogué n'en avait guère été surprise et elle avait répondu positivement à leur requête. Contre toute attente, elles étaient resplendissantes sur les podiums, et les photographes se disputaient leurs clichés. Leur complicité et leur affection réciproque n'avaient fait que croître au fil des ans.

CHAPITRE II
Sur le chemin de la connaissance

Six semaines après son retour en Angleterre, Arn, un ami de Steven, qui était dans la mode et Templier comme Steven, disparaissait brutalement dans d'étranges circonstances. Revenant d'une visite chez des amis, sa compagne avait trouvé la porte du loft fracturée. Arn était absent et du sang était répandu partout sur le sol. Les voisins avaient entendu crier, puis hurler, elle n'en savait pas plus.

Steven avait une expression lugubre. La cérémonie un peu particulière réservée aux membres de l'Ordre se déroulerait en Ecosse, dans les Highlands. Steven promenait un air malheureux autour de lui, sa coupe de cheveux était impeccable, sa barbe de deux jours assombrissait le bas de son visage en accentuant sa virilité. Il ne se sentait plus en sécurité sous son propre toit.

Lors de son séjour en France, Steven avait mis moins d'une semaine pour séduire Déborah, la ravissante amie de celle qu'il avait élue pour porter son enfant. Il n'avait eu aucun mal à la conquérir et encore moins à la manipuler. Steven l'avait convaincue de séjourner une année en Angleterre, sous prétexte de faire d'elle une splendide jeune fille bilingue. Il lui avait sournoisement suggéré d'y venir avec son amie Sabrina. L'été se terminait bientôt et il s'était proposé pour les faire admettre dans une école privée située au cœur de Londres.

Bien qu'habituées aux voyages incessants qu'exigeait leur métier de mannequin, partir une année en Angleterre, ne fut pas une décision que les jeunes femmes prirent à la légère. Il s'agissait d'un énorme changement de vie.

Déborah, totalement sous l'emprise de Steven, finit par communiquer son enthousiasme à son amie.

L'heure des préparatifs avait sonné et les jeunes filles se souciaient à présent de leur garde-robe. En fin d'après-midi, elles avaient enfin réussi à boucler leurs bagages, six au total. Il était certain qu'elles auraient quelques soucis à l'aéroport, mais bon ! Elles étaient de bonne humeur.

Elles prirent à la hâte un léger dîner composé d'une soupe et d'un reste de haricots verts en salade, préparé soigneusement par la mère de Déborah. La maman avait insisté pour être auprès de sa fille ce dernier soir en France, avant cette année de séparation. Embarquer les six valises et tout le monde dans la petite Renault ne fut pas une mince affaire. Tandis que les jeunes filles s'apprêtaient à franchir la douane, la voix de la mère de Déborah se fit chevrotante, elle se sentait mal, mais se garda bien de le montrer à sa fille. Son inquiétude était sans doute injustifiée, elle avait si souvent accompagné sa fille à l'aéroport, mais un étau était en train d'enserrer sa poitrine, ses tempes lui faisaient mal, elle était au bord de l'évanouissement. Elle se força pourtant à sourire et à faire un signe de la main aux jeunes filles.

Les parents de Sabrina restés en Belgique ne les accompagnaient pas ; retenus par leurs obligations professionnelles respectives, ils n'avaient pu faire autrement.
- Bon voyage mes chéries !
- Bon voyage maman ! Bon voyage Madame !
A leur arrivée à Londres, le chauffeur d'un minibus envoyé par l'école privée les attendait. Le chauffeur se montra quelque peu bougon en voyant leurs bagages, mais après avoir tout mis dans le coffre, il devint plus aimable. Installées dans le minibus, les deux amies regardaient la ville très animée qui s'offrait à elles.

L'établissement dans lequel elles allaient passer une année, se situait dans le cœur de Londres.

Sabrina et Déborah riaient, d'un rire complice. Le minibus franchit un portail électrique qui se referma derrière lui après leur passage. Le bâtiment ressemblait à un hôtel particulier. La directrice les attendaient, l'accueil était juste courtois, elles furent priées de porter elles-mêmes leurs bagages dans la chambre commune qu'elles auraient à se partager.

Le transport des bagages fut pour les jeunes filles l'occasion de nombreux fous rires. Le mobilier de leur chambre se composait de deux lits, deux tables de nuit, deux bureaux, deux chaises et deux petites garde-robes. A la vue des garde-robes, les deux amies se regardèrent et éclatèrent de rire de plus belle. Attenant à cette minuscule chambre, elles disposaient d'une salle de bain composée d'une douche, d'un lavabo et d'une toilette. En guise de système D, les deux amies décidèrent de trier au mieux les vêtements dont elles avaient un besoin impératif et les placèrent dans les garde-robes. Elles laissèrent soigneusement plié le reste de leurs effets dans les valises qu'elles rangèrent sous les lits.

Cela faisait maintenant deux mois que les deux jeunes filles vivaient dans cette ville fantaisiste et magnifique à la fois. Sabrina n'avait jamais rencontré Steven ; quant à Déborah, elle pensait vivre une belle histoire sentimentale avec un journaliste prénommé Wally Scott.

Elle le vit plusieurs fois, notamment lors d'un bal auquel Steven avait invité Déborah. Celle-ci portait une longue robe en velours blanc d'une extrême sobriété qui lui dénudait le dos et dont la jupe retombait à la perfection jusqu'à ses pieds chaussés de satin blanc assortis à son sac à main. Avec sa chevelure relevée en masse de boucles souples, elle était plus belle que jamais.

- Vous êtes éblouissante, Ma Dame.

Le compliment venait de Steven qui venait l'accueillir à la porte d'entrée de la salle de bal.

Steven était incroyablement séduisant. Déborah avait plongé ses grands yeux bleu pastel dans le regard ardent de

Steven et, en guise de remerciement, elle avait posé délicatement ses lèvres sur les siennes.

- M'accorderez-vous cette danse, Belle Dame ?
- Avec plaisir Monsieur, lui avait-elle lancé malicieusement.

Le couple valsait lentement sur un air de Beethoven. Déborah se sentait comblée.

- Que dirais-tu d'une balade près du château ?

Déborah lui sourit et lui répondit :

- Ce sera notre première sortie après deux semaines de silence, lui fit-elle remarquer avec une petite moue boudeuse.
- Vraiment !

Steven semblait sincère, il semblait vivre dans un monde bien à lui.

- Je me baladerais avec vous jusqu'au bout du monde, chevalier, alors bien sûr, j'accepte avec plaisir cette promenade nocturne.

Ils marchèrent un peu le long de l'étang, à proximité du château. La Lune scintillait dans un ciel sombre, créant des ondes miroitantes à la surface de l'eau.

Plongeant son regard dans celui de Steven, Déborah, d'une voix tremblante, lui posa une question qui la taraudait depuis quelque temps :

-Pourquoi ne m'as-tu pas contactée une seule fois en deux semaines ?

Déborah arborait une petite moue courroucée qui cachait très mal le vide de l'absence qu'avait laissé en son cœur l'homme dont elle était tombée amoureuse, en l'ignorant, la laissant ainsi éperdument seule.

- Quelques soucis professionnels. Je suis parti à l'étranger pour un reportage.

A présent, tout est rentré dans l'ordre.

Steven mentait sciemment.

Steven avait guidé Déborah vers un endroit du parc où il avait l'habitude d'y amener ses conquêtes. L'endroit était une ancienne nursery transformée en appartement. La robe neigeuse de la jeune fille mettait en évidence son cou de cygne et ses traits dont la finesse évoquait celle d'un diamant façonné par un talentueux orfèvre. Ses yeux bleu lavande pétillaient et sa tête bourdonnait. La musique du bal lui parvenait encore aux oreilles et tandis que derrière elle, les invités dansaient dans le grand hall à l'extraordinaire plafond tout illuminé, elle s'apprêtait à se donner à cet homme si séduisant, si envoûtant.

Un bref instant, Steven songea qu'il était fou de mêler cette jeune fille dans cette histoire. Il était temps qu'elle sache ..., il se ravisait en songeant : « Non, c'est une bonne âme, il avait d'autres projets pour elle. La tentation était trop forte, la victime trop consentante. Il prit Déborah dans ses bras et lui fit l'amour des heures durant, avec toute la fougue et l'insatiabilité qui l'habitait. Rien dans l'indifférence de ce qu'il ressentait pour elle ne transparaissait dans ses gestes, mais était-ce de l'indifférence ?

Le lendemain matin, Déborah s'éveilla aux côtés d'un Steven détendu, un peu distant, mais lorsqu'ils prirent le petit déjeuner ensemble, il se montra très prévenant.

Les mois s'écoulaient et le changement en Déborah devenait perceptible aux yeux de tous. Elle, si vivante, si sûre d'elle, commençait peu à peu à perdre l'estime d'elle-même. Maintenant que Steven était certain des sentiments de la jeune fille à son égard, il se montrait de plus en plus distant, lui donnant l'impression qu'elle ne méritait pas plus d'attention de sa part. Sa transmutation pouvait commencer.

Steven avait le don de la rendre responsable de tout, de la culpabiliser à propos de tout, en toutes choses, aussi anodines soient-elles. A chacune de leurs sorties, il allait jusqu'à l'incorrection. Il était aux petits soins pour toutes les jeunes femmes qui croisaient la route du couple, mais affublait un mépris total à l'égard de Déborah.

Ce matin-là, Steven, le chapeau à la main, posa un regard impétueux sur une jeune secrétaire, laissant Déborah dix mètres derrière lui. Ils étaient dans les bureaux du Cosy Live ; la secrétaire n'était autre qu'une des nombreuses maîtresses en titre du bouillant Steven. Sans même se retourner, il lança à l'attention de Déborah :

- Je passerai le reste de la journée en réunion. Je dois te laisser, tu comprends ?

Nous devons planifier les reportages de la semaine. Tu devrais peut-être te rendre

à tes cours, n'es-tu pas ici pour ça ?

- Bien sûr.

Le regard embué de larmes, Déborah quitta les bureaux d'un pas pressé.

- Qui est-ce ? s'enquit la secrétaire.

- Une amie.

- Je vois ! Elle est bien jeune, tu devrais la ménager.

Steven entraîna la secrétaire vers son bureau et tandis qu'il venait de verrouiller la porte derrière eux, le chemisier, la jupe et les dessous très sexy de la ravissante secrétaire jonchaient déjà sur la moquette beige de pure laine.

Déborah était lasse ; elle avait le corps tout endolori lorsqu'elle descendit péniblement dans la matinée au petit salon du studio qu'elle occupait avec Sabrina. La vue était ravissante. Depuis le deuxième étage, les jeunes filles pouvaient voir le parc dans sa totalité. Promeneurs et badauds y circulaient de l'aube au crépuscule. Des cris d'enfants montaient jusqu'à leurs fenêtres. La nuit tombée, de jeunes amoureux aimaient s'y promener main dans la main. Sabrina prenait cette année d'immersion linguistique avec beaucoup de sérieux. En entendant des pas derrière elle et sans même se retourner, elle lança :

- Tu as raté trois cours cette semaine. Je te passerai mes notes si tu veux.

Comme Déborah resta muette, Sabrina se retourna. Elle fut prise d'effroi en voyant l'extrême pâleur de son amie.

- Tu es malade, veux-tu que j'appelle un médecin ?

Déborah ne s'était confiée à personne et personne ne pouvait la comprendre. Même sa meilleure amie n'aurait pu la comprendre. Steven l'avait déstructurée et même si elle était bien consciente de cette réalité, elle l'aimait d'un amour sans retour. Tout son rêve, tout son univers s'écroulait.

Comme aucun son ne sortait de la bouche de Déborah, Sabrina s'avança vers elle. Elle lui prit un bras qu'elle plaça sur ses épaules et passa son autre bras autour de la taille de son amie pour la soutenir avant de l'installer dans un fauteuil. Déborah ressemblait à une poupée de porcelaine cassée. Sabrina lui cala deux coussins dans le dos, l'un à hauteur du thorax et l'autre dans la nuque, avant de se précipiter sur le téléphone pour appeler un médecin.

- Tu as à peine dormi. As-tu mangé ?
- Je n'ai pas très faim.

Sabrina dévisagea longuement son amie, son visage était amaigri, les yeux étaient tirés et deux cernes violacés marquaient son beau visage. Des pas se firent entendre dans l'escalier et quelques instants plus tard, ils étaient suivis de petits coups brefs et rapides frappés à la porte.

- Alors comment va notre jeune malade ?

Déborah adressa un timide sourire au médecin qui l'ausculta.

- Sa tension est très basse, je vais lui prescrire de l'Effortil, mais, ce qui m'inquiète le plus, c'est son état apathique. Savez-vous pourquoi elle est dans cet état ?

- Je l'ignore, nous avons toujours tout partagé, nous nous sommes toujours confiées

l'une à l'autre et depuis notre arrivée, elle ne me parle plus ou prou, elle ne mange presque plus. Nous avons perdu la complicité qui nous unit depuis le lycée et je n'arrive pas à savoir pourquoi. Franchement, Docteur, je ne sais pas ce qui met mon amie dans cet état.

- Je pense qu'il serait salutaire pour votre amie de rentrer en France. Je pense qu'elle a besoin de l'affection de sa famille. Sa tension devrait remonter d'ici quelques jours.

L'état de Déborah resta préoccupant jusqu'à son départ, pire que l'apathie qui l'habitait, son âme semblait rongée par un mal étrange auquel Sabrina ne comprenait rien. Le dernier soir avant son départ, Déborah demanda à Sabrina de la laisser seule, elle souhaitait téléphoner.

- Tu souhaites parler à ta mère ? Tu veux prévenir ton amoureux ?

- Laisse-moi s'il te plaît.

- Si tu veux.

Sabrina prit son amie dans ses bras.

-Je ne serai pas loin, appelle-moi si tu en as besoin.

- Merci Sabrina, pardonne-moi, j'ai besoin d'être seule.

Déborah approcha le téléphone et le déposa à côté d'elle sur le lit. Elle composa le numéro de Matt Scott. Les sonneries se succédèrent un moment, quand soudain la voix impersonnelle d'un répondeur retentit :

- En reportage. Laissez votre message et vos coordonnées après le bip.

Son cœur battait la chamade. D'une voix cassée, elle ne put que dire faiblement :

- C'est moi. Je rentre en France demain. Appelle-moi ce soir s'il te plaît.

La communication était déjà coupée. De grosses larmes ruisselaient sur son visage en feu.

Lorsqu'une demi-heure plus tard, Sabrina revint dans la chambre, elle trouva son amie recroquevillée en boule sur le lit, le visage en larmes.

- Que se passe-t-il Déborah ? Parle-moi ! Je ne sais plus quoi faire, je souffre pour toi.

Après un moment qui sembla interminable à Sabrina, elle finit par réussir à étendre son amie sur le lit et la garda comme un bébé dans ses bras toute la nuit. De temps en temps, Déborah semblait sortir de sa torpeur pour regarder le téléphone.

Les deux jeunes filles étaient en larmes dans le taxi qui les emmenaient à la gare.

- Tu pourras voyager seule, tu es encore si fragile ?
- Je récupérerai dans le train.

Sabrina regarda le train qui ramenait Déborah vers la France, vers Paris, vers sa famille, vers la chaleur des siens, longuement, intensément. Il n'y avait plus rien à dire. Elle n'avait rien pu faire pour protéger son amie. Dans l'escalier qui la ramenait à son studio, Sabrina essuyait les larmes qui lui brûlaient les joues. Comme Déborah allait lui manquer. Sabrina se sentit soudain très seule et très fragile, perdue dans cette grande ville qu'elle avait pourtant adorée tout de suite. Sans Déborah, tout lui semblait si différent, si hostile. Il serait stupide de rentrer et de perdre cette année de cours qui lui serait si utile pour l'avenir. Sabrina le savait, elle allait devoir prendre sur elle et poursuivre ce qu'elle avait commencé. Sabrina appela sa famille, elle avait besoin d'entendre des voix chaleureuses, rassurantes. Assise près du petit secrétaire, le regard perdu vers le parc que les deux jeunes femmes avaient tant apprécié, Sabrina composa le numéro du portable de sa mère, son souffle était court et de grosses larmes coulaient le long de ses joues. A la cinquième sonnerie, la voix chaude de sa mère retentit :
- Allô, qui est à l'appareil ?

Sabrina avait la gorge nouée, c'est avec difficulté qu'elle put émettre un son à peine audible.
- Maman !
- Ma chérie. La voix de Madame Di Cabrel s'était soudain chargée d'inquiétude. Que se passe-t-il ?
- C'est Déborah.
- Que se passe-t-il ma chérie ? Qu'est-il arrivé à Déborah ?

- Elle est très malade, le médecin l'a renvoyée chez elle en France.
- Depuis quand est-elle malade ? Que s'est-il passé ?
- Je ne sais pas trop, un homme lui a fait du mal, sa tension est très basse, elle est apathique, comme dépressive.
- Pauvre Déborah, ma pauvre chérie. Je vais m'occuper de ton amie, je vais me rendre en France, je verrai ce que je peux faire pour elle et sa mère. Mais toi, ma chérie ? Que vas-tu faire ? As-tu envie de poursuivre cette année seule, si loin de nous ? Tu peux rentrer si tel est ton souhait.
- Je vais rester maman, tout va bien se passer, j'avais besoin de t'entendre.
- Je suis fière de toi ma chérie, nous viendrons bientôt te rendre visite.

Steven réussissait toujours ce qu'il avait entrepris et cette fois encore, il s'était montré à la hauteur des attentes de sa famille. Déborah était loin, mais, il ne tenait pas à la perdre complètement. Quant à Sabrina, la femme qui lui permettrait de perpétrer sa lignée, elle était là, à Londres, seule, à sa merci.

Ce matin-là, Steven était au bureau, il avait pris son déjeuner au sein de l'entreprise et il se détendait dans l'un des salons, lorsqu' un de ses collaborateurs entra, visiblement lui aussi tenait à se détendre. L'homme venait d'être engagé depuis peu de temps, il occupait un poste au service du marketing.

- Votre père participait-il à une réunion secrète, Steven ? Comme c'est intéressant. Avec qui ?

Steven considéra son interlocuteur avec distance.
- De quelle réunion parlez-vous ?
- D'une réunion de l'Ordre.
- Bernard, vous êtes nouveau venu au sein de l'Ordre et de la société, vous apprendrez que nous n'aimons pas les questions. Lorsque le temps sera venu pour vous, vous y prendrez une part de plus en plus active. Soyez patient. La

route est longue, le chemin sinueux et parsemé d'embûches. C'est un chemin souvent douloureux, il faut que vous le sachiez. Je n'ai aucune idée de l'identité de la personne avec laquelle mon père avait rendez-vous. Il ne me fait pas part de tout et si j'en avais eu connaissance, je ne vous aurais rien dit.

- Cela a le mérite d'être clair.
- Parce que vous pensez qu'il a des secrets ?

Un peu plus âgé et plus petit que Steven, Bernard était un bel homme, très charismatique.

- Seulement lorsqu'il œuvre pour l'Ordre.
- Que c'est joliment dit, commenta Bernard en s'installant sur un siège et allumant une cigarette.
- Voulez-vous du thé ? s'enquit Steven, soudain redevenu courtois.
- Non merci. Donc, ces réunions secrètes de votre père... Parlez m'en un peu.
- Ainsi que je viens de vous le dire, vous saurez ce que vous devez savoir progressivement.

Le ton de Steven était sec. Une lueur hargneuse et malfaisante passa dans les yeux de Steven.

- Avez-vous des frères ? des sœurs ?
- Deux demi-frères beaucoup plus âgés que moi, je les ai peu connus et je ne les vois jamais.
- Donc, ils ne participent pas aux réunions secrètes ?
- Certainement pas, mes frères sont....

Steven laissa sa phrase incomplète, en suspens, espérant ainsi décourager son interlocuteur, ce fut en vain.

- Vos frères sont ?

Steven se tourna vers la fenêtre tournant ainsi le dos à son interlocuteur.

- Ce sont les enfants de ma mère. Ils ne sont concernés, ni par l'empire San Versa qui appartient à mon père, ni par l'Ordre.

Comme il prononçait ces mots, un frisson glacé courut le long de l'échine de Bernard. Le harcèlement commençait à avoir raison des nerfs de Steven, il laissa clairement exprimer son irritation :

- Cela fait près d'une demi-heure que nous parlons. Je pense que vous avez du travail.

- Certainement.

Bernard éteignit sa cigarette et se pressa vers son bureau. A son expression contrariée, Steven lui répondit par un sourire glacial. Les portes portaient des plaques en métal et celle de Bernard était encore étincelante.

En quittant la gare ce mercredi matin, Steven regardait prudemment autour de lui avant d'entamer une longue marche vers l'école privée où Sabrina suivait intensivement des cours d'anglais. Steven savait la jeune fille complètement seule à présent. Loin de tous les gens qu'elle aimait, elle serait très facile à séduire. Son destin pourrait s'accomplir. Il atteignit l'établissement vers 11 h.

Une fois de plus, il s'arrêta, regarda autour de lui, tendit l'oreille. Sabrina, comme toutes les étudiantes, était en cours. Il savait que la directrice ne pouvait rien lui refuser. Leurs regards se croisèrent, tandis qu'il s'apprêtait à entrer dans l'enceinte du bâtiment ; il lui fit signe d'un geste amical.

Assise à son bureau, la directrice avait jeté un bref regard dans la cour, juste au moment où Steven y était. Elle se leva, tremblante, les mains soudain moites, elle craignait cet homme. Néanmoins, les yeux qui plongèrent bientôt dans les siens ne plongèrent pas dans ceux d'une frêle femme, mais dans ceux d'une femme qui avait retrouvé son aplomb. Elle portait un chignon serré, très strict sur le haut de la nuque, vêtue avec distinction, elle dégageait un air de noblesse. Elle redressait ses épaules étroites et ses talons claquèrent avec détermination, lorsqu'elle s'avança vers Steven. Il ne dit rien et attendit qu'elle reparte s'asseoir derrière son bureau.

- Comment allez-vous, Madame Hoeck ?

- Plutôt bien, merci. Je présume que vous n'êtes pas passé pour prendre de mes nouvelles.

- Toujours aussi perspicace. Steven riait d'un mauvais rire étouffé.

Il faut que vos jeunes filles assistent à une soirée.

Joignant le geste à la parole, Steven tendit des invitations à la directrice.

- Sabrina Di Cabrel doit absolument y être, c'est la seule qui m'intéresse, mais il faut que cette invitation paraisse anodine. Est-ce clair ?

Appuyé contre le dossier de sa chaise, la directrice tentait de soutenir le regard de Steven.

- Je l'y accompagnerai personnellement.

Son regard était grave.

Il hocha la tête en guise d'assentiment.

Ensuite, il se leva et arrivé à la porte, il se retourna, jeta un regard vers la directrice et sans ajouter un mot, il sortit.

La directrice le vit traverser la cour et s'éloigner, sa gorge était sèche et nouée. Elle n'était qu'une enfant lorsque sa famille était entrée au service de la maison San Versa. Ses parents s'occupaient de l'intendance et de la maintenance de la propriété familiale des San Versa. Bien que très grande, l'habitation n'occupait que peu de domestiques et la charge de travail était telle que la petite Hoeck devait prêter main-forte à ses parents. Le mode de vie de l'enfant ne lui déplaisait pas, elle grandissait dans un splendide château, sis au milieu d'un immense parc. Depuis son plus jeune âge, Steven s'était révélé comme un enfant cruel, surtout envers les animaux et les domestiques qui, à ses yeux, étaient pareils. La directrice avait appris à le craindre. A présent que ses parents étaient morts, elle était autorisée à occuper le modeste studio attenant à l'appartement qu'enfant elle avait occupé avec sa famille. Le piège s'était refermé sur elle.

La tête haute, elle sortit dans le couloir priant pour que son tourment intérieur ne la trahisse pas. Elle glissa les invitations de Steven dans sa poche. Mille appréhensions l'envahirent lorsqu'elle traversa le hall qui la conduisit au réfectoire. Les jeunes filles terminaient leur déjeuner.

- Je suis heureuse de vous voir Mesdemoiselles.

Cette fois sa voix était sûre. Quelques-unes d'entre vous vont avoir la chance d'assister au bal organisé par la maison San Versa.

Un joli chahut suivit cette annonce.

- Silence ! J'ai dit, silence ! Voici les noms : Elisabeth, Céline, Maïssane, Ambrine, Sabrina, Déborah.

Mesdemoiselles, je prierai celles dont j'ai cité le nom de se lever et de me rejoindre.

- Déborah est toujours en France, Madame, son état ne s'est guère amélioré.

Sabrina retenait ses larmes.

- Je suis désolée pour ton amie, Sabrina.

Froidement, la directrice se tourna vers les jeunes filles qui discutaient de plus belle entre elles.

- Hélène, venez nous rejoindre. Je vous accompagnerai personnellement, vous avez beaucoup de chance, je veux que vous vous montriez digne de l'honneur qui vous est accordé.

Séduire Sabrina fut un jeu d'enfant pour un homme tel que Steven et le mariage qui suivit fut aussi rapide qu'impérial.

Sabrina était sur un petit nuage, la seule ombre au tableau fut l'absence de sa chère amie Déborah, elle aurait tellement aimé qu'elle rencontre Steven, qu'elle soit sa demoiselle d'honneur…

Toujours prostrée dans son état apathique, Déborah semblait souffrir d'un mal étrange et aucun médecin ne lui trouvait de remède. Fortement amaigrie, elle passait par des moments de détresse durant lesquels elle ne souhaitait aucun contact à des moments où, plus que tout, l'affection de sa mère lui était indispensable. Les médecins ne furent pas d'un grand secours à la jeune femme. La seule vie sociale qu'elle accepta durant toute l'année de sa convalescence, fut son téléphone et son ordinateur. Plusieurs fois par semaine, le téléphone de Déborah retentissait dans le modeste logement qu'elle partageait avec sa mère. Son regard éteint s'illuminait en entendant les vibrations de la sonnerie, ce qui avait pour don de désespérer sa mère. Personne ne répondait jamais lorsqu'on décrochait.

Un seul homme était capable de la mettre dans cet état, Wall Scott, celui qui voulait qu'elle le nomme Scottknight, l'homme de qui elle était tombée éperdument amoureuse à Paris, l'homme qui l'avait emmenée en Angleterre pour séduire son amie Sabrina, l'homme de qui elle était la maîtresse docile, l'homme qui avait épousé sa meilleure amie, sans qu'elle en fusse au courant.

Steven parlait peu à Déborah, il lui envoyait peu d'e-mails, ceux-ci étaient destinés à éveiller son âme et elle devait vivre cet éveil dans la solitude de son être. En revanche, Déborah lui écrivait parfois deux fois par jour, elle racontait toutes ses pensées, ses états d'âme les plus secrets à cet homme étrange qui la fascinait. Aux yeux de sa mère, ce Steven était un monstre et elle ne comprenait pas comment sa fille lui donnait autant de pouvoir. Aux yeux de Déborah, il était l'homme qui sauvait son âme, l'homme qui la fascinait, l'homme qu'elle aimait, son sauveur, son maître.

Ce matin-là, dans sa modeste demeure, elle lisait et relisait un des e-mails de son Scottknight :

« Tout le sang cosmique est encore l'élan de la première éjaculation, mobile initial, il nous enseigne à situer toutes choses de l'espace dans le seul mouvement et toutes choses du temps dans la seule instantanéité. C'est là, le secret des vieux maîtres et l'origine céleste de leur double concept de l'unité de la matière et de l'identité des deux mondes ».

Déborah lisait et relisait chaque mot jusqu'à en absorber toute l'essence ; cela avait pour effet de lui donner des visions qui, racontées à d'autres que son Scottknight, l'aurait fait interner. Elle notait ses moindres perceptions, toutes les choses qu'elle voyait et elle les lui racontait. Pendant cette période, l'état de conscience de Déborah se modifia ; ces changements s'opéraient en elle de façon inéluctable. Tel était son souhait, un souhait qu'elle gardait secret. Ses rêves étaient peuplés de visions étranges qu'elle n'appréhendait plus, qu'elle attendait, tant elle trouvait ces visions initiatiques. Parfois, timidement, elle lui disait qu'elle l'aimait et qu'elle avait très envie de le voir, de le serrer dans ses bras et il arrivait que Steven réponde à sa demande positivement.

Mentant à Sabrina, il retrouvait alors Déborah pour d'autres mensonges. Cette dernière avait accepté la situation et son évolution spirituelle était devenue plus importante que le reste.

Après un an d'absence et de silence presque total, il avait consenti à emmener Déborah en voyage d'affaire avec lui. Steven était aux yeux de Déborah un amant d'exception. Il ne s'encombrait pas de préambules, ce qui la dérangeait, mais il avait cette faculté extraordinaire de rester en elle des heures durant et de lui apporter des sensations qu'aucun autre homme ne pouvait lui apporter. Après une nuit passée à lui faire l'amour, au petit matin, elle s'était empressée de lui poser une question qui la torturait depuis leur rencontre.

- J'ai besoin de comprendre certaines choses. Comment expliques-tu ces bouleversements en moi, ces visions ?

- C'est le monde de Peter Pan, de Gulliver, le chemin de traverse d'Harry Potter, une réalité à peine masquée de ce que nos sens peuvent percevoir, c'est la découverte de la carte qui y mène.

Steven était serein et lui parlait avec beaucoup de tendresse. Ce monde existe pourtant, il est l'autre côté du miroir, celui que nous visitons la nuit. La pierre philosophale modifie totalement la constitution psycho-physique de l'être, c'est une sorte de révolution moléculaire, cela produit un effet atomique. Ce qui est un non-sens pour la pensée rationnelle ouvre la porte à des voyages d'une autre dimension. Comme si soudainement, l'espace-temps se retournait comme un ballon dont on pourrait à la fois voir à l'intérieur et à l'extérieur.

- Cela ne m'explique pas grand-chose.

L'état de santé de Déborah était redevenu satisfaisant, aux yeux de ses proches, elle était redevenue elle-même. Les changements qui s'opéraient en elle, c'était son secret à elle et à Matt Scott, son Scottknight.

Il était interdit à Déborah de répondre aux appels de Sabrina et même si Déborah n'en comprenait pas la raison, elle avait accepté de faire ce que l'homme qu'elle aimait lui demandait. Sa confiance en lui était totale.

- Tu dois me dire certaines choses, j'ai besoin de comprendre ce qui se passe en moi.

- Au niveau humain, ce phénomène est scientifiquement prouvable dans le cadre des états de conscience modifiée. Quiconque a connu le rêve dans le rêve, ce que les anciens nomment le Paradis Perdu, a compris définitivement que le réel que nos sens perçoivent n'est ni absolu, ni incontournable.

- Pourquoi tous ces mystères, ces mensonges ?

- Celui qui est dans l'erreur essaie de l'imposer aux autres, celui qui possède la vérité s'efforce de l'appliquer à lui-même. C'est la marque qui ne trompe pas. Ne l'oublie jamais.

La sagesse vraie, la connaissance ultime isole l'homme de ses semblables plus sûrement que ne pourrait le faire n'importe quel crime.

Le propre de l'ignorant c'est de vouloir à tout prix convaincre les autres de systèmes qui le rassurent momentanément.

- J'ai toujours une confiance totale en toi, je sais que cela choque mes proches, mais c'est ainsi.

Explique-moi encore.

Déborah s'était glissée dans les bras de Matt Scott.

- Si je te suis bien, la pierre philosophale c'est l'être humain, c'est ce qu'il faut changer en or, c'est là que réside le chemin initiatique ?

- L'objectif est de repérer la bonne graine et de lui transmettre la transmission de ce qui est.

C'est la transformation symbolique du sang rouge en sang bleu.

Depuis toujours le yoga a compris l'importance de l'énergie sexuelle dans le processus d'évolution spirituelle, mais il existe un autre mode de transmutation.

Les Orientaux préconisent la transmutation de cette énergie en sublimation vers le cerveau, au lieu de l'habituel épanchement qui sert seulement à la reproduction des espèces.

Les taoïstes pensent que la véritable chasteté n'est pas l'arrêt total des relations sexuelles, mais l'absence d'éjaculation.

Un sourire malicieux aux lèvres, Déborah lança à Matt Scott :

- Voilà donc ta notion de la chasteté !

Steven n'appréciait guère les remarques et celle-là ne rencontra pas son approbation.

- Je voulais juste faire un peu d'humour.

En guise de réponse, Steven sourit du coin des lèvres.

- Que se passe-t-il lorsque le sang est transmuté ?

- Le cerveau est alors irrigué d'un sang nouveau entraînant des modifications exceptionnelles de la conscience et des capacités modifiées.

Steven en resta là pour les explications tant demandées par Déborah et se mit à lui faire à nouveau l'amour durant de longues heures.

Les quatre jours que Steven avait accepté d'accorder à Déborah passèrent à toute allure. L'heure de la séparation était arrivée et c'est le cœur bien triste que la jeune femme se préparait à repartir vers sa modeste demeure.

- Quand pourrais-je te revoir ?
- J'ai pris le parti de te laisser évoluer seule, j'ignore quand je déciderai de te revoir.

La voix nouée, Déborah lui demanda faiblement :

- Puis-je t'écrire ?
- Naturellement, je lis toujours très attentivement tout ce que tu m'écris, cela me permet de contrôler ton évolution.
- J'ai besoin de ce lien.
- Je te demanderai de m'écrire sur mon adresse Scottknight.
- Si tu veux, mais je n'en comprends pas la raison.
- Cette adresse est cryptée, je suis le seul à y avoir accès, c'est aussi simple que ça.
- Je le ferai, prends bien soin de toi. Tu vas me manquer. Je t'aime.
- A très bientôt.

Steven l'embrassa sur la joue et la laissa seule sur le quai de la gare.

CHAPITRE III
A la rencontre des Templiers

Tendrement enlacés dans leur lit à baldaquin, le réveil-radio tira Sabrina et Steven d'un sommeil paisible. L'animateur passa en revue quelques infos sans grande importance, la météo s'annonçait mauvaise, un brouillard épais avait tissé sa toile de coton sur la Belgique. Steven était toujours très affectueux et particulièrement le matin. C'était un homme sensuel, au corps athlétique, il était parfait. Sabrina n'avait pas connu de nombreux amants avant Steven, mais suffisamment pour pouvoir faire la comparaison. Steven était un amant exceptionnel, d'exception même. Elle ne lui avait jamais demandé d'où lui venait ce savoir, elle préférait l'ignorer, mais sa façon de faire était tellement différente que parfois, elle supposait qu'il avait dans ce domaine des connaissances que bien peu d'hommes possèdent. Elle se taisait, souvent amusée, lorsque ses amies se plaignaient de leurs propres amants. Steven avait la faculté extraordinaire de pouvoir lui faire l'amour pendant des heures, sans manifester le moindre signe de fatigue.

Elle adorait ces moments où juste après s'être étreints durant des heures, il venait se lover contre elle.

- Embrasse-moi, lui murmura-il.
- Nous n'avons pas le temps. Maman devrait arriver d'une minute à l'autre.

Steven ouvrit la bouche pour répliquer, puis y renonça. De toute façon, lorsque Sabrina avait décidé quelque chose, il savait la bataille perdue.

- En plus, tu as entendu la météo, si nous ne voulons pas manquer notre avion, nous avons intérêt à nous presser.
- Juste un baiser.

Sabrina résista à l'impulsion de le couvrir de baisers.

- Debout paresseux, lui murmura Sabrina en posant délicatement un baiser dans le cou de Steven.

- Que puis-je faire pour te faire changer d'avis ?

- Rien, n'y pense même pas.

Sabrina se glissa hors de la couette et passa à la salle de bain, laissant Steven un peu bougon. Il finit par se lever et il se dirigea à son tour vers la salle de bain. Se tournant vers le miroir, Steven, de son regard de faïence, s'adressa à son reflet :

- Steven, tu sais bien qu'elle ne le fera pas.

Sabrina passa rapidement sous la douche, tandis que Steven se rasa. Elle se maquilla légèrement et défit ses longs cheveux soyeux qu'elle laissa pendre librement sur le dos. Steven avait fermé les bagages et les chargeait dans la voiture. Sabrina ferma son beauty-case et descendit à son tour la déposer dans la voiture. Simon dormait encore. Les journaux à lire s'étaient amoncelés à côté de la pile de rapports comptables. Steven les regarda avec dédain.

- Ils attendront se dit-il.

Sabrina vit arriver le taxi de sa mère, alors qu'elle s'apprêtait à fermer la portière de la limousine. Ils avaient donné congé au chauffeur, Steven prendrait le volant.

- Maman ! lança-t-elle sidérée, en apercevant sa mère qui avait amené une énorme malle.

Le chauffeur sortit du taxi et alla ouvrir le coffre pour en sortir, non sans difficulté, l'imposante malle. Madame Di Cabrel arborant un large sourire, dit :

- Ma chérie, je suis tellement contente de te voir et je me fais une telle fête à l'idée d'avoir mon petit Simon dix jours pour moi toute seule. Tu devrais prendre plus souvent des vacances, j'aime bien la campagne ittroise.

La porte s'ouvrit d'un coup et Steven sortit d'un pas décidé, remarquant, avec amusement, la moue que lui fit sa belle-mère.

- Bonjour Steven.

Steven fit un signe de la main et resta sur le perron pour répondre à un appel sur son téléphone cellulaire.

- Maman, je t'adore ! Tu sais, nous ne partons que dix jours. Pourquoi avoir emporté une malle de vêtements ?

Toujours très élégante, Madame Di Cabrel était une belle femme, de taille moyenne, mais très bien proportionnée. Ses cheveux mi-longs étaient blond foncé et son regard vert transperçait les personnes qu'elle regardait.

Sabrina ressemblait à son père qu'elle avait perdu quatre ans plus tôt. Tout comme Sabrina, Simon était la réplique miniature de Steven.

- J'aime avoir mon nécessaire et puis, cela ne te regarde pas.

Allez file, tu vas manquer ton avion.

Il fait un temps épouvantable. J'espère que votre avion décollera de Charleroi.

- Cela ne m'inquiète pas. Peu importe, si nous décollons de Lille.

- Simon dort encore ?

- Oui, je lui ai dit que nous serions partis à son réveil, mais que tu serais là et il a bien réagi, il était même content.

Steven sortit à son tour de la maison.

- Bonjour Madame Di Cabrel, merci d'avoir accepté de nous garder Simon.

- C'est moi qui vous remercie, je vais l'avoir pour moi toute seule, un vrai bonheur.

- Ma chérie, vous devez partir.

Sabrina serra sa maman longuement dans ses bras.

- Merci maman, je t'aime.

Ne gâte pas trop Simon.

Je t'appellerai dès notre arrivée.

Les deux femmes étaient entrées dans le salon. Steven avait pris l'énorme malle et l'avait déposée dans la chambre d'amis.

- Et bien, vous voyagez lourd, Madame Di Cabrel.

- Sabrina m'a dit la même chose.

Allez filez et soyez prudents surtout.

Le brouillard était plus dense que Steven ne l'avait prévu ; par endroits, Steven devait vraiment ralentir très fort, il voyait à peine plus loin que le capot de la limousine.

- Nous avons bien fait de partir tôt, nous ne sommes pas arrivés, ce brouillard est à couper au couteau.

Deux heures plus tard, Ils arrivaient enfin à l'aéroport de Bruxelles Charleroi-Sud.

- Je suis heureux de quitter la voiture, le trajet fut éprouvant, bien plus que je ne l'avais imaginé. Ta mère avait raison. Je vais garer la voiture au parking du sous-sol.

Un emplacement leur avait été réservé. Steven sortit les bagages et alla chercher un chariot sur lequel il déposa les nombreux sacs et valises.

- Et bien ma chérie, tu ressembles peut-être à ton père physiquement, mais lorsque tu voyages et bien, toi aussi, tu voyages lourd.

- Et toi ?

Steven et Sabrina se mirent à rire aux éclats. Leur emplacement était juste à côté de l'ascenseur qui les déposa dans le hall de l'aéroport. Il y régnait un désordre incroyable, les gens s'agitaient dans tous les sens. Il fallait se frayer un passage entre les bagages. Certains passagers se renseignaient pour connaître l'heure de départ de leur vol, tandis que d'autres gémissaient et manifestaient bruyamment leur mauvaise humeur. Des cars attendaient les passagers de certains vols, pour les emmener à l'aéroport de Lille d'où ils pourraient décoller, les conditions climatiques y étaient meilleures. Leur situation n'était cependant pas enviable, car il fallait aller jusqu'à Lille et finalement, ils risquaient de partir encore après ceux qui attendaient à Charleroi Bruxelles-Sud.

Steven alla s'informer auprès du tour opérateur, leur vol était prévu pour le début de l'après-midi.

- Si nous allions déjeuner ma chérie ? Nous avons tout le temps, et si tu m'avais écouté, nous aurions eu tout le temps de faire un câlin.

- Je ne pense pas, ma mère nous aurait trouvés au lit.

- Et alors ?

- Non, Monsieur, cela ne m'aurait pas convenu du tout.

- Et pour ma proposition concernant le déjeuner, quelle sera votre réponse Ma Dame ?

Une étincelle dans les yeux, Sabrina embrassa tendrement son Steven.

- Excellente idée.

Le brouillard se dissipa plus rapidement que prévu et le soleil finit par faire une timide apparition. Douze avions devaient décoller avant le leur. Il était 13 h, lorsque Steven et Sabrina prirent place dans le petit Boeing qui devait les emmener en Ecosse. Ils se lovèrent l'un contre l'autre durant l'heure de vol. Un steward leur proposa une boisson ; comme ils sortaient de table, ils déclinèrent l'offre.

- Je pense qu'il commence à faire ses paliers de descente.

Sabrina avait prononcé ces mots en plongeant son regard dans celui de Steven. Tous deux se penchèrent pour regarder par le hublot. Un spectacle verdoyant s'offra à leurs yeux émerveillés. Du vert à perte de vue. Bientôt ce paysage verdoyant se modifia et ils purent apercevoir une ville et, enfin, la piste qui allait permettre à l'avion de se poser.

- A nous l'Ecosse, Ma Dame ! Cesse de me regarder de cette façon, ou alors…

- Ou alors ?

L'appareil se posa en souplesse. Malgré ce début de mois d'octobre, il faisait beau et la température était idéale. Le temps de récupérer les bagages, de passer la douane et le couple allait enfin pouvoir être seul. Steven avait réservé une voiture de location et l'agence se trouvait juste à côté de l'aéroport.

Le temps de passer au bureau de location pour y prendre les clés et les documents de la Peugeot, Steven et Sabrina allaient pouvoir débuter leur tour d'Ecosse. Sabrina lui prit le bras et accorda son pas au sien.

- Enfin ! fit Steven.

- Je me sens si bien avec toi.

- Nous allons passer quelques jours à Edimbourg, il y a tant de choses à y découvrir.

J'ai prévu un petit hôtel en plein Centre-Ville, juste en face d'un parc. J'espère que tu l'aimeras.

- J'aime beaucoup ton choix et je trouve ton idée excellente.

L'hôtel n'était qu'à une vingtaine de minutes de l'aéroport.

- Que fait-on ? Un petit tour en ville ou descendons-nous directement à l'hôtel nous y installer ?

- Allons à l'hôtel, j'en profiterai pour appeler ma mère.

J'ai hâte d'entendre Simon.

L'hôtel était situé devant un magnifique parc. Quelques passants y discutaient bruyamment, tandis que des joggers et des promeneurs arpentaient les sentiers de cailloux rouges. Steven trouva une place de stationnement juste devant l'hôtel. Le temps de sortir les bagages et le couple se trouvait devant une grille en fer forgé très romantique. Un petit sentier conduisait au hall d'entrée. Un homme de type asiatique d'une trentaine d'années les accueillit. Il tenait seul l'établissement, sa femme travaillait pour une société américaine, située au cœur d'Edimbourg. L'hôtel ne comportait que sept chambres, la huitième était occupée par le couple d'hôteliers. La Chambre de Steven et Sabrina se trouvait au premier étage d'où ils bénéficiaient d'une vue magnifique sur le parc.

Sabrina observa les jeunes gens, leurs conversations semblaient passer de bruyantes à plus bruyantes encore.

Sabrina referma la fenêtre et trouva la chambre simple, mais joliment décorée.

- Je suis déçu, j'ai fait moi-même la réservation par internet et les photos ne correspondent pas à ce que je pensais.

Steven avait prononcé ces paroles en observant Sabrina refermer la fenêtre et se dit
intérieurement : « Elle est jolie ».

Sabrina caressa amoureusement la joue de Steven avant de l'embrasser.

- Pendant que tu téléphones chez nous, je vais voir à la réception si je peux me connecter à internet.

A tout de suite, mon amour.

Sabrina entendit les pas de Steven s'éloigner dans le corridor.

- Allô, Maman.

Tout va bien, nous sommes installés.

- Je suis rassurée, ma chérie.

Je te passe Simon.

- Bonjour mon bébé. Tu as bien dormi ?

- Oui, mamy a promis de…

- Que dis-tu ?

La mère de Sabrina avait repris le téléphone.

- Rien ma chérie, tout va bien.

Profitez bien de votre séjour.

Bisous.

- Bisous maman. Bisous mes amours.

Sabrina était encore au téléphone, lorsque Steven rentra brusquement, visiblement contrarié.

- Il y a un problème, mon amour ?

- Décidément, rien ne fonctionne dans cet hôtel. Je ne pourrai pas utiliser mon ordinateur portable. Je souhaitais rester en contact avec le bureau et je devais également contacter des gens très importants, ici en Ecosse.

- Le bureau se passera de toi ; de toute façon, ils peuvent nous joindre sur nos portables.

Ton portable fonctionne, tu devrais pouvoir retrouver les numéros de téléphone des personnes que tu dois contacter.

- Désolé ma chérie.

Viens, sortons nous détendre.

Edimbourg était une ville très agréable. Steven adorait lui raconter tous ses triomphes dans les affaires et dans le petit monde de la mode, mais plus encore, il aimait lui parler de son ascension au sein de l'Ordre. Sabrina savait que ce voyage était important pour Steven. Il avait un rendez-vous important avec un Ordre en Ecosse. Lorsque Steven reviendrait seul, dans une quinzaine de jours, il serait le guide d'une douzaine de Templiers qu'il aurait en charge de guider et d'instruire. Ces récits provoquaient chez lui un rire communicatif, puissant et prolongé. Sabrina l'appelait alors sa « source infinie de délices ».

Bien que très peuplée, la ville avait de nombreux espaces verts, de ce splendide vert fluorescent que l'on retrouve dans les régions humides. Le temps resta au beau fixe, frais mais sec.

Sabrina et Steven en profitèrent pour faire les boutiques, plus pour y voir les articles qui s'y vendaient que pour en acheter. Steven avait réservé la chambre et le petit déjeuner, ils aimaient être libres de déjeuner et de dîner où ils en avaient envie. Dès qu'ils remontèrent dans la voiture, Sabrina entendit son estomac gronder. Elle eut un immense sourire.

- Et bien ma chérie, ton estomac nous rappelle l'heure du dîner.

Le premier soir, ils se rendirent près du petit port et dénichèrent un adorable petit resto. Le cadre était très accueillant, la vue apaisante et la cuisine excellente. Très vite le couple sympathisa avec le propriétaire du restaurant et ils y revinrent les trois soirées suivantes. Le restaurateur possédait une connexion Internet et Steven put utiliser son ordinateur portable, ce qui eut pour effet de lui rendre son merveilleux sourire.

- Tout se passe comme tu l'avais souhaité, mon cœur ?
- Oui, c'est magnifique !

Je vais pouvoir t'emmener dans les endroits les plus sauvages d'Écosse.

Nous passerons à la chapelle Rosslyn.

Nous aurons également une soirée très particulière à laquelle nous allons être reçus par un Ordre templier.

- Celui dont tu m'as vaguement parlé ?
- Oui, c'est là que je t'emmène.
- C'est la première fois que tu me permets de t'accompagner à ce genre de réunion.

Je pensais que ce n'était réservé qu'aux hommes.

- Ce n'est pas une réunion, mais une soirée ; les épouses seront présentes.

J'ai hâte de partager ce moment avec toi.

Il n'y a pas de femmes dans cet Ordre.

- Je t'adore, mon chevalier.
- Je t'aime ma chérie et j'aime tellement prendre du temps pour n'être qu'avec toi.
- Tu as l'art de joindre l'utile à l'agréable et d'utiliser ce temps si précieux et si rare pour te consacrer aux choses que tu dois faire !
- Cela te dérange ? J'ai de nombreuses occupations, mais Simon et toi vous restez ma priorité. Je vous aime tellement l'un et l'autre.
- Je ressens la même chose pour toi mon cœur. Quant à Simon, tu es son idole.

Sabrina et Steven profitaient au maximum de ces moments d'intimité. La température avait baissé ; toutefois, le temps restait sec et ensoleillé. L'amour qu'ils avaient l'un pour l'autre était palpable.

Sur le chemin vers l'hôtel, ils croisèrent un entrepreneur qui, malgré l'heure tardive, travaillait encore.

- Il est près de 22 h, sans doute travaille-t-il après sa journée de boulot ?

- Je pense, tu sais l'Ecosse est plutôt pauvre.

L'entrepreneur était un petit homme mince âgé d'une quarantaine d'années. Il semblait beaucoup plus vieux à cause de ses épais cheveux blancs et son visage parcheminé par les longues heures d'exposition au soleil, au vent, à la pluie, même sous ce climat. Il fronça les sourcils et les rides de son front projetèrent sous le réverbère une ombre sous ses yeux bleus. L'homme semblait rustre et ne s'encombra pas de salutations au passage de Steven et Sabrina lorsqu'ils arrivèrent à son niveau.

Après leur mariage, Steven était tombé éperdument amoureux de Sabrina et bien que son amour pour elle soit immense, il était malgré tout resté un homme volage. Il s'était toujours montré très discret et Sabrina n'avait jamais eu le moindre soupçon.

Les deux amants rejoignirent leur hôtel pour une courte nuit. Le lendemain matin, Steven était frais, reposé, comme régénéré, ce qui n'était pas le cas de Sabrina. Elle avait bien du mal à garder les yeux ouverts lorsque Steven lui demanda :

- Tu es prête ma chérie ?

Toujours très attentionnée envers Steven, elle le regarda avec toute la tendresse dont elle était capable après cette courte nuit et lui répondit, sans la moindre hésitation :

- Oui, mon cœur.

Où allons-nous aujourd'hui ?

- Nous partons dans la partie sauvage de l'Ecosse. Tu vas adorer.

Ils quittèrent tôt dans la matinée, le petit hôtel d'Edimbourg. Une petite pluie glaciale ne semblait pas décourager quelques joggers dans le parc.

Sabrina le regarda de ses yeux cajoleurs, il n'était pas toujours facile pour elle de jouer la petite femme frêle et vulnérable qu'il voyait en elle. Celle-ci aimait donner à Steven l'impression qu'il était son géant, son héros, celui qui savait tout et en toutes choses. Il arrivait à la jeune femme d'avoir parfois envie de s'affirmer, mais s'en abstenait parce qu'elle ne voulait pas contrarier Steven qu'elle aimait plus qu'elle-même.

Tandis que Steven s'apprêtait à prendre la route, des passants se bousculaient dans le parc.

- Vieux renard, c'est absolument génial ! s'exclama une voix masculine que le couple ne pouvait voir.

Un groupe s'était formé et des rires forts retentissaient.

- C'est l'histoire la plus dégradante et la plus ignoble que j'aie jamais entendue de ma vie ! poursuivait toujours la même voix.

- C'est le petit homme d'hier soir !

Steven le regarda à son tour.

- Tu as raison, et bien ce n'est pas un comique.

- Non, c'est le moins que l'on puisse dire.

Steven dut klaxonner pour que le groupe s'écarte et les laisse passer. Le petit homme de la veille était au centre et vociférait des menaces en direction d'un autre, plus grand et rouge de colère.

- La situation va dégénérer ici, partons.

- Avec plaisir, mon amour.

Steven prit l'autoroute et ils roulèrent pendant plus de deux heures, en direction de Rosslyn dans le Midlothian. Le paysage commença à changer et devint de plus en plus sauvage, de plus en plus captivant aussi.

Steven se passa une main dans les cheveux et s'adressant à Sabrina, il lança : « La chapelle fut dessinée par William Sinclair, descendant des chevaliers normands de St-Clair ; selon la légende, il était lié aux chevaliers du Temple ».

Steven gara la voiture sur un vaste parking. Sabrina descendit du véhicule et s'approcha de Steven pour lui prendre la main. La chapelle était en réfection, mais d'une beauté saisissante. Un échafaudage l'entourait, mais, par un escalier prévu pour les visiteurs, on pouvait malgré tout en faire le tour. L'endroit était paisible, la luminosité féérique. Un parc aux arbres séculaires et majestueux ajoutait à la beauté du site.

- Que sais-tu d'autre de cette chapelle ?
- La construction de la chapelle commença en 1440 et s'acheva quarante ans plus tard.

Des visiteurs terminaient la visite extérieure de la chapelle et s'apprêtaient maintenant à redescendre l'escalier pour entrer à l'intérieur de l'édifice. L'escalier était métallique et glissant. Afin de ne pas tomber, Sabrina dut s'accrocher à plusieurs reprises au bras de Steven.

En entrant dans la chapelle, Sabrina fut envahie par une foule d'émotions qu'elle n'aurait pu expliquer. Steven se contentait de la regarder d'un œil amusé. Il commença à prendre de nombreux clichés et comme à son habitude, il disparut un bon moment, la laissant seule admirer à sa guise et à son rythme toutes les splendeurs de l'édifice. L'entrée se faisait par une petite porte sur le côté ; dès qu'on l'avait franchie on était frappé par tant de magnificences. La première chose qui attira le regard de Sabrina, fut les vitraux d'où une douce lumière les transperçait, baignant ainsi l'édifice d'un halo bleuté. Encore toute émerveillée, elle leva les yeux et posa son regard sur les voûtes ; elles étaient majestueuses. Sabrina, pour avoir suivi Steven dans la visite de nombreuses cathédrales, avait pu en admirer un grand nombre, mais rien de ce qu'elle avait vu, ne ressemblait à ce qu'elle voyait en ce moment précis.

L'allée centrale était plus importante que les deux allées latérales ; de nombreux visiteurs s'y pressaient. Un groupe de touristes américains suivait, en rangs serrés, un guide qui débitait son texte à toute allure. Le spectacle qu'offraient ces infortunés touristes était décalé. Sabrina posa alors le regard sur une statue placée au terme de la voûte à son extrême gauche, elle semblait royale. En s'avançant vers la statue, Sabrina remarqua un petit escalier situé à droite de la sculpture qui menait au sous-sol de l'édifice. Elle s'y engagea lorsque Steven vint la rejoindre.

- Merci mon chevalier, l'endroit est absolument magnifique. Que de signes, que d'histoires, que d'énergies, comme j'aimerais les comprendre.

Le couple laissa le groupe de touristes suivre, au pas cadencé, le guide volubile, en décidant de revenir un peu plus tard, lorsque l'endroit aurait retrouvé sa pleine sérénité.

Un peu plus tard, Sabrina et Steven revinrent sur les lieux momentanément désertés.

- Voilà un endroit que je voulais absolument te montrer, dit Steven en pointant de l'index le chœur de la chapelle.

- C'est splendide ! Cela me rappelle le chœur de la Cathédrale de Glasgow.

- Regarde le chœur, c'est étonnant !

Sabrina avait murmuré ces mots à l'oreille de Steven pour ne pas déranger l'immense paix que l'on pouvait ressentir.

Steven expliqua :

- La chapelle est connue notamment par deux de ses piliers : celui de l'Apprenti et celui du Maître, de chaque côté du pilier de l'Artisan.

Ces deux piliers ont des sculptures différentes.

La légende veut que le maître maçon entama la réalisation de ce qu'on nomme aujourd'hui le Pilier de l'Apprenti, jusqu'au jour où doutant de ses compétences et se sentant incapable de terminer son œuvre, il décida de partir en voyage d'étude à Rome, afin d'améliorer sa technique.

Pendant son absence, son apprenti termina lui-même l'œuvre, ce qui déclencha la colère du maître maçon qui tua l'apprenti.

- Charmant, ton maître maçon !

Le groupe de visiteurs américains suivait toujours le guide au pas cadencé.

- Eh bien ! les pauvres…, dit Sabrina, en posant une main sur la bouche pour étouffer l'éclat de rire qu'elle essayait de contenir.

La lueur de quelques bougies allumées sans doute depuis de nombreuses heures, semblait faiblir.

Sous l'œil amusé de Sabrina, Steven lui prit le bras et l'emmena quelques dizaines de mètres plus loin. Sabrina préférait avoir pour seul guide son Steven. En regardant les infortunés touristes américains, le couple ne put s'empêcher de rire aux éclats. Steven reprit quelques clichés.

- Je me sens très étrange, déclara Sabrina.

- C'est un endroit très fort.

- Je me sens toujours un peu étrange dans ce genre d'endroit, mais cette fois, c'est plus fort, poursuivait-elle une main sur la gorge qu'elle avait étrangement sèche.

- Je ne pourrai te donner le ressenti des courants cosmotelluriques, mais même moi, je ressens aussi que c'est très fort.

Steven s'apprêtait à redescendre dans la crypte.

- Veux-tu prendre un peu l'air, ou m'accompagnes-tu dans la crypte ?

- Je t'accompagne.

- J'aimerais encore prendre quelques clichés, la luminosité est exceptionnelle pour l'instant.

Si tu le souhaites, nous pouvons prendre un peu l'air et revenir un peu plus tard.

- Non, je veux que tu profites de cette luminosité, c'est vrai qu'elle est exceptionnelle.

- J'en ai pour très peu de temps.

Sabrina devança Steven dans la crypte.

- Je te laisse à tes clichés, mon cœur.
- Veux-tu que je reste un moment près de toi ?
- Non, tout va bien.

Sabrina connaissait Steven et même s'il se montrait prévenant, elle savait que cette perte de temps l'énervait. Il allait de projets en projets, d'actions en actions et il ne lui était pas facile de composer, même avec elle. Au fil des ans, elle avait appris à le connaître et à le comprendre, même si pour la plupart des gens ce comportement semblait incorrect. Il n'y avait aucune incorrection dans le comportement de Steven, il était différent, simplement différent.

Le sentiment étrange qu'elle avait ressenti en entrant dans la chapelle, s'amplifia. Tout son être était parcouru d'étranges frissons et la fraîcheur n'y était pour rien. Lorsque Steven la retrouva, elle était face à d'étranges sculptures.

- Tu vas bien ? Tu sembles bien pâle !
- Je vais bien.

N'as-tu pas le sentiment qu'un autre endroit est caché derrière ces murs ?

- Je l'ignore.

La réponse de Steven se voulait laconique, mais Sabrina eut le sentiment qu'il pensait exactement la même chose. Sabrina et Steven étaient liés et ce lien allait bien au-delà de celui du mariage, elle était pour lui une sorte de réceptacle. Peu préparée à comprendre ces choses, elle se contentait de les expliquer à Steven, mais sans vraiment pouvoir y donner des réponses satisfaisantes pour elle-même. Cela faisait partie des choses qu'elle avait acceptées de Steven, de cet homme dont la personnalité était pour le moins hors norme.

- Ce qui est en haut est comme ce qui est en bas disait Hermès Trismégiste.
- Cela reste une énigme pour moi.

- On retrouve ce genre d'énergies dans des bâtiments en Egypte, en Europe.

C'est le pèlerinage de Saint-Jacques de Compostelle.

Il y a sept lieux de pèlerinage, sept comme les sept chakras humains.

C'est une sorte de pèlerinage initiatique.

Les pèlerins sur ce chemin ressentent dans leur être, la manifestation des chakras terrestres.

- Ce qui est en haut et ce qui est en bas.

Ce serait l'unité ? lui lança-t-elle avec des yeux médusés.

Ce qui est en bas, ce sont ces sculptures, ces signes ?

Ils seraient destinés à ouvrir les chakras et l'ouverture des chakras permettrait aux pèlerins de rejoindre ce qui est en haut ?

- C'est ton interprétation.

Sabrina savait qu'elle n'aurait pas d'autres réponses et qu'elle allait devoir s'en contenter, une fois encore.

Steven avait passé son bras autour des épaules de sa femme et le couple s'apprêtait à sortir de la chapelle.

- J'ai réservé une chambre dans un hôtel à une dizaine de kilomètres d'ici. Nous pourrions dîner sur place et passer une soirée sensuelle dans notre chambre.

Ce programme plaît-il à Ma Dame ?

- Tout à fait.

L'hôtel était plus luxueux qu'à Edimbourg. La chambre était grande avec un mobilier très british. Du champagne était au frais dans le frigo.

Un petit salon attenait à la chambre, un divan de velours vert semblait attendre qu'on s'y installe et un écran plasma géant était fixé au mur. Sabrina se fit couler un bain auquel elle ajouta un mélange de ses huiles essentielles préférées. Des fragrances de jasmin et de Ylang Ylang envahissaient la chambre. Elle s'y prélassa un bon moment, ce qui avait toujours le don d'agacer Steven.

- Comment peux-tu barboter dans l'eau aussi longtemps ?

- Pardon, mon cœur. Je suis presque prête.

Sabrina et Steven avaient opté pour une garde-robe confort, bien que Sabrina eut pris soin d'amener quelques robes de cocktail, des chaussures et des sacs à main assortis. Elle choisit une simple petite robe courte en velours vert foncé. Steven portait un costume sombre sur une chemise de soie beige. Le maître d'hôtel les installa dans un petit salon pour y prendre l'apéritif en attendant qu'une table se libère, ce qui ne prit qu'une dizaine de minutes. Des bougies sur toutes les tables ajoutaient une touche très romantique au restaurant. L'endroit ressemblait à une scène de théâtre, tant le velours rouge était présent. D'énormes lustres servaient de support à des bougies. Après une entrée garnie de crustacés, Sabrina et Steven optèrent pour du gibier. Steven aimait la chasse et le gibier. Il avait bien tenté à de multiples reprises d'y emmener Sabrina, mais sur ce point, elle s'était montrée intransigeante ; jamais elle n'assisterait au massacre d'innocents animaux. Toujours aussi intransigeante, elle avait refusé qu'il s'y rende en emmenant son petit Simon. Leur fils ne chasserait pas, jamais !

Il était à peine 21 h 30 quand ils remontèrent dans leur chambre. L'attirance qu'ils avaient l'un pour l'autre n'avait fait que se renforcer au fil des ans. Leur complicité dans l'intimité était totale. Sabrina laissa langoureusement glisser ses vêtements. Le regard fixé sur elle, Steven en fit tout autant. Ils s'allongèrent dans le grand lit. Sabrina se blottissa contre lui, leurs lèvres se trouvèrent. Steven la prit avec la tendresse d'un homme très amoureux. Il l'aima doucement, savamment, longuement.

Après une petite nuit de sommeil, Steven avait l'intention d'emmener Sabrina dans la région des Highlands. Le paysage changea de nouveau et devint de plus en plus sauvage. Parfois, il roulait pendant des kilomètres, empruntant des petits chemins de campagne sans croiser la moindre habitation. Les montagnes commençaient à prendre de belles couleurs jaune-orangées formant un dégradé de brun et de noir. L'herbe y était toujours verte et grasse et des brebis y vivaient en totale liberté.

- Regarde, des bovins, ils sont magnifiques !

Distrait par la remarque de Sabrina, Steven freina de justesse à moins de vingt centimètres de l'une de ces magnifiques bêtes. L'animal manifesta vivement son mécontentement en pointant ses énormes cornes dans leur direction. Sans doute lassé par leur manque de réaction, il finit par passer son chemin. L'animal semblait ne jamais avoir rencontré de voiture ; il la humait avec méfiance et ni Steven, ni Sabrina ne se seraient risqué à un geste brusque tant l'attaque du colosse était prévisible.

Au milieu de ces montagnes rousses coulaient des rivières, certaines étaient très rapides, d'autres impétueuses, d'autres encore sauvages, et enfin, d'autres plus tortueuses encore. Le ciel était d'un bleu limpide et il donnait aux cours d'eau, hormis une limpidité particulière, de magnifiques couleurs allant du bleu à l'indigo. Le spectacle qui s'offrait à leurs yeux était éblouissant, enivrant. Steven s'aventura sur les rochers d'un rapide pour prendre quelques photos. Sabrina décida d'en faire autant, munie d'un petit appareil photo. La photographie faisait partie des nombreuses passions de Steven ; comme avec toutes les choses qu'il vivait, il s'y adonnait avec fougue et passion, il les vivait à cent pour cent, il s'y appliquait de tout son être et le résultat était extraordinaire.

Le couple s'arrêta à maintes reprises pour admirer toute la splendeur de cette nature sauvage et préservée.

- L'invention du GPS est une bénédiction ! Sans ce petit appareil magique, jamais nous n'aurions pu découvrir ces petits chemins totalement désertés.

- C'est merveilleux ! mais j'espère que peu de touristes les emprunteront, et s'ils les empruntent, j'espère qu'ils les respecteront.

- Je ne pense pas que les touristes recherchent ce genre d'endroit.

- Je ne sais pas, répondit Sabrina, mais j'espère que cet endroit sera préservé.

Cette nuit–là, ils la passèrent dans un très bel hôtel situé au bord d'un lac, un de ces splendides lacs dont les légendes racontent que des dragons y vivent encore. Le beau temps semblait ne plus vouloir les quitter et ils prirent le petit-déjeuner sur la terrasse, au bord d'un de ces lacs peuplés de dragons mythiques.

De petits îlots émergeaient au milieu de ces lacs, derniers sanctuaires terrestres pour Francs-Maçons. Leurs tombes s'alignaient côte à côte ; les personnages les plus importants se trouvaient au centre et un peu en hauteur. Sanctuaires intouchables pour les badauds, les âmes y reposaient en paix, protégées par les dragons sacrés et la configuration des lieux. Steven prit une barque gentiment prêtée par un habitant de la région et emmena Sabrina sur l'un de ces petits îlots. Tels de petits cimetières flottants, ces îlots comptaient de nombreuses tombes très anciennes, recouvertes de signes maçonniques. Ce jour-là, il tombait une pluie fine et pénétrante.

Tremblante de froid, Sabrina suivit Steven sur les îlots. Il la regardait gentiment, tendrement, amoureusement. Appareil photo en bandoulière, Steven se dirigea de tombe en tombe et fit de nombreux clichés. Des signes recouvraient des tombes de simple pierre bleue et d'une stèle ; la plupart d'entre elles datait de plusieurs siècles, vraisemblablement du XIIIe et XIVe siècle.

- As-tu remarqué cette luminosité, ma chérie ?

- Oui, c'est très spécial, cela donne aux lacs et rivières des reflets argentés d'une grande beauté.

- C'est étrange, cette luminosité bleutée semble nous suivre, ou peut-être est-ce particulier à l'Ecosse.

- Sans doute.

- Les montagnes semblent fluorescentes, les paysages sont féeriques et les nombreux châteaux que nous avons croisés sont tous plus beaux et plus surprenants les uns que les autres.

- En parlant de château… Demain, j'aimerais t'emmener dans l'un d'eux.

- Ne serait-ce pas la soirée dont tu me parlais avant notre départ ?

- Oui, ce sera une soirée très spéciale, très importante pour moi !

- Que veux-tu dire ?

- Demain est un autre jour.

Nous avons eu froid aujourd'hui.

Que dirais-tu d'un bain chaud ? nous pourrions le prendre ensemble !

- Tu veux prendre un bain ! Je pensais que Monsieur n'aimait que les douches.

- Il n'y a que les sots qui ne changent pas d'avis.

Sabrina embrassa tendrement Steven.

- Attention, tu vas nous faire chavirer.

Sabrina s'était levée et se tenant droite au milieu de la barque, elle la faisait doucement basculer de gauche à droite.

- Mouillés pour mouillés …

- Cesse, la température de l'eau nous serait fatale !

- Tu n'es pas drôle, veux-tu que je rame ?

- Non ! Reprends ta place doucement et reste tranquille, tu es pire que Simon, mais lui, il est léger.

- Comment ! Sabrina lui lança un regard courroucé et poursuivit :

- Et moi, non sans doute !

- Tu n'es plus aussi mince que lorsque je t'ai connue.

- Toi non plus !

Cela fit taire Steven qui n'appréciait guère les remarques concernant sa petite personne. Il se contenta de la regarder, un sourire pincé aux lèvres.

Le propriétaire de la barque les attendait et les aida à sauter sur la rive.

La pluie avait rendu le sol très marécageux. Ils se saluèrent mutuellement et le couple reprit la route des Highlands.

- Voilà notre hôtel, Ma Dame. Vous convient-il ?

Les taquineries avaient fait place à la complicité retrouvée. Sabrina et Steven approchaient d'un petit village. Un torrent descendait à toute vitesse de la montagne toute proche et traversait l'endroit qui, par contraste, semblait très calme, un pont moyenâgeux le surplombait. Steven l'emprunta et le couple entra dans la cour de cet imposant hôtel de maître. Il était construit de gros blocs de pierre et de massives poutres en bois, comme ceux utilisés pour la construction des châteaux forts. Les abords de l'hôtel étaient en pavés romains. Plus british encore que dans les autres hôtels, la chambre qu'ils louaient était meublée d'un lit à baldaquin. Cette chambre avait été naguère occupée par Marie-Antoinette. La soirée et la nuit furent trop courtes pour les deux amants insatiables.

- Où allons-nous loger la nuit prochaine ? demanda Sabrina, alors qu'elle s'apprêtait une nouvelle fois à fermer ses bagages.

- Nous restons ici. Nous sommes attendus pour 18 h.

- Je suppose qu'une tenue cocktail s'impose ?

- La petite robe cocktail sera parfaite pour toi, ma chérie. Penses cependant à prendre un lainage, il fait frais dans les châteaux.

Je porterai mes vêtements de cérémonie.

A propos, as-tu vu ma cape ?

- Oui, elle est dans ma valise.

Sabrina ouvrit sa valise, elle avait pris soin de plier méticuleusement la tenue de l'homme qu'elle aimait.

- Tu m'as pourtant toujours dit que je ne pouvais assister aux cérémonies.

- C'est toujours d'actualité. C'est une petite cérémonie d'accueil.

La cérémonie officielle aura lieu la semaine prochaine. Cela me laissera juste le temps de rentrer chez nous et de traiter les affaires courantes de notre maison de couture, je reviendrai seul.

Je m'absenterai deux jours seulement, dit-il en enlaçant tendrement sa femme.

Ils passèrent la journée à se promener dans ce merveilleux petit village. L'air y était très vivifiant.

A peine installés dans la voiture pour se rendre à l'endroit où avait lieu la réception, Steven s'arrêta et ouvrit le coffre pour en sortir un bandeau qu'il posa sur les yeux de Sabrina.

- Steven que fais-tu ?

- Je le dois, ma chérie, tu ne dois pas savoir où nous allons.

- Vous êtes un homme très mystérieux, Monsieur San Versa, mais ce n'est pas pour me déplaire.

Les yeux bandés, l'ouïe de Sabrina sembla décuplée, elle avait l'impression de rouler sur des pavés et d'entendre le bruit d'une rivière et non plus celui d'un torrent.

Steven se gara devant un magnifique château. Une vingtaine de personnes, visiblement tous des amis, bavardaient joyeusement. L'un d'eux accueillit le couple avec une extrême courtoisie. Sabrina et Steven furent présentés aux autres membres. La nuit était tombée. Le rituel commença.

Steven avait rejoint le groupe d'hommes et Sabrina le groupe de femmes. Le moment était solennel et empreint d'une grande spiritualité. Steven arriva le dernier, il suivait les autres. Tandis que le groupe de femmes attendaient devant l'entrée du château, les hommes arrivèrent en file indienne derrière le grand maître. Ils traversèrent la cour intérieure de l'imposant château dont la construction devait remonter à de nombreux siècles. Lorsqu'ils arrivèrent à hauteur des femmes, celles-ci s'écartèrent pour ensuite les rejoindre dans une petite chapelle située en sous-sol. Les hommes s'installèrent en cercle, le centre était occupé par le grand maître. Le cœur de Sabrina battait à tout rompre : Steven lui semblait encore plus beau, plus charismatique que d'habitude.

Sous sa large cape blanche de templier, Steven était troublant, magnétique ; si Sabrina n'avait déjà été amoureuse de cet homme, en le voyant ainsi vêtu, elle n'aurait pu que succomber. Dans une petite chapelle, il s'ensuivit ensuite une cérémonie très courte. Lorsque les hommes furent sortis, les femmes suivirent et tous se retrouvèrent dans une grande salle où un somptueux repas les attendait. La soirée fut des plus agréables et des plus conviviales, voire familiale. Sabrina sympathisa avec plusieurs personnes et, notamment, avec l'un de ces chevaliers qui régulièrement venait en Belgique. Ils échangèrent leur carte de visite et se promirent de se revoir le plus rapidement possible. Sabrina ne maîtrisait pas aussi couramment l'anglais que Steven, mais ses connaissances étaient suffisantes pour entretenir une conversation. Elle aimait fumer une cigarette après les repas et, tandis qu'elle sortait son étui, un des chevaliers lui présenta du feu.

- Bonsoir, vous êtes l'épouse de Steven San Versa, je me présente Bernard Linders. Ce nom vous dit peut-être quelque chose.

- Enchantée. Oui, c'est curieux, l'une de mes meilleures amies a épousé un homme qui porte ce nom.

Sabrina observait l'homme avec curiosité.

- Je suis l'ex-époux de votre amie Déborah. Je suis également l'un des cadres de la société San Versa.

Sabrina devint soudain très pâle.

- Divorcée ! Je n'ai plus revu Déborah, depuis le jour où elle est montée dans le train qui la ramenait en France. Nous étions toutes deux en Angleterre pour une année d'immersion linguistique.

Elle était très malade, elle n'a pu venir à mon mariage et je n'ai pas été invitée au sien. Depuis, je n'ai plus jamais eu la moindre nouvelle d'elle et ce n'est pas faute d'avoir essayé, même auprès de sa famille.

- J'en suis désolé pour vous. J'espère que vous ne m'en tiendrez pas rigueur et que nous aurons l'occasion de nous rencontrer lors de mes prochains séjours en Belgique.

- Ce sera avec plaisir.

A très bientôt.

Il poussa un long soupir de soulagement en la regardant sourire.

Tandis que Bernard venait d'entrer dans l'une des salles qui conduisait vers la salle à manger, il croisa Steven.

- As-tu vu Sabrina ? s'enquit Steven auprès de son ami et collaborateur.

- Oui, elle est dans la cour et nous avons sympathisé.

- Sympathisé ? Vous avez parlé de Déborah ?

Steven montra soudain des signes de tension, sa mâchoire était tendue.

- Elle sait que nous avons été mariés et qu'aujourd'hui, nous sommes divorcés. Je n'ai rien ajouté de plus.

- Parfait. Les deux femmes ne doivent plus jamais se revoir.

Sabrina repassa mentalement le peu d'informations et de nouvelles qu'elle avait pu obtenir au sujet de son amie :

- Déborah vit à présent en Belgique, elle a quitté Londres depuis son divorce, et elle ne voulait plus vivre à Paris.

Ses enfants se sentent merveilleusement bien au pays de Jacques Brel.

Déborah s'est mariée, elle a vécu à Londres, elle a eu deux enfants et, ensuite, elle a divorcé !

Ma meilleure amie a vécu toutes ces choses et je n'en savais absolument rien.

Voyant arriver Steven, Sabrina se précipita vers lui :

- Mon cœur ! Déborah ! Déborah !... Elle vit en Belgique !
- Je suis au courant ! lança Steven, très agacé.
- Tu étais au courant ? Mon amie d'enfance, ma Déborah vit en Belgique et tu ne m'as jamais rien dit !?
- Que voulais-tu que je t'en dise ? Tu en sais autant que moi !

Steven prononça ces mots d'un ton détaché. Sabrina le regarda longuement, elle semblait abattue, un voile de tristesse couvrait son regard.

- Je n'ai jamais compris le silence de Déborah et j'ai toujours tenté de savoir ce que devenait mon amie.
- Je sais, mais cela ne semble pas être réciproque, tu dois l'accepter.
- L'accepter !

Sabrina reprit une cigarette et resta un bon moment perdue dans ses pensées.

Steven rejoignit la grande salle. Lorsqu'il aperçut Bernard, il le prit à part.

- Sabrina te posera des questions, maintenant qu'elle sait que tu as été l'époux de sa meilleure amie, la seule vraie amie qu'elle n'ait jamais cessé de chérir, malgré son absence et son silence.
- Je peux être laconique.
- Je te le conseille.

Elles ne doivent jamais plus se revoir. Je te prierai de te montrer dissuasif.

- Je le serai. Tu peux compter sur moi.

Sabrina entra à son tour et alla s'asseoir à la place qui lui avait été réservée. Les invités avaient déjà pour la plupart terminé leur dessert. Le maître d'hôtel s'avança vers elle, trois desserts étaient au choix, elle opta pour une préparation à base de chocolat. Ce nectar lui ferait le plus grand bien. La soirée se poursuivit dans une ambiance de plus en plus familiale. Comme Steven l'avait craint, à la première occasion Sabrina s'éclipsa pour rejoindre Bernard et en apprendre plus sur son amie.

- Bernard, excusez mon audace et mon insistance, mais j'aimerais tellement avoir des nouvelles de mon amie, j'ai tant de questions restées sans réponse.

- Très bien, que voulez-vous savoir ?

- Déborah a-t-elle des garçons, des filles ou les deux ? Comment va-t-elle ?

- Nous avons eu deux enfants : deux garçons. Déborah va bien.

- Que fait-elle ? Où vit-elle ?

- Elle est écrivaine, cela se passe très bien pour elle.

-Vous ne m'avez pas répondu ! Pourriez-vous me communiquer son adresse, j'aimerais lui écrire, elle n'a jamais répondu à mes appels téléphoniques.

- Je ne l'ai pas, désolé.

- Comment vous ne l'avez pas ! Mais vous avez deux enfants ! Vous devez bien passer les prendre !

- Je m'y rends de mémoire, euh !!! Je ne connais pas son adresse.

- Permettez-moi d'insister, c'est très important pour moi.

A bout d'arguments, Bernard sortit une de ses cartes de visite et y inscrivit rapidement l'adresse de Déborah au verso.

- Merci, merci beaucoup !

Tandis qu'il s'éloignait, Bernard se retourna vers Sabrina en lui lançant :

- Je ne vous ai rien dit.

- Entendu, ce sera notre secret.

CHAPITRE IV
La disparition de Steven

Il était presque 13h lorsque Steven s'étira paresseusement et se leva. Il était très satisfait de son travail. Ces dix jours en amoureux avec Sabrina lui avait fait le plus grand bien. A sa grande satisfaction, il avait très vite rattrapé le travail en retard et il pouvait sans problème repartir la semaine suivante passer deux jours en Ecosse. Il avait aimé la fierté qu'il avait lue dans le regard de Sabrina, lors de la soirée de réception, organisée à l'occasion de son entrée dans l'Ordre Ecossais. Il se préparait à fêter cela par un petit déjeuner en solitaire, lorsque quelqu'un frappa à la porte.

- Entrez !

Il avait l'air surpris. Généralement, sa secrétaire utilisait l'interphone, mais sans doute était-elle partie déjeuner. Il se tourna vers la porte et vit une jeune dactylo passer timidement la tête par l'entrebâillement. Elle sourit. Il était si beau que les mots lui manquaient. Steven était assis derrière son bureau d'acajou. La jeune dactylo avait des cheveux auburn, tout bouclés. Ils jaillissaient autour d'un visage bouffi qui s'accordait mal avec un corps qui avait tout du fil de fer : maigre et anguleux. Elle était à peine sortie de l'école, c'était son premier emploi. Elle était vêtue d'un Jeans qui semblait beaucoup trop grand pour elle et d'un petit pull en V.

Steven leva la tête, les yeux arrondis, il regardait la jeune fille avec étonnement. Une pile de dossiers prêts à être dactylographiés étaient rangés dans un bac à sa droite et une autre pile de documents qu'il venait de signer étaient prêts à être postés. Son ordinateur portable était encore ouvert, une douce mélodie résonnait dans tout le bureau.

Steven était vêtu d'un costume sombre, impeccable, qui tranchait superbement sur une chemise de lin assortie au bleu de ses yeux ; des chaussures classiques parfaitement bien cirées ajoutaient à l'élégance naturelle de cet homme charismatique. Une barbe de deux jours apportait une touche virile au tableau qui troublait la dactylo.

- Oui, que puis-je faire pour vous ? demanda-t-il en lui rendant son sourire.
- Il y a deux messieurs qui voudraient vous voir.
- Mais qui sont-ils ? Je n'ai rien de prévu avant 15 h.

La jeune dactylo rougit en marmonnant :
- C'est au sujet de votre voiture.
- Ma voiture ? Mais qu'a-t-elle ?
- Ils disent qu'il s'agit d'un accident.
- Il y a-t-il quelqu'un de blessé ?
- Je ne le sais pas, je ne crois pas.
- Que vous ont-ils dit exactement ?
- Euh ! fit la jeune fille décontenancée, toute écarlate.

La jeune dactylo pressa vivement les deux mains sur la bouche. Elle était incapable de regarder son patron dans les yeux, tant il était séduisant. Cela lui donnait l'air d'une godiche.

Il hocha la tête et passa devant elle pour accueillir les deux visiteurs dans son bureau.

Les deux hommes portaient des vêtements simples. Ils avaient les mains brunes et le visage rouge. Il s'agissait sans doute d'ouvriers ou de bouchers.

- Que s'est-il passé ? s'enquit Steven, en se passant la main dans les cheveux.

- Il y avait beaucoup de circulation, lorsque soudain une femme et une petite fille ont traversé la rue, alors, pour les éviter, nous avons fait une embardée, et… On vous dédommagera !

- Mais non, nous allons confier l'affaire à nos assurances.

- On est désolés !
- Ca ne fait rien.

Ils descendirent pour constater les dégâts. Steven suivit les deux visiteurs.

Profitant de l'absence de son employeur, et incapable de se contrôler, la jeune dactylo se servit un verre de whisky à la carafe qui se trouvait derrière le bureau du patron. Elle en but tout le contenu en trois gorgées. La chaleur envahit tout son corps et elle cessa de trembler. Elle eut besoin de prendre l'air. Au dehors, l'air était frais et pur, elle respira quelques bouffées d'air vivifiant. Une légère brise souleva ses cheveux bouclés collés à son cou par la sueur.

Dans le parc situé juste devant le bâtiment, de grands pins exhalaient une douce odeur agréable et pénétrante. Elle se laissa tomber sur le tapis moelleux de la pelouse. De l'endroit où elle se trouvait, la jeune dactylo assista à une scène qu'elle ne comprit pas tout de suite. Les deux hommes possédaient une très vieille voiture. Steven observait un troisième homme au volant du vieux tacot. Steven fit le tour de son véhicule et ne constata aucun dégât. Pas la moindre éraflure. Mais, il était trop tard pour poser des questions. Au moment où il allait poser une question aux deux hommes, un objet massif l'atteignit sur le côté de la tête. Ensuite, il sentit qu'on le tirait et qu'on le poussait sans ménagement à l'arrière de la vieille voiture.

Avant que Steven ne reprenne ses esprits, il était solidement bâillonné et ligoté. Ainsi immobilisé, il gisait dans le fond de la voiture des kidnappeurs.

Quelques grands pins obstruaient en partie la scène qui se déroulait sous les yeux de la jeune dactylo ; elle ne voyait pas ce qui arrivait à son patron.

Sous l'effet de l'alcool, le temps s'était arrêté pour la jeune fille. Plissant les yeux, elle contempla le ciel lumineux où des nuages d'un blanc brillant le traversaient à vive allure. Ils semblaient gonflés par le vent. L'air va se rafraîchir. Elle regarda soudain l'heure à sa montre et fut surprise en se disant : « Ce n'est pas possible, si quelqu'un remarque mon absence, je serai renvoyée ». Elle se leva prestement et, d'un pas rapide et encore peu assuré, elle rentra dans le bâtiment. A quelques mètres de l'entrée, elle vit que la voiture de son patron semblait être en parfait état.

Il était 15 h 30, lorsque, lasse d'attendre son patron, la secrétaire particulière de Steven pénétra dans le bureau. Elle remarqua tout de suite la pile de dossiers à dactylographier et l'autre à expédier.

- Pourquoi les patrons se décident-ils toujours à apporter leurs travaux urgents en fin d'après-midi ?

La fenêtre était ouverte et bien que le ciel était bleu et le soleil encore brillant, le vent mordait, il faisait glacial dans le bureau. En se dirigeant vers la fenêtre pour la fermer, elle vit la jeune dactylo qui s'apprêtait à rentrer dans le bâtiment. La secrétaire l'attendit à la sortie de l'ascenseur.

- D'où venez-vous ? Où pensez-vous être ?

- Je… Je me suis sentie un peu étourdie !

- Ma parole, vous empestez l'alcool ! C'est un comportement totalement inacceptable ! J'en ferai part à Monsieur San Versa, dès son retour !

Au fait, l'avez-vous vu ?

- Non, pas depuis un long moment.

- Suivez-moi !

J'ai aussi une vie de famille et cela ne m'amuse pas de passer toutes mes soirées au bureau, soupira-t-elle en elle-même, en s'emparant du bac de documents à dactylographier. Pour le bac de documents à expédier, il était trop tard, elle s'en chargerait demain à la première heure. En revanche, pour le bac à dactylographier, il n'était pas trop tard, elle allait s'en charger.

Le préposé au marketing frappa à la porte.

- Vous avez vu Monsieur San Versa ? demanda-t-il à la secrétaire.

- Non, et pourtant ce n'est pas le travail qui manque, il aurait pu me le donner plus tôt, continua à marmonner la secrétaire.

Le bureau était très calme, on pouvait juste entendre au loin le bruit des photocopieuses.

- Deux hommes sont passés au bureau et ils ont demandé à Monsieur San Versa de descendre, je pense qu'ils avaient accroché sa voiture.

- A quelle heure est-ce arrivé ?

- A l'heure du déjeuner.

- C'est curieux, j'ai vu la voiture de Monsieur San Versa en rentrant à 14 h, elle n'avait pas une égratignure et je n'ai vu personne.

- C'est curieux, en effet, il n'est pas rentré depuis et je ne sais que dire à son rendez-vous de 15 h qui l'attend depuis une demi-heure déjà.

La secrétaire déposa le bac de documents sur le bureau et passa derrière celui-ci pour consulter l'agenda de son patron.

- Elle lut : « Consultation marketing ».

C'est pourtant un rendez-vous très important, il est curieux qu'il les laisse poireauter.

Faites les passer dans mon bureau, je me charge de les recevoir.

La dactylo s'apprêtait à sortir, lorsque la secrétaire la rappela.

- Attendez ! j'ai du courrier à taper.

Joignant le geste à la parole, la secrétaire tendit le bac de documents à dactylographier à la dactylo.

- Je vais y mettre quelques heures, bredouilla la jeune fille.

- Et bien, cela compensera les longues heures que vous avez prises au déjeuner.

Le soleil se couchait, il avait pris une teinte mauve-orangée. Sabrina se tenait dans le salon. Elle jeta un coup d'œil à la pendule vieux rose qui se trouvait sur la cheminée. Sabrina se mit à arpenter la pièce. Il était 20 h 05 et ils allaient être très en retard chez la princesse de Chalème qui les attendait pour dîner.

La soirée se tenait à la villa Clémentine et cela leur prendrait au moins une heure pour faire le trajet. Elle avait relevé ses cheveux sur le haut de la tête, en chignon très strict pour dégager le cou et les oreilles parées d'émeraudes. Ces émeraudes étaient d'un goût exquis, de la même couleur que sa robe de satin. Sabrina regarda une nouvelle fois la pendule.

- 20 h 35. Ce n'est pas possible ! Que se passe-t-il ?

Un appel urgent de Paris ou de Londres ?

Je n'aime pas ça !

J'avais une drôle de sensation cet après-midi.

Steven et Sabrina étaient si fusionnels et si proches que la télépathie faisait partie intégrante de leur relation. Elle se dirigea vers le salon et composa le numéro du bureau de son mari.

Une secrétaire, à la voix épuisée, lui répondit :

- Je vais voir, Madame.

Peut-être que Monsieur San Versa est rentré.

- Rentré, que voulez-vous dire ? Mon mari n'est pas au bureau ?

- Pas cet après-midi.

- Pas cet après-midi ! Mais il avait un rendez-vous important !

- Je sais, je m'en suis chargée.

- Steven vous a demandé de vous en charger ?

- Non, mais comme il était absent, j'ai cru bien faire.

- Vous verrez ça avec lui à son retour.

Savez-vous où il est allé ?

- Non, Madame.

La dactylo a parlé de deux hommes qui seraient passés au bureau pour une histoire d'accident.

- Une histoire d'accident ?!

- Rien de grave, des égratignures à la voiture.

Il serait descendu avec les hommes et depuis, il n'est pas remonté au bureau.

- Très bien !

Pourriez-vous me passer la dactylo ? elle en sait peut-être plus.

- Je ne pense pas !

- Pourriez-vous me la passer ?

- Je vais voir ! Elle est partie sans avoir terminé de dactylographier les documents que je lui ai donnés.

La secrétaire jeta un rapide coup d'œil au travail de la jeune dactylo.

- Deux dossiers, voilà ce qu'elle a fait en quatre heures, deux lettres, et je peux tout refaire, maugréa-t-elle.

Il s'écoula un moment qui sembla fort long à Sabrina qui attendait une réponse à l'autre bout du fil.

- Désolée, Madame, elle est rentrée chez elle.

- Très bien !

A demain, Cécile.

Il se passait quelque chose de bizarre. Sabrina commençait à sentir la peur l'envahir. Elle repartit dans le salon et regarda une nouvelle fois la pendule : il était 21 h. Soudain, le téléphone retentit.

- Allô ! Je ne sais pas ce que vous allez faire de la princesse, mais la question qui se pose est qu'allez-vous faire de votre mari ?

- Quoi ?

C'était bien sa chance ! Un cinglé !

L'espace d'une seconde, elle perdit complètement le contrôle d'elle-même. Pourtant, leur numéro de téléphone était sur liste rouge.

- Je suis navrée, je crois que vous vous trompez de numéro !

Elle était sur le point de raccrocher.

- Une seconde ! dit l'interlocuteur. Je pense que vous attendez votre mari ?

- Oui ! c'est exact.

- Il est en retard, non ?

- Qui est à l'appareil ?

- Peu importe, votre mari est ici avec nous.

Elle pouvait à peine parler.

- Que voulez-vous ?

- De l'argent, beaucoup d'argent : quatre-vingts millions d'euros.

- Quoi ! Mais je n'ai pas une telle somme !

- Mais si !!! Vos maisons, vos ateliers valent bien ça ! Trouvez cette somme, vous avez le week-end !

- Attendez ! Comment va Steven ? Que lui avez-vous fait ?

- Pour l'instant, encore rien !

- Ne lui faites pas de mal !

- Cela va dépendre de vous !

Sabrina s'était écroulée dans un des fauteuils, son cœur battait à tout rompre et elle fit un effort extrême pour ne pas s'évanouir. Son cerveau fonctionnait au ralenti, comme si elle ne pouvait pas entendre ce que lui disaient les ravisseurs. Steven, son merveilleux Steven était en danger et elle se sentait impuissante à lui venir en aide, pire, elle n'arrivait même plus à réfléchir.

- Mais je n'y arriverai pas ! balbutia-t-elle, en étouffant ses sanglots.

- A vous de voir ! Les cartes sont de votre côté.

- Attendez ! Laissez-moi parler à Steven ! Passez-le-moi !

Mais, déjà, son mystérieux interlocuteur avait raccroché. Sabrina fondit en sanglots. Steven a été kidnappé. Une heure plus tard, la jeune femme était toujours assise dans le salon, lorsque le téléphone retentit.

- Au fait, nous avons oublié de vous dire : « Pas de flics, évidemment ».

- Mais, je ne peux pas rassembler une telle somme en si peu de temps !

Mais, une nouvelle fois, les ravisseurs avaient raccroché. Elle fondit à nouveau en larmes. Entre deux sanglots, elle appela Bernard, l'associé et ami de Steven. Dix minutes plus tard, il était à ses côtés, consterné.

- Comment allons-nous payer ? demanda Sabrina.

- On ne peut pas payer ! Il faudrait une année entière pour rassembler une telle somme !

La maison était très calme, Simon passait le week-end chez sa mère. Sabrina se versa une autre tasse de café, tiède à présent, mais cela lui était égal.

- Je trouverai cet argent, il le faut !

Voulez-vous une tasse de café, Bernard ?

- Je préfèrerais quelque chose de plus fort. Puis-je me servir une vodka ?

- Oui, vous savez où vous servir.

- Merci, Sabrina.

Tandis qu'il se dirigeait vers une des armoires qui servait de bar dans le petit salon, Bernard prit un ton solennel et suggéra doucement à Sabrina :

- Nous devons appeler la police, je pense que c'est la seule chose raisonnable à faire en pareille circonstance.

Passant de pièce en pièce, Sabrina se sentait de plus en plus déprimée. Elle se laissa finalement choir dans un des fauteuils et posa sa tête contre le dossier.

- C'est impossible !

- Nous devons appeler la police. Il le faut ! Il faut le retrouver le plus rapidement possible !

Bernard était aussi pâle que Sabrina. Le silence fut ébranlé par une porte qui claquait. Bernard se précipita.

- Ce n'est rien, juste une fenêtre restée ouverte.

Dehors, il faisait venteux et les nuages défilaient devant la pleine lune. Bernard revint et trouva Sabrina exactement dans la même position que lorsqu'il l'avait quittée.

- Je t'en prie, laisses-moi appeler la police ! dit-il en chuchotant.

Elle acquiesça sans un mot.

Dans le calme du salon, ni l'un, ni l'autre, ne purent empêcher l'inexorable et lent tic-tac de l'horloge de poursuivre sa course folle. Le silence auquel Sabrina aurait tant aspiré, lui devenait soudain insupportable.

Cinq minutes plus tard, les policiers étaient là. Sabrina se leva d'un bond.

- Nous sommes désolés de ce qui vous arrive, nous comprenons votre peine, mais il nous faut absolument une entière collaboration de votre part, et nous dire tout ce que vous savez.

Qui l'a vu en dernier lieu ?

Dans quelles circonstances ?

Aviez-vous reçu des menaces ?

Avez-vous des ennemis ?

Ils posèrent ainsi des questions durant deux heures.

- Ils n'ont pas dit où ils voulaient qu'on leur porte l'argent, déclara Sabrina d'une voix entrecoupée de sanglots.

- Il semble que nous ayons affaire à des amateurs, répliqua le plus grand des deux policiers.

L'officier de police parlait d'un ton compatissant et à voix presque basse.

Il était spécialisé dans les affaires de kidnappings. Sabrina avait repris un peu d'espoir. Les policiers parlaient entre eux.

- Je vous en prie, cessez de parler entre vous en ignorant notre présence, rugit Bernard, furieux du comportement des enquêteurs.

Il faut seulement que l'on retrouve Steven, avant que ces fous ne lui fassent du mal.

Vous devez le retrouver !

De plus en plus courroucé, Bernard haussa le ton, lorsque les policiers continuèrent à s'obstiner à poser des questions, mettant presque en cause Sabrina ou l'un de ses proches.

- Vous perdez un temps précieux, le nôtre, et celui de Steven ! vociféra Bernard.

Mais, comme investis d'une mission dont ils ne devaient déroger, les policiers continuèrent de plus belle :

- Votre compte personnel et celui de la maison de couture seront bloqués dès lundi matin.

Il était passé minuit lorsque les policiers se retirèrent.

- Tu vois espèce d'imbécile ! dit Sabrina, furieuse. Je t'avais dit de ne pas appeler la police ! Je ne pourrai rien payer du tout maintenant, les comptes bancaires seront bloqués !

- Il faut les laisser faire leur travail, Sabrina ! même si je te comprends et si j'ai moi-même du mal à me contenir, dit Bernard.

Pendant un court instant, elle fut sur le point de gifler Bernard, mais en voyant sa mine décontenancée, elle le regretta aussitôt. Elle eut une crise de nerfs.

Bernard dormit cette nuit-là dans la chambre d'amis. Sabrina ne se coucha pas.

- Je sais très bien ce que tu ressens Sabrina murmura-t-il, dès qu'il fut réveillé, les larmes aux yeux lui aussi.

Elle attendait, se levant, se rassoyant, pleurant … Il leur fallut attendre 24 h, avant de recevoir un nouveau coup de fil. Même demande : « Quatre-vingts millions d'euros pour mardi », et nous étions samedi.

Dimanche matin, Sabrina ressemblait à un spectre. Ses yeux étaient cernés et son visage était d'une pâleur mortelle. Elle avait d'étranges visions, celles de Templiers. Aux premières heures du lever du soleil, elle avait suivi l'étrange manège d'une sorte de moine vêtu d'une bure grise, dans le jardin. Elle allait appeler, mais se ravisa et continua d'observer l'étrange scène qui se jouait sous ses yeux. Sabrina avait développé la faculté de voir l'invisible. Mais qui pourrait comprendre ! Si elle appelait ! Impossible, tous penseraient qu'elle avait perdu la raison. Même elle n'était pas certaine de ne pas l'avoir perdue. L'étrange moine tenait entre les mains trois sortes de cylindres métalliques. Il se tenait debout sous le saule majestueux.

Il fit alors quelque chose de plus étrange encore, il enfila les cylindres dans trois branches et disparut.

- Je deviens complètement folle ! pensa-t-elle.

Elle fit un bref passage dans la salle de bain et descendit. Bernard était toujours là. Lui aussi semblait très affecté et avait le visage livide. Il avait préparé un jus de fruits qu'il tendit à Sabrina.

- Que va-t-il se passer maintenant ?

Bernard ne savait que répondre ; comme elle, il était très inquiet.

- Il faut que je parte Sabrina. Peut-être pourrais-tu demander à ta mère de venir vivre chez vous durant quelques jours, avait-il suggéré.

- Oui, je comprends, Bernard.

Ça va aller, je tiendrai le coup.

- Je n'aime pas te laisser seule en pareilles circonstances, mais je dois vraiment rentrer.

- Je vais voir ce que je peux faire de mon côté.

Bernard prit sa veste et embrassa chaleureusement Sabrina sur la joue avant de partir.

La police n'avait rien trouvé de nouveau. Sabrina s'était décidée d'appeler sa maman. Comme sa mère, la presse n'était pas encore au courant de la disparition de Steven. Sabrina avait appelé sa maman avec son portable pour s'assurer que la ligne fixe reste libre.

- Allô ! répondit une voix souriante, presque chantante.

- Maman ! Bonjour.

A l'intonation de la voix de sa fille, Madame Di Cabrel comprit de suite la gravité de la situation ; sa gorge se noua.

- Que se passe-t-il, ma chérie ?

- Maman, c'est Steven…. Steven… ; des inconnus l'ont kidnappé.

- Kidnappé !

Entre deux sanglots, Sabrina raconta tout ce qu'elle venait de vivre depuis vendredi soir. Horrifiée, Madame Di Cabrel écoutait sa fille.

- Ma chérie, j'enfile mon manteau, j'apprête Simon et nous arrivons. Je ne peux te savoir seule en ce moment.

- Non Maman, ce qui m'aide en ce moment c'est de savoir Simon avec toi, ce n'est pas la place d'un enfant dans cette maison pour l'instant.

Reprenant ses esprits, Madame Di Cabrel ne put qu'acquiescer.

Le lundi matin, Sabrina ouvrit le coffre-fort. Elle n'y trouverait pas les quatre-vingts millions d'euros exigés par les kidnappeurs, mais peut-être trois. Elle en sortit de longues boîtes de velours dans lesquelles elle gardait ses bijoux et elle déversa le contenu sur le lit. Il y avait des émeraudes, des diamants, un collier de rubis, des perles, sa bague de fiançailles sertie d'un magnifique saphir, le bracelet de diamants reçu de sa mère, ainsi que des perles que sa marraine lui avait offertes. Elle inventoria le tout.

- Qui acceptera de m'aider ? se demanda-t-elle.

Le seul homme en qui elle pouvait faire confiance était son ami Jean-Pierre Giofreddi. Sa famille et la sienne étaient en relations d'affaire depuis toujours. Jean-Pierre était l'homme le plus gentil qu'elle connaissait, c'était un être dévoué, toujours prêt à rendre service. De taille moyenne, il avait toujours un sourire malicieux aux coins des lèvres et sa droiture se lisait dans son regard. Sabrina s'habilla en silence, d'un vieux pull et d'un pantalon marron. Elle appela Jean-Pierre au téléphone. Elle arriva une heure plus tard chez lui. Jean-Pierre habitait une boutique discrète portant juste son nom en lettres d'or en guise d'enseigne. Il dévisagea la jeune femme et pressentit de suite qu'il se passait quelque chose de terrible.

Elle ouvrit son sac, en sortit les boîtes et déversa leur contenu sur le bureau.

- Je veux vendre tout ça !

- Sabrina…. Ma chère…. C'est impossible ! Ces joyaux sont dans ta famille depuis des générations !

- Il le faut Jean-Pierre, s'il te plaît ! Ne me demande pas pourquoi. Toi seul peux m'aider.

Jean-Pierre regardait silencieusement son amie, il la sondait jusqu'au plus profond de son être. Il était bouleversé, lui qui n'était heureux que lorsqu'il pouvait faire plaisir à ses amis et était aussi chagriné en les voyant malheureux. A présent, il était tout autant peiné de voir son amie dans un tel état de détresse.

- Parles-tu sérieusement ? finit-il par lui demander, avec toute la douceur qui lui était naturelle.

Cela va prendre un peu de temps. N'as-tu pas d'autres solutions ?

- Aucune, et je n'ai que très peu de temps.

Ses yeux s'emplirent de larmes.

- Très bien, très bien.

Combien te faut-il ?

- Quatre-vingts millions d'euros.

Donne-moi ce que tu peux.

- Deux cent mille maintenant et deux cent mille dans une semaine.

- Ne peux-tu me donner tout maintenant ?

Jean-Pierre essaya de calmer Sabrina du mieux qu'il put et lui proposa un café qu'elle accepta. Il se sentait totalement impuissant face à la situation.

- Merci pour tout, Jean-Pierre.

Je te serai reconnaissante toute ma vie.

Ce n'était pas quatre-vingts millions d'euros, mais c'était déjà ça.

Il s'enquit une fois encore en lui posant la question :

- Sabrina, comment puis-je t'aider ?

Elle secoua silencieusement la tête, ouvrit la porte et s'en alla. Elle ne put pleurer. Le trajet du retour lui parut durer une éternité. Elle craignit que les ravisseurs ne l'appelassent en son absence.

La maison qui d'habitude était toujours si joyeuse, à présent il y régnait un silence mortel et tout y était en désordre. Sabrina avait repris sa place dans le salon, à côté du téléphone. Tous ses sens étaient en éveil, elle s'apprêtait à subir une longue et pénible attente. Sous la tension du stress de ces derniers jours, tout son corps la fit souffrir.

Trop inquiet pour son amie, Jean-Pierre l'avait suivie. Il gravit l'escalier qui conduisait au perron, le cœur lourd et le pas pesant, ses épaules étaient légèrement courbées comme si tout le poids de la douleur de son amie s'était abattu sur lui. Il évita de sonner, par crainte de réveiller le petit Simon. Il frappa trois petits coups secs à la porte, juste assez fort pour être entendus dans le hall.

Sabrina sursauta, son cœur battait à tout rompre. Elle pensa à Bernard. Elle s'avança lentement, sans éclairer et, arrivée à la porte, demanda faiblement :

- Bernard, est-ce toi ?

- C'est moi, Jean-Pierre, Sabrina. Puis-je entrer ?

Elle ouvrit la porte en se jetant dans les bras de son ami et éclata en sanglots.

Jean-Pierre tenta de la réconforter et referma la porte derrière lui.

Il était 11 h, lorsqu'enfin le téléphone retentit.

- Vous avez l'argent ?

- Je voudrais entendre mon mari.

Elle attendit un moment au bout du fil, puis elle entendit enfin la voix de Steven :

- Sabrina, ma chérie !

Tout va très bien. Tu es très courageuse.

Comment va Simon ?

- Il va très bien ; il ne sait rien.

- Embrasse-le pour moi.

- Je le ferai, il est chez ma mère.

- Je veux que tu saches combien je t'aime. Tu es la plus adorable des femmes.

- Steven, je t'aime tant. Reviens vite !

- Je reviendrai ma chérie, je te le promets.

 Sois patiente et courageuse.

- Toi aussi, mon amour.

Sabrina n'avait pas eu le temps d'expliquer la situation à son ami qui, néanmoins, en comprit très vite la gravité.

- Vous avez l'argent ?

- Je n'ai pu obtenir que deux cent mille euros.

La communication fut brutalement interrompue.

De son côté, Bernard avait pris de nombreux contacts avec des financiers et des Francs-Maçons. L'affaire était grave et l'un des leurs était en danger. Il s'apprêtait à prendre son téléphone, lorsque celui-ci retentit, c'était Sabrina.

- Allô ! fit une voix éteinte.

- Sabrina, j'allais justement t'appeler, tu m'as devancé de quelques secondes.

- Qu'as-tu de neuf ?

- J'ai pu obtenir deux cent mille euros.

- De mon côté, j'ai pu en obtenir six cent mille de plus.

Les ravisseurs t'ont-ils donné une adresse où tu dois déposer cette somme ?

- Non, rien du tout ! Ils étaient furieux et ils ont raccroché.

- Et du côté de la police ?

- Rien !

Je suis rongée par l'angoisse.

J'ai peur Bernard, vraiment peur pour Steven.

- Je vais voir ce que je peux faire.

Bernard reposa son téléphone et composa un autre numéro.

- Allô ! Pierre !

L'affaire se complique, nous ne savons toujours pas où est Steven en ce moment et les ravisseurs semblent s'impatienter.

- Dans ce cas, nous allons passer à l'action.

Viens nous rejoindre chez moi, ce soir, à 20 h 30. Nous serons une dizaine de personnes.

- A ce soir !

Bernard jeta un bref regard à sa montre, il était 15 h 45 ; cela lui laissait le temps de se préparer pour la réunion du soir, et même de terminer quelques affaires urgentes en cours pour le bureau.

Dès le lendemain matin, la police retrouva un corps méconnaissable et sans vie dans le fossé, dans le quartier des Marolles. La dépouille, atrocement brûlée, fut identifiée comme étant celle de Steven. Des combis de police entouraient la limousine qu'Eric, le chauffeur, guidait à travers la circulation dense du Centre de Bruxelles.

Jean-Pierre resté auprès de Sabrina pendant cette nouvelle nuit d'angoisse, l'accompagnait.

Ce fut lui encore qui l'accompagna au funérarium et qui l'assista dans cette douloureuse tâche qu'est celle d'organiser les funérailles d'un être aimé. Elle avait choisi la Cathédrale Saints-Michel-et-Gudule, proche de la Grand-Place de Bruxelles. Cette Cathédrale était majestueuse, à la fois grande et chaleureuse. Steven affectionnait ce vaste édifice religieux qui avait la capacité de recevoir toutes les personnes qui souhaitaient assister aux obsèques. On pouvait y voir de nombreux signes templiers, cela avait énormément d'importance aux yeux de Steven, Sabrina le savait. Il arrivait souvent à Steven de les emmener, elle et Simon, faire la visite des églises. Il pouvait y passer des heures, il ne tarissait pas d'explications sur leur histoire. Il était également très érudit quant à la signification des signes et symboles qui s'y trouvaient, et n'hésitait pas de partager son savoir.

Elle le revoyait souriant derrière son appareil photo. Elle aussi s'armait d'un appareil photo, mais les clichés qu'elle prenait étaient ceux de Steven et de Simon. Un mois plus tôt, ils étaient tous les trois si heureux et insouciants dans cette même Cathédrale laquelle était soudain devenue l'endroit le plus triste de la terre.

Ce jour-là, les éléments étaient déchaînés, le vent soufflait à plus de cent kilomètres/heure et, comme si cela ne suffisait pas, il était accompagné d'une pluie glaciale et pénétrante. Sabrina ne partageait ni son parapluie, ni sa peine avec quiconque.

Le vent glacial s'engouffrait en rafales cinglantes sous le parapluie, la pluie glaciale ruisselait le long de son cou, mais cela l'importait peu, encore engourdie par la perte qu'elle venait de subir.

Elle pleurerait plus tard, quand elle pourrait supporter sa douleur. Elle écartait d'elle toute douleur, toute pensée, tout sentiment.

- « Il fait un temps à ne pas mettre un chien dehors ! »
aurait lancé son Steven, avec la joie de vivre qui le
caractérisait.

- « Mais nous, nous sommes plus forts ! » aurait rétorqué
son petit Simon.

-« Qu'est-ce qu'on attend ? » auraient-ils crié ensemble,
dans ce parfait mimétisme qui les unissait.

- « En route mauvaise troupe, cap sur Bruxelles !».

Cette petite phrase, combien de fois ne l'avait-elle pas
entendue de la bouche de Steven ; il l'utilisait à chaque fois
qu'il emmenait sa tribu.

Coupée totalement de la réalité de ce qui se déroulait
autour d'elle, Sabrina ressemblait à un fantôme.

Bernard aurait aimé l'accompagner dans ses démarches
au funérarium, mais Jean-Pierre l'avait devancé, et cela
l'agaçait. Il était surtout l'ami de Steven et s'était comporté
avec Sabrina, comme un ami sincère et fidèle. Sabrina savait
Bernard et Steven liés par des liens franc-maçonniques et
templiers.

Dans son esprit, Sabrina n'admettait que ces mots
qu'elle se répétait inlassablement, ces mots qui lui
promettaient l'apaisement de sa douleur et la force de
survivre en attendant cet apaisement :

- « Ce sera bientôt terminé et je pourrai rentrer chez
moi ».

- ... Et les cendres retourneront aux cendres, la poussière
à la poussière....

La voix de l'abbé pénétra l'engourdissement de Sabrina
qui saisit ce qu'il disait. Non ! s'écria-t-elle, en silence. Ce
n'est pas la tombe de Steven, la fosse est trop grande. Il ne
peut pas être mort, ce n'est pas possible !

Sabrina détourna la tête en un sursaut, niant le trou béant
et le cercueil qu'on faisait descendre. Les coups de marteau
avaient laissé des petits arcs de cercle dans le bois, autour

des clous qui avaient refermé à jamais le couvercle sur le visage de l'être tant aimé.

- Non ! Vous ne pouvez pas faire ça, il pleut, vous ne pouvez pas le mettre là. La pluie va couler sur lui. Il est tellement frileux ! Je ne peux pas regarder, je ne peux pas le supporter ! Steven m'aime, il aime Simon, il ne nous laisserait pas, il sait combien nous avons besoin de lui !

Sabrina regarda les gens autour de la tombe et une bouffée de colère l'envahit soudain.

- Aucun d'eux ne l'aime comme moi ! Aucun d'eux n'a autant perdu que moi ! Personne ne sait combien je l'aime !

Sabrina leva le menton en serrant les dents pour retenir les sanglots qui lui nouaient la gorge.

- Ce sera bientôt terminé, je pourrai rentrer chez moi et tout redeviendra comme avant, Steven va rentrer.

Bernard s'était chargé de prévenir les membres de l'Ordre auquel Steven et lui appartenaient. Il avait lui-même prévenu la famille de Steven, Sabrina en aurait été incapable.

Elle avait paru très surprise qu'aucun d'eux n'assista à l'enterrement de l'homme qui comptait aussi fort à ses yeux, pas même sa famille, pas même sa famille spirituelle. Comment était-ce possible ? Steven était grand maître au sein de l'Ordre, un poste très important. Il était fils unique et successeur de son père !

Sabrina était incapable de réfléchir, son chagrin lui vrillait les tempes, l'étouffait.

- « Tous sont très occupés et aucun ne pourra se libérer pour l'enterrement. », telle avait été la réponse de Bernard, lorsqu'il vit la stupéfaction de Sabrina. – « Je suis chargé personnellement de faire ici-bas le nécessaire pour qu'il occupe la place qui lui revient en haut. »

Sabrina n'avait jamais assisté aux funérailles d'un Templier, mais elle savait que certains rites étaient particuliers, elle avait entendu Steven en parler. Comment lui, le grand maître, n'y avait-il pas droit ? Comment se pouvait-il que sa famille soit absente, tous trop occupés ? Sabrina avala sa colère. Bernard l'avait rassurée, tout serait fait comme cela devait être. Bernard ne lui avait fourni aucune explication rationnelle sur le sujet. Trop enfoncée dans la douleur de son chagrin, elle n'avait pas insisté.

Sabrina et sa mère étaient toutes deux assises sur le siège arrière de la voiture. Les yeux fixés sur la nuque d'Eric, son chauffeur, Sabrina se demandait qui avait tué l'homme de sa vie ? Cela n'avait plus d'importance maintenant. Son amour n'était plus. En moins d'une semaine, sa vie était passée du rêve au cauchemar. Les morceaux épars de sa vie éclatée gisaient autour de Sabrina, dans ce petit cimetière perdu de la campagne brabançonne. Une haute équille de granit, flèche de pierre striée de pluie grise, rappelait sombrement un monde révolu à jamais, le monde insouciant de sa jeunesse.

Cela faisait deux jours qu'elle était allée au funérarium dire adieu à l'homme qu'elle chérissait tant. Deux jours seulement, deux jours déjà … Elle se sentait comme morte, elle aussi. Cependant, au plus profond d'elle-même, elle pouvait encore sentir la petite flamme de Steven. Ce sentiment était étrange. Elle n'avait jamais ressenti cela auparavant. Il vivait en elle, elle pouvait encore sentir sa présence et, pourtant, elle assistait à son enterrement. Les pensées se bousculaient dans sa tête brûlante. Il y avait aussi toutes ses visions étranges, elles avaient commencé au moment de la disparition de Steven.

Elle n'aurait pu dire qu'elle était plus proche encore aujourd'hui de Steven que lorsqu'il vivait à ses côtés, car c'était totalement différent, mais cela était tout aussi fort. Ils étaient unis corps et âme, rien ni personne ne pourrait y changer.

Sa maman lui avait pris la main. Elle ne pouvait pas faire grand-chose.

Sabrina avait pleuré pendant plus de 24 h, après que la police l'eut prévenue. Elle s'était remise à pleurer lorsque Simon s'était jeté dans ses bras en criant :

- Ils ont tué mon papa....

Simon s'était mis à sangloter et Sabrina l'avait réconforté de son mieux. Sabrina, glacée malgré sa fourrure, cachait ses larmes et ses yeux bouffis derrière un chapeau à voilette. Elle avait un air plus noble encore que d'habitude. Elle était plus charismatique encore. Le magnétisme de Steven semblait l'habiter.

L'enterrement fut court et fort pénible. Les employés, les amis, la famille de Sabrina, les badauds, tous pleuraient sans retenue. Même cette Cécile que Sabrina ne supportait pas, pleurait à chaudes larmes.

- Quelle hypocrite ! Elle me donne la nausée !

Comment Steven est-il parvenu à la supporter ?

Cécile était une secrétaire compétente, mais des gens compétents, il y en a pas mal. Les vivants comme les morts l'entouraient, mais elle se tenait à l'écart. On aurait dit que la moitié de la ville était là.

A présent, la foule avait envahi le cimetière en un cercle sombre et irrégulier autour de la fosse creusée dans la glaise rouge pour accueillir le corps de son aimé. Le premier rang se serrait autour de ceux qui avaient été les plus proches de lui.

Les visages étaient striés de larmes, sauf celui de Sabrina. Elle se tenait seule, à l'écart. Entre elle et les gens qu'elle connaissait, il n'y avait plus qu'un espace froid et morose. Il n'y avait que le vent froid et humide qui soufflait sous son parapluie. Elle leva le menton, face au vent, ignorant ses assauts. Tous ses sens se concentraient sur ces mots où se réfugiait tout ce qui lui semblait rester de force et d'espoir :

- Ce sera bientôt terminé et je pourrai rentrer chez moi.
- Regardez-la, murmura « l'horrible » secrétaire, derrière son voile noir, à celui qui partageait son parapluie. Elle est aussi dure que mes ongles !

Les personnes proches d'eux les exhortèrent au silence, mais tout le monde semblait penser la même chose, tant Sabrina semblait indifférente au chagrin.

Elle avait les yeux rougis par les larmes et le manque de sommeil, mais en cet instant présent, aucun sentiment ne semblait émaner d'elle.

L'horrible bruit creux de la terre frappant le bois du cercueil lui fit serrer les dents et les poings jusqu'à se faire très mal. N'importe quoi plutôt que d'entendre le son terrible de la tombe qui se refermait. Elle ne crierait pas, ne pleurerait pas. Le cri qui troubla le silence fut celui de cette horrible secrétaire. C'était le cri d'une âme infortunée et ce cri était complètement déplacé. Steven avait confiance en cette horrible femme. Il sembla à Sabrina que la cérémonie durait des années. Le moment le plus pénible arriva lorsque les personnes présentes vinrent la saluer. Elle examina les visages qui l'entouraient, les yeux avides de soutien, un soutien qui ne vint que de sa mère, de Jean-Pierre et de Bernard.

Sabrina s'obstina à vouloir cacher sa souffrance. Elle resta indifférente, le menton levé, le dos droit, les épaules carrées. Quand ce sinistre moment fut passé, elle s'avança vers l'allée pour rejoindre la sortie du cimetière.

Alors, étourdie par l'épreuve, les jambes vacillantes, elle agrippa un barreau de la grille de fer. Sa mère et Eric, le chauffeur, accoururent vers elle pour l'aider à regagner la voiture. Sabrina n'eut aucune conscience de l'événement. Une fois assise sur le siège arrière, elle se blottit dans un coin. Elle était transie jusqu'aux os. Une douleur physique eut été plus douce ; c'était l'autre douleur, la douleur ajournée, retardée, niée, rejetée dans l'ombre, qu'elle ne pouvait supporter. Pas encore, pas ici, pas maintenant, pas avant d'être rentrée chez elle. Elle pourrait alors se blottir dans les bras de sa maman qui la consolerait, comme lorsqu'elle était enfant.

La pluie qui ne cessait de tomber rendit le chemin du retour long et pénible ; les essuie-glaces fonctionnaient à toute vitesse et Eric avait du mal à voir la route.

Enfin chez elle, Sabrina avait souhaité qu'on la laisse seule, elle ne désirait aucune visite. La police ne savait toujours rien. Ils supposaient qu'il s'agissait d'amateurs et que tout avait mal tourné. Leur opinion était que les malfrats en voulurent à la fortune des San Versa.

Simon se repliait sur lui-même ; depuis le décès de son père, l'enfant avait très peu communiqué avec sa mère.

Eric avait ramené Sabrina chez elle, sa mère l'accompagnait, elle était la seule que Sabrina souhaitait à ses côtés. Simon était resté dans sa chambre avec la nurse, l'épreuve aurait été trop pénible pour un enfant de cet âge.

- Tu devrais prendre quelques jours de vacances. Pars avec Simon, vous en avez tous les deux besoin, conseilla la mère de Sabrina.

- Je ne peux pas, il y a tant de choses à régler.

- Vous avez besoin d'une pause.

- Plus tard, maman, je ne peux pas pour l'instant.

- Tu as entendu ce qu'a dit la police !
Des tas de cinglés vont t'appeler, te rendre à moitié folle. Déjà la presse s'est mise à te harceler.
Penses à Simon !

- Simon peut retourner en classe.

- Tu n'y penses pas !
Pars une quinzaine de jours. Qu'est-ce qui te retient ici ?

- Tout, et plus rien.

Elle considéra sa mère et ôta son chapeau à voilette. Elle paraissait décidée. Tout irait bien. Elle était chez elle.

Elle se représentait la propriété ensoleillée et lumineuse, la maison d'un blanc éclatant, les légers rideaux voletant par les fenêtres ouvertes dès qu'un souffle de vent agitait les feuilles qui redeviendraient vertes et luisantes selon le cycle naturel de la vie. Elle s'imaginait sentir le jasmin planté sous les fenêtres …

- Je vais poursuivre l'œuvre de Steven.

J'irai travailler la semaine prochaine, à mi-temps pour l'instant.

- Tu plaisantes !
- Pas du tout.
- Sabrina, tu n'y penses pas !

Elle semblait peinée.

- Je peux le faire et je le ferai.
- Ma chérie, penses un peu à toi.

C'est trop tôt.

- Ce n'est pas trop tôt.

Qu'est-ce que je ferais ici ?

Je resterais assise dans le jardin ?

J'attendrais au salon ?

Attendre quoi ?

Que l'homme que j'aime, rentre à la maison ?

Il ne rentrera pas, maman.

Sa voix se brisa dans un sanglot, mais elle resta digne.

- Il ne reviendra jamais plus, je le sais bien, cette seule idée m'étouffe. Steven faisait partie de moi.

Sabrina se leva et pour la première fois, depuis une semaine, sa mère vit un pâle éclat dans ce qui avait été son regard brillant du passé. Sabrina semblait boire le calme de la campagne, elle s'en rafraîchissait, s'en nourrissait. L'air était comme lavé, la pluie avait enfin cessé de tomber et le soleil de cette fin d'après-midi était bienfaisant. Elle avait eu tellement raison d'aspirer rentrer à la maison, elle se sentait en sécurité chez elle, enveloppée dans des souvenirs qui réchauffaient son âme et son cœur. Une partie de la façade de cette grande bâtisse était couverte d'une glycine dont les feuilles mortes s'accrochaient encore à de vilaines branches pendantes qui devaient être élaguées. Quatre des fenêtres avaient leurs volets descendus. Sabrina serrait son petit Simon dans ses bras. Son châle avait glissé sur l'un de ses bras. Simon s'était accroché à sa mère et cela semblait l'avoir apaisé. Le chagrin de Simon était pire que le sien, Sabrina ne supportait pas de voir son petit bonhomme ainsi affecté. C'était trop cruel, elle ne puis le supporter.

La soirée, cette première soirée, après que son Steven fut enseveli sous cette terre glaciale, fut lugubre.

Sabrina leva la tête et, du revers de sa manche, essuya ses larmes.

La pièce commençait à se refroidir, Sabrina alla remettre une bûche dans le feu ouvert de la cheminée du petit salon. C'était un soir sans lune, juste un croissant argenté perdu derrière un nuage.

- Tout se passera bien, se répétait Sabrina. Tu es chez toi, avec ton petit Simon et ta maman.

L'obscurité froide s'enfuira avec les premiers rayons de soleil, c'est le cycle de la vie, le sablier que l'on retourne à notre naissance, tout va bien se passer. On raconte qu'il fait toujours plus sombre juste avant l'aube. Je ne dois pas me laisser aller, je n'ai pas le temps, je dois être forte pour Simon. Je dois poursuivre l'œuvre de mon Steven, pour lui, pour Simon.

Chaque atome épuisé et terrorisé de son corps lui criait qu'elle devait renoncer, se coucher et attendre que le vent l'emporte à son tour.

- Tout va bien se passer, je peux y arriver, je vais y arriver pour mon petit Simon.

Je suis perdue dans la nuit ! J'ai tant aimé Steven, je suis perdue dans une nuit sans lune.

Affolée, elle leva les yeux à la recherche d'une lueur de la Lune, mais le ciel était noir, d'un noir absolu. Même les froides étoiles lointaines avaient disparu. Pendant un instant, elle voulut appeler sa mère, crier et crier et crier encore jusqu'à exorciser son chagrin, mais elle se ravisa. Sa mère était déjà tellement affectée par son chagrin, il ne fallait rien laisser paraître, ne rien dire.

- Tout va bien se passer …

Elle était pâle et avait les yeux cernés.

- Simon, viens mon petit amour, maman va te mettre au lit.

Simon !

Sabrina avait repris son calme et cherchait maintenant son petit Simon, l'horloge indiquait 22 h 30.

Un pas léger retentit dans l'escalier.

- Parle moins fort, ma chérie, tu vas réveiller Simon, il a mis si longtemps à s'endormir.

- Simon est au lit ?

- Il est très tard pour un garçon de son âge et il est très bouleversé, ma chérie.

- Oh Maman ! Mon Simon ! Je ne me suis pas rendue compte de l'heure.

- Je suis ici ma chérie, je vais veiller sur vous deux.

Tu viens de subir un grand choc ma Brina.

Sabrina se laissa bercer dans les bras de sa mère et s'endormit, mais son sommeil fut très agité.

CHAPITRE V
Le devoir avant tout

Sabrina était effectivement à son bureau la semaine suivante et les jours qui suivirent, inspirant la pitié et l'admiration du personnel. Suzanne lui avait été d'un précieux secours.

Sabrina faisait partie de l'équipe des créatifs et Steven s'occupait de l'administratif et du marketing. Elle avait de bonnes notions de marketing, mais ce n'était pas son domaine. Ce qui l'avait toujours passionnée c'était la création. Ils étaient complémentaires.

La jeune femme travaillait le soir chez elle, lorsque Simon était couché. Après de longues heures passées au bureau à s'occuper des affaires courantes, elle s'attaquait ensuite à la création de nouveaux modèles, à chercher ce que les femmes aimeraient porter la saison suivante, mais le cœur n'y était pas.

Sabrina prit conscience durant cette période que son génie créatif n'avait qu'un seul moteur : l'envie de surprendre et de plaire à Steven. Comme cela lui était facile ! Sans lui, un Jeans et un pull-over faisaient l'affaire. Seulement, voilà, le monde de la mode, lui, en demandait bien plus. Simon et son travail étaient devenus les seuls buts de sa vie. Elle était lasse, tendue, accablée de chagrin, mais elle faisait ce qu'elle avait dit. Elle conduisit Simon à l'école en prenant des précautions. Il avait un garde du corps, mais elle pensait qu'elle devait lui apprendre à faire face lors d'un éventuel danger. Elle lui avait gentiment parlé, mais avec détermination et fermeté. Elle lui apprenait à être digne et fier, brave, sans rancune, ni aigreur, exactement comme son père l'était, comme Steven aurait voulu qu'il soit. Elle lui communiquait sa propre force. Depuis l'absence de Steven,

Sabrina était devenue plus mûre, plus forte. Même son apparence physique avait changé. Elle avait perdu en superficialité pour gagner en profondeur. Ce changement transparaissait dans tout son être, elle semblait plus sûre d'elle encore que par le passé.

Sabrina et Simon recommencèrent à rire quelquefois. Dans les moments de cafard, il arriva qu'ils pleurèrent ensemble leur cher disparu.

Sabrina s'occupait de la succession et elle assumait avec beaucoup de sérieux et de compétence la poursuite de l'entreprise de son cher Steven. A son grand étonnement, elle en arrivait à apprécier Cécile. Cette dernière était austère, d'apparence froide, mais en réalité, ce n'était qu'une femme meurtrie par une vie qui ne lui avait pas fait de cadeaux. Elle vivait seule avec ses trois enfants dont l'aîné venait de fêter ses dix-sept ans. Après avoir subi les humiliations d'un mari ivrogne et agressif, il fallait maintenant qu'elle assume seule l'éducation des enfants. Endetté jusqu'au cou, le père n'était pas en mesure de payer les pensions alimentaires et encore moins de participer à l'éducation de ses enfants. Le fils aîné de Cécile avait hérité à la fois du physique et du caractère ingrat de son père.

Il arrivait certains matins que Cécile arrive au bureau, les yeux cachés derrière de grosses lunettes sombres qu'elle gardait durant plusieurs semaines.

Sabrina lui avait gentiment suggéré de rencontrer une assistante sociale, mais Cécile l'avait très mal pris.

Un matin, alors que le calme régnait dans les bureaux de la maison San Versa, des hurlements et des claquements de portes attirèrent l'attention de tous les employés.

L'aîné des enfants de Cécile était sorti de l'ascenseur, visiblement en état d'ébriété. Il avait bousculé deux membres du personnel, dont l'un d'eux, perdant l'équilibre, s'était affalé sur le sol de marbre. C'était une employée qui semblait souffrir d'une fracture. La pauvre dactylo était restée au sol, gémissant en tenant sa cheville. L'angle de sa cheville et de son pied s'était retourné, la laissant à moitié inconsciente sur le sol glacial. Dans une crise de démence, le fils de Cécile avait ensuite violemment jeté un coup de pied dans la porte du bureau où travaillait sa mère. Il l'avait sauvagement agressée, avant de tenter de s'enfuir avec son sac à main.

Les gardiens de l'immeuble l'avaient maîtrisé, alors qu'il tentait d'emprunter l'escalier de service. Cette fois, les choses étaient allées trop loin, et, qu'elle l'acceptât ou non, Cécile n'avait plus le choix : la machine judiciaire était lancée. Elle pleurait à chaudes larmes, lorsque Sabrina passa dans son bureau.

- C'était un petit garçon si gentil. Je ne comprends pas !

Essayant de rassurer sa secrétaire, Sabrina lui dit :

- Il est dans une mauvaise passe. Les choses vont s'arranger.

- Je ne le pense pas. Il suit les pas de son père et je ne pourrai rien faire pour l'en empêcher.

Je n'ai rien pu faire pour son père non plus.

Sabrina se contenta de prendre Cécile dans ses bras et de la renvoyer chez elle pour le reste de la journée. L'ambulance était arrivée dans les dix minutes qui suivirent l'événement houleux provoqué par l'énergumène. Les ambulanciers avaient entouré la jambe et le pied de la dactylo dans une sorte de botte, afin de stabiliser la fracture. On lui avait aussi prodigué une piqûre d'analgésique. Quand l'ascenseur se referma en emmenant l'infortunée dactylo et les ambulanciers, tout le personnel était partagé entre ceux qui regardaient Cécile avec agressivité, ceux qui se demandaient froidement qui allait maintenant faire le boulot de la dactylo, ceux qui se lamentaient et ceux qui anticipaient avec des « si », ou bien : « Cela aurait pu être moi, une minute plus tôt » …

Ce fut Bernard qui sauva la situation. Sabrina n'en eut pas la force. D'une voix ferme et autoritaire, il pria tout le monde de retourner au travail et la journée se poursuivit dans la plus grande morosité.

L'hiver approchait et Sabrina redoutait cette période faite de nuits longues et froides ; pour la première fois de sa vie elle était seule. Si seulement les jours voulaient cesser de raccourcir. Pendant la journée, elle arrivait à s'occuper l'esprit, mais l'obscurité la maintenait enfermée dans sa maison, seule avec son chagrin. Sa seule consolation était son petit Simon qu'il fallait mettre au lit de bonne heure. Sabrina n'avait pour seules compagnes que ses pensées. Or, elle ne voulait penser à rien, alors elle travaillait, mais le cœur et l'inspiration n'y étaient pas. Elle ne pouvait pas continuer éternellement à passer d'une pièce à l'autre dans sa grande maison comme un petit chien esseulé se heurtant aux bords de ses propres limites. Elle aurait pu renouer des liens avec ses amis du passé, mais elle n'en trouvait pas la force.

- Il fait sombre si tôt et les nuits sont si longues ; je n'arrive pas à dormir autant que je voudrais, autant que je devrais. Tout ira mieux quand la pluie cessera, il fera un peu plus clair, se disait-elle.

Ainsi défilaient les journées, les soirées et les nuits de Sabrina, la soirée qui suivit cette journée morose ne fit pas exception.

Le lendemain matin, le regard vide et fatigué, Cécile et Sabrina étaient pourtant au bureau. Les deux femmes avaient les traits tirés. Cependant, bien que l'on puisse lire en Cécile l'immense chagrin qui la tenaillait, elle semblait avoir retrouvé une certaine paix intérieure, ce qui n'était pas le cas pour Sabrina.

- Vous semblez aller mieux ce matin ! observa Sabrina.
- Ils ont placé mon fils en institution pour la jeunesse. Je suis mal, mais en même temps soulagée.

Je pense qu'il était temps pour mon Benjamin.

- Était-il violent avec son frère ?

- Oui, et Benjamin commençait à glisser à son tour sur la mauvaise pente.

- Comment puis-je vous aider, Cécile ?

- Vous le faites déjà, Madame, bien au-delà de ce que j'espérais.

- Je suis tellement désolée que nos relations n'aient pu être meilleures par le passé.

J'aimerais tellement vous aider davantage.

- A mon tour, j'aimerais aussi tellement pouvoir vous aider et rendre votre chagrin un peu moins lourd.

- Il me faudra du temps, Cécile ; j'ai besoin de temps, de beaucoup de temps, le temps atténuera peu à peu ma peine.

Sabrina n'avait toujours pas trouvé la force de ranger les cartons, les vêtements et les affaires de Steven. Elle avait fermé son bureau à clé.

Plus personne, même pas elle, n'y était entré depuis son décès. Lorsqu'elle prenait cette clé en main, l'expression de souffrance se lisait dans son regard. Ses proches étaient inquiets et ils se demandaient combien de temps elle allait supporter cette vie torturante. Les jours passaient et le regard de Sabrina restait vide et glacial.

Un soir en rentrant à la maison et après avoir couché Simon, elle s'installa dans le salon et lut son courrier. Une lettre était adressée à Steven, cela raviva sa douleur. Deux grosses larmes coulèrent sur ses joues et, sans retenue, elle se laissa brusquement aller à pleurer à chaudes larmes ; elle couvrit sa bouche de sa main pour ne pas hurler sa douleur, de crainte de réveiller Simon. Il se passa un temps interminable avant que le flot de larmes, tel un volcan trop longtemps endormi n'entre en éruption et ne se tarisse, la laissant épuisée, mais calmée. Les yeux gonflés et les joues en feu, Sabrina passa à la salle de bain pour se rafraîchir le visage. Elle resta hésitante, tremblante et, enfin, elle prit une longue respiration. Elle reprit la lettre et la regarda plus attentivement. En la retournant, elle remarqua que l'enveloppe ne mentionnait pas le nom de l'expéditeur. Son cœur battait si fort qu'il martelait sa poitrine, ses veines étaient enflées et devinrent apparentes sur ses tempes. D'une main tremblante, elle ouvrit l'enveloppe.

Les yeux encore embués de larmes, elle lut :

« Cher Monsieur,
Ces quelques lignes pour vous donner des nouvelles sur les recherches que vous m'avez demandées.
J'ai eu beaucoup de difficultés à les trouver, mais j'ai à présent quelques pistes que je vais exploiter.
Vous pouvez m'appeler cette semaine à mon domicile.
Bien cordialement.
                                                            Marc D. »

- Qu'est-ce que cela signifie ? Une nouvelle fois son regard se noya de larmes.
- Que me cachais-tu Steven ?
Qui t'envoie ce message énigmatique ?
Sabrina fronça les sourcils.
- De quoi parle ce Marc D ?
Pour se détendre un peu et surtout pour tenter de stopper ses pensées, elle trouva le journal du jour sur la table du petit salon. Elle n'avait pas encore trouvé le temps de le lire. Nerveusement, elle le parcourut, mais il ne lui était pas possible de lire, ses pensées la ramenaient sans cesse à ce courrier mystérieux adressé à Steven. Elle finit par jeter le journal dans la corbeille à papier. Tel un automate, elle se leva du fauteuil dont elle avait tant apprécié le confort par le passé et se rendit dans la salle de bain. Tous ses gestes, ses rituels aussi anodins soient-ils lui rappelait l'être aimé. Après un bain chaud, elle tenta de se détendre mais finit par se résoudre à prendre un somnifère, sans lequel elle

n'arriverait pas à fermer l'œil. Sabrina passa une nuit très agitée. Devait-elle ou non donner cette lettre à la police ? Les enquêteurs ne faisaient rien. Ils ne savaient rien et n'avaient aucune piste.

Sabrina restait convaincue que Steven était mort à cause de leur incompétence et son sentiment restait inchangé, jamais elle n'aurait dû les prévenir.

- Je vais tenter de retrouver les coordonnées de ce mystérieux Marc D. et prendre contact avec cette personne, pour poursuivre les recherches de Steven ?

Peut-être qu'il m'aiguillera et me donnera des réponses aux questions que je me pose.

Ce matin-là, Sabrina se leva avec le visage défait, mais quelque chose dans son regard avait changé. Elle alla chercher la clé du bureau de Steven et décida que le soir-même, elle rechercherait le numéro de téléphone de l'expéditeur de l'étrange lettre. Sabrina ne trouva qu'une adresse e-mail et prit immédiatement contact avec cet énigmatique correspondant en mentionnant son numéro de portable.

Sans même s'en rendre compte, pour la première fois, depuis des semaines, Sabrina s'était à nouveau maquillée et coiffée, ce qui ne manqua pas de ravir Simon, lorsqu'elle alla le réveiller.

- Tu es de nouveau ma maman que j'aime avait dit l'enfant en lui faisant un câlin.

C'était vrai, le choc était passé. Il avait été rude. Sabrina allait poursuivre sa route et cela commencerait en ouvrant le bureau de Steven.

Les fêtes de fin d'année se profilaient à l'horizon, Sabrina redoutait ce moment, sa mère le savait et c'est avec joie que Sabrina s'apprêtait à recevoir pour quelques jours cette visite inespérée.

- Mammy ! Mammy !

Simon pressait le nez contre la vitre. Le gigantesque arbre de Noël brillait de mille feux derrière lui. Sabrina entoura Simon de ses bras et sourit. Elle avait eu particulièrement besoin de lui ces derniers mois et lui aussi.

- Mammy ! Mammy ! cria-t-il, lorsque la mère de Sabrina franchit la porte.

Simon sauta dans les bras de sa grand-mère et la serra de toutes ses forces.

- Tu vas m'étouffer !

Madame Di Cabrel embrassa l'enfant et serra sa fille dans ses bras. La pluie ne cessait de tomber depuis plusieurs jours.

- Maman, c'est bon de te revoir. Tu es trempée, je vais te chercher une serviette. Tu devrais changer de vêtements.

- Pour moi aussi, le temps m'a paru bien long, vous m'avez beaucoup manqué tous les deux.

Madame Di Cabrel passa dans la salle de bain et enfila un peignoir en éponge. La dizaine de mètres qu'elle avait dû parcourir entre sa voiture et l'entrée de la maison l'avait trempée jusqu'aux os.

Sabrina remit quelques bûches dans la cheminée ; celles-ci se mirent à crépiter et une douce chaleur rayonna dans toute la pièce. Ils s'assirent tous trois près de l'âtre. Cette année, ce premier Noël sans Steven restait une épreuve pour Sabrina et Simon. Madame Di Cabrel l'avait bien compris et elle avait décidé de s'installer un peu plus d'une semaine chez sa fille et son petit-fils ; elle souhaitait plus que tout pouvoir les gâter. Sabrina n'avait plus confiance en personne. La tendresse et la générosité qui lui avaient été autrefois si naturelles étaient en train de mourir lentement dans son cœur.

- Quand pourrais-je ouvrir les paquets ? demandait Simon.

- Le soir de Noël, pas avant.

Simon tirait sur la manche de sa grand-mère, mais cette dernière faisait semblant de ne pas comprendre.

- Quels paquets, que veux-tu ouvrir ? Il n'y a que du linge sale que je vais porter à la blanchisserie dans mes valises.

- Ce n'est pas vrai ! S'il te plaît, maman ! mammy !

- Je crois qu'il ne pourra pas attendre jusqu'au soir de Noël.

Sabrina souriait doucement en caressant son fils du regard.

- Pourquoi ne donnes-tu pas d'abord ton cadeau à ta grand-mère ?

- Oh maman !

- Allons !

Elle lui passa un grand paquet qu'il donna à sa grand-mère. Celle-ci en sortit une ravissante robe d'intérieur de satin rose. La plus belle de sa collection.

- C'est donc toi qui as commandé la pluie pour mon arrivée, petit voyou. Tu voulais que je sois obligée de passer cette magnifique robe d'intérieur ?

Tous trois se mirent à rire aux éclats.

- Madame Di Cabrel tendit à son tour le cadeau qu'elle avait apporté pour son petit-fils.

Simon était radieux. Il déchira l'emballage avec beaucoup d'empressement.

- Ma console de jeux préférée ! s'exclama-t-il.

Madame Di Cabrel et Sabrina se mirent à rire de plus belle, en considérant le petit visage rouge de plaisir et les yeux joyeux et brillants de Simon.

- Je vais essayer mon cadeau. Qu'en pensez-vous ? demanda Madame di Cabrel.

- Oh oui ! Oh oui, mamy !

- Excellente idée, maman !

Madame Di Cabrel emporta son cadeau, se dirigea vers la salle de bain et revint quelques minutes plus tard. La robe d'intérieur lui saillait à merveille. En la voyant apparaître dans le salon ainsi vêtue, Simon et Sabrina s'exclamèrent spontanément :

- Mamy ! Maman ! Tu es radieuse, quelle élégance !

Tel un mannequin, Madame Di Cabrel avança avec grâce, le menton relevé et s'arrêta à leur hauteur, une main sur la hanche, avant de tourner sur elle-même. Tous trois éclatèrent de rire. Pendant un bref moment, ils avaient oublié la chose affreuse qu'ils venaient de vivre et le chagrin de ces derniers mois.

- Je peux jouer ?

- Bien sûr !

Sabrina regarda avec tendresse son fils s'installer dans le salon. Sabrina et Madame Di Cabrel attendaient l'installation complète du petit manège dans le jardin. La console de jeux avait bien fait diversion. Sabrina se leva et ouvrit les deux portes-fenêtres qui donnaient sur le jardin. Les yeux du petit garçon étincelaient.

- Mam… Mam…

Elles baissèrent les yeux sur Simon et virent qu'il retenait son souffle. Dans le jardin se trouvait un petit manège qui avait juste la taille qui convenait à un garçonnet de cinq ans. Cela avait coûté une fortune à Madame Di Cabrel, mais elle adorait son petit-fils. Elle n'avait pas de regret, bien au contraire ; en le voyant si heureux, c'est lui qui lui faisait le plus merveilleux des cadeaux. Simon poussa la porte et courut aussi vite qu'il pût vers le manège. Sabrina et Madame Di Cabrel couraient à sa poursuite. Sabrina aida Simon à grimper sur le dos d'un ravissant cheval de bois, de couleur bleue ; il avait une superbe crinière blanche et était équipé de rennes en ruban doré. Madame Di Cabrel actionna la boîte manuelle et le manège se mit en mouvement. Simon poussait des cris d'excitation et de délice. Au son d'une douce musique classique, les domestiques apparurent, les uns aux fenêtres, les autres dans le jardin, pour regarder l'enfant.

- Viens maman !

Madame Di Cabrel et Sabrina sautèrent sur le manège et, à leur tour, elles grimpèrent sur les chevaux de bois aux multiples couleurs. Tout le monde riait et Simon les contemplait avec une tendresse qui déchirait le cœur de Sabrina. Simon tournait encore et encore, sans se lasser, jusqu'à ce que Sabrina jugea qu'il était temps de rentrer.

- Quels merveilleux cadeaux !

La musique continuait à résonner dans la tête du petit garçon.

- Merci maman !

- C'est à ta mamy que tu dois dire merci, c'est son cadeau. Quand j'avais ton âge, j'avais souhaité en avoir un, mais cela ne s'est pas fait ; si tu me laisses te l'emprunter, ce sera aussi un peu mon cadeau à moi, tu veux bien ?

- Oh oui, maman !

- C'est fantastique maman, ce que tu viens d'offrir à Simon.

Sabrina avait prononcé ces mots en regardant sa mère avec toute la tendresse qui l'habitait encore.

- Vous êtes mes amours.

Simon était couché depuis un petit moment, lorsque le téléphone retentit.

- Bonsoir Sabrina !

- Marc ?

Quelque chose qu'elle n'expliquait pas chez cet homme, cette personne qu'elle n'avait jamais rencontrée, lui rappelait Steven.

- Vous avez commencé la lecture du premier manuscrit ? demanda Marc.

- Oui, cette lecture est un choc pour moi.

- Ça l'est pour la plupart des gens.

- Avez-vous poursuivi les recherches que Steven souhaitait ? demanda Sabrina.

- Oui, répondit Marc, cependant cela prendra le temps que cela prendra, mais je vous en parlerai lorsque vous serez prête.

- Pourquoi ?

- Je ne peux pas vous le dire, poursuivez vos lectures. Nous resterons en contact.

- Comme vous voulez.

Sabrina avait raccroché. Elle était encore perdue dans ses pensées, lorsqu'elle retourna auprès de sa mère. Madame Di Cabrel s'était confortablement installée dans le salon.

- Tout va bien ma chérie ?

- Oui, oui maman, je suis juste fatiguée. Je vais aller dormir.

Elles demeurèrent un petit moment sans parler, à contempler le feu de bois, chacune perdue dans ses pensées. Ce fut Madame Di Cabrel qui, la première, eut envie de sortir sa fille de sa torpeur.

- Nous devrions inviter des amis de Simon, suggéra Madame Di Cabrel.

Pourquoi pas demain ?

- Demain, tu n'y penses pas, j'ai trop à faire.

Sabrina avait répondu d'un ton sec à sa mère et elle s'en excusa.

- Alors ce week-end ?

- Tu as raison, c'est une idée merveilleuse.

J'ai peut-être une petite idée sur les amis que je vais inviter.

- Je les connais ? Ce sont des copains de classe ?

- Non, Simon ne les connaît pas.

- Crois-tu qu'il va aimer cette initiative ? Tu devrais plutôt inviter ses amis de classe.

- Je le ferai, mais pour ce week-end, j'ai une autre idée.

Je vais inviter les enfants de ma secrétaire Cécile.

- Cécile ! Parles-tu de cette femme que tu ne supportais pas à l'enterrement de Steven ?

- J'avais tort maman, c'est en fait une femme très gentille et cela devrait beaucoup plaire à ses enfants.

- A ses enfants peut-être, mais penses un peu à ton fils. Crois-tu que ça plaira à Simon ?

- Oui, j'en suis certaine.

Je vais d'abord en parler avec Cécile et si elle accepte mon invitation, j'en parlerai à Simon.

Il a beaucoup changé, mon petit bonhomme est devenu un petit garçon responsable.

Sabrina prit sa mère dans ses bras et l'embrassa.

- Merci maman, bonne nuit. Tu m'as donné une idée formidable.

- Bonne nuit ma chérie.

La pluie ne cessa pas de tomber durant tout le séjour de Madame Di Cabrel auprès des deux êtres qu'elle chérissait le plus au monde. Les fêtes passèrent dans la fusion chaleureuse de ces trois êtres, jeux à l'intérieur et manège pour tout le monde, les rires se firent plus nombreux que les larmes. Chaudement enveloppés dans des châles passés au-dessus de leurs manteaux, Simon et les enfants de Cécile passèrent de très bons moments ensemble.

Sabrina les avait invités pour la Saint-Sylvestre. Cachée derrière un grand parapluie, Madame Di Cabrel avait la lourde responsabilité d'activer les manettes de commande du manège. Les chevaux de bois montaient et descendaient au rythme de la musique. Cécile et Sabrina s'étaient réfugiées sous le perron, à l'abri de la pluie qui tombait avec insistance et du vent glacial. Bien que transies de froid, les deux femmes avaient chaud au cœur.

Le soir venu, les enfants se promirent de se revoir très vite et se serrèrent longuement avant d'obtempérer à monter dans la voiture de Cécile dont le moteur vrombissait depuis plus de dix minutes.

Au travers des vitres embuées, les enfants se firent de grands signes d'adieu jusqu'à ce que la voiture ne fût plus visible.

- Ils ne te voient plus mon chéri, murmura Madame Di Cabrel.

- Rentrons à présent, il fait un froid sibérien.

Ce soir-là, Simon dut se faire prier pour passer à la douche tant la fatigue le submergeait. C'est un petit garçon souriant que Sabrina borda tendrement.

Madame Di Cabrel se sentait un peu lasse, elle avait la gorge brûlante, elle se prépara une tisane, puis embrassa sa fille et alla se coucher à son tour.

Sabrina se retrouvait seule une fois encore, mais cette semaine lui avait redonné le moral, elle se sentait mieux, plus forte, plus vivante.

Elle resta pourtant éveillée presque toute la nuit, luttant pour comprendre ce qui était arrivé.

Les fêtes redoutées étaient passées et tout s'était bien déroulé. Elle et Simon avaient beaucoup ri. Elle reconstitua cent fois en pensée le déroulement de cette année, jusqu'à en avoir mal à la tête. Lorsqu'elle sombra enfin dans le sommeil, celui-ci fut bref et agité. Elle se réveilla néanmoins à temps pour descendre vêtue de sa robe d'intérieur la plus seyante afin de faire honneur à sa mère et à son petit bonhomme.

Elle allait se verser une deuxième tasse de café, lorsque sa mère lui dit tristement :

- Cette semaine est passée bien vite, je vais déjà reprendre la route cet après-midi. Comme vous allez me manquer de nouveau !

- Tu pars aujourd'hui, mamy ?

- Oui, mon chéri, je dois rentrer. Mais pourquoi ne viendriez-vous pas avec moi passer quelques jours de détente, loin de cette maison. Cela ne vous tente-t-il pas ?

- Mais ! Et mon manège ? lança Simon.

- Je ne peux pas maman, répondit Sabrina, je dois reprendre le travail !

- Entendu, je partirai seule, puisque personne ne souhaite m'accompagner.

- Maman !

Madame Di Cabrel partit sous la pluie, comme elle était venue. Quand la porte se referma, Sabrina songea à nouveau au lourd fardeau que représentait aujourd'hui pour elle, la société de Steven et, plus encore, à ce besoin de découvrir la véritable personnalité de son défunt mari. Jamais elle n'avait été aussi malheureuse.

En rangeant ses vêtements, Sabrina retrouva une carte de visite, celle-là même que Bernard lui avait remise lors de cette soirée rituelle en Ecosse.

- Déborah ! J'aurais tellement besoin de toi à mes côtés, ma chère amie.

Sabrina prit son GPS et tapa l'adresse de son amie, bien décidée à lui rendre visite.

- Peut-être n'es-tu pas chez toi, peut-être ne veux-tu plus me voir, peut-être nous retrouverons-nous, comme lorsque nous étions si proches…

Dans une pièce claire, peinte en jaune, une jeune femme blonde, grande et élancée, s'activait sur son ordinateur. Elle avait une mèche sur l'œil. Elle posait sur les êtres et sur les choses un regard bleu de porcelaine. Un chien croisé Labrador-Tervuren, prénommé Beethoven, dormait à ses pieds. Il y avait des plantes vertes et des monceaux de papiers partout. Une dizaine de tasses jonchaient le sol que Beethoven avait fait basculer en jouant. Cette cellule était visiblement le refuge d'un écrivain.

Les couvertures de ses livres étaient encadrées et suspendues sur un mur, celui qui se trouvait juste à l'arrière de son bureau. Sur un petit meuble dans de jolis cadres, on pouvait voir les photos de ses deux enfants. Elle devait impérativement renvoyer les dernières corrections du bon à tirer de son dernier ouvrage dans la semaine. Le chien voulait jouer, les longues heures d'attente l'avaient ennuyé. Il commençait à faire des bêtises.

- Nom d'un chien, Beethoven !

Déborah se leva et alla ouvrir la porte du living pour laisser le chien aller se dégourdir les pattes au jardin.

A trente ans, Déborah était exactement comme à dix-huit ans, à l'époque où elle et Sabrina étaient mannequins et deux amies très proches.

Les deux femmes ne s'étaient plus revues depuis des années, depuis ce temps lointain où Déborah avait subi les affres d'un homme odieux, ainsi que celui qui avait décidé d'épouser sa meilleure amie et qui l'avait séduite pour approcher Sabrina. Bien que cela soit un douloureux constat, l'homme qu'elle avait longtemps prénommé Wall Scott, avant de connaître sa véritable identité de la bouche de son mari Bernard, lui avait ouvert de nombreuses portes et c'était grâce à lui qu'elle avait emprunté le chemin des Rose-Croix.

Sur ce chemin, de nombreux changements s'étaient opérés en elle. Au fil de cette nouvelle connaissance, elle avait appris à mieux juger et mieux connaître l'époux de son amie d'enfance. Déborah ne lui en avait jamais fait le reproche, elle savait maintenant depuis longtemps que leur destinée était différente et elle l'avait acceptée, mieux encore, à présent, elle considérait comme un don ce que Wall Scott, alias Steven, lui avait apporté.

Déborah n'avait jamais cessé de le voir, elle connaissait depuis longtemps sa véritable identité, bien au-delà même de celle de son état civil et elle avait compris les raisons pour lesquelles elle ne devait plus jamais revoir sa chère Sabrina.

Déborah aurait été incapable de mentir à son amie de toujours, celle-ci l'aurait compris au premier regard. Steven était devenu plus que son amant, il était son maître spirituel et ni le mariage de Steven avec Sabrina, ni son propre mariage avec Bernard ne changèrent l'étonnante complicité qui unissait ces deux êtres que tant de choses séparaient. A leur manière, ils s'aimaient.

Après son divorce, Déborah s'était installée dans un splendide duplex à Wemmel, en Brabant flamand, au nord de Bruxelles. Ses deux fils suivaient les cours du très sélect collège européen de la Capitale, à Uccle. Elle avait tout ce qu'elle désirait à présent, mais à quel prix ?! L'emprise de Steven sur elle était toujours bien ancrée en elle. Il n'avait fait que la manipuler, elle avait mis des années avant de réaliser que Bernard l'avait épousée, parce qu'il y avait été contraint par Steven.

Il fallut que Déborah atteigne la transmutation intérieure pour comprendre cet être qu'elle qualifiait à présent d'exceptionnel et ce chemin fut très douloureux pour elle.

On frappa doucement à la porte.

- Déborah !

Déborah releva la longue mèche blonde qui lui barrait le visage et alla ouvrir. Elle était issue d'une famille polonaise dont la mère était une actrice très célèbre dans son pays et d'un père aristocrate qui avait choisi la femme qu'il aimait, renonçant ainsi à tout jamais à sa famille et à ses privilèges. Déborah avait appris très jeune que la beauté exceptionnelle de sa mère était plus un tourment qu'un cadeau.

Déborah avait à la fois hérité de la beauté de sa mère, de la classe de son père et d'un talent inné pour l'écriture. Son talent était amplifié par cette extrême sensibilité slave qui confère à ce peuple une âme étonnante. Ses grands-parents l'avaient poussée à quitter le cocon familial, alors qu'elle n'était encore qu'une adolescente. Son père décédé lorsqu'elle n'était qu'une enfant, l'avait placée dans une très grande précarité qu'elle avait vécue aux côtés de sa mère. C'était une femme douce, possessive, qui voyait en sa fille le devenir qu'elle n'avait jamais pu atteindre. Les grands-parents de Déborah étaient intervenus, tandis que sa mère tentait une fois encore de lui couper les ailes alors qu'elle s'apprêtait à partir une année en immersion linguistique en Angleterre. Le séjour s'était pourtant avéré être désastreux pour la jeune fille, elle était rentrée très peu de temps après dans un état lamentable et, une fois encore, sa mère l'avait récupérée. Trop douée pour s'épanouir aux côtés d'une mère possessive et au devenir du reste incertain, les grands-parents souhaitaient pour leur petite-fille le meilleur et, pour eux, le meilleur s'appelait la France, Paris, mais loin de leur belle-fille. Déborah avait gardé des liens très étroits avec les siens ; Steven en avait joué pour l'asservir, en lui laissant entrevoir le sort peu enviable qu'il avait le pouvoir de réserver à ses grands-parents et à sa mère, si l'envie lui venait de revoir son amie.

- Sabrina !

Déborah était pieds nus, vêtue d'un Jeans qui moulait ses hanches étroites et d'un tee-shirt noué sous sa poitrine menue. Les deux femmes tombèrent dans les bras l'une de l'autre. Déborah n'avait pas parlé à Sabrina depuis son départ d'Angleterre. Elle n'en avait pas trouvé la force.

- Comment m'as-tu retrouvée ?

Elle se sentait lâche du comportement qu'elle avait adopté envers Sabrina, mais Sabrina ne l'aurait pas crue et elle n'avait pas trouvé assez de ressources en elle pour lui expliquer qui était l'homme qu'elle allait épouser ; elle s'en voulait.

- Bernard m'a donné ton adresse. Je pense qu'il est temps pour nous deux de faire la paix. Acceptes-tu de faire la paix, Déborah ?

- Sabrina, je n'ai jamais souhaité autre chose, je n'ai simplement pas eu la force, ni trouvé les mots pour t'exprimer tout cela.

Cela faisait à présent cinq mois que Steven était mort.

Déborah se rappelait la rencontre de Sabrina avec son futur époux. Toute la presse en avait parlé, la rencontre du couple avait fait la couverture de tous les tabloïdes. Le couple avait l'air en perpétuel lune de miel. Et voilà que les deux amies du passé étaient de nouveau toutes les deux seules.

Déborah avait divorcé au printemps dernier.

- Déborah, j'ai besoin de ton aide.

- Ma chérie, tu sais que je serai toujours là pour toi, même si j'ai pris autant de distance et si j'ai volontairement souhaité mettre un terme à notre amitié. Tout cela fait partie du passé maintenant, un passé que nous n'aurions jamais dû connaître.

J'avoue ne pas avoir été à la hauteur et je m'en veux tellement.

- Non, je n'ai pas besoin de ta compassion, j'ai besoin de ton aide.

Je ne veux pas entendre tes regrets, j'ai besoin de toi.

- Je t'écoute.

Les deux femmes s'étaient installées au milieu du désordre de Déborah, là où il y avait un peu de place.

- Après le décès de Steven, j'ai reçu un courrier qui lui était adressé.

Je te passe les détails, mais je sais maintenant que Steven faisait des recherches dans la région de Tournai, de Lessines, le portail du Haynaulx....

Je sais qu'il s'intéressait énormément à l'histoire qui se situe peut-être à l'époque mérovingienne, je n'en suis pas certaine, mais en tout cas, il était passionné à tout ce qui touche l'histoire des Templiers.

Tu es la seule à qui je peux parler de ce genre de chose, je sais que toi aussi, tu as été l'épouse d'un Templier. J'ai respecté ton silence et ton souhait de ne plus me voir, ni m'entendre, même si je n'en n'ai jamais compris la raison. J'en ai beaucoup souffert. Même, lorsque tu as épousé Bernard, il ne m'était pas facile d'avoir de tes nouvelles. Pour être honnête avec toi, je sais depuis peu que Bernard était ton époux. Tout ça n'a pas beaucoup de sens pour moi.

- Je pense qu'il est préférable que tu ne connaisses pas les raisons de mon éloignement, je veux juste que tu saches que dans mon cœur, tu as gardé une place très importante. Je pense que nous avons une seconde chance. Penses-tu que nous pourrions redevenir les amies que nous étions ?

- Oui, j'en suis certaine, Déborah !

Déborah servit le café à son amie. Le breuvage laissé par Déborah sur la table de salon, semblait attendre les deux jeunes femmes.

- Je pense que Steven avait découvert quelque chose et que c'est pour ça qu'il est mort.

- Tu es sérieuse ?

- Très sérieuse !

La police n'a rien trouvé et ne sait rien parce qu'elle est sur la piste d'amateurs en mal d'argent.

- Pourquoi ne pas leur avoir dit ?

- Elle ne me croirait pas et puis, je n'ai que des doutes, pas de certitudes et encore moins de preuves.

Tu vois, je sens encore Steven, c'est comme si au fond de moi je savais qu'il est vivant.

Déborah acquiesça silencieusement.

- Ma pauvre chérie !

Elle remarqua que Sabrina avait l'air complètement épuisée.

- Je t'en prie Déborah, pas toi, je ne veux pas de ta compassion.

- Que puis-je faire alors ?
- J'ai besoin de ton aide !
Je suis en contact avec ce Marc D.
Il ne m'a jamais dit son nom.
Pour l'instant, je n'ai pas grand-chose.
Il me parle comme un historien.
Il m'a parlé de Philippe-Auguste voulant s'assurer un allié afin de combattre le
Comte de Flandre.
Il m'a expliqué les origines des cathédrales construites sur d'anciennes églises du christianisme.
Il m'a beaucoup parlé de l'accès au chœur fermé, du centre de la croisée, par un grand jubé, ou ambon de marbre de 1572, orné de médaillons sculptés racontant des épisodes de l'Ancien et du Nouveau Testament.
Il a insisté sur la croix reliquaire, les ivoires, les manuscrits…
Il a fait allusion au vitrail du transept de 1500 qui représente la lutte entre les rois mérovingiens Sigebert et Chilpéric, et au coffret reliquaire...
Sabrina avait tout raconté à son amie sans reprendre son souffle. Soudain, elle s'arrêta un moment, ses yeux cernés par trop de nuits agitées brillaient de mille feux.
- Je ne t'ennuie pas ?
- Non, tu sais combien cette région m'a toujours intriguée et combien j'aime les histoires templières et celles des chevaliers.
Cependant, nous savons toutes les deux ce qu'est l'alchimie templière et ce n'est certes pas le cas des chercheurs, historiens…
- Je sais, c'est pour cette raison que tu vas pouvoir m'aider.
Je sais que tu avais fait des recherches.
- C'est exact.
Bernard, comme tous les Templiers, est très peu loquace sur le sujet mais, contrairement à toi, pour ma propre survie, j'ai été amenée à comprendre pour me protéger.

Te souviens-tu de l'état apathique dans lequel je me trouvais ?

- Tout à fait ! Es-tu guérie ?

- Oui, mais j'en ai souffert des années et j'ai mis longtemps avant de comprendre ce qui se passait et, surtout, comment m'en protéger. J'ai pu régler mes problèmes de santé, mais je n'ai pas tout réglé ; les Templiers sont des gens très puissants et leur influence énorme dépasse le monde du visible.

J'ai alors entrepris moi-même de m'engager sur ce chemin de la connaissance.

- Que veux-tu dire ?

- Cela ne s'explique pas en cinq minutes, ni en une heure, ni en une journée. Ce chemin s'adresse à ton âme, il n'y a rien à expliquer, c'est un chemin que l'on décide de suivre ou pas.

Déborah s'était dirigée vers la cuisine.

- Il me reste du gâteau au chocolat. En veux-tu un morceau ?

- Oui, volontiers ! Je vois que tu adores toujours ça. Heureusement, tu gardes ton poids beauté.

- Oui, dit Déborah en souriant, et de rétorquer : « Toi aussi tu gardes la ligne. Nous avons de la chance ! »

La cuisine était moins en désordre que le reste de la maison, sans doute parce que Déborah y passait moins de temps. Deux minutes plus tard, les deux amies dégustaient leur morceau de gâteau au chocolat en sirotant un nouveau café, deux expresso frais cette fois.

- Continue à raconter, Sabrina... Que t'a encore dit ce Marc D ?

- Il m'a parlé de la Halle aux Draps située à Tournai, un bâtiment de la Renaissance reconstruite en 1610 par le maître maçon Quentin Ratte.

Il a aussi fait de nombreuses allusions à l'église Sainte-Marie-Madeleine dont la construction fut décidée par l'évêque de Tournai, Gauthier de Marvis, en 1252.

Il me parla également de la chapelle des Croisiers qui fut fondée en 1248 et abritait l'ordre des chanoines réguliers de Sainte-Croix ou Croisiers.

Il a beaucoup parlé de l'Hôpital Notre-Dame à la Rose, située à Lessines et fondé en 1242 par Alix de Rosoit, dame d'honneur de la reine Blanche de Castille.

- Eh bien … !

- Peux-tu m'aider à poursuivre les recherches de Steven ?

- J'en ai même très envie ! Je reste étonnée du fait que tu ne te sois jamais engagée sur ce chemin de la connaissance, alors que tu vivais avec Steven.

- Lorsque je posais des questions à Steven, il se montrait toujours laconique, il me disait qu'aucune femme templière n'appartenait à l'Ordre, que mon rôle était celui de le seconder dans ses fonctions personnelles, professionnelles et spirituelles, mais de rester dans l'ombre, dans son ombre.

- Oui ! Et que fais-tu de ton libre-arbitre ?

- Je voulais Steven heureux, cela suffisait à me combler de bonheur.

- Tu avais donc ton libre-arbitre !

Je vais essayer de retrouver tous les documents en ma possession, tu y apprendras des choses stupéfiantes sur ce que j'ai découvert sur le sujet.

Je ne sais pas si tu es prête à comprendre ou entendre tout ça.

Tu dois savoir que certaines choses peuvent rester abstraites pour toi, ce n'est que l'ouverture de l'esprit qui les rend compréhensibles.

- J'avoue que j'ai du mal à te suivre.

- Je ne suis pas un guide Sabrina, je ne peux pas te faire un pont, cela ne fait pas partie de mes facultés. Je ne peux qu'essayer de rendre compréhensible certaines choses, mais cela risque d'être limité.

Il s'agit d'un chemin spirituel qui s'adresse à l'âme et non uniquement à l'esprit.

Je vais faire de mon mieux pour te guider, sans te brusquer, sans déroger aux règles de l'Ordre ; ce ne sera pas facile, ni pour moi, ni pour toi.

Au nom de notre amitié, je le ferai pour toi.

Je ne peux pas t'aider dans l'heure, je dois absolument envoyer le bon à tirer de mon manuscrit cette semaine. Tu connais les impératifs du monde de l'édition !

- Non, mais je connais les impératifs du monde de la mode, je suppose que ce sont les mêmes.

- Sans doute.

Les deux femmes se mirent à rire.

- Et ce Marc D, tu l'as déjà rencontré ?

- Non, pas encore.

- As-tu confiance en cet homme ?

- Oui, et en même temps, j'appréhende de le rencontrer.

- Que veux-tu dire ?

- Il me parle de choses qu'il partageait avec Steven, des choses que j'ignorais et ces mêmes choses ont peut-être tué mon Steven.

- Je pense que je vois ce que tu veux dire.

Sabrina regarda subitement sa montre.

- Excuse-moi, mais je dois absolument partir. J'ai dit à la nurse que j'irais prendre Simon à l'école.

Déborah se leva pour accompagner son amie sur le seuil de la porte.

- Aussitôt que j'ai quelque chose, je passe te voir.

Puis-je apporter quelque chose pour Simon ? Des gâteaux ? Un jeu ?

- Très bonne idée ! Et peut-être aussi tes enfants, qu'en penses-tu ?

Ma mère a offert à Simon un splendide manège de chevaux de bois.

Elle hocha la tête et embrassa son amie.

- Quelle fête ce sera pour mes enfants, lança-t-elle en direction de Sabrina, tandis qu'elle raccompagnait son amie sur le perron de la porte.

En voyant son amie s'éloigner, Déborah lui fit un petit geste de la main.

Après le départ de son amie, Déborah resta pensive un moment. Ne sachant comment réagir face à cette situation, elle décrocha le téléphone et composa un numéro.

- Allô ! Qui demandez-vous ?

- Steven San Versa. C'est très urgent.

- Qui le demande ? répondit la voix monocorde d'une femme.

- Déborah.

- Déborah. Et votre nom de famille ? Je n'ai pas entendu ?

- Déborah, c'est urgent.

- Un moment, je vais voir.

Il se passa un temps qui sembla interminable à Déborah, quand enfin, une voix masculine lui répondit.

- Allô ! Déborah ! tu sais que tu ne dois m'appeler qu'en cas d'extrême urgence !

- Oui, Steven, c'est une urgence.

Sabrina sort de chez moi.

Elle est entrée en contact avec Marc Deboner.

Pour l'instant, elle ignore son nom de famille.

Il ne lui a encore rien dit sur tes recherches.

Que dois-je faire ?

- Gagner du temps, emmène-là sur de fausses pistes.

Et surtout, il faut qu'elle reste persuadée de mon décès.

- C'est si cruel !

- Tu connais les enjeux. Penses à ta famille, je suppose que tu n'aimerais pas les voir souffrir. Il se passe des choses très graves sur terre en ce moment, je suis le dépositaire d'un savoir qui ne peut pas mourir. Ma vie étant menacée, je n'ai pas eu d'autre choix que de mettre en scène ma propre mort. Un jour, Simon sera à son tour dépositaire de ce savoir, je dois être présent pour le lui enseigner.

Sabrina ne doit jamais savoir.

- Elle sent ta présence.

- J'ai pourtant coupé le lien qui nous unissait. Je vais être plus vigilant.

- Sois prudent !

Dois-je te donner des nouvelles ?

- Non.

Déborah n'eut pas le temps de dire au revoir à Steven, il avait raccroché.

La nausée monta en Déborah en pensant à son amie.

- Pauvre Sabrina, pensa-t-elle avec tristesse.

Elle, Sabrina, son amie d'enfance, elle qui n'était pas sur le chemin de la connaissance, comment arriverait-elle à ne voir que de la cruauté en Steven. Sabrina ignorait tant de choses de Steven. De l'avis de Déborah, même si cette cruauté était un mal nécessaire, il reste que c'était quand même trop cruel !

Steven et Déborah n'avaient jamais cessé de se voir. Steven l'appelait selon son bon plaisir et Déborah se soumettait à cet homme ; elle se soumettait parce qu'elle était sur ce chemin, il était son mentor. L'âme de Déborah disait oui, son corps disait oui, tandis que sa tête disait non, jusqu'à ce que sa propre évolution atteigne l'unité et que tout son être dise enfin, oui à cet homme. Il se nourrissait d'elle et Déborah était sa victime consentante ; cette fusion chimique ouvrait l'esprit de Déborah.

Longtemps elle avait craint Steven, ce n'était plus le cas à présent.

CHAPITRE VI
Une partie du voile se lève, mais la route est si sinueuse, si sombre encore

- Maman, raconte-moi une histoire !

Sabrina, assise sur le lit de Simon, réfléchissait en se grattant la tête, ce qui fit rire aux éclats son petit bout de chou.

- Une histoire…. S'il te plaît !

Simon avait sa moue coquine, celle qui faisait toujours craquer Sabrina et Steven.

- Très bien, voyons …

Elle fronça les sourcils en le regardant. Elle tenait serrée dans sa longue main élégante et fine, la petite main de son fils.

« Il était une fois une jeune fille, la plus jeune de la famille, celle que l'on ne trouvait pas digne d'en faire partie. Pour s'assurer une place au ciel, ses parents avaient décidé d'en faire une religieuse et de la doter généreusement pour que leur place au ciel soit encore meilleure. Cela se passait à Lessines et le couvent était un hôpital, l'Hôpital Notre Dame à la Rose ».

- Et la jeune fille était d'accord ?
- En ce temps-là, les jeunes filles n'avaient pas à choisir.
- Et si elles voulaient choisir malgré tout ?
- Alors, leur destin était sombre, très sombre.
- Continue maman.

« - La jeune fille devint novice et ensuite religieuse, dans cet hôpital dont les sœurs avaient pour mission de soigner les plus humbles. Les religieuses vivaient très simplement. Très vite, la jeune fille porta de l'intérêt aux manuscrits qui traitaient des plantes médicinales. La mère prieure lui confia le jardin et, en suivant les précieuses instructions des manuscrits, notre jeune fille devint une experte. Elle avait tout semé et s'occupait de plus de deux cents variétés de plantes et de cent vingt essences différentes.

Avec ces précieuses plantes, elle préparait des remèdes. Le jardinet était attenant au bâtiment principal, celui que les religieuses occupaient. Quant aux malades, depuis leur chambre, ils pouvaient voir ce petit bout de terre, garni de fleurs et de plantes ainsi que de petits bancs de pierre qui les invitaient à s'y installer, mais dont ils n'avaient cependant pas accès. Ce petit oasis n'était destiné qu'aux religieuses. L'histoire se passait au XIIIème siècle ; à cette époque, c'est Alix de Rosoit, dame d'honneur de la reine Blanche de Castille qui avait fondé l'hôpital, qui s'appelait alors l'Hôtel-Dieu».

Simon écoutait attentivement, mais il montrait quelques signes de fatigue.

- Je continuerai demain.
- Non, maman, s'il te plaît, encore un peu.
- D'accord, encore un peu.

« - L'endroit était empreint de beauté et de mystère.

Les sols sentaient le savon noir, les parquets et les meubles exhalaient la bonne cire d'abeilles.

L'Hôtel-Dieu était plutôt vaste avec ses vingt salles et ses nombreuses galeries qui s'entrecroisaient.

Tous les corridors donnaient sur le jardin par de nombreuses fenêtres qui étaient garnies de vitraux de toute beauté, finement travaillés.

Lorsque les religieuses effectuaient leur promenade journalière, les voûtes sous les arcades les protégeaient des intempéries.

Les religieuses, munies de leurs précieux manuscrits, savaient mieux que quiconque comment soigner les personnes souffrantes.

Elles disposaient également d'un matériel médical que bien peu de médecins connaissaient à cette époque. »

- Elles étaient médecins ?

- Non, elles trouvaient tout ce qu'elles devaient savoir dans les manuscrits.

- Et c'est juste en lisant les manuscrits qu'elles comprenaient tout ?

- C'est là, que les questions se posent ! Ces manuscrits n'étaient compréhensibles qu'aux religieuses.

- Où avaient-elles trouvé les manuscrits ?

- Personne ne le sait.

- Elles vénéraient Marie-Madeleine, plus exactement Mary Magdalene.

- Qui est Marie-Madeleine, Mary de… ?

- La femme de Jésus.

Tu sais, ton père te racontait son histoire.

- Oui, j'aimais bien les histoires de papa, mais j'aime aussi les tiennes.

Continue maman, encore un peu, tu l'as promis.

Simon se frottait les yeux, tant la fatigue l'envahissait.

- Je ne sais plus où j'en étais.

- Tu disais que les religieuses aimaient bien Marie-Madeleine.

- Ah, oui !

Les religieuses vénéraient Marie-Madeleine.

- Pourquoi maman ?

- Parce qu'elle était gentille.

Je suppose.

Oui, j'en suis certaine.

- Continue maman, continue…

« - Les religieuses avaient appris qu'avant de soigner les corps, il fallait aussi soigner les âmes.

Au Moyen Âge, on concevait la maladie comme la conséquence des péchés commis. »

- Et maintenant ?

- De nos jours, la médecine se veut de plus en plus technique et laisse peu de place à ce genre de considération. On sait pourtant que l'être humain est composé de quatre enveloppes.

- Maman, quand je sens papa, c'est une enveloppe de ses enveloppes que je sens ?

- Pourquoi dis-tu ça ?

- Parce que papa peut m'appeler ; parfois c'est comme s'il me tapait sur l'épaule, parfois je sens comme du liquide.

- Tu sentais ça quand papa était avec nous ?

- Non, je le sens encore.

- Tu es grand maintenant mon trésor, tu sais bien que ton papa est au ciel.

- Alors, il me fait signe du ciel.

Si Sabrina avait encore des doutes sur ses propres sensations, le récit de Simon venait de lui donner des réponses à ses questions, bien que celles-ci en posent beaucoup plus encore.

- Maman, tu ne m'as pas répondu ! C'est une enveloppe de papa que je sens ?

- Je ne sais pas Simon.

Reprenant un peu de contenance, afin que Simon ne remarque pas son désarroi, elle lui lança malicieusement :

- Si tu m'interromps tout le temps …

Tu vois, je ne sais de nouveau plus où j'en étais.

Simon plissa les sourcils, visiblement lui aussi avait perdu le fil de l'histoire.

- Je vais baisser la température de ta chambre, il fait si chaud ici.

Son déplacement soulevait les cheveux légers de ses tempes.

Reprenant sa place auprès de Simon, Sabrina, de ses doigts souples, arrangea sa chevelure. Elle poursuivit :

« - Oui, je t'expliquais donc que les religieuses soignaient aussi bien les âmes que les corps.

Nos religieuses faisaient passer les malades par la chapelle avant de les soigner.

Ils se retrouvaient dans un décor baroque éblouissant, comme dans un théâtre divin.

Comme dans un vrai théâtre, de nombreuses tentures rouges ornaient cette salle.

Tous les soirs, les religieuses se retrouvaient dans la salle du trésor, une salle chauffée, dans laquelle elles conversaient et échangeaient les divers enseignements des manuscrits. Elles y faisaient entre autres de la broderie et de l'orfèvrerie. En ces temps lointains, elles soignèrent aussi les lépreux.

Elles savaient que le métal et le verre étaient antiseptiques.

Les médecins de l'époque utilisaient des instruments en bois, fort peu hygiéniques.»

- Comment sait-on tout cela ?

- Parce que l'endroit regorge de signes, tant sur les meubles que sur les pierres.

Il y a aussi les tableaux dont plusieurs représentent Marie-Madeleine.

Et puis, les religieuses ont laissé des écrits.

- C'est ce que papa cherchait ? les manuscrits ?

- Peut-être, je l'ignore mon chéri.

Dans ses notes, il parle de tout ceci, il y est donc allé et il a fait des recherches dans ce sens.

Je ne comprends guère les signes que ton père étudiait, mais en voyant certains tableaux, notamment celui de Marie-Madeleine, je pense comprendre ce que ton père cherchait.

Il est tard maintenant, il faut que tu dormes.

- Et la religieuse, qu'est-ce qu'elle est devenue ? Raconte encore, maman.

- Elle a passé toute sa vie là-bas et elle y est morte.

- Et que sont devenus ses remèdes, maman ?

- Les religieuses ont continué à en faire jusqu'à la Seconde Guerre Mondiale.
- Et puis ?
- Plus rien !
- Et pourquoi ont-elles arrêté ?
- On l'ignore !
La dernière religieuse est morte en 1986.
- Maman…
Simon tendait ses bras vers sa mère.
- Dors maintenant !
Sabrina mit délicatement les bras de Simon sous la couette. Elle embrassa son petit ange et se retira tout doucement.
- Maman !
- Il faut dormir maintenant !
Sabrina sortit de la chambre en laissant la veilleuse allumée.
- Tu sais maman, pour les signes, j'en connais, je t'expliquerai.
- Entendu, nous verrons ça plus tard.
La nuit était tombée depuis longtemps, lorsqu'on qu'on sonna à la porte.
- Bonsoir Sabrina, je passais près de chez vous, murmura Cécile. Je me suis permise de vous apporter ces documents, ils doivent impérativement être signés et envoyés demain dans la matinée.
Je serai absente demain, je dois me rendre chez le juge des enfants, et notre dactylo n'a pas encore repris le travail. Je suis désolée, vous devrez demander à un coursier de se rendre à la poste.
- Ce n'est pas grave, Cécile. Comment va votre fils ?
Dans son petit tailleur sobre, le visage de la secrétaire montrait des signes de fatigue, mais elle semblait plus détendue que par le passé.

- Je pense qu'il restera en institution jusqu'à sa majorité. Il ne décolère pas. Cependant, personnellement, je trouve qu'il va mieux que lorsqu'il vivait avec nous.

- Et comment réagit votre cadet ?

- Très bien, il est redevenu un enfant plein de malices. Je dois vous laisser, il est tard et Benjamin est seul à la maison.

- Merci d'être passée et courage pour demain, Cécile.

- Merci Sabrina. Bonne soirée !

Sabrina, la chemise de documents en main, referma la porte. Elle profita de la soirée pour se rendre dans le bureau de Steven. Au passage, elle déposa les documents qu'elle venait de recevoir de Cécile, sur la petite table du salon. Demain matin, elle se chargerait de tout ça, mais pour l'heure, c'est dans le passé de Steven qu'elle voulait plonger.

Tandis qu'elle prenait la farde de documents, une photo s'échappa et tournoya avant d'atterrir au sol, juste devant ses pieds. La photo était récente. Sabrina la prit délicatement ; au verso, elle y trouva quelques mots écrits à la hâte par Steven.

« Porte du Haynaulx»

Sabrina regarda méticuleusement la photo. A première vue, elle ne l'inspirait pas, mais en y regardant de plus près, on pouvait voir, en haut et en son centre, un de ces signes, un de ceux qui se trouvaient dans tous les endroits, et qui intéressait Steven. La journée avait été longue. Elle remit la photo avec les notes en place et quitta le bureau.

Sabrina s'apprêtait à se faire une tisane avant de monter se coucher. Une tisane, un bon bain relaxant et une bonne nuit de sommeil, voilà ce à quoi elle aspirait.

- Maman ! Maman !

Simon hurlait à l'étage. Sabrina se pressa au chevet de son fils.

- Encore un cauchemar, mon chéri !

Il avait l'air effrayé. Elle aurait voulu lui expliquer qu'il y avait des gens qui se comportaient comme des chiens méchants et puis d'autres qui étaient gentils, mais elle se tut. Elle se contenta de le serrer dans ses bras. Il tremblait et pleurait à chaudes larmes.

- Papa... Maman, pourquoi les méchants hommes ont-ils tué papa ? Et pourquoi tous les soirs, je sens papa ? Je le sens, comme lorsqu'il était absent et qu'il me faisait un petit coucou.

Simon continuait à pleurer à chaudes larmes.

- Je ne sais pas mon chéri. Mais il ne faut plus penser à tout ça.

- Maman, je crois que tous les soirs papa viens me faire un câlin. Je le sens !

Sabrina sentit son sang se glacer dans ses veines : Simon aussi sentait la présence de son père. Il donnait trop de détails pour que ce ne soit que de vagues souvenirs.

- Essaie de ne plus y penser !

Sois fort ! c'est ce que ton père aurait voulu.

Personne ne nous fera de mal, nous sommes en sécurité ; rien ne nous arrivera, je te le promets.

- Maman !

- Quoi donc ?

- Si on s'enfuyait ?

- Ce serait si triste, tu ne verrais plus tes amis !

Elle le regarda avec douceur et le recoucha.

Ce soir-là fut une véritable torture pour Sabrina. Le chagrin et la colère l'habitaient, ses états d'âme vacillaient de l'un à l'autre, dans une cadence qui la laissait épuisée. Une interrogation jaillissait constamment en elle : comment cela se faisait-il qu'elle et Simon puissent sentir la présence de Steven ? Elle renonça à sa tisane, au bain relaxant et à la bonne nuit de sommeil. Elle resta dans le salon, mettant de l'ordre dans ses papiers et regardant la pendule avancer, tandis que le sommeil ne venait pas. Il était minuit, toutes les lumières de la maison étaient éteintes, à l'exception de celles du salon dans lequel elle se trouvait. Pourquoi elle et Simon sentaient-ils la présence de Steven ? Les Templiers avaient-ils la faculté de communiquer au-delà de la mort ? Cette question revenait sans cesse dans ses pensées. Comment Steven mort aurait-il pu encore manifester sa présence auprès d'eux ? Les pensées se bousculaient dans sa tête et aucune ne trouvait de raisonnement logique, rationnel, mais rien n'était rationnel avec les Templiers et elle, plus que quiconque, le savait.

Sabrina ne connaissait rien des secrets de l'Ordre auquel Steven appartenait.

Et si Bernard … ? Ce serait peine perdue, lui non plus ne lui apprendrait rien.

Les secrets se transmettaient de bouche à oreille et seulement entre hommes. Les Templiers étaient-ils toujours de ce monde après leur décès ? Quelques-uns avaient pu échapper au massacre orchestré par Charles le Bel.[1] Plus secrètement encore que par le passé, l'Ordre avait survécu.

Steven était un Templier, un dépositaire, l'Attendu. A présent, de par sa naissance, son fils Simon était l'Attendu. Et si c'était l'Attendu qui était en danger ? Cette seule pensée bouleversa Sabrina. Pas son petit Simon, elle ne le supporterait pas, pas un nouveau chagrin ! Elle s'efforça de rejeter de toutes ses forces les pensées négatives qui envahissaient son esprit, mais elles revenaient inlassablement. Quelle serait la position de l'Ordre envers Simon, sans son père à ses côtés ? Il ne serait pas formé ! Steven restait-il en contact avec lui pour le former par-delà la mort ? Et si Steven

---

[1] Sabrina commençant son initiation et n'étant qu'au début de ses recherches, elle n'était pas encore bien familiarisée avec l'histoire des Templiers qu'elle commençait seulement de découvrir. C'est ainsi qu'elle confondait Charles le Bel avec le roi Philippe IV, dit « Le Bel », qui est le véritable commanditaire du massacre de maints Templiers français au début du XIVème siècle.

était encore vivant ? Plusieurs fois durant la soirée, cette pensée refit surface. C'est impossible, j'ai vu son corps, je l'ai enterré. Et si … ?! Je me suis posée tant de questions sur les membres de l'Ordre, tous absents aux obsèques de Steven, sauf Bernard, mais celui-ci était présent en sa qualité d'ami de la famille. Tout ça me rend folle. Je dois chasser toutes ces idées de la tête. Sabrina s'efforçait de les repousser, elle avait vu le corps mutilé, elle avait enterré Steven. Cette pensée lancinante lui revenait sans cesse, comme pour lui expliquer l'inexplicable : et si Steven était vivant ? Non, cela n'avait pas de sens. Steven l'aimait tellement et il adorait Simon. Jamais il n'aurait orchestré une telle mise en scène. Tout cela était impossible. Et si, et si Steven n'avait fait qu'obéir à l'Ordre ? Il fallait qu'elle l'accepte : son amour était mort. Steven n'est plus, je dois l'accepter, cette situation est tellement difficile pour Simon et moi-même que nous le rêvons partout. Cela ne se peut. Steven n'était plus. Aussi terrible que cela puisse être, elle et Simon devaient se rendre à l'évidence.

Cette nuit-là, Simon eut un nouveau cauchemar. Sabrina n'avait pas encore réussi à trouver le sommeil. Elle rassura du mieux qu'elle pût son petit bonhomme et s'allongea sur l'édredon, à ses côtés. Leur chaleur mutuelle leur apportèrent un peu de réconfort et ils finirent par s'endormir jusqu'au matin.

Très inquiète pour son amie, Déborah n'avait pas dormi. Le lendemain matin, elle prit l'adresse que lui avait laissée Sabrina et décida de se rendre chez elle. Elle était déterminée à aider son amie, et cela commençait dès ce matin.

Debout sur une chaise, Sabrina s'efforçait désespérément d'attraper la boîte à thé qui se trouvait sur l'étagère la plus haute, quand Déborah, lasse de frapper à la porte d'entrée, fit irruption dans la cuisine. Dès qu'elle aperçut son amie en si mauvaise posture, Déborah la rejoignit. Elle grimpa à son tour sur une chaise et, en se hissant sur la pointe des pieds, elle finit par attraper la fameuse boîte.

- Merci, Déborah !

Le courant semblait passer à nouveau entre les deux amies, mais à l'état latent, pas comme autrefois : parfois la spontanéité entre les deux femmes était évidente, parfois un peu plus compliquée.

- Déborah, ça me fait un si grand plaisir de te voir.

Je t'offre une tasse de thé à la menthe ; c'est toujours ton préféré ?

Déborah prit la main de Sabrina dans la sienne et la regarda d'un air préoccupé.

- Tu as l'air fatiguée ! Est-ce que tout va bien ?

Sabrina aurait voulu poser la tête sur l'épaule de son amie et pleurer en lui disant que tout était horrible. Mais elle sourit.

- Mais enfin Déborah, merci de me faire remarquer que je ne suis pas au mieux de ma forme.

Sabrina avait lancé cette phrase en s'efforçant de rire. Déborah feignit de croire son amie et rit à son tour.

- Tu me proposais une tasse de thé ?

- Oui.

- Avec plaisir ! Et pour répondre à ta question : oui, le thé à la menthe est toujours mon préféré. Tu t'en souviens !

- Comment aurais-je pu l'oublier ? tu ne buvais que ça ! s'exclama Sabrina.

Déborah s'affala sur une chaise et, songeuse, se mit à rire.

- Oui, je m'en souviens, je n'aimais boire que ça.

Sabrina prit place en face de son amie. A table, toutes deux restèrent silencieuses. Pendant un court instant, le regard de Déborah croisa celui de Sabrina ; elle aurait tellement aimé lui dire que Steven était vivant… Mais comment expliquer à Sabrina qu'il était aussi son amant ?

Brisant le silence, Sabrina dit :

- Je dois absolument passer au bureau. J'ai signé en hâte des documents qui doivent impérativement partir ce matin encore. Ma secrétaire est absente et ma dactylo en incapacité de travail. Je dois déposer les documents au coursier. Ensuite, nous pourrons prendre la route.

Remonter le temps sur les pas de Steven.

Sabrina prit le volant. Elle introduisit un CD dans le lecteur de l'autoradio, ce qui lui permit d'éviter de faire la conversation avec Déborah.

Une demi-heure plus tard, elle était devant les bureaux de la maison San Versa.

- Je n'en n'ai que pour quelques minutes.

- Je vais un peu me dégourdir les jambes en t'attendant, dit Déborah.

Déborah fit une courte promenade dans le parc attenant au bâtiment San Versa. Elle s'engagea en direction du lac et en fit le tour. A son retour, Sabrina l'attendait dans la voiture.

- Tu as fait très vite ! Tu m'attends depuis longtemps ?

- Non, quelques minutes à peine.

- Tu n'es pas fatiguée ? Tu sembles avoir peu dormi. Veux-tu que je prenne le volant ?

La voiture s'était dirigée vers l'autoroute.

Pour meubler la conversation, Déborah dit à son amie :

- Tu n'avais pas exagéré, le manège des chevaux de bois que Simon a reçu de ta mère est magique. Où a-t-elle pu le trouver ?

- Elle l'a fait fabriquer.

- Ton petit bonhomme a bien de la chance d'avoir une telle grand-mère.

- Oui, ce manège est magnifique. Et tu as raison, dans la neige de cet hiver, il était magique.

Sabrina n'avait dormi que deux heures, ses yeux étaient rouges et cernés d'un bleu violacé.

- Si tu avais vu les yeux de Simon quand ma mère lui a offert le manège ; en le voyant, je pensais que mon cœur de maman allait exploser.

En se remémorant la scène, Sabrina avait retrouvé le sourire, mais elle était bien trop anéantie encore que pour le conserver longuement, même penser à sa fatigue semblait lui être impossible.

Elle voulait absolument voir la cathédrale Notre-Dame à Tournai.

- Laisse-moi prendre le volant, insista Déborah.

- Qu'as-tu demandé ? questionna Sabrina d'un air absent.

- C'est assez ! Arrête !

Sabrina s'exécuta. Elle portait un Jeans et un simple pull à col roulé.

Déborah fit le tour de la voiture et prit le volant, tandis que Sabrina se glissa à la place du passager.

- Nous serons à Tournai dans une demi-heure. Dors un peu !

Sabrina hocha la tête.

- Merci.

Déborah la regarda d'un air pensif. Sabrina n'eut pas le temps de s'en rendre compte, elle tomba dans un sommeil profond. Cela faisait un bon moment que la Mercedes noire de Sabrina stationnait devant la cathédrale, lorsqu'elle ouvrit les yeux. Déborah avait eu tout le temps de se documenter sur l'édifice.

- Je.... J'ai dormi ?

- Comme une marmotte.

- Longtemps ?

- Près de trois heures.

Tu te sens mieux ?

- Oui.

- Souhaites-tu que nous allions prendre un café ? Tu as peut-être faim ?

- Comme tu me connais bien ! J'ai toujours faim en m'éveillant.

Déborah sortit de la voiture, la cathédrale était à sa droite et juste devant, elle pointa l'index en direction d'un petit restaurant.

- Regarde ce petit endroit, il a l'air sympa.

Sabrina sortit à son tour, ses cheveux étaient ébouriffés et sa mine défaite.

En regardant son amie si vulnérable, Déborah lui dit avec beaucoup de tendresse :

- Tu devrais te recoiffer et mettre un peu de blush, tu as une de ces mines !

Sabrina ouvrit son sac et se donna un rapide coup de brosse, puis elle sortit un petit miroir de sa trousse de toilette et poussa un long soupir : « Le blush ne sauvera pas la situation », songea-t-elle.

Tandis qu'elle étalait quelques touches rosées sur ses joues creusées, Déborah lui fit remarquer que maintenant, elle semblait avoir bonne mine. Les deux amies entrèrent dans un petit établissement assez sombre.

Les banquettes recouvertes d'un tissu de velours vert passablement usé par le passage de nombreux clients, étaient placées par deux, avec leur table rectangulaire au centre ; elles semblaient complices de bien des confidences, et les taches de vin confirmaient les soirées trop arrosées. Les deux jeunes femmes prirent place près d'une fenêtre, un peu à l'écart de quelques clients bruyants.

- J'ai pu prendre quelques renseignements sur la cathédrale, mais ils y font d'importants travaux.

Je suggère que nous prenions des photos de tous les signes que nous trouverons dignes d'intérêt, commençait Déborah.

Sabrina prenait connaissance des notes que Déborah venait de lui fournir.

Une dame d'âge mur, mal coiffée, se dirigea vers leur table.

- Et pour ces dames, ce sera quoi ?
- Un café, répondit Sabrina.
- Deux.
- Tu bois du café, maintenant ?
- Tout le monde change.

- Deux cafés. Autre chose ?

La serveuse avait pris la commande comme une fonctionnaire presque à la retraite.

- Pas pour moi.

- Moi non plus.

- Je vous apporte ça.

En souriant d'un air complice, les deux amies regardèrent la serveuse s'éloigner.

Après s'être désaltérées, les amies quittèrent le restaurant et se dirigèrent vers la cathédrale.

- Tu penses que nous pourrons voir la salle mérovingienne qu'ils viennent de découvrir ?

- Pas vraiment, l'accès à la cathédrale est très limité pour l'instant, mais je n'y suis pas entrée, nous verrons bien.

Les deux femmes firent le tour de l'édifice avant d'y entrer.

Les travaux bloquaient l'entrée principale ainsi qu'une des portes latérales.

- Tu es certaine que nous pourrons y entrer ?

- Oui, je n'y suis pas entrée, mais je suis allée jusqu'au seuil de la porte d'accès ; comment crois-tu que je possède ces documents ?

C'était décevant. Même prendre des photos fut difficile.

Le vitrail du transept représentait la lutte des rois mérovingiens Sigebert et Chilpéric, mais le vitrail se trouvait à quatre-vingt-six mètres du sol.

- Même en utilisant le zoom au maximum, le résultat est inutilisable, déclara Sabrina avec une moue désolée. L'éclairage est nul, poursuivait-elle.

- Nous ne tirerons pas beaucoup de cette visite, conclut Déborah.

- Les mêmes signes reviennent toujours, dit Sabrina.

- As-tu pu reprendre contact avec cet homme, ce Marc D., avec qui Steven était en relation ?

- Oui, mais il est à l'étranger pour l'instant.

- Que comptes-tu faire ?

- Dans l'immédiat, je me rends dans tous les endroits qui ont intéressé Steven.

Je prends des photos, des tas de clichés.

Je me contente de les regarder.

Certains clichés m'interpellent, parce qu'ils me rappellent ceux que je voyais photographiés par Steven, mais sans plus.

J'ai l'intention de me rendre sur chaque site et j'espère que cet historien et écrivain me donnera toutes les explications dont j'ai besoin pour comprendre.

- On pourrait chercher sur internet, suggéra Déborah.

- Je ne le pense pas, répondit Sabrina.

Si c'était aussi simple, Steven n'aurait pas pris contact avec cet historien.

- Tu as encore beaucoup de sites à voir ?

- Oui, je ne suis qu'au tout début.

J'ai l'impression de construire un puzzle : chaque site est une pièce, chaque visite, chaque cliché sont des pièces de plus, et cet historien sera l'unificateur de ce que j'ai entrepris.

- Tu disais qu'il était écrivain ?

- Oui, j'ai effectivement trouvé un livre, totalement à l'écart des livres de Steven ; il était glissé dans ses documents. Il y avait fait de nombreuses apostilles.

- Mais alors, jeune sotte, tu as le nom de cet historien !

- Tu penses que le livre serait l'œuvre de l'historien que j'ai contacté ?

- Déjà, tu aurais pu le lui demander et nous aurions son nom.

Déborah se mordit la lèvre pour ne pas éclater de rire et soudain elle réalisa. Pourquoi parlait-elle ainsi à Sabrina ? Pourquoi l'aidait-elle ? Steven avait été très clair : elle devait freiner Sabrina, l'éloigner des bonnes pistes. Déborah était tiraillée entre l'amour qu'elle vouait à Steven, l'amitié sincère qu'elle éprouvait pour Sabrina et sa propre curiosité.

Elle aussi était toujours en quête de nouvelles connaissances, de nouvelles découvertes et elle commençait à se prendre au jeu dans lequel Sabrina l'avait embarquée.

- Je n'ai pas osé et puis je n'avais pas fait le rapprochement, dit Sabrina.

- As-tu lu le livre ?

- Non, pas encore.

Je me suis contentée de lire les notes de Steven et, crois-moi, ce n'est pas une mince affaire.

- Toutes les notes de Steven te ramènent à cet historien, à ses travaux, donc à son livre, dit Déborah.

Tu dois le lire et nous aurons nos réponses.

- Pardon Steven, dit Déborah en elle-même.

Son cœur comprit avant même de réfléchir qu'elle mettait peut-être, en agissant ainsi, la vie de Steven en danger, et, par conséquent, également celle de Sabrina et de Simon ! Mais, il était trop tard. A présent, rien ne pourrait arrêter Sabrina dans ses recherches, elle faisait à cet égard preuve d'une détermination que Déborah lui connaissait bien. Rien ni personne ne pouvait arrêter Sabrina lorsqu'elle était déterminée à faire quelque chose. Déborah l'avait toujours admirée pour ça, c'était une des nombreuses qualités de Sabrina. Perdue dans ses pensées, Déborah regarda interloquée Sabrina lorsque celle-ci lui dit :

- Tu as sans doute raison !

- Pardon Sabrina, de quoi parles-tu ?

- Tu as raison, à moins que l'auteur du livre : « Le Dernier Templier : Le Chemin du Vieux Moine » n'écrive sous un nom d'emprunt.

- Nous le saurons rapidement. Nous pouvons toujours contacter son éditeur. Quand reviendra-t-il en Belgique ?

- Dans peu de temps.

- Avec le titre de ce livre sur internet, nous allons pouvoir le retrouver.

- J'ai vu qu'une nouvelle édition était sortie, je pense que c'était « Le Dernier Templier : Le Chemin du Vieux Moine »... Non, ça c'est la première édition. L'auteur a poursuivi ses recherches et c'est pour cette raison qu'une nouvelle édition est sortie récemment. Je ne me souviens plus très bien de ce nouveau titre. Le premier titre m'a tout de suite interpellée.

- Et tu n'as pas fait le rapprochement avec toutes les recherches et les notes de Steven ?

Ce livre est la clé, la réponse aux recherches de Steven.

Nous perdons notre temps avec toutes ces photos, avec la visite de tous ces sites, ce n'est pas ce que cherchait Steven.

Ce que cherchait Steven dans ce livre, est la réponse à nos questions.

- Oui, c'est clair, tu as raison ! Ai-je été sotte de ne pas le comprendre plus tôt !

- Pourrais-je trouver ce livre en librairie ? Connais-tu l'éditeur ? demanda Déborah.

- Oui, il est paru aux Editions Louise Courteau, une éditrice canadienne.

- Eh bien ! tu n'es pas sûre du titre, ni du nom de l'auteur, mais en revanche, tu te souviens très bien du nom de l'éditrice !

- Je suis allée sur internet et en tapant le titre du livre, le nom de cette éditrice revenait constamment ; j'ai fini par le noter et je m'en souviens.

- Avec ces infos, nous allons trouver tous les renseignements que nous cherchons.

- Je n'ai jamais ouvert le PC, ni l'agenda, ni les dossiers de Steven, je le respectais trop, je ne me serais jamais permise de telles indiscrétions. Il m'a fallu de longs mois pour ouvrir son bureau. Et même aujourd'hui, en fouillant ses affaires, j'ai l'impression de lui manquer de respect.

- Tu n'as pas le choix, Sabrina, aujourd'hui tu cherches des réponses aux questions que tu te poses.

- J'ai besoin de savoir qui a tué Steven et pourquoi. Il m'arrive aussi de craindre pour la vie de Simon, je suis peut-être idiote de penser de la sorte.

- J'aimerais te dire sans retenue : « Sois sans crainte », mais quelque chose au fond de moi m'en empêche.

- Tu dois me trouver bien sotte, toi qui m'as connue si rayonnante, si optimiste…

Et voilà que tu me retrouves en inquisitrice.

- Ne dit pas de bêtises, tu voulais marcher sur les traces de Steven.

Te souviens-tu du nom réel ou d'emprunt de l'auteur de ce livre ?

- Oui, Marc Deboner.

- Là, vraiment tu es sotte, Marc D…. Marc D…. Marc Deboner !

Déborah souleva la manche gauche de son pull et s'aperçut qu'elle avait oublié sa montre dans son bureau.

- Quelle heure est-il ? demanda-t-elle à Sabrina.

- Presque quatorze heures.

- Je pense qu'il est temps de reprendre la route, si nous voulons récupérer nos enfants à temps à la sortie de l'école.

Déborah reprit le volant estimant que son amie n'était pas encore tout à fait en état de conduire.

- Tu as aussi été mariée à un homme appartenant à l'Ordre de Steven, Déborah ; t'a-t-il fait des confidences ?

- Non, ce sont plutôt des choses que j'ai senties, sans trop les comprendre.

Déborah avait répondu très vite, espérant ainsi que son amie ne comprenne pas son mensonge. Son mariage avec Bernard n'avait été qu'une convention, une formalité, une chose entendue et arrangée à son insu. Toutes ces sensations, toutes ces choses étranges, Déborah les avaient perçues elle aussi, mais seul un homme était capable de cela, et c'était Steven. Elles aimaient le même homme, mais seule l'une d'elles le savait.

- Quelles choses ? demanda Sabrina, intriguée.

- Tu vois, pendant des années, j'ai eu le sentiment d'avoir une sorte de chape sur moi. Mais cela a cessé après mon divorce.

- C'est curieux que tu me dises cela, Déborah !

- Pourquoi ? As-tu vécu la même chose ?

- Pas tout à fait, mais j'ai vécu quelque chose d'étrange, c'était lors de ma première rencontre avec Steven.

Sabrina semblait perdue dans ses souvenirs. Elle reprit :

- Il a plongé son regard dans le mien, c'était troublant, c'était comme s'il s'était ancré en moi, comme si son âme s'était amarrée à la mienne.

Je pense que d'une certaine façon c'était le cas.

Oui, et j'aimais ça.

- Les choses étaient un peu différentes pour moi. Il m'arrive de regretter mes années de mariage et, à d'autres moments, je me sens libérée aujourd'hui.

Voilà, nous y sommes, je vais récupérer ma voiture et reprendre mes enfants.

- J'ai l'impression que le chemin du retour a été plus long qu'à l'aller, dit Sabrina.

- Cela n'a rien d'étonnant, à l'aller tu as dormi durant tout le trajet, et bien au-delà.

Les deux femmes éclatèrent de rire.

- J'ai l'impression d'avoir encore douze ans à tes côtés, dit Sabrina.

- Moi aussi, c'est curieux comme les amitiés forgées dans l'enfance défient toutes les lois du temps et de l'espace.

- Oui, c'est exactement ce que je ressens, en ta présence le temps n'existe pas.

Les deux femmes s'embrassèrent très fort avant de se séparer.

- Sois prudente ! dit Sabrina.

- C'est promis, lança Déborah à son amie tandis qu'elle montait dans sa voiture.

Lis le livre et tiens-moi au courant.

- Pas de problème, je te contacterai aussitôt que possible ! répondit Sabrina.

Déborah se retourna pour saluer de la main une dernière fois son amie.

Sur le chemin qui l'amena vers l'école de ses enfants, des tas de pensées se bousculaient dans sa tête.

- Je n'ai pas suivi les conseils de Steven.

Malgré moi, je laisse Sabrina se diriger dans la bonne direction.

Oh, Steven, pourquoi ne lui as-tu jamais rien dit de plus précis sur tes liens avec les Templiers ?

Pourquoi avoir caché autant de choses à la femme que tu aimes ?

Pourquoi as-tu demandé mon aide ?

Pourquoi te caches-tu ?

Que fuis-tu, Steven ?

Sabrina est une Rose, tout comme moi, enfin, je crois.

J'ai du mal à comprendre ce que tu caches.

Qu'il y a-t-il de si grave, de si mystérieux, ou de si important, pour que tu mettes en place un tel scénario, Steven ?

CHAPITRE VII
La complicité retrouvée

Déborah était tout aussi tourmentée que Sabrina. Les deux femmes se posaient des milliers de questions, la différence entre elles était que, pour Sabrina, cela ne faisait que commencer. Parmi les quelques papiers et e-mails qu'elle avait gardés de Steven, Déborah avait glissé la seule lettre d'amour qu'il lui avait adressée, une lettre pleine de tendresse et de promesses, écrite après leur première étreinte. Elle possédait encore quelques photographies ; parmi celles-ci, Déborah aimait regarder celle qui montrait la première réception à laquelle ils avaient assisté ensemble, puis le bal au château. Sur cette photo, on pouvait voir le parc et deviner l'ancienne nurserie, c'est là que Steven l'avait prise pour la toute première fois. Voilà longtemps déjà qu'elle avait enfoui tous ces souvenirs au fond de sa mémoire. Sa relation avec Steven était en parallèle à sa vie. Elle avait épousé Bernard. Ensemble, ils avaient eu deux enfants ; et ensuite, ils avaient divorcé....

Steven, lui, avait épousé Sabrina, sa meilleure amie, ils avaient eu un enfant, Simon ; ils semblaient très heureux.... A présent Steven se cachait. Pire, pour presque tous ceux qui l'aimaient - essentiellement pour Sabrina et Simon - il était mort.

Etrange histoire que celle de Déborah, étrange histoire que sa relation avec Steven. Il était l'amant de toujours et pour toujours, c'était presque irréel, intemporel. Seules les profondes palpitations de son cœur, lorsqu'elle entendait sa voix ou lorsqu'elle l'apercevait, la maintenait dans la réalité de cet étrange amour. La crainte pour elle-même et pour sa famille paternelle restée à Varsovie, faisait partie de cette drôle de vie parallèle. L'âme de Déborah semblait être plus réceptive, mais aussi plus fragile que celle de Sabrina.

Il fallut des années d'errance, de souffrance, des dizaines de médecins et tout autant de traitements inutiles avant qu'enfin, une rencontre inespérée permette enfin à Déborah de comprendre à quoi était dû son état apathique, et comment en être libérée.

A l'occasion, d'un salon du livre à Paris où elle participait à une séance de dédicaces pour la sortie d'un de ses propres livres, elle avait rencontré un écrivain.

Très perplexe, Déborah avait écouté la conférence de cet auteur, il semblait avoir souffert les mêmes affres qu'elle. Le livre et la conférence de cet écrivain parlaient du double cosmique, un double que nous possédons tous.

L'auteur expliquait ce qui se passait pendant notre sommeil physique, c'était assez effrayant, le pouvoir de certaines âmes semblait sans limites. Une solution existait, permettre à notre double de nous protéger, de nous aider. Qu'avait-elle à perdre ? Déborah s'était mise à penser au double des Templiers. Etait-ce le secret de leur force ? Etait-ce le secret ? L'un des nombreux secrets des Templiers ? Le vrai message de Jésus ? Celui tant redouté par toutes les religions et, surtout, des catholiques ?

Déborah s'était mise à contrôler ses pensées le jour et à surveiller son endormissement pour entrer en contact avec son double cosmique la nuit. Ce fut magique ; dès la première nuit, pour la première fois depuis des années, Déborah avait passé une nuit sans réveils brusques, sans cauchemars. Le matin, elle s'était levée en forme et, en moins d'une semaine, son état apathique avait totalement disparu, elle était redevenue plus créative que jamais ; elle rayonnait, une sérénité émanait d'elle.

Déborah avait très vite repris sa vie en main. Son divorce fut sa première renaissance.

Elle ne craignait plus Steven, elle le comprenait mieux que jamais, elle se sentait libre de lui donner tout son amour, il n'avait plus d'emprise sur elle.

Les sentiments de Déborah pour Steven étaient plus profonds, intenses et plus sincères que jamais. Elle n'éprouvait plus aucun ressentiment à son égard, elle le comprenait tout simplement. Son besoin de protéger cet homme était viscéral, inexplicable, elle n'en comprenait pas tous les rouages, mais tout ça lui était dicté par son cœur et Déborah parlait rarement le langage de l'esprit lorsqu'il s'agissait d'êtres humains. Ce n'est qu'en suivant à son tour le chemin des Rose-Croix qu'elle comprit bien des choses ; aux yeux de beaucoup, elle devait à son tour leur paraître bien étrange. Cette fois, en son libre-arbitre, elle avait décidé d'entreprendre ce chemin de la connaissance.

Steven avait respecté et apprécié son choix, cela les avaient encore plus rapprochés, même si sa loyauté envers Sabrina et Simon était sincère. Un autre sentiment troublait à présent Déborah : n'avait-elle pas mis Steven en danger en se sauvant elle-même ? La magie faisait partie intégrante de leur relation.

Les Templiers étaient les gardiens de la lignée de Jésus. Sabrina faisait partie de cette descendance, Steven également. A la différence de Steven qui le savait depuis son plus jeune âge, Sabrina semblait encore l'ignorer. Le couple que formaient Sabrina et Steven assurait la pérennité de cette descendance, Simon en était le fruit. D'une certaine façon, Steven aimait deux femmes : Sabrina, son ange de lumière, celle qui symbolisait le chemin de son existence, sa réussite et, Déborah, celle qui symbolisait son ange des ténèbres, celle qui connaissait son âme mieux que quiconque, celle qui connaissait sa face sombre, torturée et torturante, non pas parce qu'il l'a lui avait montrée - Steven était un excellent dissimulateur - non, tout simplement parce que Déborah se fondait dans l'âme de Steven jusqu'à en ressentir les vibrations. Steven avait besoin de ces deux femmes.

Sabrina aimait Steven avec la naïveté d'une femme qui ne connaît que la face lumineuse de l'être aimé. Déborah l'aimait et le craignait tout à la fois, parce qu'elle connaissait Steven dans sa face sombre.

Déborah dormait profondément, lorsque soudain la sonnerie du téléphone retentit dans toute la maison. Elle se réveilla et lança un regard embué vers le radio- réveil qui indiquait 3 heures du matin.

- Steven ! Tout son être se mit à vibrer.

C'était sa façon à elle de ressentir cet être tant aimé. Il avait besoin d'elle. Il avait toujours communiqué comme ça, c'était sa manière à lui de l'appeler, lorsque son âme appelait la sienne.

Le lendemain, Déborah attendit un coup de fil de Steven, mais celui-ci ne vint pas. Ce n'est que trois jours plus tard qu'enfin, elle entendit sa voix.

- Steven ! Bonjour Steven. Tout va bien ? Tu souhaites me voir ?

Déborah parlait d'une voix empreinte d'une contenance mal retenue, tout son être était en émoi.

- Je dois me rendre en Asie, je pensais que si tu voulais, si tu pouvais, peut-être pourrais-tu m'y rejoindre ?

Bien qu'il ait formulé sa phrase avec beaucoup de douceur, Déborah savait qu'il ne s'agissait pas vraiment d'une requête, mais d'un ordre auquel elle ne pouvait que consentir. Tout son être était de plus en plus tendu.

- Bien sûr, mon cœur ! Où veux-tu que je te rejoigne ?

- Je serai en Indonésie dans une dizaine de jours ; je vais peut-être y rester. Je te communiquerai tous les renseignements par courrier, je dois être prudent. Je le posterai d'abord en direction d'un ami sûr et ce dernier, à son tour, te l'enverra. Je ne peux pas t'envoyer d'e-mails. Tu devras détruire cette lettre après l'avoir lue.

- Sois sans crainte. J'ai hâte d'être auprès de toi.
- Je dois te laisser.
- Au revoir, mon cœur.

Déborah se dirigea dans la salle de bain et se scruta à la loupe.

- Ma peau doit être toute fripée, dit-elle tout haut pour détourner le plus possible son attention de son envie de cigarettes. Il va me falloir des litres d'eau et des heures de promenade au grand air pour rattraper ça.

Il ne me faudra sans doute pas plus d'une semaine pour surmonter ma faiblesse, enfin, je l'espère.

Je dois être forte et belle.

Sa décision prise, Déborah modifia radicalement son mode de vie. Maintenant, elle avait un but, son livre était terminé, elle allait pouvoir souffler, elle aiderait Sabrina dans ses recherches et, surtout, surtout, elle allait enfin revoir l'homme qu'elle aimait. Les longues heures passées à écrire l'avaient amaigrie et elle n'avait pas pu faire disparaître les légères ombres sous les yeux parce que ses nuits étaient souvent trop courtes. Il était temps de penser aux vêtements qu'elle allait porter pendant son séjour en Asie. Elle partirait dans deux semaines, peut-être plus rapidement, cela lui laissait peu de temps pour s'occuper de Sabrina et encore moins pour l'aider dans sa quête.

La Mercedes s'arrêta en douceur devant les bureaux de Sabrina, le chauffeur se précipita pour lui ouvrir la portière, Sabrina descendit du véhicule. Elle était très pâle et avait l'air traqué. Dans un autre monde, une autre vie, l'avant-veille, il y a quelques mois encore, elle y travaillait avec Steven. Des tas de gens se pressaient dans les différents bâtiments. Il faisait froid. Pendant un court moment, elle eut envie de s'enfuir, de se sentir vivante, d'être comme le commun des mortels.

- Tout va bien, Madame ?

Elle leva les yeux vers son chauffeur.

- Oui, très bien ! Merci Eric.

Elle avait répondu cela machinalement, mais avec beaucoup de douceur, elle aimait et respectait beaucoup son personnel.

- Ne regarde pas en arrière, se répétait-elle sans arrêt.

Sa vie allait changer, sa vie avait déjà changé ; jusqu'à quel point serait-elle différente ? Sabrina avait du mal à l'entrevoir. Tout son passé était derrière elle. Pour la première fois de sa vie d'adulte, elle était libre de faire absolument tout ce qu'elle avait envie, mais elle ne savait pas ce qu'elle voulait. Je ne veux plus vivre dans ce tourment, il est temps de tourner la page, se disait-elle intérieurement, mais pour tourner cette page, je dois d'abord répondre à toutes mes questions sans réponses.

Sabrina entra dans l'immeuble et, d'un pas rapide, elle traversa le vaste hall avant de s'engouffrer dans l'ascenseur. Elle poussa sur le bouton 21, l'étage où se trouvaient ses bureaux. Les bureaux étaient équipés d'un mobilier d'un blanc éclatant avec des panneaux en verre et beaucoup d'éléments chromés. Çà et là, des tables de verre épais étaient suspendues dans les airs. De grands tableaux modernes mettaient la seule touche de couleur dans tout ce blanc et chrome.

Le Conseil d'Administration avait demandé une réunion générale. La collection d'hiver n'avait pas remporté le succès escompté et la présentation de la collection d'été avait été descendue en flèche dans les médias. Les tabloïdes titraient : « La fin d'une prestigieuse maison », ou encore : « La maison San Versa a perdu son maître ». Sabrina, d'ordinaire si créative, avait perdu sa magie en perdant Steven.

La situation était grave, elle savait que si elle ratait deux saisons, elle irait au-devant d'énormes soucis financiers.

Sabrina venait d'entrer dans la salle de conférence, tous les actionnaires étaient déjà présents. Comme la plupart des actionnaires, ils ne faisaient pas exception à la règle : tant que leur placement rapportait de l'argent, Sabrina était un ange, mais dès que le rapport financier indiquait du rouge, on ne la considérait plus que comme une incompétente.

- Bonjour, Sabrina !

Sabrina détestait la perfidie et l'hypocrisie, c'est sur un ton glacial qu'elle avait lancé :

- Bonjour à tous ! Commençons, voulez-vous ?

L'un des actionnaires prit la parole :

Sabrina, nous comprenons votre chagrin, nous sommes affectés par le décès de Steven, mais la situation est grave. Le personnel est inquiet. Deux boutiques ne nous ont pas passé leurs commandes habituelles. La perte sera lourde, il s'agit de la boutique Versade de Rome et la boutique Castalle de Paris. Nous avons peur que d'autres boutiques ne suivent la tendance. Des décisions s'imposent.

Il avait pris le temps d'exposer tous les détails et les chiffres avec beaucoup de calme et de tact. Le chagrin de Sabrina transparaissait dans son regard, dans ses gestes, dans chacune des expressions de son visage.

- Je sais bien, répondit-elle, mais nous allons nous accrocher !

- Comment ?

- Nous devons redorer notre image, le nom de la maison. J'ai pris des décisions.

- Ah, oui ?

- Il le faut !

Je n'ai plus cette petite flamme que Steven faisait naître en moi.

Peut-être redeviendrais-je créative, peut-être pas.

Nous allons engager une nouvelle équipe de créateurs.

Nous allons organiser un concours et nous engagerons les meilleurs.

La presse sera notre meilleure alliée sur ce coup-là.

Je sais comment faire avec les journalistes.

Vêtue d'une robe à col d'officier très stricte, la beauté de Sabrina semblait plus hautaine encore. Les actionnaires accueillirent l'idée de Sabrina avec beaucoup d'enthousiasme.

- Qui va se charger des modalités du concours ?

- Ma secrétaire Cécile, deux personnes du service du marketing et la préposée de la réception.

L'idée fut votée à l'unanimité.

- Vous ne ferez pas partie de l'équipe qui s'occupera du concours ?

- Non, je pensais vous demander de le superviser.

J'ai besoin de temps pour moi.

- Prenez le temps qu'il vous faudra, Sabrina.

Je superviserai le projet.

Sabrina resta digne jusqu'au bout de la réunion. Son cœur se serrait dans sa poitrine. Elle devait bien l'admettre, sans Steven, elle n'était plus que l'ombre d'elle-même et surmonter l'épreuve qu'elle vivait en ce moment serait difficile. Curieusement, elle se mettait souvent à penser que cette séparation brutale et physique l'obligeait à se recentrer sur elle-même, à redéfinir ses propres objectifs. Avait-elle suivi sa propre route, ou avait-elle accompagné sur la sienne l'homme qu'elle aimait ? Pour l'instant, bien qu'elle soit consciente d'avoir la lourde responsabilité de faire fonctionner la maison San Versa, sa priorité n'était pas là. Le chemin qu'elle avait entrepris sur les traces templières suivies par Steven, la plongeait au plus profond d'elle-même.

Comme il était loin le temps du bonheur et de l'insouciance ! Quelque chose en elle s'était à jamais brisé, elle ne serait plus jamais la même. Perdue dans ses pensées, elle passa par son bureau pour y prendre quelques dossiers et quelques esquisses de croquis.

Elle salua les gens qu'elle croisa dans le corridor, avant de pousser sur le bouton qui appelait l'ascenseur. Tous les étages étaient occupés par des bureaux et l'ascenseur mit très longtemps avant d'arriver. Il était complet et Sabrina eut bien du mal à y entrer. La descente fut longue, des gens descendaient, tandis que d'autres montaient à tous les étages. Elle respira lorsqu'enfin elle arriva au rez-de-chaussée. Elle retraversa le vaste hall en saluant le personnel de la réception.

- Je vous fais confiance pour la sélection lors du concours, avait lancé Sabrina en direction de la jeune employée.

Les compétences de la jeune employée au poste de dactylo étaient si médiocres que durant son incapacité de travail, personne ne remarqua son absence, et le travail se fit tout aussi rapidement. Devant un tel constat et se sentant redevable envers cette jeune fille blessée dans ses bureaux, Sabrina l'avait fait transférer au service de la réception ; ce poste semblait lui convenir à merveille.

- Merci, Madame San Versa, avait répondu l'employée.

Sabrina réalisa soudain qu'elle avait oublié de prévenir son chauffeur. Elle fouilla dans son sac et l'appela de son téléphone portable. Il pleuvait et Sabrina commençait à sentir la pluie pénétrante lui couler dans le dos. Ses magnifiques cheveux étaient plaqués sur sa tête. Elle souriait pour la première fois de la journée en se demandant ce que les passants devaient penser d'elle, elle devait avoir bien triste allure, elle d'habitude toujours si élégante.

Son chauffeur arriva. Il s'empressa de sortir un parapluie et de lui ouvrir la porte.

- Oh, Madame, je suis désolé, vous êtes trempée !

- C'est la seule chose de la journée qui ait réussi à me faire sourire, alors ne soyez pas désolé.

D'un petit sourire amusé et complice, le chauffeur la regarda avec compassion.

- Nous rentrons Madame ?

- Oui, j'ai hâte d'être à la maison.

- A cette heure, nous devrions y être très vite.

Sabrina avait pris un peu de recul par rapport à son travail. Elle aurait dû écouter sa mère et le faire plus tôt. Son entêtement avait maintenant mis la société dans une position inconfortable. Cependant sa petite voix intérieure lui disait que les choses allaient s'arranger et que la maison San Versa allait redorer son blason et retrouver sa place dans la cour des grands.

- Maman ! Maman ! Il a neigé !

Il avait neigé, en effet. Ittre, le petit village où vivaient Sabrina et Simon, était recouvert d'un épais manteau blanc. Jamais ce petit coin du Brabant Wallon n'avait aussi bien porté son nom de « Petite Suisse ». Ils contemplaient la tempête, bien au chaud derrière les vitres. Il n'avait pas cessé de neiger depuis la veille au soir. Ce n'était pas banal pour un mois de mars, d'autant que cet hiver qui n'en finissait pas avait été particulièrement froid.

La température était descendue à -20° pendant trois semaines. Cela n'était plus arrivé depuis les années 1940. L'Europe frissonnait et la Belgique avait particulièrement souffert. Sous leur grand manteau blanc, les arbres semblaient brûlés.

- Est-ce que je peux aller jouer dans la neige ?

Sabrina lança un regard malicieux à son fils.

- Nous irons tous les deux après le petit déjeuner.

Le téléphone retentit.

- Allô ! Bonjour Sabrina, la prochaine collection est prête, annonça le directeur artistique.

Souhaitez-vous que je passe chez vous pour vous montrer les croquis ?

Il lui énuméra toutes les modifications.

Simon regardait sa maman d'un petit air courroucé.

- Mais comment avez-vous fait aussi vite ?

- Cela n'a pas été facile, mais au moins les transformations des modèles prêts-à- porter ne coûteront pas aussi cher que prévu si nous utilisons ce que nous avons en stock.

- Je suis admirative.

Elle savait par cœur, non seulement les couleurs et tous les tissus en stock, mais les quantités dont ils pouvaient disposer, les numéros... Elle était enthousiaste. En quelques jours, son équipe avait accompli le travail d'un mois. La collection était sauvée.

- Maman ! s'impatientait Simon en tirant sur sa chemise de nuit de soie parme.

- Il a beaucoup neigé, la circulation est impraticable ici. Je ne voudrais pas que vous risquiez un accident. Je passerai moi-même au bureau, dès demain matin. D'ici là, les chasse-neige auront pu dégager les routes.

Un peu déçu, le directeur artistique, avec une pointe d'amertume dans la voix, acquiesça.

S'adressant à son fils, Sabrina dit :

- A nous deux ! Prenons vite notre petit déjeuner.

Une heure plus tard, ils étaient tous les deux dans le parc. La neige avait enfin cessé de tomber. Le ciel était d'un bleu d'azur. Les rayons du Soleil donnaient au paysage des reflets lunaires, c'était magnifique. La neige était fraîche et recouvrait la région d'une épaisse couche de glace que les semaines de gel avait rendu très solide. Les lacs et les cours d'eau étaient pris d'assaut par les skieurs. Simon faisait des glissades. Joyeuse et détendue, Sabrina lui envoya un baiser.

- Sois prudent !

Sabrina regardait son petit Simon emmitouflé dans une combinaison de ski rouge. Une demi-heure plus tard, ils faisaient ensemble de la luge. Ils riaient, poussaient des cris de joie, se lançaient dans la neige. Ils passaient une journée merveilleuse, il y avait bien longtemps qu'ils ne s'étaient plus autant amusés.

Pour Sabrina, les vacances furent de courte durée. Après les quelques journées de congé qu'elle s'était accordées, elle retourna dans le petit bureau attenant au living où l'attendait les problèmes de la maison de couture. Le mannequin vedette qu'elle avait choisi les avait quittés et il fallait recommencer à chercher.

Ce soir-là, un vent glacial soufflait sur le pays. Sabrina ouvrit le courrier du matin : « Facture …, facture… Enfin, une lettre de Marc Deboner ! » ; Sabrina s'empressa de l'ouvrir. Il acceptait de la rencontrer et de lui parler des recherches entreprises par son mari. Enfin, elle allait en savoir un peu plus. « Marc Deboner », elle connaissait maintenant son identité.

Il était philologue et il faisait lui-même d'importantes recherches sur les Templiers. La lettre contenait peu d'informations précises, mais il acceptait de la rencontrer. Elle allait enfin savoir ce qui avait obsédé son Steven, de même peut-être aussi apprendre ce qu'il avait découvert de si important pour qu'il se fasse assassiner.

Sabrina avait pris des centaines de photos, parcouru des kilomètres à la recherche de signes. Tout cela ne signifiait pas grand-chose pour elle, mais elle savait que quelque part au milieu de toutes ces photos, de tous ces signes, se trouvait la raison pour laquelle Steven n'était plus. Il fallait qu'elle trouve la signification de tout cela. Sa vie et celle de son petit Simon en dépendait peut-être.

Sabrina se dirigea vers le petit salon tendu de velours vieux rose. Elle enleva les quelques magazines déposés sur l'un des fauteuils et s'y installa. Elle décrocha le téléphone et appela son amie Déborah. Le cœur palpitant à tout rompre et s'attendant au coup de fil de Steven, Déborah avait décroché à la première sonnerie.

- Déborah ! Eh bien, tu étais à côté du téléphone !

- Bonjour Sabrina, oui j'attends un coup de fil important de ma maison d'édition.

- Tu n'as pas de problèmes ? Tu me le dirais ?

- Bien sûr que je t'en parlerais, tout va bien, je vais bien.

- M'accompagnerais-tu chez Marc Deboner ?Nous avons rendez-vous. J'ai tellement hâte de lui poser un tas de questions, j'aimerais tant découvrir ce que cherchait Steven. Je voudrais vraiment que tu sois avec moi.

- J'en ai très envie moi aussi, mais je ne peux pas me libérer. Je dois partir prochainement pour l'Asie. Je serai absente une dizaine de jours, peut-être deux semaines.

- Tu ne peux vraiment pas te libérer ?

- Non, je suis désolée, je dois vraiment aller en Asie.

- Quand pars-tu ?

- Je ne sais pas encore exactement, mais se sera dans quelques jours.

- Je te trouve très énigmatique, tu pars en Asie dans quelques jours et tu ne connais pas la date de ton départ ?!

- Ma maison d'édition s'occupe de tout, c'est pour ça que j'attendais un coup de fil.

- Eh bien, Déborah, passe un bon séjour en Asie. Je t'embrasse.

- Sois prudente, tu ne connais pas encore cet homme, peut-être est-il impliqué dans la disparition de Steven, j'aurais aimé y être avec toi. Ne peux-tu reporter ce premier rendez-vous ?

- Non, je l'attends depuis trop longtemps, sois sans crainte, j'ai confiance en cet homme.

- Je t'appelle dès mon retour. Je t'embrasse.

Sabrina avait raccroché, le départ de son amie tombait très mal ; tant pis, elle irait seule chez Marc Deboner.

CHAPITRE VIII
L'exil de Steven

Quelques mois s'étaient écoulés, depuis le pseudo-décès de Steven. Steven était dans une phase difficile, cette vie de reclus lui était insupportable et ce séjour en Asie était, pour lui, un bol d'air devenu indispensable. Jamais, de toute son existence, il n'avait été confronté à vivre une situation aussi difficile. Il avait dû emprunter le Jet privé d'un ami sûr et, muni d'une fausse identité, il comptait bien profiter de son séjour. Il envisageait d'y refaire une nouvelle vie, même si pour l'instant, il ne faisait que l'entrevoir. Revenir en Europe était devenu beaucoup trop dangereux, en tout cas pour l'instant.

Steven avait passé tous les contrôles d'identité, sans la moindre complication. Son vol s'était effectué sans difficulté. Une fois sur place, il avait cherché l'enivrement auprès de jeunes masseuses. Son sentiment était proche de la fureur.

Un ami l'hébergeait dans une villa confortable, mais sobre ; l'endroit était un peu à l'écart des autres habitations et dissimulé par une végétation dense.

Il fallait rouler une dizaine de kilomètres par des sentiers caillouteux, sinueux et étroits pour parcourir la distance qui séparait la villa du village le plus proche.

Son fils et Sabrina lui manquaient terriblement, mais pour lui, pour eux, ils étaient morts. Il s'efforçait de tourner la page ; cette séparation forcée le rendait fou de rage. Il aurait voulu éliminer tous ses ennemis d'un seul coup de poing.

Pour chasser l'ennui et la rage qui l'habitaient, Steven avait repris de plus belle ses conquêtes féminines, il les plaçait sous le signe de la légèreté.

A présent, calé dans un des fauteuils du salon d'un hôtel particulier, Steven allumait une cigarette avant de porter à ses lèvres un verre de vin d'un grand cru.

Deux hommes attendaient, tout comme lui, qu'une masseuse se libère ; tous trois étaient Européens. Steven laissait errer son regard sur les silhouettes élancées des jeunes femmes qui traversaient le hall. Déborah n'arriverait que le lendemain en fin de matinée, cela lui laissait la soirée libre et il avait besoin de s'occuper. Déborah n'avait pas eu trop de difficultés pour se libérer. Son livre était en cours d'impression, ce qui lui laissait un peu de temps libre. Son passeport était toujours valable et elle n'eut aucun mal à se trouver une place dans un avion. Ses pensées voguaient vers Steven qui devait l'attendre. Il viendrait l'accueillir en personne à l'aéroport.

Le soleil se couchait lorsque l'avion de Déborah commença à faire ses paliers de descente. Par le petit hublot, Déborah regardait fascinée le superbe coucher de soleil, comme seuls les Orientaux peuvent en voir. Le vol de Déborah avait pris plus de retard que prévu. En raison d'un problème de sécurité, son avion avait fait une escale à Francfort. Durant le vol, Déborah s'était mise à compter le nombre de passagers masculins, le nombre de couples et le nombre de femmes seules. Elle compta cinq couples, trois femmes dont elle-même et le reste des passagers n'était composé que d'hommes seuls. Avec dégoût pour sa race, elle se rendit bien vite compte que cette ligne comportait en majorité des touristes pédophiles, de ce genre d'hommes affamés par de très jeunes enfants … Elle fut heureuse de descendre de cet avion ; il lui fut difficile de ne pas hurler son dégoût, ou de ne pas vomir sur les passagers masculins. Déborah était une jeune femme libérée et tolérante, mais lorsqu'il s'agissait de maltraitance enfantine, de surcroît dans des endroits où la pauvreté s'achète, la vue de ces hommes lui était insupportable.

Steven et Déborah étaient très différents, ils en étaient tous deux conscients.

Durant le vol, Déborah avait sympathisé avec sa voisine de cabine. Celle-ci avait souffert d'une tumeur au cerveau ; elle semblait sereine, les médecins lui avaient confirmé sa rémission.

Depuis qu'elle avait pris le chemin de la connaissance, Déborah semblait en symbiose avec les vibrations de Steven. Lorsqu'elle s'approchait physiquement de lui, Déborah semblait douée de capacités qu'elle ne possédait pas lorsqu'elle était loin de lui.

Durant tout le vol, Déborah vit la tête de sa nouvelle connaissance entourée d'un halo sombre, ce qui l'attrista profondément. La maladie était toujours là pour l'infortunée, sa rémission serait de courte durée, mais Déborah n'en fut que plus compatissante et se montra d'autant plus joviale et agréable avec sa voisine.

Dans ce contexte masculin si particulier, les deux femmes avaient ressenti très fort le besoin de se rapprocher.

La température locale en ce début de soirée était encore de 31°. Steven parut réjoui, lorsqu'il aperçut Déborah sortir de l'aéroport. Elle semblait avoir des difficultés à tirer ses bagages ; Steven déposa un chaste baiser sur ses lèvres tièdes et se chargea de l'encombrante valise. C'était un modèle Hermès. Il ne l'appréciait guère. Elle était trop basse pour qu'il puisse la faire rouler et, à chaque fois, il devait la porter.

Déborah était vêtue d'un pantalon de laine, de couleur noire, qui s'harmonisait à merveille avec son top. L'ensemble lui allait à ravir et les longues heures d'avion n'avaient en rien froissé ses vêtements ; cependant sa tenue était beaucoup trop chaude pour Bali.

Steven chargea les bagages dans la voiture de location, tandis que Déborah s'installa à la place du passager. Quelques minutes plus tard, la Mini déboucha dans la rue où se trouvait le modeste hôtel que Steven avait réservé. L'ami qui l'hébergeait rentrait en France dans deux jours, il aurait alors la villa entière à sa disposition et il pourrait y emmener Déborah.

Déborah avait perdu la notion du temps, le décalage horaire l'avait rendue ivre de fatigue.

- Je me sens un peu fatiguée. J'aimerais prendre un bain, je me sens poisseuse et, ensuite, j'aimerais dormir deux petites heures.

- O.K. pour le bain, mais il serait plus sage que tu restes éveillée jusqu'à ce soir.

- Je suis tellement fatiguée, mais c'est peut-être toi qui a raison, je dois m'adapter directement à l'heure locale.

Déborah baissa la tête et le silence s'installa.

Les aiguilles de sa montre indiquaient 16 h, heure locale ; encore quelques heures à tenir se dit-elle. Elle monta les marches quatre à quatre et se rua dans la chambre que Steven lui avait indiquée. Un rire lui échappa, c'était nerveux ; comme une enfant épuisée, elle se mit soudain à pleurer.

Steven la regarda avec mépris, l'humour de Déborah lui échappait très souvent.

Elle se pencha pour l'embrasser légèrement sur la joue. Il ne bougea pas.

La jeune femme se dévêtit sous l'œil averti de Steven. Elle se rendit ensuite dans la salle de bain où elle se prélassa dans un bain mousseux, ce qui lui fit le plus grand bien.

Steven s'était allongé sur le lit. Entourée d'une serviette, Déborah s'allongea à son tour à ses côtés et s'étira comme une chatte, lui dédiant un charmant sourire. Elle tenta de le couvrir de baisers, mais il restait de glace. Il se contenta de la prendre brutalement, sans préliminaires, ce qui blessa quelque peu Déborah.

Elle avait besoin de plus d'affection que ce qu'elle recevait de Steven pour s'harmoniser dans leurs ébats sensuels, du moins sur le plan physique et émotionnel. Sur le plan spirituel, quand Steven la prenait, leurs chakras coronaux s'ouvraient, presque simultanément, ce qui laissait entendre un drôle de craquement très audible. Déborah devenait alors une sorte de caisse de résonnance.

Leurs étreintes permettaient à Déborah de sentir et de voir des choses invisibles aux communs des mortels.

Ce soir-là, ils firent monter le dîner dans leur chambre et, le repas à peine terminé, Déborah s'endormit profondément dans les bras de Steven.

Le lendemain matin, la voiture de location mit le cap sur la côte. La beauté des paysages qui défilaient devant eux, était saisissante. Une fine pluie se mit à tomber, ce qui rendait la chaleur encore plus humide, mais les paysages encore plus beaux.

En une seule journée, Steven s'était montré particulièrement grossier envers Déborah. Lors du déjeuner, il avait littéralement plongé dans le décolleté de la jeune femme qui occupait la table voisine. Celle-ci était en couple et cela avait bien failli provoquer un incident entre les deux hommes. Un peu plus tard, lorsqu'ils avaient pris le bateau, Steven s'était montré d'une obligeance outrageante envers une jeune femme seule. La jeune passagère s'était montrée très embarrassée et elle avait lancé un regard d'excuses en direction de Déborah.

Les femmes qui étaient témoins de la scène, regardaient Déborah avec pitié, et les hommes avec perplexité.

Il s'était avéré que Steven était franchement odieux avec Déborah. Elle en était tout à fait consciente ; en temps normal, jamais elle n'aurait accepté un tel comportement de qui que ce soit. Steven était la rencontre spirituelle de

Déborah, son amour aussi, même si d'aucuns ne pouvaient comprendre ce qui la poussait à rejoindre cet homme qui se comportait de manière aussi abjecte envers elle. Il était la glace, elle était le feu ; il était froid et distant, elle était chaleureuse et sociable. Tout les opposaient, mais leurs âmes étaient fusionnelles, complémentaires, indissociables.

Le soir venu, après s'être arrêté pour admirer et prendre de nombreux clichés d'un coucher de soleil d'une rare beauté, Steven et Déborah avaient regagné leur chambre. La jeune femme ne ressentait aucun désir pour cet homme qu'elle aimait pourtant. La journée avait été difficile pour elle. Elle ne refusa cependant pas son étreinte.

Cette nuit-là, Déborah resta longtemps éveillée. Tout se bousculait dans sa tête.

Les deux semaines qu'elle passa à Bali s'écoulèrent dans le tourbillon de leur visite de l'île et en étreintes quotidiennes. Comme prévu, le troisième jour après son arrivée sur l'île, Steven emmena Déborah à la villa qu'il occupait désormais.

La jeune femme trouva l'endroit charmant, bien qu'un peu isolé. Ce n'était que lorsqu'ils étaient seuls que Steven se montrait prévenant envers elle. Dans ces moments-là, leurs cœurs vibraient à l'unisson et leurs étreintes charnelles étaient fusionnelles. Pour la première fois, elle appréhendait vraiment de laisser Steven.

Déborah n'était plus la faible jeune fille que Steven avait séduite à Paris. Il se trouvait à présent face à une jeune femme qui était sûre d'elle, qui était épanouie dans sa carrière professionnelle, épanouie par la maternité, qui avait acquis une maturité plus affirmée depuis son récent divorce, et dont le comportement accompli était celui d'une Rose en devenir.

Le changement de comportement de Déborah ne manqua pas d'interpeller Steven qui lui demanda finalement ce qui n'allait pas.

- Je vais très bien Steven ! Je vais enfin très bien ! Mais je m'inquiète pour toi.

- Je vais m'en sortir, sois sans crainte. Si nous allions déjeuner à l'extérieur ?

- Pourquoi pas ? Déborah avait acquiescé, partagée entre le bonheur de sortir de la villa et d'apprécier les décors somptueux de l'île et l'appréhension qu'elle avait d'être en public avec Steven, comme si être en société faisait de lui un autre homme, un homme tellement différent. Comme si, en société, il devait donner de lui-même une image implacable.

Le couple déjeunait à une terrasse. Malgré les lunettes de soleil, l'astre solaire aveuglait Déborah, au point que de grosses larmes coulaient le long de ses joues. Le manque de prévenance de Steven faisait partie intégrante de sa personnalité, essentiellement en public, et Déborah en avait maintenant l'habitude ; Steven ne broncha pas lorsqu'elle le lui fit remarquer.

C'est un serveur qui, en s'apercevant de l'inconfort de la jeune femme, se pressa d'ouvrir un parasol.

- Qu'attends-tu de la vie, Déborah ?

Déborah regarda Steven attentivement, un peu surprise par sa question. Elle lui répondit :

- La plupart des gens ont des besoins très simples. Pour eux, le bonheur, c'est de se marier, d'avoir des enfants ; de nombreuses femmes s'accomplissent dans ce rôle. Ce n'est pas le bonheur pour moi, même si j'adore mes enfants, ils ne remplissent pas ma vie et je n'ai pas honte à le dire. Pour moi, le bonheur, c'est d'explorer des sentiers encore vierges, de découvrir des endroits inexplorés, de rencontrer des êtres fabuleux. Bien sûr, j'aspire aussi de vivre le grand amour, mais je n'ai jamais rencontré un homme qui n'avait pas l'envie de me couper les ailes, à l'exception de toi. Ce que je veux aujourd'hui, c'est réussir Ma vie et non plus réussir dans la vie. Je veux poursuivre le chemin de la connaissance.

J'ai besoin de vivre des choses extraordinaires, et ces choses m'inspirent à écrire des histoires et en faire des livres.

Tu es l'être le plus extraordinaire qu'il m'ait été donné de rencontrer !

Tu m'as fait vivre des choses incroyables, je sais que tu aimes Sabrina, mais cela n'a pas beaucoup d'importance, enfin, cela n'en a plus depuis longtemps …

Tu es un être magique, te rencontrer fut un réel bonheur. Tu m'as fait grandir et évoluer dans des domaines que je n'aurais jamais découverts sans toi. Mais à quel prix !

Tu m'as blessée très souvent.

Je ne pensais pas te dire ça un jour, mais je pense que nous avons besoin l'un de l'autre.

Nos différences nous équilibrent, nous rendent plus forts, et cette magie s'opère lors de nos étreintes.

Déborah avait prononcé les dernières phrases d'une voix forte et ferme, alors que les larmes, non pas dues au chagrin mais à la trop forte luminosité, continuaient à inonder son visage et ce, malgré le parasol.

Steven était pâle et, pour la première fois, c'est Déborah qui infligeait une gifle à Steven. Il reprit très vite une contenance.

- Tu es devenue folle ? Tout le monde te regarde !

Le ton de sa voix était brutal.

La soirée se passa dans la froideur la plus totale, Steven était particulièrement glacial. Il la prit sans aucune chaleur humaine, mais la magie de la fusion entre leurs deux âmes opéra.

Le lendemain matin, lorsqu'il la conduisit à l'aéroport, Déborah n'osa pas lui donner le minuscule petit paquet qu'elle comptait lui offrir, de peur que sa colère n'éclate.

Steven parlait peu, ses contrariétés l'habitaient en permanence et, lorsqu'il laissait s'ouvrir la soupape, la colère qui déferlait sur son entourage était terrible.

Déborah l'aimait tant, elle voulait le lui dire, mais aucun son ne franchit ses lèvres pulpeuses, légèrement orangées par le gloss qui avait couru sur ses lèvres deux heures plus tôt.

Elle l'aimerait toujours, il ne pouvait en être autrement, même si elle ignorait comment elle pourrait continuer à se contenter d'être un lot de consolation. Combien de temps pourrait-elle encore jouer les seconds rôles ? Elle voulait enfin le premier rôle, être l'héroïne qu'elle aurait toujours dû être.

Elle se sentait forte du respect qui venait d'éclore en elle, en son cœur, en son âme pour elle-même.

- A très bientôt ! Je trouverai le moyen de te donner de mes nouvelles.

Steven venait de déposer Déborah devant l'aéroport, il posa un chaste baiser sur ses lèvres, il sortit les bagages de la voiture et la laissa seule. Pour lui aussi, la séparation était difficile, Déborah en était consciente.

- Prends bien soin de toi Steven, je veillerai sur Simon et Sabrina pour toi.

Au revoir mon cœur !

Le vol qui ramena Déborah en Europe fut plus agréable, elle se rendit bien vite compte qu'elle était sur un vol normal, avec une majorité de couples à bord.

A l'atterrissage, Déborah regarda un peu tristement les voyageurs qui retrouvaient avec joie leurs familles. Elle se sentit soudain bien seule et elle pressa le pas vers la sortie d'où elle héla un taxi.

La circulation était fluide et Wemmel n'était qu'à quelques kilomètres de l'aéroport. En moins d'un quart d'heure, elle fut chez elle. En ouvrant la porte, elle fut prise de nausées ; une forte odeur empestait toute la maison. La poubelle n'avait pas été vidée, elle ouvrit portes et fenêtres, sortit la responsable de ce désagrément et resta quelques minutes à l'extérieur. Elle laissa son linge sale dans le garage et remonta sa valise et son beauty-case. Tandis qu'elle vida ce dernier, elle contempla son visage dans le miroir. Elle était satisfaite de son apparence.

Déborah se sentait sale et fatiguée, mais le léger hâle laissé par le soleil de l'Orient sur sa peau, la rendait ravissante. Ses cheveux avaient légèrement éclairci, ce qui lui allait à ravir et ses yeux paraissaient plus transparents encore. Elle se sentait merveilleusement bien dans sa peau.

- Déborah ! Déborah !

Sabrina frappait frénétiquement à la porte de son amie.

Déborah tendit l'oreille, surprise par autant de vacarme et descendit rapidement l'escalier.

- Attends une minute ! Une seconde ! Voilà !

Déborah ouvrit la porte à son amie. Sabrina portait un manteau noir en laine dont le col était rehaussé de fausse fourrure absolument magnifique qui était l'orgueil des dernières créations de la maison San Versa. Les femmes en raffolaient.

- Que se passe-t-il ? demanda Déborah.

Après un si long voyage, Déborah n'aspirait qu'à deux choses : un bain et son lit pour pouvoir enfin y étendre ses longues jambes et dormir. La visite de son amie la contrariait, mais elle se garda bien de le lui dire.

- Déborah ! je suis allée dans les trois abbayes où Nostradamus a séjourné. Regardes, j'ai amené des photos !

A peine Sabrina avait-elle embrassé son amie, qu'elle s'était installée dans le fauteuil du salon et sortait fébrilement hors de son sac à main des documents, des photos, des notes… Déborah l'avait suivie et l'observait nerveusement.

- Au littoral, à l'Abbaye des Dunes, ce ne sont plus que des ruines ; et je n'ai rien ressenti de particulier, lorsque je suis passée dans les Ardennes, à l'Abbaye d'Orval.

- Sabrina, ne pourrait-on…

Déborah n'eut pas le temps de terminer sa phrase.

- Cependant, il faut que tu regardes cette photo ! poursuivit Sabrina.

Je l'ai prise à l'Abbaye de Cambron, celle qui est aujourd'hui transformée en parc animalier, celle où Nostradamus aurait dérobé les manuscrits, ceux dont parle Marc Deboner.

Déborah écoutait attentivement son amie.

- Lorsque je suis entrée dans cette abbaye, j'ai ressenti d'étranges sensations.

J'étais presque seule.

J'aurais tant aimé que tu sois avec moi dans la crypte, il y faisait très sombre et les chauves-souris volaient en toute liberté.

- Si tu es venue pour me parler du parc Paradisio, je le connais, j'y suis déjà allée.

J'aimerais dormir.

- Regarde cette photo ! Je l'ai prise près d'un puits, j'étais seule et, regarde... Regarde l'arrière-plan de la photo !

Déborah prit la photo que lui présenta son amie et l'examina attentivement.

- Tu n'es pas seule ! On dirait des moines !?
- Il n'y a plus de moines dans cette abbaye. Regarde encore !
- Grands Dieux, Sabrina ! Ce sont des Templiers ! Deux Templiers !
- Regarde encore ! insista Sabrina.
- Ils semblent flotter dans les airs ! s'étonna Déborah.
- C'est exact, Déborah ! Je n'ai jamais rien vu d'aussi étrange !
- Comment as-tu fait ce montage ?
- Ce n'est pas un montage, j'en serais bien incapable !

Déborah scanna la photo pour l'agrandir et regarda attentivement tous les détails. Sa fatigue s'était envolée tant cette photo l'intriguait.

- Je ne sais que dire ..., dit Déborah, perplexe.

- Il n'y a rien à dire, Déborah.

- As-tu enfin rencontré l'auteur des travaux sur les Templiers et sur les décryptages des Centuries ?

- Pas encore ! Pas encore !

- Je pensais que tu avais rendez-vous avec lui ? Ne devais-tu pas le rencontrer pendant mon séjour en Asie ?

- Sa santé n'est pas très bonne pour l'instant, mais j'ai pu communiquer avec lui par e-mail très régulièrement.

C'est un homme très agréable, un érudit.

Déborah était comme paralysée, elle regardait Sabrina qui lui souriait.

Sabrina ne semblait pas comprendre l'inquiétude de son amie.

- A part moi, quelqu'un est-il au courant de ce que tu es en train de faire ? questionna Déborah.

- Non, absolument pas !

- C'est très bien !

Il faut impérativement que tu sois discrète. Je pense que Steven avait découvert quelque chose.

De mon côté, j'ai fait pour toi de nombreuses recherches sur le Net mais toutes ont été infructueuses.

Je pense vraiment, Sabrina, que Marc Deboner est le seul à pouvoir t'aider.

Sabrina avait amené avec elle plus de cinq cents photos que son amie examina avec la plus grande attention.

- Je vais en étudier quelques-unes, celles qui me semblent intéressantes, dit Sabrina.

- Attends ! dit Déborah, en posant sa main sur celle de Sabrina.

Déborah scruta une fois encore la photo prise dans le parc Paradisio et dit : « Ce sont deux Templiers en lévitation ou, plus exactement, je dirais que c'est un Templier en lévitation et tu as pu réussir à photographier son double ».

- Oui, c'est curieux ! C'est très étrange !

Je pense qu'ils me protègent !

- Peut-être !

- J'ai lu le livre de Marc Deboner et dans ce livre, il parle de signes qui guideraient les pas de l'Attendu.

C'est pour cela que j'ai pris toutes ces photos et que je suis allée dans tous ces endroits pour comprendre les signes.

En fait, dans son livre, Marc Deboner parle de signes concrets, réels, géographiques, d'un chemin à suivre ...

Je pense que cette photo indique une clé ! Je ne sais pas pourquoi, mais j'ai le sentiment profond que c'est plus que ça !

J'en suis venue à penser que Steven était l'Attendu !

- Steven ? Pourquoi ?

- La famille de Steven est une très vieille famille anglaise. Je sais qu'ils étaient Francs-Maçons, Rex Deus, plus précisément issus de la véritable dynastie de Jésus.

Cela ne m'a jamais dérangée.

Il avait parfois quelque chose d'irréel.

- J'ignorais tout ça ! répondit Déborah ; tu ne m'en avais jamais parlé.

Déborah eut un frisson, elle en était arrivée aux mêmes conclusions que Sabrina, mais elle ignorait que son amie avait fait tout ce chemin. L'éveil de Sabrina était rapide.

Déborah prit sur elle pour garder la tête froide, il ne fallait pas que Sabrina perçoive son trouble, son désarroi.

- Je n'avais aucune raison de t'en parler. Steven, comme sa famille, préférait garder la discrétion.

- Était-il au courant de ce que tu savais de lui, de ses origines, de sa famille ?

- Je l'ignore, nous n'en avons jamais parlé, répondit Sabrina.

Déborah regardait son amie avec intérêt.

- Je te laisse ces photos, dit Sabrina.

- Crois-tu que des descendants des Templiers soient encore en vie ?

Déborah avait lancé cette question d'un air faussement détaché, juste pour savoir si Sabrina en savait plus encore que ce qu'elle ne lui avait avoué.

- Je ne me suis jamais posée cette question en ces termes, mais, oui Déborah, tout compte fait, je le pense !

Crois-tu que les Templiers d'aujourd'hui puissent encore avoir des ennemis ?

- Oui ! Je pense que oui ! répondit Déborah.

Et toi ? questionna Sabrina.

- Je le pense aussi ! dit Déborah.

- Je suis persuadée que le bouche à oreille a pu fonctionner jusqu'à aujourd'hui et que des Templiers de par le monde continuent à transmettre ce savoir.

Je crois que le massacre, perpétré par Philippe le Bel avec l'aide de Nogaret, son âme damnée, et l'aide forcée du pape Alexandre V,[2] a échoué.

Tous les Templiers n'ont pas été exécutés, certains ont vraisemblablement pu poursuivre leur mission. Bernard parle souvent de missions, dit Sabrina.

- Steven parlait aussi en ces termes, rétorqua Déborah.

- As-tu une idée de ce que peut être la mission des Templiers de nos jours ?

- Non… Je pense que leur mission est de préserver le monde, répondit Déborah.

Déborah manifestait volontairement des signes de fatigue.

- De quoi ? demanda Sabrina.

- De connaissances que l'humanité n'est pas prête à entendre.

Ils sont nombreux à avoir préféré la mort plutôt que de dévoiler leur savoir.

---

[2] Il s'agit en vérité du pape Clément V, un de Goth.

- Ces connaissances doivent être terribles pour qu'ils aient accepté un tel sacrifice, dit Sabrina.

- Il s'agissait de moines-soldats.

Le monde s'éveille progressivement à la spiritualité. Toutefois, il est des secrets qui doivent le rester, dit Déborah.

Un froid glacial surprit les deux femmes.

- Tu as senti ce froid soudain ? demanda Déborah en frissonnant.

- Oui, je m'y suis habituée.

Maintenant il faut que je rentre, je voudrais embrasser Simon avant qu'il ne s'endorme.

Le visage de Sabrina devint soudain grave.

- N'aies pas peur, tout ira bien. Fais très attention à toi.

Déborah avait prononcé ces quelques mots, en serrant Sabrina très fort dans ses bras.

Les deux amies traversèrent le hall jusqu'au seuil de la porte.

Après avoir vu la Mercedes de Sabrina s'éloigner, Déborah pensa tout haut :

- Voilà des nouvelles qui devraient surprendre Steven, lui qui imaginait Sabrina tellement naïve et si fragile. Elle est bien plus intuitive et bien plus forte qu'il ne l'imagine.

Perdue dans ses réflexions, Déborah prit la décision de ne pas appeler Steven ; il fallait le protéger malgré lui.

CHAPITRE IX
Une Rose en devenir

Le dimanche, il plut toute la journée et Sabrina joua avec Simon. Ce fut jeux de société à volonté.

En fin de journée, Sabrina rassembla du bois qu'elle plaça dans la cheminée et fit du feu. Elle prépara des biscuits avec la farine et le sel qu'elle trouva dans les armoires. A eux deux, ils savourèrent les biscuits accompagnés de myrtilles qu'ils avaient achetées ensemble la veille au supermarché.

Cette nuit-là, Simon eut sa première vision. C'était comme dans un rêve, mais ça n'en n'était pas un. Il vit un énorme serpent blanc s'approcher de lui, il semblait venir d'une étoile. Simon pensa que le serpent allait l'avaler ou l'enlever, mais ce ne fut pas le cas ; il vit le serpent s'adresser à son âme, il sentait que son âme comprenait, mais lui ne comprenait pas. Simon eut l'impression que son lit suivait le serpent dans la campagne ; ils étaient au bord d'un lac et Simon continuait à observer le serpent. Lorsqu'il se réveilla, son édredon était couvert de rosée, l'aube venait juste de poindre et il avait très faim.

Pour la première fois, Simon ne pleura pas et il n'appela pas sa mère, il n'avait plus peur.

Le lundi, Sabrina travailla au moins quinze heures.

La collection du printemps avait remporté un réel succès, mais il fallait déjà penser à celle d'automne. Elle avait hâte de terminer les croquis des modèles, afin de poursuivre ses recherches. Elle commençait à redevenir créative, elle avait gardé l'équipe qui avait réalisé des prodiges pour la collection de printemps, mais elle se réservait quelques nouvelles créations. Le choix du mannequin vedette avait été un choix judicieux. Loin des filles sophistiquées des autres maisons de couture, le mannequin vedette de la maison San Versa incarnait la fraîcheur, la joie de vivre. Elle avait conquis tous les photographes. Avec ses mensurations de rêve, la pureté des traits de son visage et ses grands yeux innocents. Naturellement fine et élancée, elle incarnait le nouveau modèle de toutes les ados. Les médias se l'arrachaient. L'équipe de la maison San Versa avait lancé, bien malgré elle, une jeune fille saine et adorable.

Sabrina était dans la cuisine en Jeans et pieds nus. Elle sirotait son café, lorsqu'on sonna à la porte.

Simon ne devait rentrer qu'une demi-heure plus tard.

Elle n'attendait personne.

Elle fronça les sourcils et alla regarder par le judas de la porte. C'était un pompier. Comment avait-elle pu oublier qu'un de leurs délégués devait vérifier si la prochaine salle de présentation des futures collections était conforme aux normes de sécurité ? Elle était embarrassée.

L'homme était trapu, chauve avec une grande moustache qui lui masquait presque toute la bouche.

- J'avais tout à fait oublié !

Il la regardait avec admiration. Sabrina était habillée d'un Jeans qui accentuait ses longues et fines jambes ainsi que ses hanches étroites. Le pompier était accompagné d'un collègue âgé d'une cinquantaine d'années ; il était plus petit et plus gros. Lui aussi portait la moustache, mais la sienne était fine et bien taillée.

Sabrina ne le reconnut pas tout de suite.

- Sabrina, vous ne me reconnaissez pas ?

Sabrina détailla le pompier plus âgé.

- Je suis désolée, non.

- Lorsque vous étiez enfant, il arrivait à votre père, pompier bénévole comme moi, de vous emmener avec lui. J'étais celui qui avait toujours pour vous un bonbon ou un chocolat.

- Monsieur Devos ! Je suis confuse de ne pas vous avoir reconnu tout de suite ; naturellement, je me souviens de vous.

- Je suis désolé pour tous les malheurs qui vous ont frappé ces dernières années.

Laissez-moi vous regarder !

Sabrina tourna sur elle-même avec un large sourire.

- Vous êtes l'image même de votre père, la ressemblance est frappante.

Cette fois, Sabrina sourit joyeusement. On n'aurait pu lui faire de plus beau compliment.

- Je dois vous faire un aveu, j'avais complètement oublié ce rendez-vous.

- Il serait ennuyeux pour mon service de reporter le rendez-vous, mais si vous le souhaitez… dit le plus jeune pompier.

- Non, je vais mettre un mot pour la gouvernante.

Je mets des chaussures et je vous accompagne.

A ce moment, Simon arriva de l'école en poussant des petits cris de joie.

- Maman ! Maman ! Tu es à la maison ?

- Oui, mon trésor, mais je dois régler une affaire avec nos visiteurs.

Tu as faim ?

- Je meurs de faim !

- Je vois, vilain coquin !

S'adressant à la gouvernante, Sabrina la pria de prendre le dîner avec Simon.

- Pensez à le débarbouiller et à le changer avant qu'il ne passe à table ; ses vêtements et son visage racontent sa journée.

Je n'en n'ai pas pour longtemps.

- Ce sera fait, partez tranquille.

Sabrina embrassa son fils.

- Sois sage !

Sabrina prit son sac, ses clés de voiture et disparut.

Vingt minutes plus tard, ils étaient devant l'immeuble qui, désormais, servirait de décor aux défilés des nouvelles collections. Le bâtiment était tout neuf.

- C'est le nouveau complexe de l'Union Belge de Foot ? demanda surpris le plus jeune des pompiers.

- En effet !

Je pourrai disposer de ce local aux dates prévues pour les défilés.

C'est un endroit de 3 700 m², merveilleusement bien situé, qui se trouve à proximité de toutes les autoroutes. Il comporte un hôtel de 64 chambres, des salles de conférence pour accueillir la presse et un restaurant digne de ce nom.

- Je suis étonné que vous ayez eu besoin de nos services.

- C'est une requête des assurances, cela ne devrait être qu'une formalité.

Les pompiers vérifièrent rapidement les nouvelles installations.

- Je suis surpris que vous présentiez vos prochaines collections à Tubize et non plus au Trade Mart, fit remarquer l'ami du défunt père de Sabrina. N'est-ce pas un risque ?

- Bien au contraire, c'est un must !

Regardez autour de vous et osez me dire le contraire.

Derrière des étendues de verdure, on pouvait découvrir des marécages, l'herbe y était jaune.

- Certainement pas, mais c'est l'avis d'un pompier qui vous a fait sauter sur ses genoux, lorsque vous étiez enfant.

- Ce sera bientôt l'avis de tous, vous verrez.

Il hocha la tête en lui adressant un large sourire.

Lorsque Sabrina rentra chez elle, Simon avait dîné et il jouait sur son ordinateur.

Il était si absorbé qu'il ne l'entendit pas rentrer.

Elle s'approcha doucement de l'enfant.

- Maman ! dit-il en lui sautant au cou.

Sabrina le prit dans ses bras et le mit au lit.

- Puis-je y aller, Madame ? demanda la gouvernante !

- Oui, Katrien, merci pour tout. Bonne soirée et à demain !

Avril et mai passèrent à la vitesse de l'éclair.

Sabrina menait de front l'éducation de Simon, la direction de sa maison de couture, la création de quelques nouveaux modèles pour sa prochaine collection et ses recherches templières.

Elle s'était prise d'affection pour les Templiers. Trop longtemps on leur avait attribué des choses horribles, alors qu'ils n'étaient que des hommes justes et bons. Toutes ses recherches confirmaient ce que Marc Deboner révélait dans son livre.

Nostradamus avait bel et bien subtilisé l'ouvrage d'Yves de Lessines et ses prédictions n'étaient que de la lecture erronée. Après un bref échange par téléphone, Sabrina et Marc Deboner convinrent d'un rendez-vous chez ce dernier.

Le jour tant attendu était enfin arrivé. Elle gara sa voiture, l'homme attendait.

D'emblée, cet inconnu lui fut sympathique. C'était un homme grand, costaud, d'âge mûr, très souriant, très gentil.

- Sabrina ?

- Oui, enchantée ! Vous êtes Marc Deboner ?

- Vous m'avez trouvé, dit-il en lui tendant la main avec un merveilleux sourire qui lui illuminait le visage.

- J'attendais ce moment avec beaucoup d'impatience.

- Vous avez trouvé facilement ?

- Oui, mais je n'ai pas de mérite, c'est mon GPS qui a tout fait.

- Suivez-moi, je vous emmène dans mon petit coin de verdure.

Le soleil était au zénith et le ciel d'un bleu sans nuages, ce qui était exceptionnel pour la saison. Avec beaucoup de gentillesse, Marc Deboner se prêta au jeu des questions-réponses.

- Vous avez souvent rencontré Steven ?
- Quelquefois.
- Toutes les réponses que je cherche se trouvent-elles dans les Centuries ?
- Je pense ; en tout cas, c'est la réponse aux questions que vous vous posez sur le chemin qui mène au Petit Abri Blanc.

Je vais donc commencer par le commencement :

Le poème composé de dix Centuries et connu sous le nom de prophéties de Nostradamus n'aurait pas pu être écrit dans les années 1550 par le provençal Michel Nostredame, mais de 1323 à 1328 par un moine cistercien dont la langue maternelle était le picard, parlé entre la Dendre et l'Escaut.

L'histoire même du texte écoulé de la plume d'Yves de Lessines, prieur de l'abbaye cistercienne de Cambron en Hainaut, au début du 14ᵉ siècle, est plus extraordinaire que les plus extraordinaires prophéties que les disciples et traducteurs de Nostredame ont cru y lire.

Le premier correspondrait aux 220 premières années de 1330 à 1550 pendant lesquelles l'ouvrage reposa. Nous pourrions nous représenter l'aventure des Centuries, comme une sorte de diptyque qui accordait comme un panneau car quasiment inconnu et certainement incompris dans la bible abbatiale.

Le deuxième panneau pourrait symboliser le coup de fortune qui a commencé avec Nostradamus au milieu du 16ᵉ siècle.

Trompé par la graphie, la syntaxe et le style du vieux prieuré, croyant avoir découvert des prophéties inconnues, parce que le vieux moine avait déguisé les faits du passé en conjuguant les verbes au futur, le médecin provençal profita des troubles du temps et de la guerre qui ravageait la Flandre et le Hainaut et il s'empara de l'œuvre.

Il l'emporta au loin, il prétendit en être l'auteur, le publia en son nom et, saisi par des concours de circonstances rares, se retrouva élevé sur le pavé des plus grands prophètes.

Yves de Lessines a toujours écrit ses vers en trois sens.

Par le jeu de l'intelligence du texte et des niveaux de lecture successifs, Yves de Lessines parvenait avec les mêmes mots et dans le même quatrain à évoquer une histoire de son passé à lui, une histoire de son présent à lui et à donner en outre une indication utile à celui qu'il appelait l'Attendu. (Source : Rudy Cambier).

Tandis qu'il expliquait le résultat de ses travaux, Marc Deboner retournait les brochettes sur la grille du barbecue et une merveilleuse odeur de viande et d'épices arrivait aux narines de Sabrina.

C'était un homme simple et bon, droit et direct. Sabrina regardait ce petit coin de jardin si paisible. Au loin, elle apercevait la campagne vallonnée qui rayonnait de couleurs changeantes en raison de la luminosité particulière de l'endroit.

Marc Deboner était vêtu simplement d'un pantalon en velours côtelé, d'une chemise à carreaux et portait au cou une très grande croix.

- Vous prendrez du vin ? lui demanda-t-il gentiment.

- Oui, avec plaisir !

Une table était dressée au milieu de ce petit bout de jardin où les fleurs et les plantes rivalisaient de beauté. On pouvait y admirer une gigantesque glycine qui envahissait allègrement le toit d'une des dépendances.

La propriété était immense : elle mesurait 4,5 ha, la façade faisait 800 m. Il fallait 1 h 30 de marche pour faire le tour du domaine. La propriété comptait de nombreux arbres séculaires ; on y voyait des allées bordées de majestueux saules pleureurs, différentes espèces d'arbres occupaient tout le territoire, à savoir des saules têtards, des peupliers, de l'aubépine, un platane, des charmes, des tilleuls, des noyers, des bouleaux, des sapins, divers arbres fruitiers, dont un prunelier, un pommier, etc. Des moutons paissaient dans un espace leur réservé, tandis qu'une bonne vingtaine d'oies marchaient à la queue leu leu en lançant des cris stridents. Dans un étang barbotaient des canards. Il n'était pas rare de trouver des œufs de poule éparpillés çà et là. Plusieurs chats rodaient en véritables chasseurs.

A certains moments de la journée, le propriétaire des lieux lâchait ses chiens dans le jardin ; ceux-ci se dirigeaient alors tout droit vers les étangs où ils se baignaient en aboyant gaiement.

- Je vous sers de la salade ? s'enquit Sabrina.

- Volontiers !

Marc Deboner retira les grillades et les déposa dans un plat qu'il disposa sur la table.

L'endroit était calme et serein.

Tandis qu'ils commencèrent à déjeuner, ils reprirent la conversation.

- Comment avez-vous eu envie de traduire tout ceci et pourquoi ? questionna Sabrina, intriguée par toutes les recherches entreprises par Marc.

- Quand j'étais jeune, un professeur m'avait assigné un travail sur un auteur médiéval, un faiseur de chansons.

Je ne compris pas tout de suite, mais ce travail me donna l'envie, pendant vingt-cinq ans, de m'aventurer sur des champs en friche de la petite littérature médiévale.

C'est la raison pour laquelle, en ouvrant les Centuries, j'ai d'emblée reconnu l'époque du 14e siècle, grâce au genre littéraire, à l'énigme, à la langue originelle, aux anecdotes historiques et même au milieu social de l'auteur et à la mouvance cistercienne. Tout cela bien avant d'avoir identifié Yves de Lessines et, plus longtemps encore, avant d'avoir reconnu que le poème était destiné aux Templiers.

Le vieux moine a construit son œuvre de telle manière qu'une lecture au premier degré permet de reconnaître des faits historiques dont la source se trouve dans les manuscrits tels que le Speculum historiale de Vincent de Beauvais, présent à Cambron au moment où Yves de Lessines y était moine.

Une seconde lecture désigne les ennemis de l'Ordre du Temple ou rapporte des faits auxquels furent mêlés des Templiers en semant des allusions à des événements cette fois contemporains de l'auteur.

Et masqué derrière ces deux écrans, qui pourtant le génèrent, se dissimule un troisième niveau de lecture, celle qui raconte l'épopée du Temple, surtout les circonstances de sa destruction, et qui indique les moyens qui ont été aménagés pour la faire renaître.

Ce qui n'arriva pas. (Source : Rudy Cambier).

- En êtes-vous sûr ?

- C'est mon opinion, mais je suis un rationnel.

- Je pense que le temple et les Templiers existent encore secrètement.

- Je ne vous suivrez pas sur cette voie !

Je reste fidèle à mes traductions et uniquement à mes traductions.

Voulez-vous encore un peu de vin ?

- Non, merci, mais je prendrai volontiers un verre d'eau.

Marc reprit ses explications :

- Je vais vous donner un exemple avec le quatrain suivant :

I – 60   *Un empereur naistra près d'Italie*
          Qui a l'empire sera vendu bien cher
          Diront avec quels gens il se rallie
          Qu'on trouvera moins prince que boucher

Et Marc Deboner de poursuivre :

- De quel genre littéraire les Centuries relèvent-elles ?

La solution est là et tout ce qui demeure impénétrable devient évident dès qu'on a répondu à cette question.

Une longue énigme ne doit pas être confondue avec un écrit métaphorique.

Le Roman de la Rose de Guillaume de Lonis et Jean de Meug.

La métaphore se bâtit sur des enchaînements logiques de symboles connus, sinon évidents. Alors que l'énigme révèle des événements historiques précis et reconnaissables, l'énigme est à coup sûr une histoire masquée.

Yves de Lessines a choisi le décasyllabe épique et ses vers à lui, contrairement à ceux qui sont de la main de Nostredame, sont impeccablement construits.

Ils comptent toujours dix pieds et la césure tombe toujours après la quatrième syllabe.

> I – 27   *Dessous de chaine Guien du Ciel frape*
> *Non loing de la est caché le trésor*
> *Qui par long siècle avoir este grape*
> *Trouve mourra l'œil crevé du ressor*
> (Source : Rudy Cambier)

- C'est passionnant !

Vous avez découvert un trésor templier ?

- Oui !

Pas aujourd'hui, nous n'en aurons pas le temps, mais je vais faire avec vous le

chemin du vieux moine.

Le regard de Sabrina s'embua.

- Je ne sais comment vous remercier.
- Votre sourire me suffit.

La journée s'était déroulée comme elle l'avait imaginé, en mieux peut-être. Elle avait maintenant de nombreuses réponses à ses questions, mais ces dernières en soulevaient d'autres et d'autres encore…

Il était tard dans l'après-midi, lorsque Marc lui proposa un dernier café.

Sabrina prit un café qu'elle but lentement ; elle semblait pensive.

- Tout va bien Sabrina ! s'inquiéta Marc.

- Oui, merci, j'essayais de mettre un peu d'ordre dans mes pensées, mais je vais bien. Je vais vous laisser à présent.

Les deux nouveaux amis se saluèrent et Sabrina reprit la route.

Simon, le nez collé à la fenêtre, l'attendait depuis des heures.

- Mon amour ! dit-elle, en apercevant l'enfant.

- Tu as été partie longtemps !

- Je suis à la maison à présent et c'est moi qui te mettrai au lit.

- Et tu me raconteras des histoires ?

- Entendu !

Sabrina mit Simon au lit et, trop lasse, elle ne prit pas le temps de relire ses notes qu'elle déposa dans le bureau de Steven. Elle resta longtemps éveillée. Par la fenêtre restée ouverte, elle contemplait la lumière argentée de la Lune.

Sabrina avait consolidé son amitié avec Déborah, ou plutôt, les deux amies s'étaient retrouvées, comme lors de leur enfance et de leur adolescence.

Depuis quelque temps, Sabrina avait beaucoup changé. Elle avait renoncé à la limousine et opté pour une Mercedes qu'elle conduisait elle-même. Elle avait gardé son chauffeur, par sympathie ; désormais celui-ci se consacrait plus aux travaux de jardinage qu'en tant que chauffeur. Elle avait réduit son train de vie et tout se passait bien.

Tous les matins Simon quittait la maison à la même heure, suivant une routine soigneusement minutée qui le rassurait. Sabrina lui donnait sa douche, il prenait son petit déjeuner et la gouvernante montait avec lui dans la Mercedes que conduisait encore parfois le chauffeur.

Sabrina était une femme superbe qui ne s'était jamais donné la peine de s'observer ; elle avait cette santé éclatante de la peau, une grâce naturelle qui tranchait singulièrement sur les artifices des autres femmes de cet univers de la mode.

Ce matin-là, elle avait décidé de finir ses créations chez elle, elle s'y sentait plus inspirée qu'au bureau. La maison était tranquille, elle savait que la gouvernante et le chauffeur ne rentreraient pas avant trois bonnes heures, elle s'installa dans son atelier. Elle avait à peine commencé, lorsqu'on frappa à la porte.

- Oui, un petit instant ! Zut ! Qui peut bien venir à cette heure ?

Sabrina jeta un coup d'œil par la fenêtre avant de se diriger vers la porte d'entrée.

- Bernard ?

- Bonjour, Sabrina ! J'espère que je ne te dérange pas, je passais dans le coin et j'ai eu envie de prendre de tes nouvelles. Puis-je entrer ?

- Bonjour, Bernard ! Entre. Tu tombes un peu mal, j'ai du travail à finir et je profitais d'un moment de calme à la maison.

Tandis que Sabrina se pencha pour l'embrasser sur la joue, Bernard, soudain, donna un brusque coup de pied à la porte qui se referma avec fracas derrière lui et colla violemment ses lèvres sur celles de Sabrina qui le repoussa de toutes ses forces.

- Bernard, arrêtes ! Es-tu devenu fou ?

Bernard se ressaisit.

- Je suis désolé, je ne voulais pas t'effrayer.

Il s'était assis dans l'un des fauteuils du salon, celui qu'affectionnait particulièrement Steven, ce qui irrita profondément Sabrina. Par courtoisie, elle ne releva pas ce fait.

- Comment vas-tu Sabrina ? Continues-tu toujours les recherches de Steven ? Et ce trésor templier, existe-t-il vraiment ?

Bernard arborait un sourire mielleux.

- Je vais bien, merci de t'en inquiéter. Oui, je pense que Steven avait réellement trouvé un trésor templier.

- Tu en es sûre ?

- Je suis en contact avec une personne qui affirme avoir déchiffré des textes anciens, et je le crois.

Si cela ne te dérange pas, j'aimerais reparler de tout ça avec toi, si tu le veux, mais une autre fois. Pour l'instant, j'ai vraiment du travail à finir.

- Oui, je vais te laisser. Appelle-moi, lorsque tu seras libre un soir, nous pourrions aller dans un bon restaurant ? Qu'en penses-tu ?

- C'est une très mauvaise idée. Au revoir Bernard ! Je ne te raccompagne pas, tu connais le chemin.

Bernard s'approcha de Sabrina pour l'embrasser sur la joue, mais celle-ci recula.

- Au revoir, Bernard !

Il lui prit délicatement la main et y déposa un chaste baiser.

CHAPITRE X
Le chemin du Vieux Moine

Simon n'avait plus les yeux tristes, il était redevenu le petit garçon joyeux et malicieux qu'il était avant le décès de son père. Les affaires recommençaient à marcher merveilleusement bien. Sabrina avait fait refaire toute la déco de la maison. Il était temps de ne plus vivre dans le souvenir et d'aller de l'avant. Les murs de la chambre de Simon étaient tendus de tissu. Il y avait de somptueux tapis dans toutes les pièces, même si tout le monde avait essayé de l'en dissuader. Les salles de bain étaient en marbre, mais elle avait fait changer la robinetterie et les accessoires. Deux portes-fenêtres s'ouvraient sur la terrasse.

La vie avait repris ses droits et une vie merveilleuse s'annonçait pour Sabrina et Simon.

Sabrina avait repris ses notes ainsi que celles de Marc Deboner qu'elle révisait en méditant. Son esprit s'ouvrait à plus de spiritualité. Elle avait franchi une étape supplémentaire dans sa quête.

Dessous de chaine Guien du Ciel frape
Grange de Cambronchaux… Champ de la Mère Dieu,
Non loing de la est caché le trésor
Croix philosophe, carrefour du sage…
Qui par long siècle avoit este grape
L'arbre du temple, saule pleureur
Trouve mourra l'œil creve du ressor
Champ des nuages, colline du Paradis

Sabrina regarda longuement le petit croquis d'une croix apparemment templière qui se rapportait à ce texte. Il s'agissait d'une croix qui ressemblait un peu à la croix ankh des Egyptiens et juste en dessous, il y avait un autre signe : trois petits points entourés.

Wodecq, la terre des débats Cambronchaux ?
- A oui ! je me souviens l'avoir prise en photo.
Où est-elle cette photo ?
Sabrina parlait toute seule tout en fouillant dans ses nombreux clichés.
- La voilà ! Oui, je me souviens, c'est la grange cistercienne.
- *A la croisée de deux chemins.* J'avais bien failli la manquer, c'est encore un beau bâtiment perdu dans la campagne.
Graffitis gravés dans le mur, à l'entrée de la tour Coudray du château de Chinon.

Un message à Wodecq, un message à Chinon, un message à Lampernesse.
Les tables de Moustier.
- Ah oui !, je m'étais trompée de Moustier, c'est le Moustier du Hainaut « Haynaulx ». Alors les photos qui s'y rapportent, les voilà !
Jacques de Montignies, Yves de Lessines et le Templier flamand avaient merveilleusement paré à toutes les agressions pour protéger les biens de l'Ordre.
Dans une cathédrale…
- Voilà la photo !
Sabrina la tenait et regardait attentivement.
- Labyrinthe dessiné dans le pavement des cathédrales.
La cathédrale était bien, mais pour Sabrina qui avait visité la chapelle Rosslyn avec son Steven pour guide, se retrouver seule et dans une cathédrale ordinaire, cela ne fut pas chose agréable.
- Il faut tourner dans le sens solaire, en suivant toujours le côté intérieur de la trace, c'est la seule façon de découvrir les symboles religieux.
Noms des lieux…
- Sans doute pour attirer l'attention de l'Attendu ?

Se servir de points de repère d'abord, baliser sa route ensuite.

Les lieux définissent une direction où ils nomment une prochaine étape.

Sabrina s'arrêta un moment :

- C'est curieux ce que me raconte mon petit Simon ; comment connaît-il la nébuleuse de l'Aigle, la nébuleuse du Cygne et la nébuleuse du Serpent ?

Et c'est d'autant plus curieux que mes recherches me font penser à ces signes ! Les Templiers sont venus d'Allemagne, d'Angleterre, du sud de l'Europe et de l'est de la France, d'Ypres, de Saint-Léger en Flandre, ils sont passés par Hérinnes où l'Espierre rejoint l'Escaut, ils ont ensuite pris la direction de Frasnes-lez-Buissenal.

Devant Moustier trouve enfans besson

- *Enfans besson* !

- Que m'a dit Marc ?

- Ah oui, c'est le bénitier.

Comme c'est étrange, ce bénitier est dans sa famille depuis toujours.

Sa grand-mère en le lui montrant, alors qu'il n'était qu'un enfant, lui avait dit qu'il serait à lui un jour.

Sabrina poursuivait ainsi son monologue.

- Plus qu'un bénitier, il est le symbole pour cette famille du devoir de respecter le trésor templier et de continuer à espérer qu'un jour l'Attendu passera.

C'est étonnant qu'il ne soit pas moins cartésien, sa famille a pourtant été choisie !

Sans doute n'a-t-il jamais rencontré de Templiers et, sans cette rencontre, il ne peut pas savoir, il ne peut pas l'avoir ressenti.

Sabrina s'interrompit et se souvint avec émotion de la tristesse dans le regard de Marc, lorsqu'il avait évoqué ce souvenir.

Il semblait adorer sa grand-mère et elle devait beaucoup lui manquer, mais il vivait ce devoir familial comme un karma qui avait détruit sa vie.

Un peu avant son décès, le père de Marc l'avait fait appeler et lui avait fait promettre de prendre soin du Blanc Scourchet, du Petit Abri Blanc. Il en avait parlé avec son épouse. Cette dernière, préférant ses Ardennes, avait refusé de s'y installer.

Marc en avait été très affecté. Il vivait désormais éloigné de la femme qu'il aimait et avec qui il avait eu un fils.

I-95   *Devant Moustier trouve enfans besson*
        D'heroic sang de mogne (moine) vetustique
        Son bruit par secte langue et puissance son
        Qu'on dira fort esleve le Vopisque
        A Moustier deux églises, un bénitier...

Les tables de Moustier indiquent à l'Attendu le lieu secret où ont été relogés les

les biens du Temple.

V-57   *Istra du mont Gaulsier et Aventine*
        Qui par le trou advertira l'armee
        Entre deux rocs sera pris le butin
        De SEXT Mansol faillir la renommee[3]

- Alors cela correspond à quoi ? Voilà mes notes et mes photos !

Dans le chemin des montagnes cavées à Hubermont, au versant du Gauquier.

Sabrina regarda attentivement les photos.

- La région est très vallonnée, je pense que je vois ce que veulent dire ces notes.

C'est l'endroit où l'on croise les saules.

Le Mine, c'est l'Amour.

La Lanterne et le hameau du Pré...

Le Petit Abri Blanc.

---

[3] SEXT = Sacer Exercitus Templi.

Ellezelles, Wodecq.

Le ruisseau des Rosiers près de la source, c'est le mont de Mainvault.

Au point culminant de l'ancien domaine de Cambron, sur le territoire de Wodecq, au lieu-dit : *« la Croix Philosophe »*, on peut voir un saule pleureur.

- Saule pleureur, saule pleureur…

Un Templier sait que son Ordre se nomme, entre autres, LIX (Legio Iesu Xristi). Quand il voit le SALIX, l'arbre templier, il pense naturellement à « Signum Agri Legionis Iesu Xristi : le signe de l'endroit (de la région ou du champ de la légion de Jésus-Christ.

L'arbre templier sur les hauteurs de Wodecq se voit à des kilomètres à la ronde pour attirer l'attention de l'Attendu.

Renaix, pied de Renaix, Croix philosophe, Athène, le mont des Sources

Les six toponymes cités identifient des lieux flamands.

(Source : Rudy Cambier).

- Où sont-ils ceux-là ?

Zut ! je ne les trouve pas.

Ah, les voilà !

III-99   *Aux champs herbeux d'Alein et du Varneigre*
            Du mont Lebron proche de la Durance
            (Durenne, Durane)
            Camp de deux parts conflit sera si aigre
            Mésopotamie défaillira en la France.

- Cambron… C'est une abbaye cistercienne.

L'endroit où est planté le vieux saule, au lieu-dit de la Croix philosophe, s'appelle le Champ de la Mère-Dieu. C'est le seul endroit au monde d'où il soit possible d'être à la fois près d'Athènes et des Monts Pyrénées.

Le Champ des Nuages est situé au sud de la Terre des Débats.

Quintin est l'endroit où se trouve l'église de Wodecq, la Place de Wodecq et Cambronchaux.

De la Croix Philosophe, il faut regarder à peu près en direction de l'église de Wodecq. On y voit le Grand Champ.

On voit aussi le cours d'eau : « le Ronsart ». Un sart est un endroit défriché. C'est le lieu défriché près du Rône. Pour comprendre le nom du ruisseau, il faut le prononcer à la manière médiévale : « al Rône sarte », c'est-à-dire très littéralement le sart du Rône.[4]

> *V 75   Demoure assis sur la pierre quarree*
> *Vers le midi pose a sa senestre*

S'asseoir sur la pierre carrée au midi et regarder vers l'ouest. De là, l'Attendu pourra voir le Petit Abri Blanc : « le Blanc-Scourchet ».

Sabrina s'arrêta un court moment pour regarder sa montre.

- 23 h !

Je ne m'étais pas rendu compte que je regardais ces notes depuis aussi longtemps.

Je vais avoir du mal à me lever demain matin, pensa-t-elle.

Tant pis, je veux poursuivre ma lecture.

Comme j'ai hâte de faire le Chemin du Vieux Moine avec Marc.

Lors de leur rencontre chez lui, il avait passé des heures à lui expliquer une foule de choses. Elle était heureuse d'avoir pris toutes ces notes ; sans cela, elle en aurait oublié la moitié et elle ne se le serait pas pardonnée.

Marc avait eu la gentillesse de lui fournir de nombreuses photos de l'endroit, afin qu'elle puisse déjà avoir une petite idée de ce qu'elle allait découvrir.

---

[4] Source : Rudy Cambier : « Le Dernier Templier, pp 274 – Ed. Pierre de Lune.

De 2009 à 2020, nous pourrons assister à l'effondrement possible d'une gloire usurpée après que Pluton aura renversé toutes les grilles du Capricorne (Soleil, Mercure, Neptune) et du Cancer (Jupiter, Saturne et Mars).

La lune brillera en vain pour reconstruire une réputation défaite.

- Tiens, voilà le message pour Nostradamus !

(Source : Rudy Cambier)

Le poème entier procède d'un écrit religieux et médiéval. Il est d'ailleurs bâti sur le mode trinitaire. Le texte lui-même est toujours écrit à trois niveaux. La lettre, le sens, les significations émergent en trois messages.

La terre d'Inde est souvent appelée le terrement d'Inde, c'est pourquoi elle est aussi connue sous le nom d'abbaye d'Inde ou d'Ende.

Elle est appelée le terrement d'Inde et dans un des sept villages qui forment la Terre des Débats, appelée Wodecq, existe toujours l'Endemaine, prononcé jadis : « Indermaine», c'est-à-dire l'Inde (do)maine.

Wodecq était elle-même une terre de débats dans la Terre des Débats.

Dizeau, Cambronchaux, Renaix, Chinon avec son message gravé dans la pierre, Wodecq et son message et les Tables de Moustier.

Le dernier Templier qui s'était joint aux deux autres comparses de l'abbaye de Cambron, est mort en 1329.

Yves de Lessines pensait que son message resterait enfermé à la bibliothèque de son abbaye jusqu'au jour où l'Attendu, au terme de la première partie du chemin, arriverait à Cambron.

Les Centuries seraient là pour lui révéler la fin de la route.

Tout cela est très médiéval.

(Source : Rudy Cambier).

En lisant cette dernière note, Sabrina revit le visage lumineux de Marc.

« La connaissance est au bout d'un chemin initiatique. Comprendre le message procède de la révélation et non de la confidence. Peu importe que le prieur ne soit plus là pour accueillir celui qui doit venir, puisque la lumière attend dans un livre, comme la lumière enfermée dans un cierge attend la main qui allumera la mèche. ».

Sabrina se souvenait de cette petite note écrite par Steven.

- Suivre le chemin, comme l'a fait Déborah ; elle pourrait peut-être comprendre.

Sabrina regarda une nouvelle fois sa montre, il était 1 h du matin.

- Je serai vraiment fatiguée demain ! Tant pis !

Je me demande s'il existe encore un exemplaire du poème du vieux moine ?

Dans sa préface, Nostradamus dit l'avoir brûlé.

Yves de Lessines déguisa son poème sous forme d'énigmes, tout en gardant l'aspect historique de son époque. Il désigna un lieu précis, sous le manteau d'un chemin à suivre, et habilla par ses écrits, sous une forme d'énigmes, le cheminement, l'itinéraire qu'il voulait, à l'instar d'un pèlerinage réel et spirituel à la fois.

- Ma démarche n'est ni une fantaisie, ni le fruit du hasard, lui avait confié Marc Deboner avec morosité. Et, sur le même ton, de sa voix agréable, il avait poursuivi : « Elle vise à mettre en lumière le procédé même du vieux moine ».

Son poème révèle la route suivie par les Templiers obéissant à l'Ordre hespérique, mais les noms de lieux cités répondent encore à un autre dessein.

Servir de points de repère destinés à attirer l'attention de l'Attendu d'abord, à baliser sa route ensuite, c'est un exercice pratique.

(Source : Rudy Cambier).

- Je n'imaginais pas avoir pris autant de notes, soupira soudain Sabrina en regardant devant elle s'étaler sur le bureau de Steven une quantité importante de documents écrits à la hâte.

Elle se passa la main dans les cheveux.

Son visage était tiré et la fatigue lui pesait.

- Comme je suis brouillon, il faudra que je remette de l'ordre dans tout ça. Alors, poursuivons…

Un Moustier est un monastère, une abbaye.

Un besson est un jumeau.

Elle repoussa une nouvelle fois sa chevelure épaisse et soyeuse du bout des doigts.

- Voilà ce que je ne comprenais pas tout à l'heure : « enfans besson » = enfants jumeaux. C'est curieux, Steven me racontait toujours cette histoire, Jésus avait un frère jumeau. Quel rapport cela pouvait-il avoir avec les deux bénitiers ? Quel était ce message qu'elle ne comprenait pas ? Tout se lit à trois niveaux, je ne lis que dans la réflexion, voilà mon erreur, mais je n'ai pas d'autres solutions. Peut-être que Déborah … ! Peut-être pourra-t-elle comprendre mes notes ![5]

Je pense que la famille de Marc connaissait fort bien les derniers Templiers, peut-être ont-ils confié aux ancêtres de Marc, leurs biens, de façon à ce que personne ne puisse venir les reprendre, à l'exception de l'Attendu. Aujourd'hui, en mémoire de ses ancêtres, Marc attendrait-il l'Attendu ? En est-il conscient ? Peut-être le sait-il ? mais sans doute préfère-t-il ne pas en parler ?

Serait-ce l'explication des deux bénitiers, dont l'un d'eux est dans la famille de Marc ? Ce bénitier serait-il le lien entre les ancêtres de Marc et de l'Attendu ?

---

[5] Ici, Sabrina étant en recherche sur une voie initiatique, elle se méprend sur la signification du mot « enfans » qu'il faut lire « enfons ». Dans l'écriture médiévale, le « a » et le « o » se confondent. En vérité, « enfons » est un bénitier et « besson » est un jumeau. (Source : Rudy Cambier).

Sabrina regarda une nouvelle fois sa montre.

- 3 h !

Elle se frotta les yeux rougis par trop de lecture.

- Je vais dormir, la masse de lecture qui m'attend est trop importante, même en lisant toute la nuit, je n'en viendrai pas à bout.

Sabrina dormit d'un sommeil profond et réparateur. Le lendemain au bureau, personne ne remarqua sa nuit trop courte ; ses idées étaient claires et elle se sentait merveilleusement bien.

Sabrina avait fait convoquer quelques mannequins pour une séance de photos destinées à des magazines étrangers. La photographe qui remplaçait le photographe attitré de la maison San Versa, avait fait inclure une clause selon laquelle elle avait carte blanche ; c'était l'une des conditions du contrat que Sabrina et le Conseil d'Administration avaient signée avec le journal sud-américain.

Hélène Tuquer était une grande dame du Sud. Sa douce voix lente, ses mouvements gracieux et indolents, cachaient une énergie et une efficacité surprenantes.

Dans le Sud, les dames étaient élevées dès leur plus jeune âge pour être « décoratives ». Elles devaient se montrer délicieusement soumises, insouciantes et admiratives face à la gente masculine.

Elles étaient aussi formées pour assumer des responsabilités complexes et exigeantes de maisons imposantes et d'un nombre souvent considérable de serviteurs, le tout englobé de superficialité, laissant croire aux visiteurs que les domestiques faisaient tout et qu'elles n'avaient d'autres tâches que de se choisir des vêtements, des voyages, des objets de luxe, des bijoux…

En la voyant ainsi désinvolte, les membres du personnel d'administration manifestèrent de nombreuses protestations auprès de Sabrina. Hélène Tuquer, par de gentilles paroles, rassura tout le monde. Enfin ! ils firent semblant.

En moins de dix minutes, la photographe prit la situation totalement en main ; le décor, les modèles tout était en place, la séance photo pouvait débuter.

Sabrina avait toujours eu la très grande faculté de lire en ses interlocuteurs, de sonder leur âme. A aucun moment, elle ne douta du talent de cette jeune inconnue.

Quelques clichés furent pris en extérieur, dans le parc qui se trouvait devant les bureaux. Certaines photos furent prises à la lumière de l'aube et d'autres à la lumière lunaire. Les couleurs éblouissantes auréolaient les mannequins. Jamais, la Maison San Versa n'avait eu de si bonnes images pour présenter et mettre en valeur la collection.

Hélène Tuquer faisait preuve d'une inventivité magique. Un cours d'eau coulait dans le fond du parc. Installant un des mannequins sur quelques pierres au milieu du cours d'eau, la jeune photographe eut l'idée ingénieuse de jouer avec les contrastes des couleurs de la nature, les mouvements de l'eau qui dérivaient et les créations. Elle exploita de manière très artistique la couleur gris-bleutée de l'iris du mannequin. C'était époustouflant !

La semaine suivante, lorsque les premières maquettes arrivèrent, Sabrina fut émerveillée. Le résultat surpassait de loin toutes ses espérances. Hélène Tuquer avait donné vie à ses créations, comme aucun photographe ne l'avait jamais fait par le passé.

Elle avait l'œil avisé de l'artiste, un talent hors pair. Sabrina augura que cette jeune photographe ne tarderait pas à acquérir une renommée internationale.

Dans l'après-midi, lorsque Sabrina présenta les maquettes aux administrateurs, ceux-ci furent à leur tour sous le charme et tous approuvèrent, à l'unanimité, ce travail aussi étonnant que magnifique.

Hélène Tuquer avait donné une couleur nouvelle à la Maison San Versa, une couleur qui ouvrait désormais la porte à la société vers une extension dans les pays du Sud, l'un des nouveaux marchés à conquérir, et, avec ces splendides clichés, la chose serait aisée.

Sabrina fut déçue par l'aspect purement financier que la plupart des administrateurs manifestèrent et elle les laissa.

Enfin juillet arriva. Cette fois, le rendez-vous était fixé avec Marc. Sabrina avait hâte d'y être, elle allait enfin faire le chemin du vieux moine.

Elle allait profiter des vacances de juillet.

Simon partait demain avec sa grand-mère en Bretagne pour tout le mois.

Elle allait pouvoir prendre le temps de s'occuper de ce qui l'avait intriguée par- dessus tout, depuis la mort de Steven.

Juillet s'annonçait caniculaire. Les nuits ne rafraîchissaient pas et l'air chaud étouffant balayait le pays depuis plus d'une semaine.

Sabrina s'était levée à 9 h. Elle prit une douche, ensuite elle déjeuna à l'aise avant de prendre la route.

Elle était vêtue d'un short blanc, d'un top de soie vieux rose et de sandales assorties à son top. Elle avait tressé sa longue chevelure épaisse, quelques mèches lui balayaient le visage.

La circulation était très fluide, à croire que tous les Belges avaient quitté le pays. Elle arriva plus vite que prévu. Elle reconnut l'endroit à sa luminosité, à cette luminosité qu'elle avait déjà vue en Bretagne, en Ecosse et à Rennes-le-Château.

Sabrina gara sa Mercedes noire, non plus sur le bord de la route, comme la première fois, mais sur une partie du jardin attenant à la maison de Marc. Il l'attendait.

- Heureux de vous revoir ! lui lança-t-il, avec son généreux sourire et sa courtoisie habituelle.

- Moi aussi, je suis ravie de vous revoir.

- Impatiente, je suppose ?

- Oui, je suis très impatiente.

- J'ai prévu des bouteilles d'eau et un petit encas, nous en aurons besoin.

Venez, nous allons prendre ma voiture car pour la dernière partie du chemin, nous serons contents d'avoir un 4X4. Votre Mercedes ne passerait pas sur ce chemin qui est aujourd'hui utilisé par les engins agricoles.

Le 4X4 était garé devant la partie du jardin qui, lors de leur première rencontre, avait été le cadre idyllique d'un barbecue très convivial. Des plantations de fleurs y formaient une grande croix qui, vue du ciel, eût été remarquable. Les travaux de construction de l'étang se terminaient ; avec la dérivation, cela représentait un cadenas. Reste à découvrir la clé qui ouvre ce cadenas, ou plus précisément, qui possède la clé qui l'ouvre ?

Le vaste domaine de Marc, un domaine de plus de 400 ares, était particulièrement bien entretenu, il y mettait un point d'honneur. En cette fin d'été, des fleurs et des arbustes multicolores rendaient cette propriété particulièrement splendide.

- Prête ?

- Oui !

- Alors, en route !

Nous allons à Moustier, ce sera notre première étape.

Pendant qu'ils faisaient la route, avec un air amusé, Marc raconta à Sabrina sa mésaventure, lorsqu'il fit ce chemin la première fois.

- J'étais encore jeune, la première fois que je suis allé à Moustier, c'était bien avant de suivre la carte que j'ai décryptée.

A cette époque, il y avait énormément d'associations de coureurs à pied, à vélo et de joueurs de balle pelote.

Il y avait une équipe de division 3 provinciale qui était à égalité avec celle de Moustier.

J'avais profité de mon passage à Moustier pour aller voir le jeu de balle pelote. L'équipe adverse était à égalité avec celle de Wodecq.

J'avais emporté avec moi mon instrument de musique, un bugle.

Je me suis mis à souffler dans l'instrument, cela a distrait les joueurs de Moustier et a permis à l'équipe de Wodecq de gagner.

Je n'étais pas trop fier de ce que j'avais fait, mais je l'avais fait.

Je ne suis retourné à Moustier que des années plus tard, cette fois pour y suivre le Chemin du Vieux Moine et vérifier le bien-fondé de mes recherches.

Ma première visite, bien que controversée, m'avait apporté une chose. Je savais qu'il y avait deux églises sur la place de ce bourg qui ne compte que très peu d'habitants. Enfant, cela ne m'avait pas interpellé, mais bien plus tard !

Deux églises côte à côte, dans un endroit si peu peuplé, ce n'est pas banal.

Deux églises, deux fois deux tables dans l'une d'elles, un bénitier à l'identique de celui que possédait ma grand-mère, c'est beaucoup pour un tout petit village.

- En effet, c'est très curieux ! Y avait-il deux curés ?
- Je l'ignore, mais j'en doute.

Quand j'y repense, toute ma vie a été écrite pour que je décrypte les Centuries.

Vous connaissez déjà l'histoire que me contait ma grand-mère à propos de ce bénitier, ainsi que l'histoire de ce professeur qui m'a formé plus que tous les autres pour que je devienne un spécialiste de la petite littérature du Moyen Âge. Eh bien ! maintenant, je vais vous expliquer comment je connais l'allemand.

La chaleur était écrasante, Sabrina sortit une grosse pince à cheveux de son sac, elle releva son épaisse tresse qu'elle enroula autour de sa main avant de fixer la pince au-dessus de sa nuque.

Marc lui proposa un peu d'eau qu'il sortit du frigo box. Ils prirent chacun une petite bouteille d'eau et la burent avec satisfaction, tant ils avaient la gorge sèche. Marc remit le frigo box en place dans le coffre et reprit place dans le 4X4.

- Bien que je sois né à Wodecq, j'ai vécu en Allemagne et ma mère était germaniste.

La sueur perlait sur son front, Marc sortit un mouchoir et s'épongea avant de poursuivre :

- Je me suis marié et j'ai vécu longtemps à Spa, dans le sud du pays.

Le 4X4 ralentit et prit la direction d'une place minuscule où, effectivement, l'on pouvait voir deux églises côte à côte.

- Voilà nos deux églises romanes !

Ils se trouvaient sur un petit parking en contrebas, quelque cinq mètres plus haut. Les deux églises en question se dressaient, telles des sœurs majestueuses et silencieuses. Les fausses jumelles avaient le nez tourné vers la campagne. En les montrant de l'index, Marc poursuivit :

- Elles ont été fouillées au 15ᵉ siècle par l'abbé Albert Deboner. Eh oui, un de mes ancêtres !

- Votre famille semble avoir été choisie depuis bien longtemps ?!

- Je l'ignore, je suis un rationnel, je me contente de relater les faits.

Elles ont été restaurées depuis, assez fidèlement semble-t-il.

Le 4X4 se gara et Marc invita Sabrina à descendre et à le suivre.

- Au Moyen Âge, une carte routière, ça n'existe pas. Les gens de cette époque fonctionnaient par itinéraire ; curieusement, dirais-je, cela ressemble à nos GPS actuels.

Ils se déplaçaient par repères. A l'instar des grands chemins de France, les voyageurs décrivaient les lieux-dits allant ainsi de lieu en lieu topographique.

Ils étaient à présent entré dans la plus grande église, celle qui se trouve à la gauche de la place.

A droite de l'entrée de l'église, Sabrina remarqua le bénitier besson. Ils franchirent la porte menant au chœur de l'église et là, comme indiqué dans les écrits de Marc, se trouvaient de part et d'autre du chœur, deux autels. Celui de gauche dédié à Notre Dame et celui de droite à Saint Martin. Au bas des deux autels en marbre blanc, on pouvait voir les tables.

- Voilà les deux fameuses tables !

Les tables, bien que jumelles, présentaient des écrits différents. Ces écrits étaient constitués principalement de consonnes. Marc avait réussi à déchiffrer lui-même la quasi-entièreté de ces lettres sibyllines, avec l'aide d'un spécialiste en langue ancienne qui lui avait fourni quelques explications crédibles. Marc se borna à expliquer brièvement le procédé de décryptage à Sabrina et lui suggéra de rencontrer ultérieurement le spécialiste qui pourrait l'éclairer sur certains points.

Marc proposa à Sabrina de poursuivre le chemin. Le 4X4 vrombit nerveusement laissant derrière lui la place et les deux églises. Le paysage environnant présentait une douce tonalité jaune due aux moissons de septembre.

Sabrina écoutait Marc, elle était fascinée.

- Le spécialiste dont vous me parliez tout-à-l'heure, dans quelle mesure a-t-il pu vous aider à traduire les tables, s'enquit Sabrina une nouvelle fois ?

- Il n'a pu traduire qu'une infime partie ; toutefois, son aide me fut précieuse.

Ces tables sont différentes, vous l'avez vu, c'est déjà une énigme en soi !

- Oui, jumelles, mais la répartition des lettres sont différentes, poursuivit Sabrina, comme les deux églises côte à côte, mais différentes. Les deux sont pourtant de style roman !

- Celle de gauche, nous le pensons, celle de droite est beaucoup plus ancienne, et l'on peut remarquer, imbriquée sur le mur extérieur de cette dernière, une Croix de Saint André.[6]

Les deux églises ont été reconstruites sur les vestiges d'églises plus anciennes.

Sabrina trouva la coïncidence amusante, comme les églises ! De fausses jumelles, mais d'authentiques sœurs.

- Ah ! Le bénitier ! Celui dont le jumeau est chez vous !

Ces bénitiers étaient-ils de vrais ou de faux jumeaux ?

- Ces deux-là sont monozygotes, répondit Marc, sur le ton humoristique qui le caractérise.

Venez, nous allons poursuivre notre route.

Confortablement installés dans le véhicule de Marc, Sabrina scrutait le paysage. Sept chemins mènent au Petit Abri Blanc, mais tous aboutissent à Moustier. A partir de cet endroit, il n'y a plus qu'un seul chemin. Sabrina avait fait seule l'un d'eux. Elle se souvenait de toutes les maisons qu'elle avait croisées - beaucoup d'entre elles dataient du Moyen Âge - et de tous les signes qui s'y trouvaient. Les habitants de cette région semblaient avoir tout fait pour préserver les maisons et leurs signes. Cela n'avait pas paru banal à Sabrina.

- Je mets la climatisation en marche. Il fait suffoquant, dit Marc en s'épongeant une nouvelle fois le front.

- Pourquoi, le paysage jaune de septembre ?

- Parce que, d'après les Centuries, c'est à cette période de l'année que les Templiers ont fait le chemin.

---

[6] La Croix templière pourrait être étroitement liée à la signification de la Croix de Saint André qui est le symbole de la lumière manifestée.

- Les tables font penser aux tables de Moïse.
- Peut-être.

Après un quart d'heure de route, Marc gara une nouvelle fois le 4X4.

- Nous allons poursuivre à pied, vous verrez mieux, et cela vous donnera une idée plus réelle de ce que les Templiers ont vécu.
- Oh ! Regardez, un aigle ! s'écria Sabrina.

Un aigle splendide tournoyait au-dessus d'eux. Les ailes déployées, il poussait des cris stridents. Il décrivait de grands cercles au-dessus d'eux en les observant. Le ciel était limpide, d'un bleu très pur.

- Oui, il y a toujours un aigle au-dessus de ce chemin. Une sentinelle, peut-être ? répondit Marc.

Sabrina ne put s'empêcher de penser à la nébuleuse de l'Aigle dont lui parlait si souvent Simon ces derniers temps.

- Moins cartésien que je ne le pensais ! lui lança Sabrina d'un air amusé.
- Non, pas du tout, dit-il laconiquement, et tout en reprenant son air sérieux, il ajouta : « Observateur simplement ».

Marc pointa du doigt dans une direction, tout en s'épongeant une nouvelle fois le front. Il sortit péniblement de la Jeep et se dirigea vers le coffre d'où il ressortit deux nouvelles bouteilles d'eau du frigo box. Il tendit une petite bouteille d'eau à Sabrina.

- Buvez, il faut vous hydrater.
- Volontiers, il fait une chaleur torride.

V - 57   *Istra (voilà) le mont Gaulsier[7] et Aventine*
            Qui par le trou advertira (tournera)l'armée[8]

---

[7] « Gaulsier » est une mélecture. Au Moyen Âge, l'orthographe exacte était : « Gaukier », de nos jours : « Le mont Gauquier » qui est la colline qui sépare Frasnes-lez-Buissenal d'Ellezelles, en Hainaut, Belgique.
[8] L'armée étant l'host, c'est-à-dire : les hommes en armes et chevaux.

210

Marc pivota et montra toujours du doigt, une nouvelle direction à Sabrina.

La cité neuve remblé, endroit certifié le long d'un cours d'eau. Le Gange, Gogang = ruisseau du passage.

Ce ruisseau va de Wodecq à la place d'Ellezelles.

Yves de Lessines joue sur les mots, Rhone, Gang, Gard confluent du Gange et du Rône, c'est l'endroit où le moulin fut bâti.

Venir près des rosiers.

Marc avait emmené Sabrina le long d'un chemin.

Au Moyen Âge, un pont c'est rare.

Pont du Mine. Moulin du Tordoir, ruisseau des Ribeaucourt.

Au Moyen Âge, les deux ponts d'Ok, vieux Wodecq.

Venir près des Rosiers, arrivera plus tôt qu'il ne le croira.

- Venez Sabrina, nous allons reprendre le 4X4, nous nous arrêterons plus loin.

Marc emprunta un chemin de terre au beau milieu de la campagne. La nature elle-même semblait avoir conservé la splendeur qu'elle devait avoir au Moyen Âge. Quelques chevaux couraient dans un champ.

Le ciel était toujours d'un bleu azur, mais quelques cumulus s'y promenaient. L'aigle tournoyait toujours dans le ciel, il semblait les suivre, criant, déployant les ailes, tel un gardien. Parfois, il plongea comme une flèche jusqu'à n'être plus qu'à une dizaine de mètres au-dessus d'eux et se redressait brusquement en décrivant un grand cercle pour remonter dans les cieux.

Le temps semblait s'être arrêté.

- Comme cet endroit est étrange, dit-elle, on pourrait penser que nous sommes au Moyen Âge. Même la luminosité est particulière. Je ne sais pourquoi, mais cette luminosité et ce qui émane de cet endroit me rappelle beaucoup ce que j'ai pu ressentir en d'autres lieux. Je ressens un peu la même vibration que lors de ma visite à la chapelle de Rosslyn.

- Je ne saurais le dire, répondit Marc. Il est cependant exact que la luminosité de cet endroit est très particulière. Il paraît que cette luminosité se retrouve en Bretagne.

- Oui, effectivement, la même luminosité, comme en Bretagne, comme à Rosslyn.

Une nouvelle fois Marc se gara.

Nous sommes à la Lanterne qui ne signifie nullement le lumignon planté au milieu des champs ; il s'agit de l'évolution phonétique régulière d'un mot apparenté à lintier : le seuil, le passage surélevé et qui pourrait être le diminutif limitarinam dont le suffixe fait un locatif. Le fait en lui-même est sans signification pour l'histoire parce que, depuis la nuit des temps, les gens disent et pensent « lanterne ».

Des Rosiers, c'est un endroit marécageux où croissent les roseaux (roselières).

(Source : Rudy Cambier).

Marc indiquait de l'index un point à l'horizon.

Sabrina avait beau regarder, elle ne voyait rien.

Marc s'approcha d'elle et prit soin de délimiter plus étroitement l'endroit à regarder. Elle vit enfin le Trieu à Staque, le Tri des Archères.

Au lieu-dit de la Pierre, il y avait à cette époque un menhir et un énorme chêne « OK ».

De nuit viendra par le ...

Le moine noir...

En picard dedans et deceus sont le même mot.

Varennes = parc.

A droite, le parc à gibier.

Le long de la Chaussée Romaine, il y avait des relais, des chevaux et des attelages.

Dedans Varennes.

Le symbole de Wodecq représente, sous forme de dessin, deux moines : un moine gris et un moine noir.

212

Le moine noir représente les bénédictins et le moine gris les cisterciens.

En face, les terres de l'abbaye bénédictine du Mont Amant.

A gauche, l'Endemaine (prononcé jadis : « Indemaine »), terre cistercienne de l'abbaye de Cambron.

Flobecq, La Hamaide, Œudeghien.

Des deux côtés, on peut voir le moine gris et le moine noir, peu importe la direction vers laquelle on regarde.

Le dessin de deux moines.

De cinq fleuves à un seront réduits.

A Wodecq les cinq ruisseaux se transforment en ceci.

(Source : Rudy Cambier).

Marc prit Sabrina par les épaules et en se penchant au-dessus d'elle, il pointa du doigt pour qu'elle puisse voir.

A partir d'ici, Rhone et le Mine s'appellent l'AN ou rivière, en picard : al rivier.

Le siège sera mis à Lessines en 1303 = Les Flamands ont incendié Lessines en avril-mai de cette année-là.

Centre, gauche, buis.

(Source : Rudy Cambier).

Sabrina et Marc étaient épuisés tant la chaleur était oppressante. Quelques cumulus semblaient devenir menaçants. L'orage semblait inéluctable. Il serait violent.

- Et si nous faisions une pause ?

C'est le moment de prendre le petit encas que j'ai apporté. Vous semblez en avoir besoin.

J'ai honte de le dire, mais cette chaleur m'est très pénible.

- J'en souffre aussi.

Marc et Sabrina s'installèrent dans le 4X4 et se désaltérèrent à satiété. Tous deux avaient faim et ils mangèrent de bon appétit avant de repartir sur le Chemin du Vieux Moine.

La complicité était grande entre Marc et Sabrina ; en peu de temps, ils étaient devenus de bons amis. Sabrina aimait se confier à cet homme, elle avait en lui une confiance totale.

- La première fois que je suis venue pour découvrir cette région, il y avait une fête. Je me souviens d'un personnage de votre folklore qui m'avait intriguée, c'était un borgne et il portait sur une sorte de sac, une rose rouge.

- Nous avons effectivement ce sire dans nos personnages folkloriques. Marc riait de bon cœur, amusé par tous les signes que Sabrina semblait voir. L'histoire raconte qu'il fut grièvement blessé au combat et qu'il ne dut sa survie qu'à une noble Dame, une Rose.

Sabrina leva le nez au ciel et observa les nuages qui devenaient de plus en plus menaçants. L'aigle tournoyait toujours au-dessus d'eux.

- Nous devrions peut-être poursuivre le chemin, l'orage semble se rapprocher de nous, suggéra-t-elle.

- Vous avez raison Sabrina. Nous allons faire un bout de chemin en voiture ; à pied, c'est trop harassant.

Cinq minutes plus tard, le 4X4 noir s'arrêtait une nouvelle fois.

« Le camp du temple » en picard, est à la fois un camp et un champ. « Le camp du temple de la vierge vestale » indique le champ de l'abbaye cistercienne».

Pourquoi « vestale » ? parce que tout au long du Moyen Âge, Saint Bernard a été représenté couronné d'une abondante crinière rousse dont on disait « y voir la flamme du Saint-Esprit », feu sacré par excellence. La vierge vestale garde cette flamme, protège donc Saint Bernard et, du même coup, l'ordre monastique des Cisterciens. La vierge vestale est la Notre-Dame des Cisterciens. Un temple de la vierge vestale est une église ou une abbaye cistercienne.

Symbolisé au Moyen Âge avec une flamme sur la tête, c'est Saint Bernard.

De la gardienne de la flamme : de l'Ordre cistercien.

Non éloigné...

Mont de Mainvault.

Athène, Athensis, la nouvelle Athènes.

Ce qui n'a pas de sens, fait le sens.

Mont de Renaix, Pyrénées.

Le grand conduit est caché dans la malle sauvegarde. La malle, au Moyen Âge, c'est une terre de sable mouvant.

Près de Quintin : près de l'église de Wodecq qui à l'époque s'appelait Notre-Dame de Wodecq ou... Saint Quentin, nom qu'elle a conservé jusqu'à nos jours.

Traverser le hameau del Buis.

Dans l'Abbaye seront Flamens ranches : En 1303, des Flamands y ont été enfermés.

Défriché forêt.

Par ermitage sera posé le temple.

Près de la fin et principe (le début) du Rône (à Wodecq), à un kilomètre et demi de la fin et de la source.

Champ des Nuages.

Champ Marli ou Marly = la marlière, champ où on tire de la marne

Cousin ou commun ou commont = au Moyen Âge, terre que l'on partageait et qu'on exploitait en commun.

Au nord, juste devant chez Marc, on voit le Champ de la Vigne.

Chemin d'Armi-Mont.

Montera haut sur le lieu plus haut.

Le baston tortu : c'est le bâton tordu ou la crosse d'un dignitaire.

Noir et blanc contenu du temple dissimulé dans la Terre d'Inde.

Le divin verbe sera du Ciel frappé.

Après avoir suivi un des itinéraires indiqués dans les Centuries par Yves de Lessines, en voiture et à pied, Marc et Sabrina se trouvaient maintenant devant la propriété de Marc.

- Le Petit Abri Blanc !!! dit-elle, abasourdie. Mais, nous sommes chez vous !

Sabrina sentit son sang se glacer dans ses veines, tant l'émotion était forte et le moment grave.

V – 75   *Demoure assis sur la pierre quarree*
            Vers le Midy pose a sa senestre
            Baston tortu en main bouche serree

Les deux derniers mots du quatrain nous livrent une information capitale.

La compréhension du syntagme nominal « bouche serree » est aisée : Yves de Lessines, évoquant son titre et sa mission, affirme qu'il s'est tu, qu'il a gardé le secret par-devers lui.

La bouche est une ouverture. La partie bombée ou concave est une voûte.

Le bâton tordu est dans la maison et l'ouverture est solidement close.

Attenant à la maison, il y a une petite pièce tenue close où est enfoui le bâton tordu.

En même temps, nous devons garder l'idée des tonneaux enfermés et de local de décharge bouché.

Aveuglant ceux qui ne doivent ni voir, ni savoir, éclairant l'envoyé du ciel, Yves de Lessines a mené l'Attendu au terme de son voyage.

Assis sur la pierre equarrie, l'inconnu voit le pignon blanc de l'abri, minuscule enclave templière sauvée par une ruse géniale de la rapacité de Philippe le Bel.

L'Attendu s'est-il assis sur la pierre equarrie ?

Est-il entré dans la vieille maison ?

A-t-il contemplé, comme moi, à la nuit tombante, Mont Aventine brusler nuict sera veu. Le ciel obscur tout à un coup en Flandres ? Ou bien est-il passé devant le Petit Abri Blanc sans comprendre ?

- Vous êtes toute pâle Sabrina ! Voulez-vous un peu d'eau ?

Et si Steven était entré dans le Petit Abri Blanc ? pensa Sabrina avec effroi.

Pourquoi ai-je eu ces visions de moines gris ?

- Pensez-vous que le temple compte encore aujourd'hui des ennemis ? demanda Sabrina.

- C'est évident !

Etes-vous déjà entré dans le Petit Abri Blanc ? demanda Marc.

- Non ! Comme vous, j'ignore ce que nous allons découvrir...

- J'ai cette Centurie qui me revient tout à coup en mémoire :

Les vieux et peres sortiront bas de lenfer.

Marc et Sabrina étaient soudain blêmes l'un comme l'autre.

- Et si cette porte était la porte de l'enfer... la 9e porte de l'enfer ?

Sabrina avait prononcé ces mots sans trop savoir d'où ils venaient ; ils semblaient sortis du plus profond de son être.

Marc la regarda attentivement.

- Nous le découvrirons ensemble, Sabrina. Etes-vous la gardienne du puits ?

La question de Marc interloqua Sabrina et, du plus profond de son être, elle eut envie de dire « oui ». Elle ignorait d'où lui venait cette conviction. Elle préféra néanmoins garder le silence et se contenta de sourire à Marc.

- Il y a quelques années, après un de mes décryptages, mon fils et moi avons vérifié un fait surprenant : lorsque la pleine lune de l'équinoxe de l'été luit de mille feux, à minuit ses rayons se concentrent sur le Petit Abri Blanc.

Croyez-vous en l'astronomie ? demanda Marc.

- Oui, mais à vrai dire, sans jamais y avoir prêté une quelconque importance.

- Certains phénomènes astronomiques sont décrits avec une grande précision dans les écrits d'Yves de Lessines, mais je n'aurai pas assez d'une vie pour tout traduire.

- C'est curieux, vous allez trouver la coïncidence amusante, mais ces derniers temps, mon petit Simon me parle beaucoup d'astronomie. Il n'a que cinq ans et je doute qu'il sache de quoi il parle, il est pourtant si précis.

Il m'a récemment parlé de la nébuleuse de l'Aigle, j'y ai pensé en chemin lorsque l'aigle nous suivait.

- Ce n'est pas parce qu'on ne peut expliquer certaines choses qu'elles n'existent pas, poursuivit Marc.

L'orage tant redouté finit par éclater. Comme prévu, il était violent.

Sabrina se hâta de saluer son nouvel ami et, sous l'abondante averse, Marc rentra, la laissant repartir.

CHAPITRE XI
Les ennemis des Templiers assassinent la gardienne du puits

La matinée était fraîche. Après ces journées torrides, Sabrina n'en était que plus détendue.

Marc Deboner avait trouvé un trésor templier. C'était le chemin que Steven suivait. Le Templier qu'il était de par sa naissance devait protéger ce trésor, le préserver, sans doute le garder secret pour toujours.

Sabrina commença à comprendre de très vieilles notes de Steven et pourquoi il l'avait choisie. Elle était la gardienne du puits, celle avec qui il devait enfanter un nouvel attendu. En découvrant ce secret, un frisson la parcourut jusqu'au plus profond de son être. Son bébé, son Simon, était le nouvel Attendu. Cela la faisait frissonner d'angoisse une seconde fois.

Ainsi perdue dans ses pensées, elle n'entendit pas que l'on frappa à la porte, c'était Bernard. Il était entré sans plus attendre. Ses pas dans le hall la sortirent de ses pensées.

- Bernard ? Je ne t'ai pas entendu frapper !

- Je l'ai fait, mais comme je n'avais pas de réponse, je me suis permis d'entrer, comme tu vois.

As-tu enfin trouvé le trésor ?

Depuis sa dernière rencontre avec Bernard, Sabrina n'estimait plus cet homme qu'elle avait cru être son ami et celui de Steven. Si Sabrina avait encore quelques doutes, pensant que l'amertume des années de mariage de Bernard accentuait ses travers dépeints sans ménagement par son amie Déborah, alors que cette dernière vivait une union douloureuse, désormais elle était convaincue de la crédibilité de son amie.

Sabrina eut un mouvement de recul en lui lançant :

- Je n'aime pas ta façon de me parler, tu es un ami, enfin je le pensais. Tu étais l'ami de Steven et j'ai du mal à te reconnaître. Mais finalement, en y repensant mieux, je ne te connais pas. Je n'aime pas ce que je découvre, je tiens à ce que tu le saches.

Je tiens aussi à ce que tu saches que tu n'es plus le bienvenu dans cette maison. Nos rapports seront désormais purement et uniquement professionnels.

Bernard la regarda avec dans les yeux une lueur rouge. Il s'approcha de Sabrina, elle lui asséna un violent coup de pied, mais loin de ramener Bernard à la raison, cela le rendit plus violent encore.

- Maintenant que tu es seule, tu es à moi. Tout comme le trésor est à moi. Simon est la clé qui m'ouvrira la porte.

- Tu n'es pas digne d'être un Templier. Comment se peut-il qu'ils t'aient accepté au sein de l'Ordre ?!

Le regard de plus en plus mauvais, il lui lança :

- Ces salauds n'ont jamais voulu de moi, j'ai toujours été tenu à l'écart.

- Mais, mais, je pensais que… Tu étais en Ecosse ?!

- J'étais un invité, tout comme toi. Ton cher Steven m'a très vite écarté et si ce n'était la peur de perdre quelques investisseurs importants qui m'étaient tout dévoués, il ne m'aurait même pas gardé dans la société.

- Je… J'ai toujours cru que tu étais membre de l'Ordre !

- Eh bien, non !

- Mais à l'enterrement de Steven, c'est toi qui t'occupais du rituel !

- Balivernes !

A ces mots, Sabrina devint très pâle. La panique s'empara d'elle : elle était face à l'un des ennemis du temple, face à un de ses ennemis.

- Tu n'as jamais prévenu l'Ordre, n'est-ce pas ? ni la famille de Steven ? Espèce de porc !

Sabrina gifla Bernard de toutes ses forces.

Bernard lui rendit sa gifle. La lèvre de Sabrina était fendue et sa bouche maculée de sang.

- Ne t'approche plus de Simon ! Ne t'approche plus de moi ! Jamais !

Il attrapa Sabrina par les épaules. Elle tenta de le gifler une fois encore. Bernard la gifla à son tour, cette fois il y mit toutes ses forces et il l'assomma à moitié. Il était trop tard pour que Sabrina puisse réagir. Bernard lui avait relevé la jupe et déchiré son slip. Sabrina ressentit une profonde brûlure lorsqu'il la pénétra avec violence, elle hurlait de toutes ses forces, Bernard pesait de tout son poids sur elle, elle ne pouvait plus bouger, juste crier...

Après un temps qui parut sans fin à Sabrina, Bernard se releva, la laissant meurtrie, humiliée à ses pieds. Elle avait pudiquement redescendu sa jupe et tentait de se relever, lorsque Bernard la saisit par les cheveux, avant de lui fracasser la tête contre le mur. Sabrina s'écroula lourdement sur le sol. Une mare de sang maculait le mur.

Cela faisait une demi-heure que Déborah était installée à une table, près d'une fenêtre, dans le restaurant où elle devait déjeuner avec Sabrina. Au troisième message laissé sur la messagerie de Sabrina, comme elle n'avait toujours aucune nouvelle de son amie, elle décida de ne pas attendre davantage et de se rendre au domicile de celle-ci.

La Mercedes n'était pas dans l'allée. Déborah faillit repartir, lorsqu'elle remarqua que la grille était restée ouverte. La jeune femme gara sa voiture et franchit le portail. Elle frappa à la porte, mais personne ne vint ouvrir. Elle essaya d'entrer, la porte était ouverte. A peine avait-elle fait quelques pas dans le hall, qu'elle aperçut Sabrina, gisant dans une mare de sang, le visage atrocement mutilé, les vêtements déchirés et maculés de sang.

- Sabrina !!!

Déborah se pressa auprès de son amie, elle était inconsciente, mais respirait encore.

Les secours mirent quinze minutes avant d'arriver. Déborah s'était agenouillée auprès de son amie ; elle avait posé doucement la tête de Sabrina sur ses genoux. Sabrina perdait beaucoup de sang. Avec une serviette éponge, Déborah tentait de freiner l'hémorragie.

- Sabrina ! Sabrina ! Réponds-moi ! Réveilles-toi, Sabrina !

Déborah sanglotait comme une enfant. Sabrina reprit connaissance l'espace de quelques minutes. Sa respiration était difficile.

- Déborah, tu es là !
- Oui, ma chérie, je suis là ! Qui t'a fait ça ?
- Promets …

Sabrina perdit une nouvelle fois connaissance.

- Sabrina, bats-toi ! Je t'en prie Sabrina, ne me laisse pas !

Sabrina ouvrit les yeux.

- Simon… Veille sur Simon, il est en danger !
- Non Sabrina, tu feras tout ça toi-même. Sabrina, ne m'abandonne pas !

Un long souffle, comme un soupir qui semblait ne pas vouloir finir, s'échappa de la bouche entr'ouverte de Sabrina. Son regard, si profond, devint vide de toute expression. Sabrina n'était plus.

Les ambulanciers trouvèrent les deux femmes enlacées, l'une était morte et l'autre totalement absente. Les deux femmes furent emmenées à l'hôpital.

Déborah s'était montrée incapable de décliner son identité ; elle ne parlait plus, elle était en état de choc.

Le drame fit la Une de tous les tabloïdes.

L'enterrement de Sabrina se fit dans la plus grande sobriété et en toute intimité, sans Simon, sans Steven et sans Déborah. Marc Deboner était présent.

A la fin de la cérémonie, une dame s'approcha de Marc ; en la voyant, il reconnut la secrétaire de Sabrina.

- Vous ne pouvez être que Monsieur Deboner ?

- Oui, c'est moi. Vous êtes sans doute la secrétaire de Sabrina ?

- Oui, elle m'avait demandé de vous remettre ceci, si quelque chose devait lui arriver. Elle tenait une grande enveloppe grise entre les mains.

- Je vous remercie. Au revoir Madame !

Marc Deboner attendit d'être de retour chez lui pour ouvrir cet étrange courrier. Il lut :

Bonjour Marc,

Si vous recevez ce courrier, c'est qu'il m'est malheureusement arrivé quelque chose de terrible.

Je vous demande de lire l'agenda de Steven, feu mon époux. Vous serez sans doute un peu choqué par ce que vous lirez. Je sais combien vous êtes rationnel, mais tout ça est bien réel. Steven était l'Attendu et il devait impérativement avoir une descendance masculine. Un enfant devait être conçu par une gardienne de la 9e porte. Je ne le sais que depuis peu, mais je suis la gardienne de cette 9e porte.

Vous trouverez tous les détails dans les notes de Steven, date de naissance, etc...

A présent, l'Attendu, c'est mon petit Simon. Ce n'est encore qu'un enfant, il est en danger !

Des ennemis du temple veulent le trésor que vous avez découvert.

Puis-je vous demander deux faveurs ? Je sais que je vous demande beaucoup, mais c'est l'avenir de l'humanité qui est en cause.

Préservez le trésor, empêchez quiconque de s'en approcher et surtout, surtout, je vous implore de protéger mon petit Simon ! Il ne sera pas en sécurité avec ma mère, elle ne pourra pas veiller sur lui et le préserver des ennemis de l'Ordre. Je vous communique les coordonnées de mon amie Déborah, elle pourra et saura comment le protéger.

Je sais que je peux compter sur vous.

Vous, comme moi, avons été choisis. Nous sommes des élus, les élus d'un destin qui nous dépasse.

Je vous remercie Marc, de tout mon cœur, de toute mon âme.

Votre amie
Sabrina.

Marc, en lisant cette lettre, devint subitement blême. En l'espace d'une seconde, toutes les pièces de son puzzle se mirent ensemble ; Sabrina ne mentait pas, il savait qu'elle disait la vérité. Des larmes apparurent au creux de ses yeux.

C'est à l'hôpital que Marc Deboner fit la connaissance de Déborah.

Il frappa doucement à la porte de la chambre occupée par la jeune femme.

Dans son lit d'hôpital, Déborah semblait plus fragile que jamais. Des cernes profonds entouraient ses beaux yeux bleus.

- Puis-je entrer ?

Elle était d'une extrême pâleur, mais avait retrouvé l'usage de la parole et commençait à reprendre des forces.

- Ce n'est pas la peine, dit-elle. Je n'ai pas besoin de réconfort, j'ai juste besoin d'être seule.

- Permettez-moi quand même de me présenter : je suis Marc Deboner.

Déborah s'assit dans son lit et dévisagea l'inconnu.

- Qui dites-vous être ?

- Marc Deboner ! Vous êtes bien Déborah ?

- Oui, enchantée ! Si vous êtes là, c'est qu'à vous aussi, Sabrina a laissé une lettre.

- Oui, je vais vous aider à protéger le petit Simon.

- Prenez un siège, Monsieur Deboner. Je dois vous informer de quelque chose, quelque chose de capital : Steven est vivant, sa mort est une mise en scène pour sa protection. Au départ, l'Ordre a juste réussi à le soustraire au joug de ses ravisseurs, mais lorsque le lendemain matin tous les tabloïdes annonçaient son décès, il était trop tard, impossible de faire marche arrière. Steven n'avait plus le choix, d'autant plus que les ennemis de l'Ordre ignorent et ignorent encore, je suppose, le nom du ravisseur.

- Que dites-vous ? Est-ce que Sabrina était au courant ?
- Non. Il fallait que sa mort soit crédible. Je sais, c'est horrible !

Marc Deboner s'était pris la tête entre les mains et, nerveusement, balayait ses cheveux d'avant en arrière, sans pouvoir s'arrêter.

- Où se cache-t-il ?
- En Asie, sous une fausse identité. L'Ordre le protège.
- L'Ordre a-t-il prévu la protection de Simon ?
- Je l'ignore.
- Je n'ai aucune sympathie pour ce Steven. Pour moi, c'est un lâche qui a abandonné sa famille, mais… pour Sabrina …

Je partirai avec vous et Simon en Asie et je ne vous laisserai que lorsque je serai certain que vous êtes en sécurité.

Pouvez-vous entrer en contact avec Steven ?

- Pas directement, mais mes messages lui sont transmis.
- Très bien ! Contactez-le et tenez-moi au courant.
- Je commence à avoir très peur pour ma propre vie et j'ignore pourquoi. Je sais depuis peu de temps que mon ex-mari, Bernard, n'a jamais été le Templier qu'il a toujours prétendu être. Je connais sa face noire, mais j'ignorais qu'elle l'était à ce point.
- Ce n'est qu'un mensonge malheureux. En quoi cela vous effraie-t-il ?
- Sabrina m'avait raconté qu'aux funérailles de Steven, Bernard s'était chargé du rituel de passage. Cela m'avait semblé curieux qu'un homme occupant le rang de Steven, au

sein de l'Ordre, ne soit pas plus honoré, mais je pensais que c'était une décision de l'Ordre, en raison du fait que le corps qu'il enterrait n'était pas celui de Steven. Je n'ai pas encore signalé ce fait à Steven, je suis convaincue qu'il l'ignore, et que, par conséquent, l'Ordre l'ignore également. Voyez-vous où je veux en venir ?

- Non, pas très bien.

- Bernard n'a pas pu prévenir l'Ordre du décès de Steven, puisqu'il n'en était pas membre et l'Ordre s'occupant de la protection de Steven, n'avait aucune raison de venir aux obsèques d'un inconnu. Donc, en conséquence, aucun membre n'était présent aux funérailles. Pour l'Ordre, il était impensable d'offrir ce rituel de transition à un inconnu.

Comment Bernard pouvait-il savoir que l'Ordre avait arraché Steven des mains de ses ravisseurs ?

Vous commencez à me suivre ?

- Cela voudrait dire que Bernard était à l'origine de l'enlèvement de Steven et qu'il n'a en fait pas tué la bonne personne !

- Exactement ! Ignorant cette méprise, il a joué le jeu aux yeux de Sabrina et organisé lui-même un rituel qui ne ressemblait à rien, sachant que Sabrina ne s'en rendrait absolument pas compte.

Il est alors devenu l'ami fidèle de Sabrina ; elle n'allait pas bien, elle voyait en lui un ami de Steven, elle ne s'est pas méfiée et elle a commencé à lui raconter ce qu'elle avait découvert en poursuivant les recherches de Steven.

Je pense que les raisons de l'enlèvement de Steven se trouvent dans vos travaux.

- Dans mes travaux !

- Sabrina m'a montré ses notes. Vous êtes le seul, et de surcroit non templier, à avoir pu les déchiffrer.

- Je ne comprends pas ?

- La lecture des Centuries se fait à trois niveaux, le Triangle Franc-Maçonnique. Ce n'est que dans l'Unité que les Centuries sont compréhensibles.

Sauf pour vous.

- Serais-je moi-même menacé ?

- Je ne le pense pas. En tout cas pas pour l'instant, il a besoin de vos réponses.

- Il peut toujours courir !

- Pour l'instant, il l'ignore et nous avons tout intérêt à ce que la situation demeure inchangée.

- Que cherche-t-il ?

- A s'emparer du trésor.

- Je ne pense pas qu'il y ait de l'or.

- Je ne le pense pas non plus, plutôt de vieux textes, peut-être semblables aux Centuries, mais des textes révélant les secrets de l'Ordre.

Connaissant Bernard et son obsession à détenir les secrets de la connaissance, ceux qui donnent le pouvoir, je pense qu'il est persuadé qu'en découvrant ces textes, il obtiendra la force des Templiers.

Cependant, ce qu'il ignore, c'est que cette connaissance ne s'acquiert qu'au bout d'un long chemin spirituel et elle ne s'adresse qu'aux âmes prêtes à prendre ce chemin, ce qui est tout, sauf son cas.

Ses motivations ne sont que cupides, c'est la raison pour laquelle l'Ordre l'a rejeté.

- J'ai toujours pensé que le trésor enfoui chez moi, cachait des secrets.

- Tout est codé pour un non initié. A l'exception de vous, ce n'est pas déchiffrable.

Il se peut que ces textes soient si anciens que seule l'Unité des Templiers soit capable de les déchiffrer.

Je vais partir, je le dois pour ma sécurité, celle de mes enfants et celle de Simon, mais je ne partirai pas en Asie et je ne partirai pas avec vous.

Je vais partir dans un endroit ignoré de tous.

J'aimerais transmettre à Simon le respect de tout ce qui est vivant. Je voudrais que cet enfant puisse porter en lui l'énergie de tous les êtres de cette terre. Il est l'Attendu, celui qui sera le lien entre les deux mondes, et cela n'arrivera que si je le soustrais à mon ex-mari.

Je suis une Rose qui plie, mais ne rompt pas. Grâce à leur amour, mes parents et grands-parents m'ont transmis la force du cœur et je veux transmettre cette force à Simon.

M'aiderez-vous ?

- De toutes mes forces !

- Je ne peux l'affirmer, mais je pense que Bernard est responsable de la mort de Sabrina.

- Que dites-vous ? Ce sale type aurait assassiné Sabrina !

- Quand je suis arrivée chez mon amie, la porte n'était pas fermée, je suis entrée et j'ai senti les vibrations de Bernard.

Je sais, vous devez me penser folle.

- Il n'y a pas si longtemps, je vous aurais répondu oui, mais à présent, je veux bien vous croire.

J'ai été le témoin, malgré moi, de tant de choses ces derniers mois !

Avez-vous prévenu la police ?

- Pour leur dire que j'avais senti les vibrations de Bernard ? Soyons sérieux !

- Que faire pour le confondre ?

- Pas grand-chose, il vaut mieux s'en écarter ; il a prouvé qu'il était dangereux.

- Avez-vous prévenu Steven ? Peut-être pourrait-il faire intervenir l'Ordre. Il s'agit quand même de son épouse et vos dires me laissent penser qu'il l'aimait.

- Il adorait Sabrina, tout comme il adore son petit Simon, mais le prévenir serait le mettre en danger.

Je pense qu'il voudrait rentrer en France pour s'expliquer lui-même avec Bernard.

Je me suis gardée de lui révéler quoi que ce soit. Vous êtes la seule personne à qui je me suis permise cette confession.

- Je saurai me montrer digne de votre confiance.

- Je le sais, Sabrina aussi avait toute confiance en vous.

- Où comptez-vous aller ?

- Je l'ignore encore.

- Comment ferez-vous ? Jamais vous ne passerez la frontière avec trois enfants !

- J'ai déjà beaucoup réfléchi, j'ai tourné cette scène maintes fois dans ma tête, jusqu'à ce qu'une solution me vienne à l'esprit. Bernard ne peut pas m'interdire de partir en voyage avec les enfants, ce sera mon prétexte pour avoir son accord.

- Et pour Simon ?

- La mère de Sabrina est très affectée. Je lui ferai la même suggestion qu'à Bernard : je ferai un petit voyage accompagnée de mes enfants et Simon pour distraire ce dernier, pour lui changer les idées et ainsi essayer de lui faire oublier le double drame qu'il vient de subir. Je pense qu'elle approuvera.

- Et comment ferez-vous sur place, lorsque Bernard et la mère de Sabrina ne vous verront pas rentrer ? Ils vous feront rechercher !

- Je sais. A ce moment-là, je ferai appel à un ami pour qu'il nous fasse de faux papiers.

- Vous connaissez quelqu'un qui pourrait vous fournir de faux papiers ?

- C'était une connaissance à Bernard, je sais qu'il le hait et son envie de lui nuire est si grande qu'il acceptera avec plaisir.

- Ce ne sera pas votre seule difficulté. Comment vivrez-vous ? Trois enfants à élever, seule, ce n'est pas évident. Vous allez devoir travailler, les enfants vont devoir aller à l'école …

- Je suis bien consciente de tout ça. Pour ce qui est du travail, je ne sais absolument pas ce que je vais faire, mais j'ai quelques cordes à mon arc.

Je verrai bien, je m'adapterai.

- Quand comptez-vous partir ? demanda Marc.

- Dès que j'en serai capable. J'ai besoin de reprendre un peu mon souffle.

- Qu'attendez-vous de moi ?

- Je vais vous demander une chose que vous serez libre d'accepter ou pas ; mais je pense que c'est indispensable.

- Je vous écoute.

- Je vous demanderai de déterrer le trésor du Petit Abri Blanc et de le cacher dans un autre endroit que vous serez le seul à connaître. Bernard tentera certainement de vous contacter. Fuyez cet homme !

- J'accepte. Pour ce qui est de Bernard, dans son intérêt, je ne lui souhaite pas de me rencontrer.

- Merci, je pensais que vous me diriez cela. Ne vous mettez pas en péril, vous êtes le gardien du trésor et, n'oubliez pas : vous ne me connaissez pas et vous ne savez rien de Bernard.

Lorsque vous aurez déterré ce trésor, j'aimerais que nous restions en contact, afin que vous puissiez m'envoyer des copies par internet de ce que vous avez découvert.

Vous devrez vous montrer prudent.

J'ai un ami spécialisé en informatique ; si vous le lui permettez, il programmera votre ordinateur afin que votre disque dur soit crypté et ainsi rendu illisible à quiconque.

- Pourquoi voulez-vous des copies de ce trésor ?

- Pour Simon. Avec votre aide et dans mon Unité, nous essaierons de les décrypter et je pourrai ainsi, lorsque Simon sera en âge de comprendre, les lui transmettre.

Lorsque nous en aurons terminé, je vous demanderai de détruire à tout jamais ce trésor ; ce savoir ne devra jamais tomber en de mauvaises mains.

- Vous pensez vraiment qu'il faut le détruire ?

- Oui, je le pense, ce savoir ne doit être connu que par Simon qui pourra alors le transmettre.

- Que pensez-vous au fait que des hommes comme Bernard feraient d'un tel savoir ?

- Peut-être le détruire et le perdre à tout jamais.

- Vous disiez que Bernard ne pourrait pas les décrypter !

- C'est exact ! Mais pourquoi pensez-vous que Steven a été enlevé ?

Pour quelle autre raison l'aurait-il enlevé ?

- Je suppose que Sabrina a refusé de lui donner ses notes ?

- Oui, elle est morte aujourd'hui et Bernard les lui a prises.

- J'ignorais que Bernard avait dérobé les notes de Sabrina, la presse n'en parlait pas.

- La presse n'en parlait pas parce que la police l'ignore.

Tout le monde l'ignore, sauf moi et vous à présent.

Juste avant de mourir, Sabrina n'a pas pu me parler, mais elle m'a montré le bureau de Steven. En le voyant vide, j'ai tout de suite compris que ces notes étaient la cause de son décès.

- L'avez-vous signalé à la police ?

- Non, cela impliquait tellement d'explications et d'indiscrétions, j'ai préféré garder mon mutisme.

Une sonnerie retentit dans tout l'étage. L'heure des visites était terminée. Une infirmière passa la tête et invita Marc à quitter la chambre.

- Je dois vous laisser, soyez prudente, nous restons en contact.

- Soyez prudent vous aussi. Merci pour tout.

- Tenez bon, Déborah, votre fardeau est peut-être plus lourd encore que le mien, vous allez devoir être très forte.

- J'y suis préparée.

Marc se rapprocha de Déborah et la serra dans ses bras. Il tremblait, elle aussi.

CHAPITRE XII
Protéger l'Attendu à tout prix

Lorsque Déborah put enfin quitter l'hôpital, elle rentra chez elle, encore sous le choc de ce qu'elle venait de vivre, mais, poussée par un feu violent qui la consumait, la jeune femme prépara son départ. Cela ne lui prit que quelques jours.

Ses grands-parents vivaient depuis plusieurs années à Charleston, en Caroline du Sud, à l'Est des Etats-Unis d'Amérique. C'est chez eux qu'elle se rendrait. Une fois sur place, elle pourrait se chercher du travail, elle aurait le gîte et le couvert pour elle et les trois enfants qui l'accompagneraient, et personne, pas même sa mère, n'aurait son adresse. Elle y trouverait à la fois une chaleur humaine dont elle avait cruellement besoin et la sécurité pour elle, mais surtout pour Simon.

Comme elle l'avait prévu, Bernard n'émit aucune objection à ce qu'elle parte en vacances avec les enfants. La mère de Sabrina trouva l'idée de Déborah excellente et très généreuse.

Madame Di Cabrel connaissait Déborah depuis l'enfance et avait une totale confiance en elle. Déborah avait toujours son passeport en cours de validation ; les formalités pour les trois enfants furent très simples. Les enfants étaient ravis de partir et, en raison de leur jeune âge, ils ne posèrent guère de questions quant à la destination. Ils savaient juste qu'il y avait du soleil et qu'ils allaient bien s'amuser.

La ville de Charleston était une vieille cité, l'une des plus anciennes d'Amérique du Nord, serrée sur une étroite péninsule triangulaire entre deux larges fleuves soumis à la marée qui se jettent tous deux dans un vaste bassin donnant sur l'Océan Atlantique.

On y parlait encore le français, ce qui serait très utile aux enfants, d'autant plus qu'ils devraient aller en classe. Déborah se demandait si la ville avait pu se remettre du récent raz-de-marée qui avait tout détruit sur son passage.

Fondée en 1670, la ville avait joui dès ses premiers jours, d'une langueur romantique et d'une sensualité étrangère à la vie animée et à l'abnégation puritaine qui caractérisaient les colonies de la Nouvelle-Angleterre.

Déborah prépara les enfants du mieux qu'elle pût, mais la tâche fut bien plus facile qu'elle ne l'eût craint. Julien et Nathan avaient l'habitude de ne voir leur père qu'occasionnellement ; pour eux, cela ne changeait rien. Quant à Simon, il semblait résigné à ne plus voir les personnes qu'il aimait.

Dès le lendemain de sa sortie de l'hôpital, Déborah emmena Simon chez elle. Les trois garçons s'entendaient à merveille et passaient leurs journées à jouer ensemble.

Les trois enfants s'aimaient comme des frères et cela rappela à Déborah combien, au même âge, elle partageait son amitié avec Sabrina.

Après le dîner, Déborah se décida :

- Mes chéris, Simon, nous allons partir tous les quatre, ce sera comme en vacances, mais pour plus longtemps. Cela vous fait-il plaisir ?

- Oh oui ! Oh oui, maman ! Où allons-nous ?

La partie semblait gagnée pour ses enfants. Simon ne broncha pas.

- Tu ne sembles pas heureux de venir en vacances avec nous, Simon ?

- Je voudrais voir ma mammy.

- Nous allons passer lui rendre visite et nous la préviendrons de la date de notre départ. Elle m'a donné son accord, tu peux venir avec nous. Elle est un peu fatiguée en ce moment, mon poussin.

- Je sais, mais je voudrais ma mammy.

Simon se mit à pleurer. Déborah le prit dans ses bras et l'apaisa du mieux qu'elle pût. Le voyage s'annonçait plus difficile que prévu ; la résignation que Simon semblait manifester lors de son premier jour chez Déborah, se muta en angoisse de perdre un nouvel être cher.

Le lendemain matin, Déborah déposa ses enfants en classe et emmena Simon chez sa grand-mère. Déborah eut à peine le temps de se garer que Simon bondit hors de la voiture, il courait à perdre haleine vers la maison de sa grand-mère. Il poussa la porte tel un ouragan et appela sa mammy. Comme il ne la trouva pas au rez-de-chaussée, il courut à l'étage.

Déborah venait d'entrer à son tour dans la maison. Elle appela Mme Di Cabrel, mais c'est Simon qui répondit :

- Déborah ! Déborah ! Viens vite !

Déborah tendit l'oreille, la petite voix de Simon résonnait à l'étage. D'un pas pressé, elle monta l'escalier et trouva Simon au chevet de sa grand-mère.

Le visage de Madame Di Cabrel était livide, son regard vide regardait fixement le plafond. En la voyant, Déborah comprit sur le champ qu'elle s'en était allée rejoindre sa fille. Simon tentait de la secouer. Déborah le prit doucement dans ses bras et tenta d'expliquer à un enfant de cinq ans, l'inéluctable : « Ta grand-mère vole à son tour dans un ciel bleu limpide, tel un aigle aux ailes largement déployées, en compagnie de ta maman ».

Simon était seul à présent. Steven, par le biais de sa famille, fit le nécessaire pour que Déborah soit la tutrice légale de l'enfant. La famille de Steven s'occupa de l'enterrement de Madame Di Cabrel et Déborah partit avec les enfants avant les funérailles.

Simon ne parlait presque plus, il refusait de jouer, il mangeait peu, Déborah lui donnait pourtant toute la tendresse qu'il souhaitait. Juste avant de fermer ses bagages, Déborah envoya un e-mail à Marc Deboner :

Bonjour Marc,
Je suppose que vous êtes au courant du décès de la maman de Sabrina. Simon est bien seul à présent. Nous partons cet après-midi à Charleston. Dès notre arrivée, je vous donnerai des nouvelles. Excusez-moi d'être aussi brève, mais j'ai tellement de détails de dernière minute à régler avant mon départ.
Amitiés.
Déborah.

Simon dormit pratiquement durant toute la durée du vol, tandis que les enfants de Déborah jouaient et couraient dans les allées. Quand enfin la terre fut visible aux passagers, les enfants de Déborah poussèrent de si grands cris que Simon se réveilla. Il se frotta les yeux et, incité par ses deux amis, il regarda lui aussi par le hublot.

- Nous sommes enfin arrivés, finit-il par dire.
- Oui, mon petit chéri, nous y sommes. Tu vas beaucoup aimer, tu verras.

Une brise légère et salée berçait les palmiers et les vignes. Les fleurs embaumaient l'air toute l'année. La terre noire, riche, sans cailloux, s'offrait généreusement aux passants.

Les eaux grouillaient de poissons, de crabes, de crevettes, de tortues, d'huitres et les bois pullulaient de gibier. Cette terre invitait à profiter de ses richesses. De nombreuses habitations étaient encore détruites, mais la terre semblait plus riche encore que par le passé et la nature avait déjà repris ses droits. Des bateaux, venus du monde entier, jetaient l'ancre dans son port. Dans le passé, chaque maison possédait son propre cuisinier et sa propre salle de bal, les habitants rivalisaient en raffinement intellectuel. A présent, ce qui s'offrait à leurs yeux c'était des maisons dévastées. Les maisons, jadis peintes de toutes les couleurs de l'arc-en-ciel, étaient habitées par une population noire qui n'entretenait plus rien. Pendant plus d'un siècle, Charleston était reconnue pour son sens de l'hospitalité et elle l'était encore. Ce qui marqua les enfants, ce fut précisément cette population noire ; aucun d'eux n'en n'avait jusqu'alors jamais vu en si grand nombre.

Un taxi les emmena tous les quatre à l'adresse que donna Déborah, c'était celle de ses grands-parents. Après un parcours sinueux et poussiéreux, une grande bâtisse coloniale se dressa devant eux.

Prévenus par les aboiements des chiens, Rocky et Nicky, les grands-parents de Déborah sortirent. Le couple approchait la septantaine et tous deux étaient issus de familles aristocrates slaves. Ils vivaient confortablement.

- Déborah, ma chérie !

- En s'adressant à son époux, Katalyn lui fit remarquer que Déborah était son portrait craché, ce qui le fit éclater d'un rire amusé.

Déborah sauta au cou de ses grands-parents. Elle les avait mis au courant de la situation délicate dans laquelle ils se trouvaient, et le vieux couple n'en fit aucune allusion.

Les premières effusions passées, Katalyn et Igor se tournèrent vers les trois enfants.

- Manou, je te présente Julien.

Julien s'avança et embrassa ses arrière-grands-parents. Blond, comme Déborah, Julien était un enfant costaud au visage finement dessiné.

- Comme ils sont beaux !
- Voici Nathan.

A son tour, Nathan s'avança vers le vieux couple. Deux ans le séparaient de son frère aîné. Il était plus fin, sa peau était plus mate, ses yeux et ses cheveux étaient plus sombres que ceux de son frère. Katalyn le souleva, le prit dans ses bras et l'embrassa avant de le déposer au sol.

- Simon, viens dans mes bras mon garçon, dit Katalyn.

Simon se prit immédiatement d'affection pour Katalyn, sans doute lui rappelait-elle un peu sa mammy.

Cette première soirée chez les grands-parents de Déborah se passa merveilleusement bien. Enfin, elle retrouvait les siens. Julien et Nathan allaient apprendre à les connaître et Simon retrouverait l'affection d'une grand-mère. La vaste demeure ne souffrirait pas de quatre personnes de plus.

Une domestique prit soin d'installer tout le monde. Déborah fut logée dans la chambre bleue, la plus belle, la plus grande aussi. Julien fut installé dans la chambre pourpre, celle qui donnait à l'arrière ; la tiédeur de la glycine gardait cette chambre toujours fraîche. Katalyn avait prévu deux chambres pour Nathan et Simon, mais ceux-ci refusèrent d'être séparés, sans doute parce qu'ils avaient le même âge. Les deux enfants étaient inséparables.

Un peu embarrassée par ce changement de dernière minute, Katalyn les installa dans la chambre annexe à celle de Déborah où un grand lit à baldaquin de style colonial attendait les jeunes garçons pour les envelopper et protéger leurs rêves.

Katalyn demanda à la domestique de changer les draps du lit à baldaquin et de secouer l'édredon. Tout le monde était installé, une nouvelle vie pouvait commencer.

- Demain, nous irons au marché, dit Katalyn à Déborah. Tu apprécieras toutes ses senteurs, toutes ses couleurs et toute l'animation qui y règne. Cela te plaira ainsi qu'aux enfants.

Après une nuit paisible, tous se levèrent heureux, même Simon pour qui ce changement de décor lui procurait le plus grand bien.

Le marché constituait effectivement le lieu idéal pour que tous inaugurent leur nouvelle vie. Il distillait aux yeux de tous, l'essence même de la ville. La tradition était le fondement de cette ville, de cette société, et cela semblait immuable. Ni le temps, ni les catastrophes naturelles ne pourraient jamais changer cela.

La population noire de Charleston était aussi fière de son appartenance à la Ville que les Blancs, et puis, ils étaient si nombreux, cela interpellait beaucoup les enfants. Déborah humait l'air... C'était délicieux. Que de senteurs, que de fragrances...

- Beurk ! fit Julien.

A la lumière de cette matinée radieuse, de cette chaleur, de ces couleurs, de cette vie dans la brume, le marché ressemblait à un bazar qui amusait beaucoup les enfants. Une petite dame aux cheveux blancs souleva juste sous leur nez une grosse bête argentée qui gisait dans une cuvette.

- Beurk ! répéta Julien.

Les enfants passèrent leur premier après-midi à jouer dans le parc avec les chiens Rocky et Nicky, respectivement un loulou de Poméranie et un griffon.

Le second jour, ils visitèrent le port. Les enfants n'avaient encore jamais vu de paquebots ; ils étaient curieux de tout et posaient mille et une questions. Durant les quelques jours qui suivirent leur arrivée, tous oublièrent leurs problèmes, ils étaient heureux. La trêve fut de courte durée.

Le cauchemar commença comme toujours par la brume. Simon se mit à refaire des cauchemars ; quant à Déborah, elle en fit aussi. Il y avait des semaines que Déborah et Simon n'en n'avaient plus fait, mais leur inconscient n'avait rien oublié, il recréait les images une à une et ces images se mettaient à tourner, à s'agiter dans tous les sens, à gémir, redoutant ce qui allait suivre. A nouveau, dans ses cauchemars, Déborah courait, son cœur battait à grands coups dans ses oreilles, elle courait dans un brouillard épais et blanc qui enroulait de froides tentacules autour de sa gorge, de ses jambes, de ses bras. Elle avait froid, un froid de mort, elle avait faim, faim de vivre, elle était terrifiée. Simon semblait souffrir les mêmes tourments.

Déborah faisait toujours le même mauvais rêve, toujours le même, et chaque fois c'était pire que le précédent, comme si la terreur pouvait s'accumuler, se renforcer.

Le lundi suivant, Katalyn accompagna Déborah et les enfants pour leur première journée de classe à Charleston. Simon et Nathan étaient accrochés à Déborah comme à une bouée.

- Tu devrais peut-être les garder encore un peu à la maison, suggéra Katalyn.

- Je sais que c'est difficile, mais je pense qu'ils doivent y aller.

L'école semblait avoir beaucoup souffert des inondations. Çà et là, elle en montrait encore les stigmates. La directrice, une femme dans la quarantaine, les reçut chaleureusement. Précédés par la directrice, tous accompagnèrent Julien.

Un petit couloir sombre les mena vers un escalier en colimaçon qui les conduisit au premier étage. Ils traversèrent un second couloir beaucoup plus lumineux cette fois.

Les élèves de trois classes étaient regroupés dans cette partie de l'école.

La classe de Julien était celle de gauche. La directrice frappa deux petits coups à la porte et entra dans la classe : une vingtaine d'enfants, Bic en main, s'appliquaient studieusement.

- Bonjour Monsieur Tesy ! Bonjour les enfants ! Je vous présente un nouveau petit camarade. Voici Julien qui suivra désormais les cours avec vous ; il nous vient de Belgique.

Curieux, les enfants noirs et blancs se levèrent et regardèrent le nouvel arrivant.

- C'est où la Belgique ? lança l'un d'eux.

- Je te laisse te présenter, Julien.

- C'est en Europe, un pays situé entre la France et l'Allemagne, répondit Julien.

L'instituteur indiqua à Julien une place restée libre, le banc se trouvait juste à côté de la fenêtre. Julien embrassa les siens et alla s'asseoir. Nathan et Simon restaient accrochés à Déborah.

- Nous allons redescendre.

Nathan et Simon sont dans la classe de Mademoiselle Moggy.

Vous verrez les enfants, elle est très gentille !

La directrice ne reprit pas le même chemin, elle emprunta le couloir dans la direction opposée et, cette fois, c'est un grand escalier de bois qui s'offrit à leur descente vers le rez-de-chaussée.

La classe de Simon et de Nathan donnait sur un immense parc d'où de subtiles senteurs montaient à leurs narines.

La directrice opéra le même rituel que pour Julien, elle frappa deux petits coups à la porte et entra. Mademoiselle Moggy fit déplacer une fillette et installa les deux enfants côte à côte.

Le cœur un peu serré, Déborah et Katalyn les embrassèrent et rentrèrent à la maison.

Les deux femmes firent le chemin en silence. A leur arrivée, Igor les attendait sur la terrasse, confortablement installé dans un des transats avec un livre en mains.

- Tout s'est bien passé ? demanda-t-il en remarquant les deux femmes si silencieuses.

- Nous verrons en fin d'après-midi, lui répondit Katalyn.

S'adressant à Déborah, Igor lui demanda :

- Maintenant que nous sommes seuls, ma chérie, pourrais-tu m'expliquer exactement ce que tu fuis ?

Le grand-père de Déborah avait posé cette question d'une voix ferme et posée, il s'attendait à un récit précis. Déborah raconta en détail tous les événements qui l'avaient conduite à la situation dans laquelle elle tentait d'émerger à présent.

- Nous ne perdrons pas notre temps à débattre de théologie, Déborah. Nous t'avons toujours soutenue dans tous tes choix de vie et nous ne changerons pas. Chez nous, tu seras protégée ainsi que les enfants, et si j'ai bien suivi après tout ce que tu viens de nous raconter, il faut surtout songer à protéger Simon.

- Pauvre petit !

Katalyn sortit un mouchoir de son sac et essuya ses larmes qui coulaient lentement le long de ses joues.

-Tu n'auras pas à chercher du travail, nous pouvons aisément subvenir à tes besoins.

- Je vous rembourserai, ne vous inquiétez pas.

- Ne dis pas n'importe quoi ! Depuis le décès de ton père, tu es notre seule petite-fille. Tout ce que nous possédons est pour toi.

Nous ne demanderons qu'une seule chose…

- Laquelle, s'enquit Déborah, surprise.

- Nous voulons que tu retrouves ce merveilleux sourire qui illuminait ton beau visage.

- C'est promis, grand-mère, je vais faire un effort.

Déborah s'avança vers ses grands-parents et les serra très fort contre son cœur.

- Lorsque tu étais enfant, tu étais notre rayon de soleil, ma chérie ; je ne te demande pas de faire un effort pour me faire plaisir, je te demande simplement de redevenir cette enfant rieuse que tu étais. Nous ferons tout pour t'y aider.

- Merci grand-mère.

Déborah serra tendrement sa grand-mère contre son cœur.

- Je vais vous laisser, je n'ai plus ouvert mon ordinateur depuis plus d'une semaine, je dois répondre à mes e-mails et contacter Marc Deboner.

Igor et Katalyn la suivirent du regard, tandis qu'elle montait en direction de sa chambre.

Son premier e-mail fut pour Marc :

Bonjour Marc,

Nous sommes bien arrivés et bien installés en toute sécurité.

Simon est en classe et il va bien.

Nous allons pouvoir commencer la tâche qui nous incombe.

Avez-vous pu déterrer le trésor ?

Dès que vous le pourrez, envoyez-moi les copies.

Soyez prudent !

Amitiés.

Déborah.

En fin d'après-midi, Katalyn accompagna Déborah pour reprendre les enfants à l'école. Les appréhensions du matin furent vite dissipées en voyant les petits visages rayonnants des trois enfants.

Il était 21 h, les enfants étaient couchés, Déborah descendit seule à Charleston. Toute la population du Vieux Charleston sortait de l'église de St-Michel et gagnait à pied la rue de la Réunion pour une réception. Hommes, femmes et enfants riaient dans l'air tiède de la nuit.

- Tiens, les enfants ne sont pas encore couchés à cette heure-ci ? s'interrogea Déborah.

En captant les conversations dans la foule, Déborah comprit que le lendemain était un jour férié. Elle l'ignorait et de toute évidence, ses grands-parents aussi.

Déborah se dirigea vers l'un des fleuves, laissant le brouhaha du Centre-Ville derrière elle. Elle était paisible et pour la première fois depuis son arrivée, elle semblait avoir trouvé la paix intérieure.

Dans la tiédeur de la nuit, elle marcha deux bonnes heures avant de rentrer. Ses sens étaient en éveil, mais elle était sereine. Un petit mot et un bol de soupe l'attendaient dans la cuisine. Toute la maison était silencieuse et tout le monde dormait déjà.

La soupe était encore tiède. Comme sa grand-mère était prévenante avec elle ! Katalyn savait que sa chère Déborah ne passerait une bonne nuit qu'avec le ventre plein.

Réveillée avant l'aube, Déborah resta couchée sans bouger, dans l'obscurité.

- Respire doucement, comme si tu dormais, se dit-elle.

On ne se réveille pas au milieu de la nuit, sans avoir entendu un bruit ou remarqué quelque chose.

Déborah tendit l'oreille et, après ce qui lui parut une éternité, elle constata que rien ne troublait le silence. Elle faillit pousser un cri de soulagement en se rendant compte qu'elle avait été réveillée par la faim… Elle mourrait de faim, bien qu'elle ait pourtant pris une collation avant de s'endormir.

La nuit était trop fraîche pour descendre dans son élégant peignoir de soie.

Elle ôta une couverture du lit et s'enveloppa dans la laine épaisse encore tiède de la chaleur de son corps. L'épaisse couverture retombait autour de ses pieds nus, elle se glissa sans bruit dans le corridor. D'un pas de félin, elle descendit l'escalier, craignant le moindre craquement qui réveillerait toute la maisonnée. Elle se dirigea vers la cuisine. Dans la cheminée du hall, les braises donnaient encore un peu de chaleur et juste assez de lumière pour que Déborah n'allume pas. Peu lui importait ce qu'elle trouverait, un reste de ragoût, du pain, du riz, n'importe quoi, pourvu qu'elle trouve de quoi manger. Retenant d'une main sa couverture, elle cherchait à tâtons la porte du frigo.

- Ne bougez pas ou je vous mets une balle dans la tête !

La voix de son grand-père l'avait fait sursauter et elle avait lâché la couverture. Elle frissonna tant l'air était froid.

- Déborah !
- Grand-père !
- Je pensais…
- Je ne rêvais pas ! Ce n'était pas la faim ! Toi aussi, grand-père, tu as entendu du bruit ?
- Oui !

Emmitouflé dans un pyjama de flanelle, le grand-père de Déborah avait sorti son fusil. Il le tenait, canon baissé vers le sol.

- Que diable fais-tu dans le noir à pareille heure ? J'aurais pu te tirer dessus !
- Je pensais que la faim m'avait réveillée, je mourais de faim, mais je crois aussi avoir entendu du bruit.
- Eh bien ma chérie, puisque nous sommes ici, je vais nous préparer du café.

Déborah remit sa couverture sur ses épaules ; elle grelottait.

Igor remplit le réservoir d'eau de la machine à expresso et prépara deux tasses.

- J'ai tellement faim que je dévorerais un cheval, dit Déborah.
- Tu devrais y prendre garde, tu grossis !
- Je grossis ! s'exclama Déborah.

Déborah découvrit quatre galettes de maïs et en dévora deux.

Igor déposa les deux tasses d'expresso sur la table. Il prit deux sucres et ajouta du lait. Tout en tournant la cuillère dans son café, il regarda amusé sa petite-fille croquer les galettes d'un appétit féroce.

Déborah se mit à bailler.

- Quelle heure est-il grand-père ?

Igor tendit tout son corps encore souple et regarda en direction de la salle à manger où une horloge trônait sur la cheminée.

- 4 h 10 ! Trop tôt pour rester éveillés.
- Tu es inquiet, n'est-ce pas grand-père ?
- Oui, ma chérie, je le suis pour nous tous.
- Je n'aurais jamais dû venir, je vous ai peut-être mis en danger.
- Ne dis pas de bêtises, tu es notre petite-fille, Julien, Nathan sont nos arrière-petits-enfants et désormais Simon fait partie de la famille. L'homme de la famille, à présent c'est moi ! C'est à moi de veiller sur vous tous ! Tu as très bien fait de venir te réfugier chez nous, je saurai vous protéger !
- C'est curieux grand-père, je n'ai pas entendu les chiens aboyer !
- Je les ai appelés, mais ils ne sont pas venus. Peut-être se sont–ils échappés, je n'ai pas vérifié le portail hier soir. Nous étions tous si heureux que j'ai négligé de sortir pour voir si tout était en ordre.

Quelques minutes plus tard, ils remontèrent tous deux dans leur chambre.

Déborah se rendormit très vite ; ce ne fut pas le cas d'Igor qui resta immobile et silencieux jusqu'à l'aube pour ne pas réveiller Katalyn qui dormait profondément à ses côtés.

Aux premières lueurs de l'aube, Igor se releva et se dirigea vers la fenêtre. Sur fond de ciel encore sombre, il vit les premières lueurs du soleil. L'astre était rouge sang, comme si dans le ciel naissait un incendie.

Il prit le fusil qu'il avait déposé contre le mur, canon baissé. Il s'engagea dans le corridor, lorsqu'il croisa Julien.

- Bonjour grand-père, que fais-tu avec ton fusil ? demanda-t-il.
- Retournes te coucher, il est encore très tôt.
- J'allais aux toilettes.
- Alors vas-y et retournes dans ta chambre.

Igor descendait l'escalier, le silence des chiens l'inquiétait.

Rocky et Nicky avaient une horloge dans le ventre et aux premières lueurs du jour, ils grattaient toujours à la porte. Ce matin-là, Igor n'entendit pas les chiens.

Une heure de profond sommeil avait suffi à Déborah pour retrouver toute son énergie. Elle se leva à son tour et descendit, suivie cette fois par Julien et Nathan.

Lorsque Déborah et les enfants arrivèrent dans la salle à manger, ils trouvèrent la porte grande ouverte. Nathan se mit à courir en direction du jardin, il fut bientôt rattrapé par Julien.

La grosse pierre qui était le socle d'une statue du parc était couverte de sang. Quelques dizaines de mètres plus loin, ils virent Igor, une pelle à la main, qui creusait un grand trou.

- Rentrez tous ! Déborah, emmène les enfants ! hurla-t-il.

Les deux malheureux chiens gisaient à côté de lui ; ils avaient la tête fracassée.

En les voyant, les enfants se mirent à hurler.

- Où est Simon ? s'inquiéta Déborah.

- Quand je suis descendu, il dormait encore, dit Nathan.

Déborah essuya ses larmes et monta réveiller Simon. Lorsqu'elle entra dans la chambre, Déborah trouva Simon à moitié éveillé, dans un état de semi-conscience. Elle s'approcha de lui et se mit à lui caresser doucement la tête sans lui parler, afin qu'il se réveille doucement. Cela prit une dizaine de minutes. En ouvrant les yeux, Simon sourit à Déborah.

- Maman Déborah, tu veux que je te raconte ?
- Oui, mon ange, raconte-moi. Qu'as-tu rêvé ?

Simon se redressa et s'assit dans le grand lit à baldaquin. Déborah s'installa confortablement à ses côtés et le regardait tendrement.

- J'étais sur une montagne vaporeuse formée par quelque chose qui ressemblait à des vêtements parce que quelques têtes en sortaient. Les montagnes étaient dans les tons orangés. Le ciel était très bleu, un bleu turquoise, avec un peu de rouge et un peu de vert par endroits. Au centre, il y avait quelqu'un avec une grande cape vaporeuse et des ailes très grandes, comme un papillon... Et puis, il y avait des points lumineux comme des étoiles, mais c'était clair comme pendant la journée. Et alors, je suis parti dans le noir, je n'avais pas peur, j'étais attiré par une forme ronde composée comme d'une matière ouateuse, le centre était rouge-vermillon, ce qui donnait à l'ouate une couleur rosée, et des étoiles y scintillaient. Puis, je suis reparti dans le noir et je suis arrivé près d'une sorte de gros nuage, c'était le plus beau nuage que j'aie jamais vu. Il était de couleur verte, bleue et jaune-orangé. Il y avait plein de petits points lumineux, comme des étoiles. Le nuage était comme une maison, ou comme Carcasson, tu sais, avec des murs tout autour de la ville, sauf que c'était des nuages et au lieu de la porte d'entrée en bois, c'était une ouverture très grande. Deux aigles volaient de chaque côté de l'entrée, c'était comme des sentinelles. En m'approchant, les petites lumières me sont apparues rosées et plus j'avançais et plus je voyais des sortes de nuages ouateux bleus et verts, c'était comme les couleurs de la Mer des Caraïbes, sauf que ce n'était pas de l'eau, mais des nuages, des nuages colorés.

- Comme je suis heureuse que tu fasses ce genre de rêve, lui dit Déborah en le couvrant de toute son affection.

- J'ai fait un beau rêve, n'est-ce pas maman Déborah ?

- Tu as fait un merveilleux rêve, mon trésor. Sais-tu où tu es allé ?

Simon la regarda d'un air interrogatif.

- Tu le sais ?

- Oui, j'y suis déjà allée.

- Tu fais les mêmes rêves que moi ? demanda l'enfant intrigué.

- Cela m'est arrivé.

Tu as voyagé dans le cosmos mon trésor et je pense que tu as visité la nébuleuse du Cygne qui se trouve dans la constellation du Sagittaire et la nébuleuse de l'Aigle qui se trouve dans la constellation du Serpent.

Simon ne posa plus de questions et se leva d'humeur très gaie, une gaité vite oubliée lorsqu'il trouva tout le monde en pleurs dans le salon.

- Viens me faire un câlin mon chéri, lui demanda Katalyn.

- Que se passe-t-il ? demanda Simon, perplexe.

- Vous allez devoir partir. Vos vacances chez nous se terminent.

- Déjà ! Pourquoi ? demanda Simon.

- Les méchants hommes nous ont peut-être retrouvés mon chéri, répondit Déborah.

- Ils ont massacré Nicky et Rocky, lui dit Julien.

Simon se mit à pleurer à chaudes larmes.

Katalyn et Déborah réconfortèrent les enfants du mieux qu'elles purent. Déborah ne put retenir ses sanglots. Elle fut soudain prise de nausées et passa la matinée à vomir. Personne ne quitta la maison. Cette journée lugubre leur parut interminable.

Dans l'après-midi, Déborah envoya un très long courriel à Marc Deboner. Elle lui raconta, dans les moindres détails, les bruits suspects de la nuit et l'affreuse découverte des chiens massacrés au matin. Elle lui raconta aussi le rêve de Simon dans le cosmos. Les sentinelles de la nébuleuse de l'Aigle l'avaient reconnu, et il y avait pu entrer.

Entre-temps, Marc Deboner était descendu dans sa cave.

Dans le message de Marc, Déborah pouvait lire :

Bonjour Déborah,
J'espère que vous vous portez tous bien.
De mon côté, je suis descendu avec mon ami Yvon Adam
dans la cave à betteraves
et nous y avons découvert des choses que je n'avais
jamais observées auparavant.
Gravés dans la pierre, nous avons découvert un
sanglier, une licorne sans cornes,
une tête de barbu, un oiseau et d'autres signes. Mon ami
qui est plus expert que moi en ce domaine, nous a aidés. Au
Moyen Âge, Jean c'est Jehan, des lions très abîmés, chez
nous, ça c'est le lion des Flandres, un signe indiquant un
vélin. Il a eu la bonne idée de remettre tout ça dans l'ordre.
Il a pris les premières syllabes et les a inversées.
Cela donnait : « Je n'ai pas ».
Les signes disent encore : « lis mon velin (les Centuries).
Un vélin c'est un parchemin.
Les signes font allusion aux Centuries et précisément à
la Centurie VII – 41 :
« Les os des pieds et des mains enserrez
« Par bruit maison longtemps inhabitee
« Seront par songes concavant(s) deterrez
« Maison salubre et sans bruit habitee

Nous avons également découvert une croix dont les
extrémités des branches sont arrondies et dont la base est
circulaire. Cela aurait-il un lien avec la croix Ankh (la croix
de vie égyptienne ?).
Nous essayons également de décrypter les tables de
l'église de Moustier. Ce n'est pas évident. A la première
lecture, la première ligne des deux colonnes de la première
table donne :

JNLKBrPR   PrVBLPMR

Je vous envoie cela du texte tapé sur mon PC, mais, en réalité, l'écriture est différente, un peu dessinée.

Votre fuite fait grand bruit en Europe, vous voilà devenue « l'ennemi public n° 1 ». Le fait que vous vous soyez enfuie avec les trois enfants ne vous donne pas bonne presse. Il serait sage pour vous de vous montrer très discrète.

Mes meilleures pensées vous accompagnent.

Votre ami.

Marc Deboner.

- Merci Marc pour toutes ces nouvelles, je ne m'attendais pas à mieux, pensa-t-elle.

Un oiseau, cela serait une coïncidence trop énorme, il s'agit d'un aigle, d'une sentinelle, la sentinelle de la nébuleuse de l'Aigle. C'est pour moi une évidence : le trésor caché dans le Petit Abri Blanc est lié à la constellation du Serpent.

Déborah reprit son ordinateur et envoya un nouveau message à Marc. Elle se demandait si lui aussi faisait le rapprochement entre le trésor et la constellation du Serpent.

CHAPITRE XIII
La fuite en Irlande

- De ma longue vie, jamais je n'ai été aussi contrariée, dit Katalyn.

Ses mains tremblaient en soulevant sa tasse de café à la chicorée, une boisson qu'elle avait appris à apprécier depuis son arrivée à Charleston.

Un papier gisait à ses pieds.

- C'est insensé ! Comment osent-ils s'en prendre à toi ! À nous ! s'écria-t-elle.

Mes deux adorables chiens étaient si gentils et ils ont été massacrés ; ils me manquent tellement ! Cette fois, Katalyn pleurait à chaudes larmes.

- Cessons de nous plaindre, lança Igor. C'était un avertissement !

Puis, s'adressant à Déborah, il dit :

- Ma chérie, tu dois partir, tu n'es plus en sécurité chez nous.

- Où veux-tu qu'elle se cache avec trois enfants ? lui rétorqua Katalyn.

- J'ai encore de solides relations, je vais les contacter.

Igor était grave, il passa dans le salon et forma quelques numéros de téléphone.

- Vous partez dans une heure, annonça-t-il.

- Dans une heure ! reprirent-ils tous interloqués. Mais pour aller où ?

Les enfants pleuraient, Katalyn s'agitait dans tous les sens et Déborah était blême.

- Hâtez-vous, vous avez juste le temps de faire vos bagages !

- Il a raison, je monte préparer les bagages.

Déborah se dirigea vers les chambres, suivie de Katalyn.

Elle ouvrit son PC et envoya un bref message à Marc pour l'avertir du changement en dernière minute, et le rassurer. Dès qu'elle le pourra, elle lui donnera de ses nouvelles.

- Je viens t'aider ma petite chérie.

Comme prévu, une heure plus tard, un inconnu sonna au portail et une voiture s'engagea dans l'allée du parc avant de se garer juste devant l'entrée de la maison.

Igor avait déjà sorti les bagages, il aida son ami à charger la voiture. La séparation fut un déchirement pour tous.

- Nous rentrons chez nous, maman ? demanda Julien.

- Non, pas encore mon chéri.

- C'est quand qu'on verra papa ? demanda Nathan.

- Plus tard, nous sommes toujours en vacances, alors, nous partons pour d'autres aventures, lui répondit Déborah d'un ton monocorde qui ne détendit pas la situation.

La voiture longea la rue de la Réunion, traversa la place pour prendre ensuite la direction du port où de longues files d'équipage progressaient lentement et déposaient leurs passagers à tour de rôle.

- Nous partons en bateau ? s'inquiéta Déborah.

- Votre grand-père ne vous a rien dit ? s'enquit le conducteur.

- Non, il m'a juste dit que nous partions vers un endroit où nous serions en sécurité.

Par la vitre, Déborah observait les piétons, c'étaient pour la plupart des dames. Au loin, elle pouvait apercevoir le marché nocturne.

La voiture passa devant les navires et se gara au bout du quai où une petite embarcation les attendait.

Déborah s'était faite à l'idée de prendre le bateau, mais elle ne s'attendait pas à ce qu'il soit aussi petit, ni qu'il soit amarré au bas d'une longue échelle poisseuse. Elle prit sur elle pour donner l'exemple aux enfants qui du reste, semblaient s'amuser.

- La marée est presque basse, dit le chauffeur, c'est pourquoi nous devons appareiller avant 21 h 30. Nous aurions du mal à quitter le port après 22 h, quand la marée se lèvera. A cette heure, elle nous aidera au contraire à remonter l'estuaire.

Les barreaux de l'échelle étaient huileux et glissants. Déborah faillit tomber à l'eau plusieurs fois. La descente fut plus facile pour les enfants.

Le chauffeur chargea les bagages dans la barque. Sans bruit, il se mit à ramer. Grisés par le vent et les embruns, Déborah et les enfants oublièrent bien vite leurs vêtements mouillés et leurs chaussures trempées. Le visage levé, la bouche grande ouverte, Simon s'offrait aux gouttelettes salées. Il faisait corps avec la barque. Il était le vent et le sel, l'eau et le soleil. Son expression de ravissement fit sourire Déborah qui le regarda tendrement.

- Baissez-vous ! commanda le chauffeur, lorsque leur embarcation passa à proximité d'un imposant bateau.

L'air était frais.

- Vous trouverez des couvertures dans ce sac, prenez-les et essayez de faire dormir les enfants.

Déborah chercha un sac qui n'était pas l'un des leurs, trois autres sacs accompagnaient leurs bagages. Le chauffeur pointa l'index en direction de l'un d'eux. Bercé par la mer, les trois enfants blottis les uns contre les autres s'endormirent rapidement. Déborah se sentait sereine.

Sous les rayons de l'astre lunaire, elle n'avait jamais été aussi belle, les joues rosies par le vent, le visage auréolé de cheveux fous. Elle parvint à torsader ses cheveux en une seule mèche qu'elle glissa dans l'encolure de son chandail.

- Auriez-vous par hasard quelque chose à manger dans un autre de vos sacs ? demanda-t-elle d'un air gourmand.

Le chauffeur présenta un paquet de biscuits.

- Cela m'a l'air délicieux, dit Déborah.
- Regardez comme c'est beau ! dit le chauffeur.

Déborah scruta la rive marécageuse qu'ils longeaient et ne vit rien. Puis, elle aperçut entre les bateaux et la terre, une forme oblongue, grise et luisante qui émergea un instant de l'eau avant de replonger.

- Un requin ! s'exclama-t-elle en se mettant la main sur la bouche pour ne pas crier afin de ne pas effrayer les enfants.
- Non, ce sont des dauphins !

Ils étaient sept. La petite barque semblait leur plaire et ils vinrent nager près d'eux. C'est alors qu'un des dauphins sauta hors de l'eau et se laissa retomber dans un grand éclaboussement. Bien vite, les autres dauphins imitèrent le premier, mettant en danger la frêle embarcation qui commençait à prendre l'eau. Le chauffeur déposa les rames à l'intérieur de la barque et, à l'aide de son gobelet, il écopa l'eau. Les cris des dauphins et toute cette agitation finit par réveiller les enfants.

- Des dauphins ! hurla Nathan.
- Regardez, ils rient ! s'exclama Simon.

Les enfants et Déborah applaudissaient joyeusement tant ils étaient fascinés par le spectacle qui s'offrait à eux.

Un autre dauphin s'approcha alors d'eux à tribord, il souffla un jet d'écume par son évent et se laissa retomber nonchalamment dans l'eau. Les dauphins régalèrent les enfants d'un véritable ballet. Par groupes de deux ou trois, ils nageaient le long de la barque, filaient en dessous d'elle pour réapparaître de l'autre côté, en se jouant de la pesanteur. Ils se dressaient sur la queue, se roulaient sur le dos, soufflaient des jets d'écume, bondissaient, se croisaient avec une extraordinaire habilité, sans cesser de lancer des regards quasi humains. Ils semblaient rire de leurs spectateurs, prisonniers de leur petite embarcation et incapables d'exécuter de telles prouesses.

- Oh, regardez ! Là ! Et là ! Et là ! hurlaient les enfants.

Les cris d'admiration et de surprise fusaient des lèvres des enfants et de Déborah, à chaque fois que les dauphins reparaissaient là où on ne les attendait pas et exécutaient une nouvelle figure acrobatique.

- Ils dansent ! cria Julien.

- Oui, ils s'amusent comme des fous ! ajouta Simon émerveillé.

- Ce sont de vrais cabotins, conclurent-ils.

Ce spectacle fut un enchantement.

La vigilance relâchée par ce déploiement de virtuosité, le chauffeur n'avait pas remarqué les épais nuages qui s'amoncelaient derrière eux. Il ne fut alerté du danger que par une brusque chute du vent qui, jusqu'alors, avait soufflé régulièrement. Soudain poussés par la bourrasque, l'orage se rua sur eux.

- Cramponnez-vous dans le fond de la barque ! hurla le chauffeur, nous allons essuyer du gros grain.

- Qu'est-ce que c'est du gros grain ? demanda Simon.

- N'ayez pas peur, j'en ai vu de bien pires !

Déborah se retourna stupéfaite. Comment le ciel pouvait-il à la fois être clair devant, et noir et menaçant derrière ? Sans mot dire, elle se cala dans le fond de la barque et vérifia que les enfants furent correctement installés.

- Nous allons devoir fuir la tempête. Vous allez prendre une bonne douche, ajouta le chauffeur avec un large sourire, mais les sensations en vaudront la peine.

Il parlait encore lorsque le grain les rattrapa. Soudain, il fit presque nuit noire et des trombes d'eau s'abattirent sur eux. Déborah poussa un cri de frayeur, aussitôt étouffé par l'eau qui envahit sa bouche.

- Nous allons nous noyer, pensa-t-elle.

Elle se pencha, toussa, cracha. Sa gorge était dégagée. De sa main libre, sans lâcher la poignée métallique à laquelle elle s'était agrippée, elle tenta de retenir Nathan. La barque roulait, tanguait, gémissait comme si elle allait se désintégrer.

- Aidez-moi ! Il faut vider la barque ! Nous prenons trop d'eau ! cria le chauffeur.

Déborah tentait d'aider l'homme à vider l'eau de la barque qui se remplissait dangereusement. Elle sentit la barque plonger à pic. Elle leva la tête… et ne vit qu'un mur d'eau. Une véritable forteresse d'eau se dressait devant eux.

La gorge nouée par la terreur, Déborah ne pouvait crier. Les enfants pleuraient. Aveuglée par la pluie qui ruisselait sur son visage, assommée par les paquets d'eau de mer, Déborah se sentait cernée par la violence des vagues couronnées d'écume qui rugissaient furieusement comme pour les engloutir. Elle tenta d'appeler les enfants, mais aucun son ne put sortir de sa gorge. Elle se retourna. Affolée, elle regarda de tous côtés, sans apercevoir les enfants.

Au moment où l'embarcation amorçait une chute vertigineuse, elle découvrit enfin Simon. L'enfant avait trouvé refuge presque sous Déborah, il était recroquevillé comme une petite crevette. A la vue de la vague suivante, encore plus menaçante, Déborah trembla de tout son être. Mais la jeune femme ignorait tout des caprices du vent qui s'arrêta brusquement de souffler, alors que la barque gravissait le flanc d'une énorme vague. Le phénomène dura quelques secondes à peine, assez toutefois pour que cette gigantesque vague ne mette la barque de travers. C'est alors qu'elle entendit d'inquiétants craquements dans la coque.

Tout se passa très vite, mais avec une impressionnante sensation de lenteur, comme si le monde avait cessé de tourner. Le vent avait changé de direction. Déborah ne vit pas la rafale si violente s'engouffrer dans la petite embarcation laquelle se cabra, sembla hésiter pour ensuite se coucher lentement et chavirer.

Julien fut le premier à disparaître dans les flots déchaînés. Le chauffeur aida Simon et Déborah qui tentaient désespérément de sauver Nathan, faisant fi de leur propre sécurité.

La jeune femme ne s'était jamais doutée qu'un tel froid pût exister. Giflée par une pluie glaciale, plongée dans une eau plus froide encore qui semblait vouloir l'aspirer, elle claquait des dents sans pouvoir se contrôler. Elle était hors d'état de penser et de comprendre ce qui leur arrivait. Elle devait être paralysée, puisqu'elle était incapable de faire le moindre mouvement ; elle ne put retenir Nathan qui sombrait dans les profondeurs de cette immensité d'eau déchaînée. Elle sentait son corps ballotté par la mer qui le soulevait, le balançait, le laissait retomber, tel un bloc de glace, dans des chutes interminables à donner la nausée.

- Je meurs ! Je viens, les enfants ! Attendez-moi ! pensa-t-elle.

Plus fort que ses claquements de dents, un cri éveilla un vague écho dans ses oreilles.

- Maman !

Cette voix, elle la reconnut, c'était celle de Simon. Il était ceinturé au chauffeur. Simon s'accrocha à Déborah, tandis que le chauffeur maintint la jeune femme fermement sous son bras.

- Nous allons nous hisser sur cette planche. Lorsque la lame arrivera, accrochez-vous de toutes vos forces, hurla-t-il !

- Si seulement je n'avais pas aussi froid aux mains, pensa-t-elle… Je ne suis donc pas paralysée ! Quelle étrange sensation…

- Regardez ! Regardez ! Le bateau que nous devions rejoindre, il est là !

Le chauffeur indiqua de la tête une direction, droit devant eux.

C'est alors que surgirent de nulle part des dauphins qui nagèrent autour d'eux, ce qui, par miracle, attira l'attention d'un matelot qui les aperçut.

Le bateau s'approcha. Même pour un bateau de cette taille, la manœuvre était hasardeuse. Sauver les naufragés et les amener à bord dans cette tourmente, cela relevait de l'exploit.

- Déborah ! Déborah ! Réveillez-vous !

Déborah gisait inanimée sur le pont du navire, elle était enveloppée d'une couverture et un médecin lui tapota le visage pour qu'elle reprenne connaissance. Quant à Simon, il avait déjà été transporté à l'infirmerie. Il était inconscient, en hypothermie, mais il survivrait, tout comme le chauffeur.

- Déborah ! Réveillez-vous ! Il ne faut pas dormir, il faut bouger ! Remuez les jambes !

Tout en lui parlant, le médecin lui frictionna énergiquement les épaules et le haut des bras.

Déborah gémit faiblement et ferma les yeux. Elle souffrait moins du froid que d'une immense lassitude et d'une irrésistible torpeur. A mesure que les frictions du médecin ranimaient son corps, elle devenait plus sensible au froid.

Le médecin l'obligea à boire une gorgée de rhum. Elle sentit le breuvage se répandre dans les jambes et les pieds, comme un ruisseau de lave en fusion. Sa circulation sanguine qui se rétablissait peu à peu, lui faisait affreusement mal.

- Julien, Nathan, Simon, où sont-ils ? Comment vont-ils ?

Le médecin regarda le chauffeur interloqué.

- De qui parle-t-elle ?

- De ses enfants. Ils ont disparu dans les flots et nous n'avons rien pu faire pour les sauver.

Le chauffeur se prit la tête entre les mains.

Déborah eut une nuit agitée. Quand elle rejetait la couverture, l'infirmière la recouvrait en lui caressant le front jusqu'à ce qu'elle fut calmée. Mais contre les rêves, l'infirmière était impuissante. Dans son sommeil, Déborah appelait désespérément Julien et Nathan en gesticulant comme pour les attraper.

Les yeux clos, les mains jointes, Déborah remua les lèvres en silence et reprit sa conversation intime avec le Seigneur.

- Vous avez fait preuve d'un courage, d'une vaillance véritablement héroïque, en essuyant cette tempête. Vous devez à présent vous nourrir, Déborah, insistait l'infirmière.

Déborah était brûlante, elle ouvrit à peine les yeux.

- Laissez-moi ! Je veux partir ! Je veux rejoindre mes enfants ! Laissez-moi, dit-elle d'une voix lasse.

- Il faut penser à la nouvelle vie que vous portez et au petit Simon. Vous devez manger !

Simon avait bien vite récupéré. Ses amis lui manquaient et surtout ses parents et sa mammy qu'il chérissait. Ses grands yeux tristes regardaient parfois à travers la vitre de l'infirmerie, mais il ne manifestait pas le désir d'y entrer. Sans doute avait-il peur de perdre une fois encore un être cher à son cœur.

- Une nouvelle vie ? questionna Déborah.

- Vous êtes enceinte de trois mois.

- Enceinte, de trois mois ! Enceinte de Steven !

Déborah posa la main sur son ventre ; son corps n'avait pas encore eu le temps de prendre des rondeurs. Elle se souvint tout à coup de son appétit féroce, de ses nausées, elle était enceinte. Dans d'autres circonstances, cette nouvelle l'aurait rendue folle de joie, mais le contexte ne se prêtait pas à la venue d'un enfant, d'un bébé.

- Comment va Simon ? Pourrais-je le voir ?

- Il va bien, il attend depuis longtemps que vous le fassiez appeler.

De son lit, le dos callé contre une pile d'oreillers, Déborah ouvrit les bras en le voyant entrer.

- Mon petit chéri, comment te sens-tu ?

- Ça va, enfin je crois.

Simon avait grandi et maigri ; en quelques jours l'enfant s'était transformé en un garçonnet.

Déborah le serra de toutes ses forces, Simon avait posé sa tête sur l'épaule de celle qu'il appelait désormais maman Déborah.

Le lendemain matin, réconfortée par les pâtisseries qu'elle avait englouties au petit déjeuner, Déborah monta sur le pont pour la seconde fois, mais elle gardait peu de souvenirs de son précédent passage. De tous côtés, elle ne vit que de l'eau, elle qui jadis avait tant aimé la mer, la détestait à présent, elle avait avalé ses enfants.

Pour la première fois, Déborah remarqua que le « John Time » était un superbe navire. Sa coque était blanche et luisante, elle étincelait et était rehaussée de dorures. Le capot vert émeraude de la cabine du commandant s'ornait également de dorures. Le pavillon anglais flottait au-dessus du mât. C'était un vaisseau somptueux qui correspondait au goût des Américains qui se rendaient en Irlande par nostalgie pour y revoir les villages de leurs ancêtres. Une large passerelle bordée d'un solide bastingage séparait les ponts. Le John Time avançait majestueusement sur l'Océan Atlantique. Il salua d'un coup de sifflet un autre bateau qui passait à proximité.

Un flot de souvenirs envahissait les pensées de Déborah : les enfants qu'elle avait eus avec Bernard, engloutis par la mer…, Sabrina, son amie tant aimée, sauvagement assassinée par ce même Bernard, son ex-époux avec qui elle avait partagé sa vie pendant près de dix ans…, Steven qu'elle ne reverrait peut-être plus jamais, son cher Steven qui va être père pour la seconde fois, ses deux enfants seront désormais avec moi. A cette pensée, le visage de Déborah redevint serein.

- Oh non ! D'après mon gynécologue, mes entrailles sont sens dessus dessous depuis la naissance de Nathan. Et si je n'avais survécu à cette tempête que pour mourir en couches ? Après toutes ces réflexions, elle secoua violemment la tête et se dit : Je vais agir en Rose-Croix et nous allons vivre mon enfant et moi. Je suis solide et en excellente santé.

Déborah et Simon furent invités à la table du Capitaine pour y prendre le déjeuner. Ce fut le dernier repas qu'ils auraient à prendre sur le bateau : dans la soirée, ils seraient en Irlande.

Une petite-cousine, fille du frère de son grand-père, avait chaleureusement accepté de l'accueillir chez elle et de la cacher.

Déborah avait pu avoir des nouvelles de ses grands-parents : les menaces avaient cessé dès son départ et celui de Simon. Sa grand-mère, Katalyn, était très affectée par le décès des deux enfants perdus en mer. Toutefois, Déborah savait qu'aux côtés d'Igor, Katalyn remonterait la pente.

Il arrivait régulièrement à Déborah de communiquer avec Steven en pensée. Elle restait convaincue que durant cette terrible tempête, sous l'emprise de la frayeur et du danger qui la menaçait, il l'avait sauvée, tout comme il avait sauvé Simon. Sentait-il cette nouvelle vie en elle ? Déborah ne savait que faire ; il était plus sage, pour la sécurité de tous, qu'elle garde ce secret par-devers elle. Un jour peut-être, se retrouveraient-ils ? Un jour peut-être apprendrait-il à aimer l'enfant qui grandissait en elle.

La côte se profila à l'horizon, les passagers s'agitaient en tous sens. La plupart des hommes portaient déjà leurs bagages sur le port. Déborah les regarda amusée, elle se souvenait tout à coup de son séjour en Angleterre, en immersion linguistique avec Sabrina, et de tous les bagages qu'elles avaient emmenés. Cette fois, son seul bagage c'était Simon et ce bébé à naître.

Le chauffeur les cherchait sur le pont. Quand enfin il les trouva, il fut soulagé. Il leur dit :

- Nous y sommes enfin, je dois vous conduire au domaine de votre cousine. La mission que m'a confiée votre grand-père, s'arrête là. J'aurais tant aimé que les choses se passent mieux, mais tout ira bien à présent.

CHAPITRE XIV
La naissance de la nouvelle gardienne du puits

La nourriture était bonne, c'est tout ce que je peux dire, pensait Déborah qui s'abritait derrière un rayonnant sourire. Elle ne s'attendait pas à ce raffinement dans une société de province. Suzanne, la petite-cousine de Déborah, avait naguère épousé un comte. Déborah en admirait les armoiries. A présent, Suzanne était veuve. Elle occupait une des dépendances de la grande maison.

- Demain, nous irons jusqu'à la grande maison, pour voir la rivière depuis le parc. Cela te ferait-il plaisir ? demanda Suzanne.

- Oui, j'ai très envie de marcher et de visiter cette belle région. Merci Suzanne.

Déborah s'efforça de prendre un air intéressé. Elle était censée être impressionnée. En réalité, elle était fatiguée et ses jambes gonflées par sa grossesse, la faisait souffrir. Elle s'était mise en mode de survie, elle le devait à ce petit être qui grandissait en elle, et à Simon.

Comme tous les enfants de son âge, Simon s'amusait dans le parc. Il était redevenu un petit garçon heureux, si ce n'était parfois la nuit quand des cauchemars revenaient le hanter.

A travers de vastes pelouses admirablement entretenues, Déborah suivait Suzanne d'un pas lent et lourd. La vue de la grande maison la ravit. C'était une bâtisse gigantesque, l'on aurait dit un assemblage de toits, de tours, de murailles craquelées, plutôt qu'un bâtiment unique. C'était davantage une petite ville qu'une maison. Déborah n'avait jamais rien vu de tel. Elle comprenait à présent le respect que portait Suzanne pour ce bâtiment. Un tel domaine devait nécessiter beaucoup de domestiques. Déborah regarda de tous côtés à s'en tordre le cou pour contempler les murailles de pierre et les fenêtres gothiques en marbre.

- Nous avons la permission de nous promener dans le parc. Le propriétaire des lieux était un ami de feu mon époux.

Suzanne, une femme frêle et brune, avait prononcé ces paroles avec beaucoup de fierté. Elle était de ces femmes qui attribuent leur réussite à celle de leur époux. Déborah était différente, elle pouvait apprécier la réussite de l'homme qu'elle aimait à sa juste valeur, mais sa réussite personnelle était tout aussi importante.

Le portail en bronze était entrouvert, les deux femmes s'engagèrent dans la partie du parc attenante au château. D'un côté, Déborah pouvait admirer l'immense jardin orné de fleurs multicolores et de l'autre côté, la terrasse. Les allées conçues de pavés romains, s'étendaient dans ce vaste domaine, telles de longues artères urbaines. Le parc, le jardin, le château, tout ne semblait faire qu'un.

Des portes-fenêtres s'ouvraient sur la vaste terrasse, mais en cette heure chaude de l'après-midi, elles étaient fermées et tendues de draperies.

- De quel côté est la rivière ? demanda Déborah.

Le château était vide, son propriétaire passait le plus clair de son temps à l'étranger.

Par une ouverture entre deux bosquets, si soigneusement taillés qu'on aurait pu croire qu'il s'agissait de deux gros bouquets, Déborah aperçut enfin la rivière. Une eau moirée d'or et de reflets vert-brunâtres y coulait paisiblement. Jamais Déborah n'avait pu admirer de pareils scintillements. Le soleil semblait fondre, tournoyer dans les parties peu profondes de la rivière.

- Que c'est beau ! dit doucement Déborah, en articulant les mots.

- N'ai-je pas eu raison de t'y emmener ? lança Suzanne.

- Oh oui ! Merci Suzanne ! C'est tellement enchanteur, tellement agréable !

Déborah avait maintenant ôté ses chaussures et pénétra dans l'eau fraîche et bienfaisante de la rivière jusqu'à hauteur des genoux. Sa peur de l'eau s'était curieusement envolée, de façon magique.

L'esprit de Déborah était semblable à un tourbillon tournoyant sans fin pour émerger du noir, pour remonter du néant vers la conscience, mais son instinct le refoulait sans cesse vers l'abîme, et, soudain, elle refaisait surface. Le processus se reproduisait indéfiniment et cette lutte épuisait ses forces, la laissant exténuée et inerte, pâle comme la mort.

Déborah fit un rêve, plein de mouvements et d'agitation anxieuse. Elle se trouvait face à douze chênes, dans l'immense parc du château. Une gracieuse spirale en forme d'escaliers, comme suspendue par magie, semblait l'attendre : elle en gravissait les marches d'un pas agile et léger. Steven la précédait, elle l'implorait :

- Steven ! Steven ! Attends-moi ! criait-elle.

Mais Steven poursuivait sa montée, elle avait beau courir dans cette ascension, mais elle ne parvenait pas à le rattraper. Cet escalier n'en finissait plus.

Il semblait s'élever à mesure qu'elle montait et elle avait beau monter de plus en plus vite, Steven la distançait. Il fallait qu'elle le rejoigne. Elle ignorait pourquoi, mais il le fallait. Elle se mit à courir de toutes ses forces, jusqu'à ce qu'elle arrive enfin en haut. Un immense soulagement l'envahissait corps et âme, lorsqu'elle prit enfin la main de Steven. Il se tourna alors vers elle, il n'avait pas de visage, elle ne voyait qu'une sorte de halo indistinct et pâle. Elle pouvait entendre et comprendre dans son esprit ce qu'il lui disait.

Soudain, elle se sentit tomber, sombrant dans un gouffre. Les yeux terrorisés fixés sur cet être au-dessus d'elle, elle s'efforçait de crier. Mais elle n'entendait d'autre son qu'un rire venu d'en bas qui s'élevait comme un nuage pour l'assaillir et la détruire.

- Je vais mourir, pensa-t-elle.

Soudain, deux bras puissants la retenaient et la sauvaient, c'était Steven. Il la soulevait et l'emmenait dans ses bras.

Déborah reprit conscience et se réveilla en sueur, fuyant l'horreur. L'obscurité l'enveloppait, une obscurité impénétrable. Déborah tendit la main et tenta de trouver l'interrupteur, mais son sommeil agité l'avait trop éloignée de celui-ci. L'angoisse lui serrait la gorge. Elle était seule perdue dans la nuit. Son esprit refoula la panique, elle se força à se ressaisir. Elle se glissa, le cœur battant, vers le bord du lit. Tendant la main, elle finit par trouver l'interrupteur et put enfin éclairer la chambre. Puis, tel un coup de poing, les souvenirs l'assaillirent : elle avait perdu ses deux enfants, sa Sabrina, elle ne voyait plus Steven, elle ne voyait plus ses grands-parents, elle ne voyait plus sa mère, son ex-mari Bernard était un assassin, elle devait se cacher et protéger Simon qui était l'Attendu et qui était en danger, elle était auprès de sa cousine, une cousine qu'elle ne connaissait que depuis peu, dans un pays qu'elle ne connaissait pas, elle était enceinte et, si ses deux précédentes grossesses avaient été sans complications, Déborah sentait que celle-ci était bien différente.

Cette nuit-là, dans l'effrayante obscurité que l'éclairage avait maintenant chassée, elle regarda avec lucidité la situation dans laquelle elle se trouvait. Ses mains se crispèrent, sa mâchoire se contracta, elle ne pleurerait pas. Elle avait un allié : Marc Deboner.

Il fallait qu'elle réfléchisse sérieusement. Il fallait qu'elle reprenne sa vie en main. Elle se leva et se mit devant le miroir. Elle contempla sa taille lourde et son corps disgracieux, c'était le lot de toutes les femmes enceintes et elle vivait cette grossesse assez mal.

Un sanglot refoulé lui monta aux lèvres, plus fort que toute sa volonté. Déborah posa ses mains à plat sur son ventre. Des images de son Julien et de son Nathan lui revinrent en mémoire ; elle donnerait sa vie pour qu'ils soient là.

Pendant tout le reste de la nuit, Déborah explora méthodiquement toutes les possibilités qui se présentaient à elle.

Ses souvenirs semblèrent soudain indolores, lointains, et elle comprit qu'elle ne serait plus jamais la même, qu'elle pouvait laisser dormir en paix les êtres aimés du passé. Elle se concentra sur l'avenir, sur les réalités, sur les conséquences de tous les événements du passé.

Dès que la lumière du jour filtra à travers les rideaux, Déborah appela sa cousine.

- Déborah, tu m'as fait une de ces peurs !

Suzanne était arrivée au chevet de sa cousine en toute hâte.

- J'ai l'air si mal ? demanda Déborah.

- Pour te dire la vérité, oui !

D'une voix ferme, Déborah déclara :

- C'en est fini d'être malade ! Ouvre les rideaux, s'il te plaît Suzanne, il doit faire jour à présent. J'ai besoin de déjeuner, j'ai mal à la tête et il faut que je reprenne des forces.

Il pleuvait, c'était une vraie pluie et non pas ce crachin brumeux fréquent dans la région. Déborah éprouvait une sombre satisfaction.

- Tes grands-parents vont être enchantés d'apprendre que tu vas enfin mieux.

Déborah se força à avaler chaque bouchée, l'une après l'autre, sans même se rendre compte de ce qu'elle mangeait. Elle était bien décidée à reprendre des forces. Après le petit déjeuner pris en compagnie de toute la famille, Déborah s'allongea un peu dans le salon, elle était enceinte de sept mois et le bébé qu'elle portait semblait très gros.

Assise près d'une fenêtre, elle prit un bloc de papier et rédigea plusieurs pages à l'attention de Marc Deboner. Par précaution, ils ne correspondaient plus que de cette façon, le courrier était dirigé d'ami en ami, jusqu'à ce qu'aucune trace ne subsiste et se perde de continent en continent. Son écriture, habituellement si nette, était toute crispée et inégale, dans l'effort qu'elle faisait pour préciser noir sur blanc ce qu'il y avait lieu de faire.

De son côté, Marc avançait pas à pas. Avec l'aide de quelques amis, Marc avait pu sortir de terre un énorme cylindre, semblable à ceux dont se servent les producteurs de vin. Marc était persuadé qu'il trouverait trois cylindres. Il en trouva effectivement trois, mais, pour l'heure, il s'affairait à ouvrir le premier.

Des faits étranges semblaient se produire dans le pays ; des pluies torrentielles s'étaient abattues touchant principalement la région de Wodecq. Le soleil n'avait plus montré le bout de son nez depuis deux longs mois. Les cultures étaient menacées. Même l'aigle, cette sentinelle si vigilante, ne fendait plus les cieux. Avait-il été tué ? Ces faits étaient-ils liés aux travaux de Marc ? Tous ces liens étaient évidents, mais que faire pour aider Marc ?

L'état de Déborah ne lui permettait pas de faire grand-chose et si le moyen de communication qu'ils avaient adopté était le plus sûr, il n'était pas des plus rapides !

Marc fut d'un grand soutien pour Déborah pendant cette période très difficile. Elle lui avait avoué être la maîtresse de Steven depuis de très longues années et lui avait raconté les moindres détails sur leur relation. Marc ne l'avait pas jugée. Elle n'avait pas à être jugée car lorsque Steven l'avait séduite, il était célibataire et elle aussi.

Marc s'inquiétait pour elle et Simon. Bien que cartésien, Marc ne pouvait s'empêcher de constater que des choses de l'ordre du surnaturel se produisaient et que ces événements ne pouvaient être que liés au trésor templier.

Une fois de plus, Déborah changeait de vie. Pour tous en cet endroit, à des milliers de kilomètres de chez elle, elle n'était qu'une simple veuve sauvée des flots.

Chaque jour, sa cousine Suzanne l'emmenait en promenade. Le grand air lui faisait du bien et il était nécessaire qu'elle marche un peu.

- Là, ce sont les deux côtés de la route jusqu'à Trim. Et voici une autre rivière. La limite est la Boyne par ici et...

Déborah plissa les yeux pour lire les lettres minuscules.

- Le ru du Chevalier par là.

Quel nom élégant : « Le ru du chevalier, deux rivières ». Il me faut absolument cette terre, pensa Déborah.

Déborah s'était mise en tête d'acquérir un petit lopin de terre, d'y faire construire un petit cottage et de s'y installer ; elle n'allait pas pouvoir fuir toute sa vie, et puis, ici, nul ne la trouverait.

La région comportait une vaste zone de marais. Rien ne poussait dans ces marécages. Les champs étaient acides, ce qui laissait cette région en friche.

A chaque passage, au bord de la rivière, Déborah se déchaussait et trempait les jambes jusqu'aux genoux dans l'eau fraîche ; elle sentait alors ses veines se refermer brusquement et le sang qui s'était accumulé dans les chevilles, pouvait enfin remonter et se purifier.

Les énormes blocs de pierre qui émergeaient de la rivière, retenaient autant la chaleur que la fraîcheur. Il lui arrivait de leur parler.

- Quel malheur de se retrouver veuve, enceinte et avec un si jeune enfant, murmurait une passante à une autre, sur son passage.

Comme c'était bon d'être à nouveau en paix, de sentir la vie revenir, d'être à nouveau sereine, pensa Déborah.

Cependant, la jeune femme s'inquiétait bien plus qu'elle ne voulait se l'avouer. Jamais ses précédents enfants ne lui avaient causé autant de problèmes. Elle souffrait de douleurs dans les reins qui ne se calmaient pas, et, parfois, la vue du sang sur ses sous-vêtements ou sur ses draps lui chavirait le cœur. Le Dr Nils l'avait avertie, l'accouchement risquait d'être difficile. Jamais, Déborah n'avait tant grossi, ça aussi c'était une nouveauté ; elle avait pris à peine dix kilos pour Julien et à peine dix et demi pour Nathan. Cette fois, et bien qu'elle ne soit pas encore à terme, elle avait pris plus de vingt kilos.

- Et si c'était des jumeaux ? songea-t-elle, soudain ! Et si c'était une fille ? Je n'ai eu que des garçons. Comme j'aimerais avoir une fille ! Déborah souriait, une main posée à plat sur le ventre.

Depuis une dizaine de jours, les chevilles de Déborah ne dégonflaient plus et elle était à présent trop lourde pour se rendre à la rivière. Elle peinait dans tous ses déplacements et ceux-ci n'allaient guère plus loin que de la chambre au salon. Le seul hôpital qui les entourait était un hospice.

Déborah avait toujours accouché en maternité et ses précédentes grossesses s'étaient mieux déroulées. A présent, l'heure de la délivrance lui faisait très peur, même si elle attendait ce moment avec une vive impatience. Son dos la faisait constamment souffrir. Ses jambes étaient de plomb et la douleur était difficilement supportable : « C'est peut-être à cause du naufrage », se dit-elle. Elle se souvenait du mal atroce qu'elle avait ressenti lorsque le sang s'était remis à circuler dans ses veines.

- Pauvre petit Simon, lui aussi était resté dans ces eaux glacées, mais par bonheur, il n'en gardait aucune séquelle.

Le temps vira à la pluie, ce n'était plus les brèves averses ou les légères brumes auxquelles s'était habituée Déborah, mais des pluies torrentielles qui pouvaient s'abattre durant deux ou trois jours, parfois quatre.

Les villageois se plaignaient de glissements de terrain et de dégâts causés aux habitations. Les routes devenaient parfois impraticables.

- Tu es un peu plus irlandaise chaque jour, lui lança Suzanne.

- Merci Suzanne, je fais de mon mieux pour m'intégrer. Je vais vivre ici désormais, je ne pense pas retourner un jour en Belgique, ni même en France, en tout cas, pas avant bien longtemps et certainement plus pour y vivre.

- C'est ce que tu dis, mais un jour, je suis certaine que tu voudras rentrer chez toi.

- C'est ici, chez moi maintenant, Suzanne.

- J'en suis heureuse, je suis tellement ravie de t'avoir parmi nous.

Suzanne et Déborah étaient devenues très proches. Suzanne s'occupait de Déborah comme si elle avait été sa propre sœur et veillait sur Simon, en attendant la naissance du bébé.

Déborah ressentit une douleur plus violente que d'habitude dans les reins. Elle posa les mains à l'endroit où elle avait mal. Une nouvelle douleur lui transperça le flanc et lui parcourut la jambe. La douleur fut si vive qu'elle en oublia les maux de dos. Pieds nus, elle s'agrippa au bahut de la salle à manger et demeura médusée en voyant le liquide s'écouler le long de ses jambes, formant une mare sur le dallage.

- Suzanne ! Suzanne ! hurla-t-elle, paniquée.

Celle-ci, qui était dans la cuisine, arriva précipitamment.

- Je perds les eaux, articula Déborah, faiblement.

- Et c'est rouge ! remarqua sa cousine, inquiète.

Déborah dirigea son regard vers la fenêtre, elle vit la pluie qui tomba en rafales et dit :

- Désolée, tu vas être trempée en allant chercher le médecin.

- Je vais d'abord t'installer dans la chambre d'amis, au rez-de-chaussée.

Suzanne avait pris sa cousine par la taille et la soutenait du mieux qu'elle pût. Un filet rouge suivait les deux femmes. Suzanne ouvrit le lit et aida Déborah à s'y allonger.

- Je n'ai eu qu'une contraction, lança Déborah.

- C'est très bien, je pars chercher le docteur.

Une nouvelle contraction déchira les entrailles de Déborah et, à chaque nouvelle contraction, une nouvelle coulée de sang l'accompagnait. Simon était en classe, cela laissait à Suzanne quelques heures de répit, avant de devoir aller le rechercher.

Il se passait quelque chose d'anormal, Déborah perdait trop de sang. Suzanne prit le téléphone et composa un numéro, mais, depuis la veille, la ligne était coupée. Elle forma le même numéro avec son portable, mais elle n'avait toujours pas de réseau.

Déborah se tordait de douleur à chaque mouvement de l'enfant et un flot rouge jaillissait de ses entrailles.

La peur envahit Suzanne. Elle saisit un parapluie et s'élança vers le village, laissant Déborah seule, le temps d'aller chercher de l'aide.

-Où est le docteur ? hurla Suzanne, en entrant précipitamment dans le pub.

Suzanne était trempée et son irruption fut des plus remarquées.

- Le docteur ? lança un des clients, une bière à la main. Il est à un mariage en ville !

- A un mariage ! Mais Déborah est sur le point d'accoucher ! Elle perd beaucoup de sang ! Il nous faut le docteur de toute urgence !

- La route est bloquée par un nouveau glissement de terrain. Vous ne passerez pas !

Suzanne était livide.

- Un des clients sortit avec elle et l'emmena en voiture jusqu'à la maison de la sage-femme. Pour l'heure, c'est sur elle qu'ils allaient devoir compter.

C'était une grande femme forte et rousse, un peu rude, mais gentille. Elle monta rapidement dans la voiture et, en moins de vingt minutes, les deux femmes étaient au chevet de Déborah.

- Suzanne ! murmurait Déborah en cherchant de la main sa cousine.

- Je suis là ma chérie. La sage-femme va t'aider. La route est barrée et le médecin est à un mariage en ville.

- Rassurez-vous, j'ai mis au monde toute la population de ce village, lança d'une voix rassurante, la sage-femme.

- Voilà le sang qui coule encore. Je n'aime pas ça ! Et toi bébé, arrête un peu de faire des cabrioles, arrête un peu mon bébé, murmurait Déborah.

- Faites bouillir de l'eau, apportez- moi des linges….

La sage-femme commandait Suzanne et celle-ci s'exécutait.

- Je serai bien contente d'être délivrée, déclara Déborah.

La pluie torrentielle s'était transformée en déluge, c'était une véritable tempête, le vent hurlait dans les arbres. La journée et peut-être la nuit s'annonçaient longues.

- Elle perd beaucoup trop de sang, de tous mes accouchements, je n'ai jamais rien vu de pareil, murmura la sage-femme à Suzanne.

- Tout va bien ma chérie, rassura Suzanne en épongeant le front en sueur de Déborah.

- Je voudrais encore un peu d'eau et plus de linges !

La sage-femme faisait ce qu'elle pouvait. L'enfant se présentait par le siège et il était trop gros pour passer par les voies naturelles, cela semblait être une évidence.

L'abdomen de Déborah se contracta une nouvelle fois et un nouveau flux de sang s'écoula.

- Quelle heure est-il ? demanda Déborah entre deux cris de souffrance.

- 17 h 15, répondit la sage-femme, un peu interloquée par la question de Déborah.

- Simon ! Il faut aller chercher Simon.

Du fond de la douleur, Déborah pensait à Simon, et elle était la seule ; Suzanne était honteuse et s'en voulait de ne pas y avoir pensé.

La pluie cinglait les fenêtres à présent, poussée par un vent puissant. Une branche arrachée d'un arbre, barrait la porte d'entrée avant.

- Suzanne, passez chez le Dr Meul, et ramenez-le. Je me sens impuissante !

- Le Dr Meul ! Le vétérinaire ! s'écria Suzanne avec effroi.

- Vous avez une autre solution ?

Suzanne n'en avait pas. Elle se précipita vers la voiture, mais voyant que celle-ci ne passerait pas, elle se rendit à l'écurie, enfourcha Hardi à cru et, penchée en avant sur le dos du cheval, agrippée à sa crinière, elle lança son coursier au galop dans la tempête. Arrivée devant l'école, elle trouva Simon qui l'attendait depuis plus d'une heure. Il était trempé et grelottait.

- Tu me ramènes sur Hardi ? demanda-t-il, amusé.

- Non, mon petit ange, ta petite sœur ou ton petit frère a décidé de pointer le bout de son nez par cette tempête. Je vais te déposer chez ma tante, ce n'est qu'à trois maisons d'ici.

Suzanne prit Simon par la main et de l'autre, prit les rennes de Hardi. Ils marchèrent d'un pas rapide. Sa tante était à table lorsque Suzanne sonna. Elle fut surprise de voir sa nièce et le petit Simon trempés sous le portail.

- Tante Yvonne, peux-tu t'occuper de Simon ? Déborah est en travail !

Tante Yvonne prit l'enfant par la main et rassura sa nièce, il était en de bonnes mains.

Suzanne remonta sur Hardi et partit au galop en direction de la maison du vétérinaire. Ce dernier sortait de son véhicule, lorsqu'il les aperçut.

- Il y a un problème avec vos chevaux ? lui demanda-il.

- Pas avec les chevaux, avec Déborah ; elle est en travail et cela se passe mal, vous devez venir l'aider.

- Suzanne, je n'ai jamais assisté de femmes lors d'un accouchement.

- Le docteur est en ville à un mariage et la route est bloquée, vous êtes le seul à pouvoir nous aider.

- Très bien ! Montez dans la voiture, je passe prendre quelques instruments dans mon cabinet.

Suzanne descendit de cheval et donna une tape sur l'arrière-train de l'animal qui prit seul le chemin du retour.

Quelques minutes plus tard, le vétérinaire était au volant de son véhicule tous terrains et se dirigeait vers la maison de Suzanne. Le vent soufflait de plus en plus fort et de nombreux arbres barraient la route, obligeant le 4X4 à les contourner par les champs.

Lorsqu'enfin, ils arrivèrent à proximité de la maison, un vieux saule s'écroula avec fracas derrière eux, leur bloquant définitivement toute possibilité de repartir par ce chemin.

L'éclat qui brillait toujours dans les yeux de Déborah s'était transformé en pleurs. Elle souffrait comme elle n'avait jamais imaginé qu'il fut possible de souffrir.

La sage-femme examina une nouvelle fois Déborah et vit que l'enfant ne descendait pas. Déborah gémissait de douleur. Le matelas et ses cuisses étaient maculés de sang, la robe de la sage-femme en était toute éclaboussée.

- Déborah, je vais essayer de sortir le bébé à deux mains.

Un éclair illumina soudain la pièce à travers les fenêtres et des torrents de pluie redoublèrent de violence.

Enfin, la Jeep du vétérinaire se gara.

Précédé de Suzanne, le vétérinaire passa dans la salle de bain pour s'y désinfecter les mains. Suzanne se tenait aux côtés de sa cousine, le vétérinaire entra et se présenta à Déborah.

Déborah pleurait à chaudes larmes tout en se tordant de douleur.

- J'ai besoin de plus d'éclairage, dit le praticien.

Les deux femmes s'activèrent et amenèrent tout ce qui pouvait éclairer la chambre d'amis dans laquelle Déborah attendait la délivrance. La petite chambre était éclairée comme en plein jour, à l'exception des coins laissés dans l'ombre.

La tempête qui faisait rage au dehors semblait vouloir s'attaquer aux murs de la maison. La maison grinçait de toutes parts. Des forces effrayantes semblaient vouloir engloutir Déborah et son bébé.

- Le vétérinaire examina Déborah, il était grave.

Il sortit quelques instants et, s'adressant à la sage-femme, il lui expliqua :

- Je ne peux pas ! C'est contre nature. Je pense que l'enfant est déjà mort et cela ne devrait plus tarder pour la mère.

Suzanne sortit à son tour. Déborah perdait connaissance de plus en plus souvent et de plus en plus longtemps à chaque évanouissement.

- Que suggérez-vous, Docteur ? s'enquit Suzanne.

- Une césarienne, mais l'enfant semble déjà un peu engagé dans le passage, et, comment dire, je n'ai pratiqué de césariennes que sur des juments !

- Il faut le faire mon vieux, sans quoi elle va mourir, lança la sage-femme.

- Elle mourra de toute façon, c'est trop tard, répondit-il.

- Non, elle va vivre et cela grâce à vous. Faites-lui cette césarienne, supplia Suzanne.

Déborah avait repris conscience, elle s'agitait fébrilement sur le matelas.

Suzanne lui humecta les lèvres avec un linge. Déborah avait à présent les yeux brillants de fièvre. Elle poussait des gémissements pitoyables.

- Docteur, allez-y ! Je vous l'ordonne ! lança la sage-femme.

Il brandit son énorme bras au-dessus du ventre enflé de Déborah. Un éclair fit scintiller la lame de son scalpel.

- Qui est-ce ? articula Déborah dans un élan d'angoisse.

Le vent tourbillonnait, arrachant une branche et la projetant au travers de la fenêtre. Il s'ensuivit un vent glacial qui s'engouffra dans la salle à manger. Des éclats de verre étaient éparpillés dans toute la pièce. Les hurlements du vent couvraient maintenant les cris de Déborah. Des bruits perçants retentissaient de toutes parts, au-dehors et dans la maison.

Tandis que l'orage s'engouffrait dans la salle à manger, un violent orage secouait la Belgique et un éclair violent fendit en deux le saule-pleureur, point de repère pour se rendre au Petit Abri Blanc. L'arbre prit feu. Une imposante silhouette noire, brumeuse, traversa la chambre d'amis. L'assistance était terrorisée. De la pointe de son scalpel, le vétérinaire parcourut le ventre de Déborah dans toute sa longueur. Le hurlement de Déborah déchira la nuit, il ressemblait aux hurlements d'une âme perdue. Le cri n'était pas éteint, lorsque le vétérinaire tenait dans ses mains un bébé sanguinolent. Un second coup de scalpel trancha le cordon ombilical. L'enfant fut déposé sur des draps et la sage-femme l'emporta vers la salle de bain. Une effroyable plaie mettait les entrailles de Déborah à l'air. Un petit rire éveilla un gargouillement dans la gorge du nouveau-né, il ouvrit les yeux. C'était une magnifique petite fille, elle avait de longs cils noirs, elle n'était ni rouge, ni déformée comme c'est souvent le cas lors d'un accouchement par voies naturelles ; elle était magnifique. Sa peau mate paraissait très sombre sur le drap blanc.

Le vétérinaire recousut le ventre de Déborah. La mère et l'enfant vivraient.

L'enfant était née le 29 juin 2007. Elle portait les deux neufs et le six. Précédé du 2, cela signifiait qu'elle accompagnerait dans sa mission l'Attendu, elle était la nouvelle Gardienne du Puits.

L'ombre noire s'éloigna, tel un éclair. Elle repartit dans la fureur du vent.

CHAPITRE XV
A l'aube d'une nouvelle vie

L'oisiveté contrainte par la convalescence, donna à Déborah beaucoup de temps pour réfléchir, d'autant que le nourrisson passait ses nuits et ses journées à dormir et que Simon était en classe.

Déborah eut loisir de reprendre sa correspondance avec Marc Deboner. Le bébé se prénommait Ludivine et c'était un miracle de la voir en vie. Déborah reporta tout son amour sur cet enfant, tout en chérissant également Simon. Ce dernier se montrait très protecteur envers sa petite sœur, même si elle était trop petite pour jouer avec lui.

- J'ai perdu dix années de ma vie dans un mariage qui n'en était pas un, je ne veux plus penser aux erreurs du passé. Désormais, je veux m'occuper de Ludivine et de Simon, mieux que par le passé, pensait Déborah.

Sa silhouette s'était un peu affinée, mais elle avait encore une quinzaine de kilos à perdre et surtout à remettre son ventre en état.

Pendant ces longues journées où elle n'avait rien de particulier à faire, elle revoyait sans cesse le déroulement de sa vie passée.

- J'étais heureuse à la naissance de Julien et de Nathan, mais l'arrivée de Ludivine est un bonheur sublime, un bonheur tel comme j'ignorais qu'il puisse exister. Quant à mon petit Simon, je l'adore.

Déborah se sentait honteuse d'éprouver de telles pensées, alors qu'elle avait perdu deux de ses enfants, mais c'était pourtant la vérité ; plutôt que de se mentir, elle préférait regarder la vérité en face. Elle adorait les deux enfants de Steven, plus que ses deux précédents enfants, peut-être parce qu'ils étaient de Bernard et qu'elle haïssait Bernard !

Déborah prit Ludivine endormie et la serra contre son cœur. L'enfant s'éveilla en agitant ses petites mains en signe de protestation.

- Pardon, ma chérie, je voulais tellement t'embrasser.

Déborah lui prépara son biberon et, tandis qu'elle contemplait son petit ange boire goulûment, Déborah se remit à penser :

- Qu'est-ce qui donne à des gens dont la vie entière n'est que mensonge, le droit de me juger ? Ce sont eux qui ont tort !

Ludivine émit un gargouillement pour indiquer qu'elle avait terminé. Déborah la redressa et se promena dans le salon en lui tapotant légèrement le dos afin de lui faire faire son rot. Il fallait déjà la recoucher. Déborah l'installa dans son couffin et regarda tendrement son petit ange s'endormir.

Simon venait de rentrer. L'enfant de l'Attendu manifestait de plus en plus d'aptitudes à la spiritualité. Après avoir dîné ensemble et après l'avoir aidé à faire ses devoirs, Déborah l'emmenait dans sa chambre où tous deux regardaient les signes et les explications que Marc Deboner avait fournis. Simon avait maintenant six ans et demi, c'était un petit bonhomme solide, rieur et farceur.

Simon était la clé qui permettait à Déborah de comprendre bien des signes, parce que durant son sommeil, il parlait et Déborah prenait des notes.

De son côté, Marc avait ouvert le premier tonneau. Des vibrations émanant de cette ouverture lui avait provoqué une crise cardiaque dont il mit plusieurs mois à s'en remettre. Déborah craignait pour la vie de son ami.

La nouvelle gardienne du puits et le nouvel Attendu étaient bien trop jeunes pour lui venir en aide.

Seul Steven aurait pu l'aider dans cette tâche, il était l'Attendu en titre, mais que faire ? Déborah entrait toujours en contact avec lui, mais elle avait à présent trop de choses à lui cacher pour que leurs contacts soient fusionnels et il ne fallait pas faire prendre le risque à Steven de rentrer en Europe.

- Que faire pour préserver le précieux trésor templier de l'avidité de certains, et surtout de ce monstre de Bernard ?

Déborah retournait sans cesse cette question dans sa tête, sans jamais trouver de réponse.

Le malheur avait frappé Marc, il venait de perdre son fils unique. Il était à présent le seul sur place pour protéger le trésor et de lutter contre les forces du mal qui continuaient à s'acharner sur lui.

Pour l'heure, Déborah et Marc prirent la décision de refermer le cylindre et de laisser dormir le trésor.

Pendant sa convalescence, Déborah reçut de nombreuses visites. Bien que malade, elle s'était tissée un réseau de nouvelles amitiés.

La jeune maman commençait à pouvoir faire de courtes promenades avec sa petite Ludivine.

Le froid prit Déborah au dépourvu. Octobre avait été doux, mais novembre fut glacial. Elle avait enveloppé chaudement l'enfant. Ludivine était éveillée, elle dévisageait sa mère avec de grands yeux.

- Mon amour de bébé, murmura-t-elle, comme tu es sage !

Les yeux de Ludivine se détournèrent de ceux de sa mère, comme pour scruter les alentours, comme si elle cherchait quelque chose. Peu de temps après, Déborah distingua un bruissement sur sa droite, provenant d'épais buissons de houx.

La grande femme qui l'avait aidée lors de l'accouchement de Ludivine, en surgit.

- Oh ! s'écria Déborah. Vous m'avez fait une de ces peurs !

- Désolée, je suis passée vous saluer, mais vous étiez absentes, alors je pensais bien vous trouver ici, dit-elle, de sa grosse voix rauque.

- C'est gentil d'être passée.

- C'est une belle enfant !

Ludivine gazouillait. Quelle sonorité douce et faible pour une enfant si forte !

- Merci, nous vous devons tellement ! Vous m'avez sauvé la vie ainsi que celle de mon enfant.

- Je regrette tellement qu'un médecin ne se soit trouvé à votre chevet. Jamais, je n'ai rencontré une femme aussi courageuse que vous. J'ai bien cru que nous vous perdions toutes les deux !

- C'est du passé, je préfère ne plus y penser, nous allons bien à présent.

Je dois vous avouer quelque chose : pour la première fois de ma vie, je comprends que certaines femmes puissent donner leur vie pour leur enfant. Aujourd'hui, je ferais de même. Pour elle, j'affronterais volontiers la souffrance, la peur, le sang ; ce sentiment est né en moi, lorsque ma petite Ludivine m'est apparue. Je ferai tout pour que sa vie ne soit jamais en danger.

Ludivine émit un petit cri.

- Je suis désolée, je pense qu'elle a faim, je dois vous laisser. Revenez nous voir aussi souvent que vous voudrez, cela nous fera très plaisir.

- Merci Déborah !

La sage-femme serra la main de Déborah et posa un baiser sur les petits doigts de Ludivine.

A l'approche de Noël, l'enthousiasme qui avait porté Déborah depuis la fin de sa convalescence, diminua. Ses grands-parents, sa mère et Steven lui manquaient.

- Il faut décorer la maison pour Noël, dit sa cousine.
- Que font les Irlandais ?
- Ils disposent des branches de houx partout, sur les cheminées, au-dessus des portes, au-dessus des fenêtres...
- Nous en mettrons à toutes les fenêtres, intervint Simon d'un air amusé.
- Selon la tradition, c'est le plus jeune enfant de la maison qui enflamme un fétu de paille aux braises de l'âtre dès que sonne l'Angélus.

S'adressant à Simon, Suzanne lui dit : « Peut-être faudrait-il que tu aides un peu ta maman » !
- Oh oui ! cria Simon, en battant des mains.

Déborah n'avait pas encore réalisé avant ce jour à quel point les Irlandais étaient de fervents catholiques et, pour tout dire, toute cette dévotion l'ennuyait ...

Le jour du Nouvel An, elle dut subir toutes les dévotions de tous les Saints sur elle, ainsi que Simon et Ludivine, faute de quoi, la malédiction s'abattrait sur eux pendant l'année qui se profilait à l'horizon.

C'était pour Suzanne, un rituel, une tradition à laquelle nul n'échappait. Après le petit déjeuner, sa cousine les accompagna dans tout le village pour le rituel suivant. La chance était assurée pour toute l'année, si une personne aux cheveux blonds entrait chez vous le jour de l'An. Déborah, Ludivine et Simon étaient blonds et ils se virent obligés d'entrer dans toutes les habitations.

- Et prenez bien garde de ne point rire, cela romprait le charme avaient-ils reçu comme recommandations.

Déborah ne s'habituait guère à l'Irlande. Ludivine souriait maintenant de ses quelques dents blanches et Simon avait beaucoup grandi.

Pâques se passa avec la même ferveur catholique et, une nouvelle fois, Déborah, Ludivine et Simon s'y soumirent.

La fin de l'année scolaire approchait. Le temps resta au beau fixe durant plus de huit jours, les routes étaient sèches et dégagées, les haies étaient couvertes de fleurs.

Un rai de lumière fendit la porte ouverte. Soudain, un inconnu entra précipitamment et se trouva face à Déborah pour l'affronter. Il avait les cheveux hirsutes et son visage affichait un rictus menaçant. Ses yeux noirs, cernés, ressemblaient à ceux d'une bête sauvage. A demi replié sur lui-même, il braquait un revolver sur elle.

- Il va me tirer dessus ! pensa Déborah. Elle craignait pour les enfants.

La certitude que l'individu allait les abattre, envahit Déborah.

Une détonation éclata dans la pièce, elle fut suivie d'un silence de mort, l'inconnu s'écrasa sur le dallage de la cuisine.

- Je te demanderai de ne pas crier.

Déborah reconnut cette voix, c'était celle de sa cousine, on y décelait un léger tremblement.

Déborah leva les yeux vers Suzanne et lui dit :

- Les ennemis du temple nous ont retrouvés !

Déborah tremblait.

- Nous allons nous débarrasser du corps, dit sa cousine.

Les deux femmes entourèrent le corps d'un vieux tapis pour que ce dernier puisse glisser plus facilement. L'homme était très lourd, elles prirent chacune un de ses pieds et le tirèrent jusqu'au garage ; personne ne devait jamais savoir. La nuit venue, lorsque les enfants furent couchés, les deux femmes déposèrent le corps dans une brouette et se rendirent dans le parc du château où, au bout d'une clairière, se trouvait un vieux puits abandonné, c'est là qu'elles balancèrent le corps de cet envoyé du diable.

- Je vais devoir repartir, lança Déborah.

- Je le sais, ma chère cousine. Comment ont-ils fait pour vous retrouver ici ?

L'idée de partir n'affecta pas Déborah plus que de raison, elle n'aimait pas l'Irlande, même si elle avait beaucoup apprécié l'hospitalité de ses habitants et principalement celle de sa cousine. Ce qui l'inquiétait par contre c'était l'idée de devoir voyager seule, avec deux enfants, dont un bébé. Et puis, où irait-elle ?

- Je n'irai nulle part ma chère cousine, ma vie est ici à présent, là où le soleil est tiède entre les douces pluies rafraîchissantes qui passent si vite.

La terre d'Irlande serait son dernier refuge. Des rouleaux de foin d'une hauteur de deux mètres, se dressaient sur les prairies et parfumaient agréablement la campagne environnante.

Déborah et sa cousine ne reparlèrent plus jamais de l'homme jeté dans le puits.

En août eut lieu la récolte de pommes de terre.

Bientôt, on fêtera le remariage de Suzanne. Déborah se réjouissait du bonheur de sa cousine.

A présent, il était temps pour Déborah d'avoir son propre foyer.

Des amis l'aidèrent à lui trouver un autre cottage.

Simon avait maintenant presque huit ans. Ludivine avait marché à dix mois. Malgré ses cris, ses rires et ses gazouillements, âgée bientôt de deux ans, la petite fille ne parlait toujours pas.

Le mariage de Suzanne se déroula sous un soleil radieux. Il y avait à boire, à manger, des confiseries et un petit manège pour les enfants. Une estrade servirait plus tard dans la soirée de salle de danse. La lumière en cet été était dorée comme les blés.

Déborah recevait régulièrement des nouvelles de ses grands-parents, ceux-ci se portaient bien. Sa mère avait été très malade, mais elle avait vaincu la maladie et, à présent, elle était à nouveau en pleine forme. Steven était toujours en

Asie ; Déborah n'avait aucune nouvelle, les seuls contacts qu'elle avait encore avec lui étaient par voie télépathique.

Marc Deboner avait refermé le cylindre, mais les forces qui s'en étaient échappées rongeaient la région de Lessines, le pays tout entier en était affecté.

Déborah avait à présent l'air d'une fille du village. Simon parlait avec l'accent irlandais.

L'été suivant, Déborah se rendit à une foire agricole avec l'intention d'acquérir de nouveaux chevaux. La jeune femme était vêtue d'un top bleu de la couleur de ses yeux et un pantalon vert comme les prés, grande silhouette solitaire dans ses vêtements aux tons vifs. Elle avait retrouvé son corps athlétique et sa silhouette était celle d'autrefois.

Perdue au milieu du bruit et du mouvement de la foire aux chevaux, elle avait fini par en choisir trois, de magnifiques étalons pur-sang.

Elle aperçut soudain dans le lointain, une silhouette qui lui rappela celle de Steven, mais elle n'y prêta guère d'attention.

Un homme vêtu de tweed tenait par la bride un cheval très agité. Les pieds de Déborah franchirent l'espace qui la séparait du cheval nerveux.

- A quel prix céderez-vous le cheval ? demanda Déborah au propriétaire.

- 20 000 euros.

Elle fit le tour de l'animal, il était particulièrement grand, sa robe était noire et luisante, bref, il était magnifique.

 - Je l'achète, finit par dire Déborah.

Déborah possédait maintenant un haras. Ses chevaux commençaient à avoir une bonne notoriété.

Elle avait acheté les deux cottages mitoyens au sien. Après de gros travaux, elle avait fait transformer les trois cottages en une splendide demeure.

Deux des trois jardins avaient été transformés en écuries et elle avait pu acquérir les prés à l'arrière. Son cheval préféré était un bai qu'elle appelait Râ. Il faisait près d'un mètre septante au garrot, avec un fort poitrail, un long dos et des cuisses musclées. C'était une bête plutôt destinée pour un cavalier de grande taille. Lorsqu'elle montait Râ, Déborah semblait frêle et minuscule.

La saison de la chasse allait commencer. Déborah n'y était encore jamais allée, mais cette année, elle avait accepté d'accompagner sa cousine ; l'époux de celle-ci était l'un des meilleurs chasseurs de la région.

Pour la première fois depuis que Simon vivait avec elle et pour la première fois depuis la naissance de Ludivine, Déborah prévoyait de laisser ses deux amours aux bons soins de Rebecca, l'une de ses nouvelles amies. Déborah dut se lever à l'aube et il n'était pas question qu'elle sorte les enfants du lit aussi tôt.

Les enfants avaient plutôt bien pris la nouvelle, Ludivine avait un peu pleurniché, mais l'idée de manger de la crème à la glace avait vite séché ses larmes. Rebecca avait passé quelques jours chez Déborah, les enfants l'aimaient bien, cela serait plus facile pour cette première séparation.

Rebecca était une vraie irlandaise. Elle avait des cheveux roux, bouclés, abondants, semblable à une crinière. Sa peau était d'un blanc laiteux et son fin visage s'illuminait de grands yeux verts. Elle était douce, encore célibataire malgré ses trente-six ans et ne semblait pas pressée de prendre époux. Passionnée par les chevaux, elle consacrait sa vie au dressage de ces nobles animaux. Mieux que quiconque, elle savait les comprendre et rendre les plus fougueux dociles comme des agneaux.

Rebecca avait appris à monter à Ludivine. Simon faisait déjà de l'équitation avec Sabrina, et, à présent, il commençait à vouloir apprendre le dressage.

CHAPITRE XVI
La vie reprend ses droits

La fête qui suivit la moisson ramena les jours dorés de l'automne, les feuilles commençaient à tomber.

Déborah donna une grande réception pour le deuxième anniversaire de sa merveilleuse enfant, la petite Ludivine. Tous les enfants du village de moins de dix ans étaient invités. Simon s'amusait dans le jardin, tandis que Ludivine battait des mains en compagnie d'une dizaine d'enfants de son âge qui s'agitaient face aux jeux organisés par un clown invité pour l'occasion.

Quand les enfants furent partis, la maison n'était plus qu'un chantier ; Déborah ramassa les papiers, cannettes et autres objets éparpillés dans toutes les pièces et, ensuite, emmena Ludivine au lit.

- Tu as aimé ton anniversaire, ma chérie ?
- Oui, répondit Ludivine, souriant, d'un air somnolent. Sommeil, maman …
- Je le sais mon ange, tu n'as pas fait de sieste aujourd'hui et tu t'es amusée toute la journée.

Déborah avait à peine couché Ludivine, que celle-ci se releva.

- Où est cadeau Ludivine ? interrogea l'enfant.
- Tu es une coquine, tu n'en as pas encore eu assez ?
- Maman caché cadeau !
- Je vais le chercher chérie.

Déborah lui apporta une grande poupée. Ludivine secoua la tête de la poupée.

- Non, l'autre !
- Comment, l'autre ?

Ensuite Ludivine se coucha sur le ventre, sous l'édredon, et tomba sur le sol avec un bruit sourd. Ensuite, elle entreprit de ramper sous le lit, et revint avec dans les bras un chat tigré de couleur jaune.

\- Ludivine, d'où vient-il ? Donne-le-moi, il va te griffer !

\- Tu me le rendras ?

\- Bien sûr ! mais il faut dormir maintenant.

\- Le chat m'aime bien tu sais maman !

Déborah n'insista pas, le chat ne l'avait pas griffée et il semblait très doux ; cela rendait Ludivine tellement heureuse. Ludivine pouvait bien le garder et puis, s'il avait des puces, eh bien, Ludivine passerait son anniversaire avec des puces. Déborah posa le chat sur le lit qui vint se lover contre l'enfant en ronronnant doucement. Ludivine s'endormit.

La superstition faisait partie du mode de vie des villageois et en voyant ce chat près de Ludivine, la gouvernante alla cueillir des racines d'angélique et les attacha à la tête du lit de l'enfant.

\- C'est une protection contre les sorciers et les esprits, expliqua-t-elle à Déborah lorsque celle-ci l'interrogea.

Déborah était descendue aux écuries, tous les chevaux avaient mangé. Elle sella Râ et partit dans la campagne environnante. Déborah faisait prendre un peu d'exercice à son cheval, quand, soudain, tous deux entendirent des coups de feu, suivis d'aboiements d'une meute de chiens. Dans le lointain, le son d'un cor retentissait. Quelque part, tout près de là, des gens chassaient. Elle fit sauter quelques haies à sa monture et rentra.

A son arrivée chez elle, un baron l'attendait.

\- Je suis bien décidé à ce que la pouliche que je vous ai achetée prenne part aux courses, je voudrais que vous l'entraîniez, dit-il.

\- C'est Rebecca qui s'occupe de ce genre de choses, mais elle est absente aujourd'hui.

\- Pensez-vous qu'elle pourra en faire quelque chose ?

- Je vous ai dit que la pouliche avait été élevée pour les obstacles et non pour les courses. Elle est rapide, mais cela prendra peut-être quelques années d'entraînement. J'ai bien peur que vous ne soyez déçu.

Puis, elle se tut et observa le visage du baron. C'était l'homme le plus charmant du monde. A sa manière, bien qu'étant quelque peu excentrique, il était adorable. La vie du baron tournait entièrement autour des chevaux de course. C'était un propriétaire consciencieux qui prenait soin de son domaine et de ses bêtes. Sa véritable passion c'était ses chevaux, ses écuries et ses terrains d'entraînement. Il adorait la chasse au renard en hiver, il s'y adonnait sans retenue sur les magnifiques domaines qu'il se réservait. Peut-être était-ce une manière de compenser la tragédie romanesque qu'il connut : il était totalement dévolu envers la femme qui avait pris possession de son cœur, alors qu'ils n'étaient que des enfants. Elle en avait épousé un autre, cela faisait vingt ans déjà.

Déborah songea qu'elle et le baron avait en commun l'amour des chevaux, et, tout comme lui, elle connaissait un amour compliqué.

Son titre et ses biens étaient très anciens, mais il n'avait pas de revenus, exception faite des loyers de son domaine. C'était un homme très avenant, bien que distrait, de haute stature, blond, aux yeux gris-bleus pleins de chaleur et de vivacité, son sourire empreint d'une incroyable douceur était le reflet fidèle de son bon caractère. Il était l'opposé de Steven.

Tout au long de l'hiver, le baron l'emmena de temps à autre à la chasse.

Déborah montait à cheval comme si des démons la poursuivaient.

Lorsqu'elle était à la maison, toute son attention était consacrée à l'éducation de Simon et Ludivine. Bien que très jeune pour cela, Déborah avait entrepris d'initier doucement Simon.

Contrairement à Simon, Ludivine manifestait un réel dédain pour les marques d'affection, et les câlins de sa mère l'exaspéraient.

Lorsque vint février, Déborah huma l'air à pleins poumons ; elle était heureuse, une nouvelle année commençait et cette année était pleine de promesses.

Quand juin arriva, Déborah était invitée à une chasse, elle était reçue chez de gros propriétaires terriens. A son arrivée, elle fut reçue par la maîtresse des lieux qui lui souhaita la bienvenue avant de la confier à une servante qui la conduisit tout en haut des étages. Elle parcourut de longs couloirs où étaient situées de nombreuses chambres d'amis, puis, comme dans un labyrinthe, elle redescendit vers le premier étage.

- Voici votre chambre, votre salle de bain, votre boudoir, la salle de jeux….

La servante ouvrit grande les portes les unes après les autres, faisant découvrir à Déborah des pièces richement décorées de l'immense demeure. Déborah fut émerveillée par la couleur vert pâle et la beauté des meubles laqués offrant un décor si féminin à ces appartements. Une énorme frise couvrait le mur du petit salon où des représentations d'animaux finement ciselées montraient les lettres de l'alphabet.

- Voici vos appartements privés de style français, du Louis XVI, si cela vous intéresse, précisa la servante.

- Oui, cela m'intéresse beaucoup. J'ai toujours été passionnée par l'histoire et j'adore la France.

Déborah allait presque ajouter, je suis Française, mais elle se tut à temps.

- Je vous invite à me suivre.

Et la visite se poursuivit. Autres corridors, autres pièces…

- Et voici le grand salon et la salle de bal, annonça la servante.

L'un des murs, fort long, accueillait toute une série de portraits de famille. Le mur opposé s'ouvrait par de nombreuses portes-fenêtres bien espacées avec, entre elles, de grands miroirs qui reflétaient les portraits de famille

- A cet étage, tous les meubles sont de fabrication irlandaise.

Déborah aima les fauteuils et le canapé recouverts de cuir. Au fond du grand salon, un mur entier était consacré aux livres, tous reliés du même cuir que les fauteuils et le canapé.

- Nous voici à nouveau dans le hall.

La servante accompagna Déborah sur la terrasse et lui montra le petit sentier recouvert de gravier qui donnait accès à la partie arrière du parc.

Pointant l'index, la servante lui indiqua les écuries et lui communiqua le nom du palefrenier qui s'occuperait de seller son cheval.

- Je vous remercie de la visite. Puis-je regagner ma chambre afin de me changer ? demanda Déborah.

- Bien entendu, faites comme chez vous. Si vous avez besoin de quelque chose, je reste à votre disposition.

Déborah regarda autour d'elle, elle avait traversé tant de corridors, serpenté tant de longs couloirs, qu'elle ne parvint pas à s'orienter pour regagner son petit appartement.

La servante s'était déjà éloignée et Déborah dut la rappeler.

- Je suis perdue ! Comment puis-je regagner mon appartement ?

- Je vous raccompagne.

Déborah reprit le grand escalier jusqu'en haut, avant de redescendre au premier étage. Cette fois, elle essaya de mémoriser quelques points de repère.

Ayant pris possession de son coquet appartement, elle se fit couler un bain chaud et adapta sa tenue vestimentaire aux lieux qui l'abritaient.

Elle erra seule de pièce en pièce. Elle resta admirative face aux portraits des ancêtres, des rois et de la noblesse.

Cette nuit-là, Déborah ne dormit pas. Elle resta assise au milieu de son lit français, après s'être enveloppée avec soin dans l'édredon recouvert de soie vert pâle. Quand elle s'éveilla, elle avait retrouvé toute sa sérénité.

Déborah assista à la chasse organisée par Lord Klarke. Accompagnée de deux valets d'écurie, elle conduisit Râ vers un immense domaine.

Déborah eut un sourire aimable pour le représentant du comté qu'ils traversèrent. C'était un barbu, le premier qu'elle voyait depuis bien longtemps.

Se rendre chez Lord Klarke avait été une bonne idée, Râ s'y était fait remarquer et elle aussi.

Lorsqu'elle raconta sa merveilleuse épopée à sa cousine, celle-ci fut inquiète.

- Déborah, ce sont des hommes puissants et très connus, reste discrète, tu n'as pas oublié ?

Il est vrai que l'Irlande avait ramené l'insouciance dans le cœur et dans la vie de Déborah et de Simon. Elle ne pensait plus guère aux ennemis de l'Ordre et sa correspondance avec Marc Deboner s'était espacée, le trésor était bien gardé.

Cela faisait plus d'un an qu'elle n'avait plus la moindre nouvelle de Steven ; il l'appelait régulièrement par voie télépathique, cela devenait une sorte de rituel entre eux.

Déborah pensait à présent à son avenir et à celui de Simon et de Ludivine. Se rendre chez les Klarke avec Râ lui avait donné le trac, mais tous deux s'en étaient bien sortis.

Déborah savait que son avenir dans le grand monde dépendrait de la façon dont elle saurait en imposer aux gens. La jeune femme se dévisageait dans le miroir, son corps était mince, son visage rayonnant, ses yeux clairs et limpides, elle ressemblait tout à fait à la Déborah d'autrefois.

Mais, Déborah était trop heureuse, elle continuait à raconter à sa cousine Suzanne :

- La demeure est une immense bâtisse de style gothique avec des tourelles et des tours, des vitraux aussi grands que ceux d'une cathédrale et des corridors longs à s'y perdre.

La nourriture y est excellente, copieuse et merveilleusement présentée.

- Déborah !

- Et le soir, nous étions tous dans la salle de jeux.

- Tu es inconsciente, ma charmante cousine, mais j'adore te voir aussi heureuse.

- A la chasse, Râ s'est montré très calme et moi, experte et intrépide.

Cette fois, Déborah riait en taquinant sa cousine.

- Est-ce tout ma cousine ? dit Suzanne en la taquinant à son tour.

- Non, la souveraine est une reine remarquable m'a-t-on confié, mais une femme extrêmement morne.

Les deux femmes riaient maintenant aux larmes.

- Je suis d'abord passée à la maison, je savais que Simon serait sans doute déjà parti en classe, mais j'espérais voir ma petite Ludivine.

- Une vraie petite sauvageonne, toujours fourrée dans les écuries.

A cette heure, tu devrais l'y trouver.

Déborah courut à travers la campagne et entra dans les écuries, Ludivine s'y trouvait en compagnie de Rebecca.

- Oh mon ange, je suis si heureuse de te voir. Tu m'as beaucoup manqué. Et moi, je t'ai manqué ?

- Oui.

Déborah prit sa fille dans ses bras et l'embrassa. Ludivine se tortilla pour lui échapper.

- Enfin, je lui ai manqué, soupira Déborah résignée à l'indifférence de la fillette.

Ludivine avait retrouvé Rebecca et essayait de l'aider à nourrir les chevaux.

- Ma chérie, je ne savais pas que tu aimais les chevaux à ce point, dit Déborah en caressant du regard sa fillette. Tu aimerais avoir un poney ?

- Oui, j'aimerais bien avoir un poney rien que pour moi.

Ludivine était rayonnante.

- J'en veux un tout de suite !

- Ce n'est pas possible ma chérie. Je me mettrai à t'en chercher un demain.

Je te le promets. Rentrons à la maison maintenant, tu veux bien ?

- Non, pas tout de suite ! Je veux un poney et des gâteaux !

- C'est promis !

Déborah gâtait trop Ludivine, il lui était impossible de lui refuser quoi que ce soit. La perte de ses deux aînés, son difficile accouchement qui avait bien failli les tuer toutes les deux, toutes ces raisons rendaient Déborah incapable de freiner sa fille, bien que celle-ci se comportât parfois en petit tiran.

Simon était le seul à ne pas faire tous les caprices de Ludivine et, curieusement, il était le seul envers qui l'enfant montrait une réelle affection.

A la mi-décembre, le haras de Déborah comptait parmi sa clientèle, une grande partie du Gotha et de riches hommes d'affaires. Ses chevaux étaient très réputés, très recherchés et ceux-ci se vendaient de véritables fortunes.

Quand le soleil se pointait durant quelques heures, Ludivine en profitait pour monter son poney Shetland et décrivait de grandes boucles joyeuses à travers la prairie gelée.

Début janvier, Déborah était invitée à un bal, pour la première fois depuis des années. Malgré les contestations de sa cousine, elle s'y rendit.

- J'ai besoin de m'amuser, de vivre, de sortir.

La cousine de Déborah avait eu des jumelles, deux merveilleuses rouquines, elles étaient en tous points semblables avec un petit nez retroussé et de multiples taches de rousseur. Déborah était leur marraine.

La soirée se tenait dans l'immense bâtisse que Déborah connaissait bien à présent pour s'y être rendue de nombreuses fois, mais c'était la première fois qu'elle y était invitée pour un bal.

Comme lors de chacune de ses absences, Rebecca logeait chez Déborah pour veiller sur les enfants.

Lorsque Déborah descendit le grand escalier, prête pour sortir et se rendre au bal, Simon et Ludivine étaient émerveillés. La jeune femme portait une robe de satin blanc, plus décolletée qu'elle ne l'avait imaginé. Sa chevelure était rassemblée au sommet de sa tête en une masse de boucles si artistiquement travaillées qu'elles paraissaient presque l'effet du hasard. Le satin blanc miroitait tout au long de son corps mince.

- Oh ! Maman Déborah ! Comme tu ressembles à ma maman !

Simon en avait les larmes aux yeux.

- Mon petit chéri, Déborah le serra un bon moment dans ses bras et Simon s'apaisa.

- Tu as une belle robe ! Je peux en avoir une comme ça ? demanda Ludivine.

- Nous verrons coquine !

Et Déborah embrassa sa fille.

L'image que lui renvoyait le miroir était celle d'une femme. La jeune fille d'autrefois avait disparu. Aujourd'hui elle découvrait une inconnue et cela la désorientait et la troublait tout à la fois. En se mirant, Déborah vit une image qui lui fut bien agréable. Ses yeux, plus mystérieux, plus profonds, brillaient aujourd'hui d'un nouvel éclat.

La soirée fut délicieuse et, pour la première fois, depuis de longues années, Déborah papillonna.

La semaine suivante, elle partit six semaines, laissant Simon et Ludivine chez sa cousine, pour ce que l'on appelle en Irlande : « La saison des châteaux ».

Déborah attendait au milieu d'un groupe de femmes et de jeunes filles en robe blanche, devant les portes closes de la salle du Trône. Il lui semblait être là depuis un siècle. On appela un autre nom. Ce n'était pas le sien. Avait-on l'intention de la faire passer en dernier ?

- Voilà une expérience dont je me souviendrai, pensa-t-elle.

- Madame Déborah de Kopsky, clama enfin l'aboyeur royal.

Déborah se remémora rapidement tout le protocole :

« Marcher en avant. Arrêter devant la porte. Un huissier ouvrira la porte. Attendre qu'il m'annonce … »

- Madame Déborah de Kopsky.

Déborah contempla la salle du Trône.

- Eh bien papa, que penses-tu de ta petite Debie ? pensa-t-elle.

Je vais parcourir cette étendue de tapis rouge qui doit faire une bonne cinquantaine de mètres et embrasser le vice-roi d'Irlande, cousin de la reine d'Angleterre.

Elle jeta un regard à l'huissier, superbement vêtu, et soudain, elle eut un frémissement de paupières.

D'une démarche d'impératrice, Déborah s'avança vers le vice-roi à la barbe rousse. Elle tendit la joue pour le baiser de bienvenue qu'imposait l'étiquette.

Elle se tourna ensuite vers la vice-reine, fit une légère révérence et recula ensuite de trois pas.

Ensuite, elle attendit que le valet lui propose son bras, elle fit demi-tour et le suivit. Le valet la conduisit jusqu'à la table de la salle à manger.

- Ma chère, vous venez de faire sensation ! lui dit sa voisine de table.

Déborah se rendit ensuite au bal de l'Etat, au bal de la Saint-Patrick….

Déborah fut la perle rare de la saison. Les messieurs affluaient pour rencontrer cette riche veuve, fantastiquement belle et racée. La chronique mondaine ne parla que d'elle.

La plupart des bals mondains comptaient plus de cinq cents personnes, quelques-uns plus de mille, ce qui permit à Déborah de s'y faire de nombreuses connaissances dans le Gotha. Le succès de Déborah, comme ses dépenses, avaient largement dépassé ses projets les plus optimistes.

La salle du Trône fut de loin la plus belle salle de bal. Des piliers dorés soutenaient le plafond, des pilastres s'étendaient sur les murs entre les grandes fenêtres drapées de velours pourpre à franges d'or, comme dans un théâtre. Des fauteuils dorés, capitonnés d'écarlate, entouraient les tables dont chacune d'elles était ornée en son centre de fleurs multicolores. Beaucoup d'hommes portaient en travers de la poitrine, des écharpes de couleurs vives, sur lesquelles étaient accrochées des médailles. Toutes les femmes portaient de somptueux bijoux au cou, sur la poitrine, aux oreilles, aux poignets, aux mains et certaines portaient des diadèmes.

Déborah était courtisée par tous les hommes célibataires.

Soudain Déborah eut un choc : Steven était là, il la regardait d'un œil amusé.

- Que fait-il ici, pensa-t-elle, en reprenant contenance.

Steven se dirigea vers Déborah.

- Quelle agréable surprise ! dit-il d'un ton froid qui la ravit.

Steven tendit la main et elle y déposa la sienne sans réfléchir.

- Pouvez-vous m'accorder cette danse, Ma Dame ?

Déborah reprit son souffle.

- Déborah, vous serez en sécurité avec moi.

Elle sentit sur sa peau l'âpreté de sa voix, comme la tiédeur de son haleine. Cela la rendit toute faible.

- Que diable faites-vous ici ? demanda-t-elle, inquiète.

La main de Steven appuyée contre sa taille était tiède, puissante, solide, elle guidait son propre corps à mesure qu'ils évoluaient. Inconsciemment, Déborah se laissa griser.

- Je n'ai pas pu résister. Lorsque tes photos sont passées dans la presse, j'ai senti qu'il était temps que je te rejoigne.

J'étais toujours en Asie, j'en avais assez, et cet événement m'a décidé, je rentre.

Les yeux de Steven la parcourraient des pieds à la tête.

- Tu as changé Déborah, dit-il d'un ton calme.

La charmante jeune fille est devenue une femme, une femme adulte des plus élégantes et très belle.

Steven avait dit ces mots sans fard, il le pensait vraiment et c'était la vérité.

- Merci Steven.

- Vous êtes heureuse en Irlande ? Comment va mon Simon ?

- Oui, je suis heureuse dans ce pays. Simon va bien, il a maintenant totalement l'accent irlandais, c'est un merveilleux petit garçon.

Déborah eut envie de lui parler de Ludivine, sa merveilleuse petite fille, leur merveilleuse petite fille, mais elle se tut.

- J'en suis ravi.

Ses paroles étaient lourdes de sens. Pour la première fois depuis les longues années qu'elle connaissait Steven, Déborah le comprit. Il l'aimait, il l'aimait vraiment et, pour la première fois, elle en prenait conscience. Comprendre tout cela, la remplit de bonheur, un bonheur qu'elle prit le temps de savourer.

Un valet s'avança vers elle.

- Son excellence sollicite l'honneur de la prochaine danse, Madame.

Steven leva les sourcils de cet air railleur dont Déborah se souvenait. Ses lèvres se retroussant avec le coin supérieur droit un peu plus haut, Steven souriait d'un sourire entendu.

- Steven est là, je le retrouve après toutes ces années. Comme il est beau ! pensa-t-elle.

C'est avec les yeux pétillants de joie que Déborah fit la révérence au vice-roi. Il lui présenta son bras, ils avancèrent sur la piste de danse et entamèrent une majestueuse valse viennoise.

Déborah ne fut pas plus surprise de la présence ou de l'absence de Steven ; depuis qu'elle le connaissait, il apparaissait et disparaissait, sans la moindre explication.

Pour la seconde fois de sa vie, elle eut l'impression d'être Cendrillon, mais son prince à elle ce n'était pas le vice-roi, c'était un autre roi, un roi qui avait su faire frémir son âme et l'atteindre jusqu'au plus profond de son cœur.

Quand Déborah entra dans la suite qui lui était réservée, elle resta immobile devant le grand miroir ; elle s'y mira pour tenter de découvrir ce que Steven avait pu voir en elle.

Elle était très belle et pleine d'assurance, tout le portrait de son père, comme l'auraient dit ses grands-parents et sa mère, une vraie de Kopsky.

Ce fut la seule fois où Steven apparut à Déborah lors de la saison des Châteaux.

La semaine suivante, quand à quatre heures du matin le bal de la Saint-Patrick se termina, la saison des Châteaux prit fin.

Déborah passa sa dernière nuit dans la suite. En début d'après-midi, elle repartit vers son village d'adoption, heureuse d'y retrouver Ludivine et Simon.

Chaque matin, Déborah parcourait les journaux, puis les jetaient dès qu'elle avait lu les derniers potins du Gotha. Ils étaient de plus en plus nombreux à venir chez elle par courtoisie, mais aussi pour lui acheter des chevaux, ou pour lui demander de s'occuper de leur dressage. Rebecca faisait des merveilles.

Déborah continua de se rendre aux nombreuses invitations qu'elle avait acceptées avec toujours autant de bonne humeur et de plaisir.

Désormais, elle ne cherchait plus seulement à s'amuser, elle s'y tissait aussi une importante clientèle.

Déborah arriva à la réception que donna Lord Wils, avec un jour de retard.

- Je suis navrée, Kate, dit-elle à Lady Wils, je n'ai pas eu le temps de vous prévenir. J'étais trop occupée avec mes chevaux.

Lady Wils fut si heureuse de voir Déborah qu'elle oublia de s'offusquer. Tous ses hôtes avaient accepté son invitation, plutôt qu'une autre, simplement parce que Déborah y serait.

- J'attendais l'occasion de vous rencontrer, jeune femme !

Un gentleman lui pétrit la main droite avec vigueur. Le marquis de Trevan était un vieillard plein de vivacité, avec une barbe blanche indisciplinée et un nez crochu aux inquiétantes veines pourpres.

- Merci Monsieur, dit Déborah.

Pourquoi attendait-il donc se demanda Déborah.

Le marquis le lui apprit avec la voix tonnante des sourds. Il l'apprit à toute l'assistance, que les invités l'aient désiré ou non. Il avait assez de poumon pour qu'on l'entende jusqu'à la pelouse attenante au château. Elle méritait des félicitations, rugit-il, vous êtes le fleuron de notre région.

- J'aimerais de nouveau vous serrer la main, Madame.

Déborah lui tendit sa main à nouveau en s'étonnant :

- Ma réputation est-elle aussi grande, bien plus grande que je n'aurais jamais osé l'espérer ? se demanda-t-elle.

- Bonjour Déborah.

C'était John Holli. Elle eut un sourire aimable envers le marquis et récupéra sa main qu'il tenait toujours dans la sienne, pour la tendre au baron.

- Bonjour Bart, je suis si heureuse de vous revoir.

- Je le suis aussi Déborah, il est vrai que j'ai eu peu l'occasion de me rendre aux réceptions cette année.

- Je serais intéressée par l'une de vos juments. Quand pourrais-je passer chez vous ?

Ils s'éloignèrent vers un coin tranquille pour parler.

- Je serai présent au manoir tous les jours de la semaine prochaine. Faites donc un saut chez moi dans l'après-midi, c'est à ce moment que j'ai le plus de disponibilité, nous aurons le loisir de parler de l'affaire que je souhaite concrétiser.

La dernière soirée tombait le 14 juillet. Déborah avait revêtu une robe de mousseline de couleur orangée qui rehaussait son hâle doré.

Pour la première fois depuis bien des années, Déborah se laissa emmener dans le parc par un de ses chevaliers servants et elle se laissa embrasser à l'ombre d'un vieux chêne.

- Embrassez-moi jusqu'à ce que j'en aie le vertige, avait-elle demandé.

Ce qu'il fit, elle dut se raccrocher à ses larges épaules pour ne pas tomber. Mais, quand il lui proposa de la rejoindre dans sa chambre, Déborah s'éloigna, la tête froide. Se laisser embrasser était une chose, partager son lit en était une autre.

Elle brûla le message enflammé qu'il glissa sous sa porte pendant la nuit, et partit le lendemain matin, trop tôt pour avoir besoin de le revoir.

- Il doit penser que je ne suis qu'une allumeuse ! se dit-t-elle.

Eh bien, pour une fois, je n'ai fait que ce que j'avais envie de faire.

A son arrivée chez elle, Déborah se mit directement en quête de trouver les enfants qui jouaient dans le parc du château.

En la voyant, ils accoururent tous deux vers elle et même Ludivine ne fut pas avare d'effusions.

- Raconte-nous maman, implora Ludivine.

Déborah leur décrivit en riant le marquis et sa barbe blanche ébouriffée ; avec une précision espiègle, elle imita à merveille ce qu'il lui avait dit avec cette même façon de parler tonnante.

Les enfants croulaient de rire.

- Je n'ai qu'un mot à vous dire mes chéris : tout est possible en Irlande.

Maintenant, il faut que je vous laisse, j'ai beaucoup de choses à faire.

En rentrant chez elle, elle aperçut la sage-femme qui lui fit signe de la main.

- Bonjour, venez donc un de ces jours à la maison, lui lança Déborah.

- Avec plaisir, à bientôt, lui répondit la grande rousse.

Déborah se rendit directement dans son bureau où un courrier important l'y attendait. Elle les passa très vite en revue et ouvrit le seul qui l'intéressait vraiment, une lettre de Marc Deboner. Le courrier avait transité par l'Afrique, elle se dit qu'il

devait avoir été écrit quelque deux semaines plus tôt. Elle l'ouvrit, c'était une lettre manuscrite écrite à la hâte. Elle lut :

« *Bonjour Déborah,*

J'ai été ravi de recevoir de vos nouvelles.

Vos derniers messages sur les rêves de Simon ont orienté mes recherches vers d'autres Centuries et j'en ai commencé le décryptage Je n'en n'ai que quelques bribes, j'attends d'avoir terminé pour vous les communiquer.

Il y a quelques jours, un homme barbu est venu frapper à ma porte. Il était trè nerveux. Il m'a simplement dit : « Vous avez mon trésor, rendez-le moi !».

Je l'ai remballé vite fait. Mais, d'après les photos que vous m'aviez montrées de votre ex-mari, je pense que le barbu qui s'est permis de venir jusque chez moi, n'est autre que Bernard.

Les énergies négatives émises par l'ouverture du premier cylindre ne se sont guère dissipées, c'est même le contraire ; la Belgique vit peut-être ses dernières années, en tout cas dans sa configuration géographique actuelle.

Je ne sais que faire !
Votre ami.

Marc Deboner. »

- La situation est donc si grave, pensa Déborah.

Elle jeta un rapide coup d'œil sur l'horloge de cuivre qui ornait son bureau, elle indiquait 15 h 30, il était trop tard pour qu'elle prenne le temps de répondre tout de suite, elle le ferait plus tard dans la soirée.

- Rebecca, je vais m'occuper des comptes, je serai dans mon bureau.

- Entendu, Déborah.

Les livres de compte étaient terriblement déprimants, Déborah avait horreur de ça, elle avait bien pensé prendre un comptable, mais elle préférait malgré tout gérer ses comptes elle-même. Elle avait dépensé des sommes invraisemblables ces derniers mois. Sa situation financière était cependant excellente, mais il fallait néanmoins qu'elle pense à l'argent dont elle allait avoir besoin pour ses nombreux projets, notamment pour l'achat de nouvelles juments.

Les pensées de Déborah voguaient vers ses projets. Un sentiment de tristesse l'envahit lorsqu'elle se mit à penser à Steven.

Depuis qu'il avait réapparu dans sa vie, lors de la saison des Châteaux, il s'était mis à lui écrire de nouveau. Les messages de Steven étaient toujours à sens multiples, à elle de les décrypter. Elle ne souffrait plus de son absence, de plus en plus souvent ; en revanche, elle souffrait d'une absence masculine à ses côtés. Ce baiser qu'elle avait accepté lors d'une réception en témoignait cruellement et elle en était bien consciente.

Déborah avait tout pour être heureuse, un haras qui marchait merveilleusement bien, ses affaires étaient des plus florissantes, Simon qu'elle adorait et sa petite Ludivine qu'elle vénérait, tout... Enfin, presque. Déborah souhaitait avoir un homme à ses côtés et Steven ne s'était jamais montré très désireux d'occuper cette place.

Dans un courrier, il lui avait appris qu'il était à nouveau en Angleterre, il vivait secrètement chez son père. Dans l'ombre, il reprenait en mains les affaires de la Maison San Versa. Aidé par des chevaliers de l'Ordre, il mettait en place de nombreux indices pour conduire la police sur les traces de l'assassin de sa femme Sabrina. Bernard avait détruit sa famille et sa vie. Steven devait à présent l'empêcher à tout prix de s'emparer du trésor des Templiers. Cet homme représentait un danger pour l'humanité.

Déborah reprit le livre de ses comptes et le secoua, comme pour se secouer elle-même et reprendre son travail.

La jeune femme ferma les paupières un instant et tenta de se remémorer les matins froids et vifs où le givre de la nuit se transformait en brume, tandis que le son du cor marquait le début de la partie de chasse.

Elle rouvrit les yeux et se plongea à nouveau dans les comptes avec acharnement.

- Assez de rêveries, je dois terminer ceci, se dit-t-elle.

Elle ne releva le nez que quatre heures plus tard. Cette fois, les comptes étaient en ordre. Déborah les rangea et alla mettre Simon et Ludivine au lit.

Une heure plus tard, elle était de nouveau dans son bureau. Elle ouvrit les lettres posées en pile dans un coin de la pièce. Il y avait deux demandes en mariage. Déborah en recevait au moins une par semaine. Malgré leur apparence de lettres d'amour, elle n'était pas naïve, elle savait très bien qu'elle n'aurait rien reçu si elle n'avait été une riche veuve. Enfin : « Veuve »… « Divorcée » sonnait nettement moins bien !

Déborah répondit à la première demande par des phrases convenues sur le thème : « Honorée… » Et encore : « J'accorde à votre amitié une place prépondérante. » …

Pour la seconde, ce fut moins facile, c'était un baron et sans doute le meilleur choix qu'elle puisse faire en Irlande. Ses sentiments paraissaient sincères, il ne courait pas après l'argent, il en possédait lui-même beaucoup plus qu'elle. Il était beau, aussi séduisant que Steven. Toutes les femmes le regardaient d'un air de vouloir le manger à la petite cuillère. Mais alors ! Pourquoi, ne l'aimait-elle pas ? Elle y avait réfléchi, souvent et longtemps. Cela lui était impossible, elle n'était pas suffisamment attirée par cet homme, aussi beau, séduisant, cultivé et riche fût-il.

- Je veux aimer quelqu'un. Je sais ce qu'est l'amour, c'est le plus beau sentiment du monde. Je ne peux supporter l'idée d'être une fois encore mariée à quelqu'un pour ne pas être seule.

Cet homme m'aime et je veux être aimée, mais seulement d'un homme que j'aimerai en retour.

Pourquoi ne puis-je l'aimer ? Parce que j'aime Steven ? Est-il possible que l'on ne puisse avoir qu'un seul amour dans sa vie ? Certains prétendent que non ! pensa-elle.

Déborah posa les coudes sur son bureau et prit la tête entre les mains, tandis que son regard se mit à dériver vers l'horizon lointain que lui laissait voir une grande baie vitrée.

\- Tu aimes Steven, s'écria son cœur. Et tu crois que je ne le sais pas, lui répondit sa raison.

Déborah écrivit avec le plus grand soin, en choisissant les mots les plus aimables pour dire non à ce baron dont tant de femmes rêvaient. Il ne comprendrait certainement pas qu'elle lui dise qu'elle l'aimait bien, sincèrement, mais bien ! Peut-être comprendrait-il que l'affection qu'elle lui portait lui interdisait de l'épouser.

Elle souhaitait mieux pour lui qu'une femme qui appartenait déjà à un autre homme, mais ça, elle se garda de le lui écrire.

Le ciel était encore teinté de rose, mais déjà on apercevait les prémices de l'été déclinant.

Déborah prit la plume cette fois. Elle fit part à Marc de ce que Steven lui avait écrit afin de le rassurer, lui qui, dans la solitude, poursuivait une mission des plus importantes. Elle présumait auprès de Marc, que Bernard serait prochainement arrêté et qu'il purgerait enfin la peine qu'il méritait. Sabrina pourrait alors, enfin, retrouver la paix. Son arrestation permettrait à Steven de refaire surface, enfin elle l'espérait, mais n'avait aucune certitude à ce sujet.

Bernard n'agissait pas seul, le danger ne serait peut-être pas écarté par la simple arrestation de celui-ci. Steven ignorait encore l'existence de leur fille Ludivine et Déborah ne souhaitait toujours pas le lui dire. Ludivine était son bébé à elle et, égoïstement, elle ne souhaitait pas la partager.

CHAPITRE XVII
L'éveil du nouvel Attendu

Fin mai, les eaux des rivières étaient si basses qu'on pouvait y apercevoir les pierres que des siècles auparavant, on y avait déposées pour franchir les cours d'eau à gué.

Lors d'une nouvelle réception, Déborah revit Steven. Leur rencontre fut des plus brèves, mais suffisamment longue cette fois, pour que les deux amants se retrouvent intimement.

A son réveil, Déborah trouva un petit mot laconique de Steven sur la taie d'oreiller. Elle put juste y lire : « A bientôt, ma Dame ».

Comme après chacune de leurs étreintes, Déborah était remplie d'une énergie qui lui parcourait les veines. Cette puissante énergie modifiait plus fort que d'habitude sa perception des choses, même si elle commençait en tant que Rose-Croix à les percevoir seule.

A son retour, elle avait raconté aux enfants son escapade dans les moindres détails, sans parler de Steven évidemment. Les enfants redemandaient sans arrêt plus de détails, ils étaient fascinés.

Ludivine changea le nom de son poney, désormais, il s'appellerait « Roi ». Ludivine avait demandé à Rebecca de tresser la crinière et la queue de son poney et Rebecca y avait ajouté quelques fils d'or, ce qui donnait à l'animal une prestance étonnante. Sous le soleil printanier, il brillait de mille feux.

Déborah aimait voir en Simon et son enfant la spontanéité qui les habitaient. Ils étaient la joie de vivre et lorsqu'ils amenaient de petits camarades à la maison, ce qui était fréquent, on pouvait entendre des rires dans tous les coins et recoins de la maison.

Ludivine aimait monter à cru, comme une petite sauvageonne. Elle avait, malgré son jeune âge, une assise sur les chevaux qui était étonnante. Même à cru, elle se dressait et s'élevait d'une dizaine de centimètres du dos de son poney, au rythme du trot de l'animal.

Rebecca avait proposé d'apprendre à Ludivine le dressage, en montant en amazone, mais Déborah s'y était opposée ; elle trouvait sa fille beaucoup trop jeune et cette façon de monter demandait une grande maîtrise de soi et du poney.

Déborah était très fière de Simon et de Ludivine : les deux enfants montraient des aptitudes dans de très nombreux domaines ; en fait, ils étaient doués l'un comme l'autre pour tout ce qu'ils décidaient d'apprendre.

La sécheresse persistait. Cela faisait à présent plusieurs semaines que pas la moindre goutte d'eau n'était tombée du ciel. La végétation était brûlée, roussie par un soleil trop généreux. Les paysans guettaient avec anxiété les nuages apportés par le vent d'ouest dans un ciel magnifique. Les champs avaient besoin de pluie. Les brèves et rares ondées rafraîchissaient l'air, mais ne faisaient qu'humecter une terre lisse et imperméable et rendait le sol glissant.

Ludivine parvint à se soustraire de la vigilance de la gouvernante. L'enfant se dirigea vers les écuries et entreprit de monter son poney à cru. Ludivine aurait pu passer toutes ses journées aux écuries, si Déborah l'avait laissée faire.

A cette heure de la journée, l'enfant était seule. Elle enfourcha son poney et ils partirent en balade, lorsque le poney surpris par la terre gluante, glissa et buta contre une pierre. Ludivine glissa à ses côtés et s'écrasa violemment sur le sol.

A travers la vitre de la fenêtre de la salle à manger, la gouvernante assista impuissante à la scène et lorsqu'elle se précipita pour s'assurer que Ludivine allait bien, elle constata la fracture de son poignet.

Ludivine ne pleurait pas, elle serrait les dents.

- Comment va Roi ? Il n'a rien ? demanda l'enfant toute tremblante.

La gouvernante jeta un œil à l'animal. Il était resté sans bouger aux côtés de Ludivine, c'était une bête très douce qui montrait de l'affection pour sa petite maîtresse autant que Ludivine lui en donnait.

- Il n'a rien ma chérie, c'est toi qui m'inquiète.

La gouvernante prit l'enfant dans ses bras et la ramena le plus rapidement qu'elle put à la maison. Elle composa aussitôt le numéro de téléphone du médecin. Elle avait à peine raccroché, lorsque Déborah entra dans le salon.

Mise au courant de l'accident, elle comprit immédiatement que le poignet de sa fille était cassé. Déborah, souleva sa fille avec précaution et se précipita vers sa voiture, suivie de la gouvernante.

- Il faudra lui faire des radios, je l'emmène chez le médecin, dit-elle.

- Je suis tellement désolée, je l'ai quittée des yeux à peine une minute.

La gouvernante pleurait, elle aimait sincèrement Ludivine.

- Ne vous culpabilisez pas, cela arrive, il faut maintenant la faire soigner au mieux et le plus vite possible.

- Je vous accompagne Déborah, dit la gouvernante, je tiendrai Ludivine dans mes bras, lorsque vous conduirez.

- C'est une excellente idée, je vous en remercie.

Déborah démarra. La gouvernante qui était aussi l'amie de Déborah adorait Ludivine, elle la tenait dans ses bras. Suzanne et l'enfant s'installèrent sur la banquette arrière.

Par chance, le médecin était chez lui, il n'était pas encore parti en consultations.

Déborah sortit de la voiture et ouvrit la portière arrière ; la gouvernante tendit l'enfant à Déborah qui la prit doucement dans ses bras.

- Eteignez le contact et fermez la voiture s'il vous plaît, demanda Déborah à Suzanne, tandis qu'elle pressait le pas vers le cabinet médical.

La gouvernante la rattrapa en courant et sonna à la porte. Quelques instants plus tard, le médecin venait ouvrir et les installa dans son cabinet.

Au premier examen, il constata à l'évidence une fracture qui semblait bien nette du poignet.

- Je vais faire une radio pour m'assurer qu'il n'y a pas d'autres lésions, mais je ne pense pas, lança-t-il.

Ludivine pleura un peu lorsque le praticien prit des radiographies : l'enfant devait déposer son petit poignet fracturé sur la table et les diverses positions imposées pour assurer un examen méticuleux, en étaient douloureuses.

- Nous avons là une belle fracture, constata-t-il. Après avoir observé les radios, il déclara cette fois d'une voix rassurante : « Je vais la plâtrer et dans six semaines, il n'y paraîtra plus ».

Déborah regardait impuissante les larmes couler sur les joues de sa fille.

- Que dois-je lui donner pour la soulager ? s'enquit Déborah.

- Rien, la douleur partira en son temps, répondit le vieux docteur.

- Comment rien, fit Déborah ! Mais elle souffre !

- Le temps fera son œuvre.

Déborah prit Ludivine dans ses bras et sans remercier le docteur, elle fit demi-tour et sortit. Pour la première fois, depuis la naissance de sa fille, Déborah se comporta en Rose-Croix et soulagea elle-même son enfant.

Jamais on n'avait connu de printemps aussi ensoleillé, songea Déborah. L'herbe était haute et drue, les blés couvraient les champs.

Après six semaines, le médecin put enlever le plâtre de Ludivine. Le petit poignet avait un peu minci, mais en une semaine il n'y paraissait plus.

La gaieté était revenue dans la maison.

Dans la matinée, il y eut des grondements de tonnerre, mais pas de pluie.

Dès le midi, l'air était étouffant. Une épidémie de poux avait obligé la direction de l'école à fermer son établissement. Simon et Ludivine étaient coincés à la maison pour toute la semaine, c'était le temps déclaré par les services sanitaires pour désinfecter l'établissement scolaire. Par chance, Ludivine et Simon avaient échappé à l'épidémie.

Ludivine avait à présent de longs cheveux blonds qui lui tombaient sur la taille. Les cheveux de Simon avaient légèrement foncé, Ils étaient à présent blond cendré.

De nombreuses petites filles à la chevelure dense et bouclée, rousse flamboyante, durent être tondues car dans leurs cheveux, il était impossible d'enlever les lentes.

Dans l'après-midi, Déborah interdit aux enfants de sortir, il faisait beaucoup trop chaud, elle envoya Simon lire dans sa chambre et accompagna Ludivine pour lui lire quelques histoires jusqu'à ce que l'enfant s'endorme.

Peu après, Déborah remonta pour s'assurer que les deux enfants allaient bien ; ils dormaient à poings fermés.

Pendant la sieste des enfants, la gouvernante leur prépara un succulent gâteau au chocolat, c'était leur dessert préféré et ils pourraient en manger dans la soirée.

Vers 16h, Simon descendit. Ludivine dormait encore.

- Maman Déborah, dit-il, sur un ton insistant, je dois te raconter.

Déborah savait que lorsque Simon lui parlait ainsi, c'est qu'il avait fait un rêve qui avait tout d'un merveilleux voyage.

Déborah prit Simon par la main et l'emmena dans son bureau. Bien qu'elle aima beaucoup et apprécia énormément la gouvernante, elle ne souhaita cependant pas que quelqu'un d'autre qu'elle fût au courant.

Déborah s'installa dans le fauteuil anglais recouvert d'un cuir souple qui était placé juste à côté de la baie vitrée. Elle prit Simon sur ses genoux.

- Raconte-moi mon petit chéri.

Simon avait encore les yeux qui scintillaient, tant son rêve semblait avoir été merveilleux.

- J'étais dans les étoiles et je me parlais lorsqu'une tête d'homme, avec de longs cheveux blancs et une grande barbe, s'est approchée de moi. Il ne marchait pas, il se déplaçait tout seul, il était sous une grande cape et je ne pouvais pas voir ses pieds.

Ce rêve m'a rappelé d'autres personnes que j'avais déjà vues en rêve par le passé, elles aussi, elles portaient une grande cape et elles aussi, elles semblaient se déplacer sans marcher.

Je ne sais pas si tu te souviens, c'était un couple royal.

Tout comme le serpent qui s'était un jour approché de moi, jusqu'à présent, ces personnes ne me parlaient pas, elles me regardaient et j'étais toujours très impressionné par l'absence d'expression sur leur visage.

Tu te souviens ?

Simon regardait Déborah d'un œil interrogateur.

- Bien sûr que je me souviens, mon petit ange.

- Je continue, fit Simon d'un ton décidé.

L'enfant plongea son regard dans celui de Déborah, tandis qu'elle lui caressait doucement la joue.

- Pour la première fois, j'ai vu autre chose.

La personne qui s'est approchée de moi m'a regardé et elle a fait quelque chose, elle a ouvert la bouche et un flot de quelque chose qui avait la couleur de l'or, la consistance d'un gaz vaporeux, mais en plus dense, le flot de ce que j'ai pris pour du feu est sorti de sa bouche comme d'une fontaine et s'est écoulé en moi par le sommet de ma tête, mais cela ne me brûlait pas.

Lorsque je voyais ces personnes, j'avais par le passé eu le sentiment qu'elles me parlaient, mais je ne pouvais pas comprendre ce qu'elles disaient.

Maintenant, je peux les comprendre maman Déborah.

- Je sais mon chéri.

Simon se blottit dans les bras de Déborah, il posa sa tête contre sa poitrine, elle l'embrassa et le serra tendrement contre elle.

- J'ai aussi vu d'autres personnes, elles communiquaient entre elles, par ce même feu, mais avec les yeux.

J'ai aussi vu autre chose, ces personnes me mettaient une couronne sur la tête, c'était comme celle que portent des rois.

- Tu l'es peut-être, mon petit amour.

Simon se mit à rire, il s'était redressé et tout en étant toujours sur les genoux de Déborah, il la regarda.

- Tu es l'élu, mon petit ange.

Le ton solennel sur lequel Déborah avait prononcé ces mots fit cesser le rire de Simon. Il la regarda d'un regard malicieux et interrogateur.

Déborah prit la tête de Simon entre ses mains et lui donna un baiser sur le nez.

- Je pense qu'il est temps pour toi de savoir… Ce que je vais te dire… Mais, je veux et je suis très sérieuse…

Déborah saisit les bras de Simon et planta son regard droit dans le sien.

- Je veux que tu gardes le secret de ce que je vais te révéler, tu ne dois en parler à personne, y compris à Ludivine, y compris à la gouvernante, y compris à ton meilleur ami. Promets, Simon !

Bien qu'encore très jeune, Simon comprit que les révélations de sa maman Déborah étaient graves. Elle avait dans le timbre de sa voix et dans le regard, des expressions et des intonations qu'il avait déjà entendues chez son père et chez sa mère, lorsqu'ils lui révélaient un secret.

- Je promets, maman Déborah, je promets !

Déborah remarqua que Simon avait bien compris l'importance de son silence, il était solennel. En d'autres temps, lorsqu'il promettait quelque chose, il crachait entre son index et son majeur.

- Tu dois maintenant savoir que ton papa était un Rex Deus, il était l'Attendu, l'élu, le sauveur de l'Humanité. Tu es son fils, tu es à présent l'élu et ta mission sera de poursuivre la mission de ton père.

- Je suis le roi de ces personnes avec les capes, ceux qui m'ont mis une couronne sur la tête ? demanda Simon.

Malgré les mots d'enfants que Simon utilisait, Déborah sentit que le message était passé et que Simon savait.

- Oui, mon ange, tu es l'élu entre tous.

- Et ma maman, elle était aussi l'élue ? poursuivait-il.

- D'une certaine façon, oui. Sa mission à elle était d'enfanter le futur Attendu, de t'enfanter mon chéri, elle était la gardienne du puits.

- Ils ne m'en ont jamais parlé ! dit Simon avec une petite moue.

- Ils n'en ont pas eu le temps mon ange.

- Et Ludivine ?

- Il faudra garder le secret. Ludivine ne doit pas encore le savoir. Plus tard, je lui en parlerai moi-même.

- Ludivine est l'Attendue, la reine ? demanda Simon en écarquillant les yeux.

- Non, Ludivine est la nouvelle gardienne du Puits. Sa mission à elle sera de t'aider à préserver l'Humanité, elle est la gardienne de la 9ᵉ porte, la porte de l'enfer.

Simon se mit à rire aux éclats.

- Simon, tout cela est très sérieux ! Comprends-tu l'importance de tout cela ? interrogea Déborah inquiète.

Peut-être lui ai-je parlé trop vite, se dit-elle …

- Je sais que tout cela est très important. Je garderai le secret.

Simon se remit à rire.

- Simon ! gronda Déborah.

- C'est juste que j'imagine Ludivine chevauchant Roi à mes côtés pour défendre le monde.

Déborah serra très fort Simon dans ses bras. Ludivine entra avec fracas dans le bureau, elle les cherchait depuis cinq minutes et la patience n'était pas sa plus grande vertu.

- Tu as fait une bonne sieste, ma chérie ? interrogea Déborah en regardant son petit bout de chou venir vers elle et pousser Simon pour avoir son câlin personnel.

Déborah prit sa fille dans ses bras et emmena les enfants à la cuisine. Une douce odeur qu'ils connaissaient fort bien les fit s'exclamer de plaisir. Ludivine se tortilla pour se sauver des bras de sa mère et lança un sourire merveilleux à la gouvernante qui servait de grandes portions du succulent gâteau au chocolat.

Tard dans la soirée, quand la fraîcheur rendit l'air un peu plus respirable, les enfants couchés, Déborah se rendit dans son bureau.

- Je dois prévenir Steven. Il doit savoir que son fils sait à présent. Je vais aussi prévenir Marc Deboner, lui aussi doit être mis au courant.

Dans son courrier à Steven, Déborah ajouta qu'une des nouvelles facultés de Simon était celle de voir les énergies, principalement dans les cathédrales et les chapelles. Elle ne mentionna pas ce détail à Marc. De toute façon, si Simon voyait les énergies, il n'était pas encore capable de décrypter les tables de Moustier.

Déborah était sereine, tout se passerait bien désormais, elle ignorait pourquoi, elle ignorait comment, mais elle en avait la certitude.

CHAPITRE XVIII
Steven découvre l'existence de sa fille Ludivine

L'été vint et Déborah rencontra Charles Cliffe, c'était un homme charmant, très grand, bien bâti avec de solides épaules. Charles était un amant attentionné et plein d'expériences. Ses mains étaient douces, ses lèvres fermes et tièdes. Déborah ferma les yeux et s'abandonna à son contact, comme elle l'aurait fait avec Steven. Ils étaient dans la suite qui avait été réservée à Déborah, c'était une suite spacieuse tendue de perles et de dorures, peut-être un peu trop au goût de Déborah. La suite était très confortable, avec une vue imprenable sur la campagne. De son immense lit, elle pouvait apercevoir les plus hautes branches des chênes centenaires s'agiter au son du vent.

Charles prononça son nom avec tant de douceur et de chaleur que, curieusement, elle sentit grandir en elle toutes ses sensations d'extases.

- Non, pensa Déborah, je ne veux pas, je dois me reprendre ...

Déborah ferma les yeux plus fortement encore et se mit à s'imaginer que c'étaient les mains de Steven, les lèvres de Steven, que c'était lui qui en la pénétrant, comblait le douloureux vide en elle. Mais en vain, ce n'était pas Steven.

Déborah éprouva un tel chagrin qu'elle eut envie de mourir, elle déroba son visage aux lèvres avides de Charles et pleura jusqu'à ce qu'il eût terminé.

- Je t'aime tant ma chérie, dit-il.
- S'il te plaît, Charles, laisse-moi, va-t'en, supplia-t-elle !
- Chérie ! s'enquit-il. Qu'est-ce qui ne va pas ?
- Moi ! C'est moi qui ne vais pas ! Va-t'en, s'il te plaît !

La voix de Déborah était si frêle et empreinte d'un désespoir si poignant que Charles tendit la main pour la réconforter, puis la retira, sachant qu'il ne pouvait lui offrir aucun réconfort.

Il rassembla ses affaires avec des gestes démesurés d'amant vexé.

Tandis qu'il s'habillait, l'esprit de Déborah se focalisait sur les grands chênes, témoins silencieux de tant d'ébats. Charles ferma la porte derrière lui avec fracas.

Déborah quitta la saison des Châteaux, bien avant que celle-ci ne fut terminée et elle rentra chez elle. Elle n'avait qu'une envie, être auprès des êtres qu'elle aimait.

Quelques jours plus tard, elle reçut un long courriel de Charles, il était visiblement très malheureux.

Ma chère Déborah,

Vous n'aurez plus à souffrir de ma présence, je vous laisse à votre passé et à votre morne existence, je prends un vol pour l'Australie demain matin.

Adieu.

Charles

Déborah referma son PC. Elle était profondément désolée, mais elle n'y pouvait rien, il n'y avait plus de place dans son cœur pour qui que ce soit. Qu'elle le veuille ou non, Steven prenait toute la place. Il se jouait d'elle, riait d'elle, se montrait plus malin qu'elle, la défiant, la surpassant, la dominant, la protégeant et il ne laissait pas la moindre chance à ses rivaux.

Elle se dirigea vers la cuisine et attendit Simon et Ludivine pour prendre le petit-déjeuner avec eux.

Ses yeux étaient entourés de cernés violacées, semblables à des ecchymoses, celles qu'elle portait dans son cœur, celles de la nuit désolée qu'elle venait de passer à pleurer.

Dans sa robe de lin bleu turquoise, elle paraissait fraîche. Pourtant tout son être se sentait emprisonné dans la glace, la glace que soufflait Steven. Elle n'était pas assez forte pour la faire fondre et encore moins pour fuir. Voulait-elle vraiment fuir ou se complaisait-elle dans ce rôle de victime consentante ?

Déborah se vit contrainte de sourire et de parler aux enfants, elle parvint même à rire. Elle se força à avaler un toast, sa gorge était nouée et elle dut faire un effort surhumain pour en avaler quelques bouchées, elle qui pourtant avait dit si souvent aux enfants, que le petit-déjeuner était le repas principal et qu'il ne fallait jamais quitter la maison le ventre vide. Elle ne pouvait se soustraire à sa propre règle et certainement pas en leur présence.

Septembre vint et, cette fois, sa petite Ludivine dut à son tour prendre le chemin de l'école.

Bien qu'elle fût débordée par le travail, les journées sans les enfants lui paraissaient longues. Déborah guettait souvent l'horloge de son bureau, sa vie était rythmée sur celle des enfants.

Ce soir-là, il plut pendant le dîner. Cet été insupportable avait pris fin. L'air était frais, les haies poussiéreuses avaient été lavées par la pluie, et bientôt commenceraient les soirées plus longues.

Les enfants avaient dîné joyeusement en racontant leur journée d'école. Ensuite Ludivine s'était précipitée aux écuries pour monter Roi. Simon aimait monter le sien, mais ce soir-là, il avait préféré se faire câliner par Déborah.

Simon manifestait de plus en plus d'intérêt à sa quête spirituelle, sans doute était-ce génétique.

Ludivine et Simon jouaient ensemble dans le salon, lorsque quelqu'un frappa à la porte.

L'horloge indiquait 19 h.

- Je n'attends personne, pensa Déborah.

Elle était vêtue d'un pantalon noir aux poches assorties à son pull de cachemire orange.

Ludivine adorait courir, lorsqu'elle entendait le vrombissement de la sonnerie de la porte, c'était celui d'une sirène de bateau, c'est elle qui l'avait choisi. Le vrombissement était si fort qu'il résonnait dans toute cette très grande maison. Le soir venu, lorsque les enfants étaient couchés, Déborah bloquait le mécanisme de peur que quelqu'un ne réveille toute la maisonnée.

Soudain la sonnette retentit. Ludivine voulait absolument toujours être la première pour accueillir les invités. Déborah ne s'en formalisait pas, elle laissait à sa fille le soin de faire entrer l'invité.

Ludivine leva le nez et détailla l'homme qui se tenait debout devant elle. Il était élégamment vêtu d'un manteau de laine sombre.

- Bonsoir Monsieur, entrez.

Ludivine recula d'un pas pour laisser l'homme entrer.

- Comment t'appelles-tu ? demanda l'inconnu.

- Ludivine.

- C'est un bien joli prénom. Tu habites ici ?

- Oui, avec ma maman et mon frère Simon.

L'homme dévisagea l'enfant.

- Tu es la fille de…

Déborah arriva dans le corridor qui conduisait au hall d'entrée, elle s'arrêta brusquement en apercevant le visiteur.

- Steven !

Déborah retenait son souffle. Bien plus fort que le choc de revoir Steven, elle prenait conscience que sa fille et Steven se rencontraient pour la première fois.

- Je pense que nous devrions parler, dit-il à Déborah, tout en regardant la fillette à qui il adressa un large sourire.

- Entre Steven, je ne m'attendais pas à te revoir ici.

- Quand comptais-tu me parler de ma fille, parce qu'il s'agit bien de ma fille, n'est-ce pas Déborah ?

Déborah se déroba au regard inquisiteur que lui lança Steven.

- Je vais monter coucher les enfants. Restes-là s'il te plaît, Simon pense que tu es mort et je préférerais le préparer avant cette rencontre.

Steven la poussa sur le côté sans ménagement, cela en est assez des mensonges et des cachotteries.

Il guida ses pas en écoutant les rires des enfants. Steven entra dans le salon où Ludivine et Simon regardaient à présent leur dessin animé préféré.

Déborah ne tenta pas de l'arrêter, il aurait été impossible d'arrêter Steven ; lorsqu'il avait pris une décision, il s'y tenait.

Le salon était dans la pénombre, Steven alluma l'interrupteur.

Des petits cris d'agacement se firent entendre, Simon et Ludivine n'étaient pas contents et ils n'appréciaient guère qu'on les dérange pendant leur émission. Ludivine sauta du divan, elle se retourna et planta son regard vif et brillant dans celui de la personne qui s'était permise de les déranger. La fillette se tenait très droite, les bras croisés sur la poitrine. Steven lança un œil amusé à Déborah.

- On dirait bien qu'elle a du caractère, lança-t-il.

Simon qui n'avait pas encore bronché, reconnut cette voix si familière. Il se retourna et reconnut son père. Il était toujours assis, lorsque Steven s'avança.

- Papa, s'exclama-t-il ! Tu es descendu du ciel ?

Simon restait assis en dévisageant son père.

Steven prit son fils dans ses bras.

- Non, mon garçon, c'est une longue histoire. Pour notre sécurité à tous, j'ai dû feindre mon décès, mais toutes mes pensées étaient avec vous, à chaque seconde durant toute la période de mon exil.

Simon commença à réagir, il se mit à trembler et se serra très fort dans les bras de son père.

- Papa, tu es revenu ! Mon papa, tu es revenu !

Simon pleurait et riait tout à la fois.

- Raconte-moi papa, que faisais-tu ?

- Plus tard mon garçon, je voudrais me présenter à cette jeune fille.

Steven regardait Ludivine avec tendresse, mais celle-ci était allée rejoindre sa mère à laquelle elle s'accrochait en lui tenant fermement la main.

La fillette regardait sa mère avec un air désemparé, lorsque Steven s'approcha d'elle.

- Ludivine, je suis ton papa.

- Je n'ai pas de papa, rétorqua-t-elle.

Ludivine avait prononcé ces mots avec une froideur implacable. Loin de s'en formaliser, le caractère et le tempérament de sa gamine l'amusait et lui plaisait beaucoup. Par contre, Simon, lui, s'était toujours montré très doux, peut-être un peu trop doux au goût de Steven.

- Tout le monde a un papa, ajouta-t-il. Je suis le tien.

- Non !

Connaissant sa fille mieux que personne, Déborah ne tenta pas de la rendre sociable aux yeux de Steven, elle ne savait que trop qu'il aurait à l'apprivoiser.

- Papa, demanda Simon, tu es venu me chercher ? On va devoir rentrer en Belgique ? Je n'ai pas envie de rentrer en Belgique, c'est ici ma maison maintenant.

Simon avait passé à présent autant de temps auprès de sa maman adoptive qu'auprès de sa maman, et perdre à présent sa maman Déborah lui aurait été insupportable, même s'il adorait son père et si son retour l'enchantait.

- Non Simon, nous n'allons pas rentrer en Belgique. Nous devons y aller parce que nous avons une mission à accomplir. Ensuite, nous reviendrons.

- Quelle mission papa ? demanda Simon.

- Nous parlerons de tout cela plus tard.

Ludivine marquait des signes de fatigue.

Déborah proposa aux enfants d'aller au lit.

- Allez embrasser votre père, il est temps d'aller dormir.

Simon sauta joyeusement dans les bras de son père. Ludivine, sans lâcher la main de sa mère, envoya un baiser de l'autre main en direction de Steven.

Les enfants couchés, Déborah lui raconta la naissance difficile de leur fille et les conditions de son accouchement. Elle tenta de lui expliquer les raisons de son silence, bien qu'elle ne fût plus elle-même vraiment convaincue que cette solution aurait été la plus judicieuse. En fait, elle devait bien l'admettre, Ludivine était son bébé à elle et la partager lui était difficile, même avec son père. Ce comportement était irrationnel et égoïste, elle en était consciente, mais c'était une réalité qu'elle ne pouvait nier.

Ludivine avait été conçue, alors que Sabrina vivait encore, c'était en Asie. Déborah et Steven se souvenaient de ce moment avec tendresse.

Steven raconta en détail les raisons de son retour. Il était temps de mettre le trésor en lieu sûr. Steven avait reçu le feu vert de l'Ordre, en dépit de tout danger.

Pendant son séjour en Angleterre, alors que Déborah pensait que Steven reprenait en mains les affaires de sa maison de couture, Steven avait tout vendu. Il vivait toujours sous une fausse identité. Il était pourtant bien décidé, avec le consentement de Déborah, à l'épouser. Il aurait à reconnaître son fils Simon et sa fille Ludivine afin que tous deux portent son nom. En raison de son immense fortune, cela lui semblait indispensable. Il pensait en ces termes, lorsqu'il demanda à Déborah :

- J'aimerais reconnaître Ludivine et faire de toi ma femme, donner à Simon une nouvelle famille, il grandit et la présence d'un homme va lui être indispensable.

Amusée par cette demande solennelle, Déborah le dévisagea.

- Tu sembles bien sûr de toi ! Qui te dit que je n'ai pas prévu d'en épouser un autre ?

Steven prit Déborah dans ses bras et plongea son regard perçant dans le sien.

- Parce que ce qui est de la même nature ne peut être désuni.

Déborah se contenta d'acquiescer d'un mouvement de tête.

Ils s'embrassèrent avec toute la passion qui les unissait au-delà du temps, de l'espace et des circonstances de la vie.

Déborah emmena Steven dans sa chambre et les deux amants eurent une nuit particulièrement fusionnelle.

Le lendemain matin, Ludivine et Simon regardèrent Steven en pyjama, d'un œil mauvais pour la première et d'un regard radieux pour le second.

S'adressant aux enfants, Steven dit :

- Je vais rester auprès de vous.

Simon bondit de joie et se précipita dans les bras de son père, pour se jeter ensuite rayonnant dans ceux de Déborah. Ludivine ne broncha pas.

Déborah fit découvrir à Steven son haras. Les nouvelles juments qu'elle avait récemment acquises avaient été installées dans de nouvelles écuries. Ses affaires étaient des plus florissantes. Steven la regardait admiratif.

- Eh bien ! Tu es passée du statut d'écrivaine au statut de femme d'affaire avec un égal talent.

- Merci, lui dit-elle en se blottissant contre lui.

La jeune femme savait Steven avare de compliments et celui-ci lui faisait particulièrement plaisir.

Déborah avait un nouveau projet. Non loin de là se trouvait dans le domaine du château, un édifice appelé la tour. Il ressemblait en tous points à un phare, bien qu'il n'en fût pas un. Elle l'avait acheté et elle comptait bien en faire un point de relais incontournable où passerait la très sélecte clientèle qui fréquentait la très festive saison des Châteaux.

- Je vais transformer la tour en domaine privé où l'on pourra se rendre sur invitation.

Déborah sortit une énorme clé glissée à la hâte, avant de quitter la maison, dans l'une des poches de son manteau de laine vert menthe et la tendit à Steven. Lorsqu'ils arrivèrent devant l'édifice, Steven en fit le tour. Le bâtiment était solide, en parfait état, de nombreuses fenêtres semblaient s'ouvrir vers l'extérieur. Au sommet de la tour d'où il était, il lui sembla deviner une terrasse. Ils gravirent quelques marches de béton parfaitement entretenues et il ouvrit la porte.

- Il faudra balayer les toiles d'araignées et les fientes vieilles de plusieurs siècles, dit-il.

- C'est au programme.

Ils grimpèrent au sommet de la tour, à l'endroit que Steven avait pris pour une terrasse, et s'en était bien une. La vue y était panoramique ; d'un côté, on pouvait voir le château et son vaste parc et de l'autre, la rivière qui coulait sauvagement au printemps lorsqu'elle était gonflée par la fonte des glaces et qui s'écoulait paisiblement l'été, lorsque l'eau transparente laissait voir les vieilles pierres qui tapissaient son lit. Le mur circulaire qui entourait l'immense terrasse était délimité par un muret qui arrivait à la hauteur des épaules de Steven. Il ressemblait à une couronne en dents de scie. Le cadre était enchanteur, Steven adorait.

Avec l'automne, vint la saison de la chasse.

Déborah reçut ses premiers invités dans la tour. Son idée faisait merveille et les réservations dépassaient largement le potentiel de ce bâtiment.

La passion des chevaux rapprocha Ludivine de son père. Ils avaient pris l'habitude de se lever très tôt. Steven enfilait un gros blouson, des chaussettes et des bottes à sa fille et, sans même avoir pris leur petit-déjeuner, ils partaient ensemble pour une promenade d'une demi-heure. Ludivine s'était mise à admirer cet homme et l'idée d'avoir un père qui l'emmenait en balade, sans l'encombrer de discours sur les petits-déjeuners, lui plaisait beaucoup.

Steven avait repris contact avec Marc Deboner. Les deux hommes qui ne s'étaient plus revus depuis plusieurs années s'appréciaient réciproquement, même si le comportement de Steven n'avait pas toujours été bien toléré par Marc ; maintenant que ce dernier en connaissait les raisons, il avait appris à être plus souple dans ses jugements.

Le soir, Steven préparait les enfants à leur future mission. Il avait cependant pris la décision de les écarter des dangers de cette mission le plus longtemps possible, cette mission lui incombait, en tout cas pour l'instant.

Après de longues périodes de réflexion, il avait décidé que ses enfants ne rentreraient pas avec lui en Belgique, il fallait avant tout penser à leur sécurité. Il emmènerait Déborah, elle lui serait d'un grand secours. Il pensait que ses enfants seraient parfaitement heureux et en sécurité dans sa famille en Angleterre pendant leur absence. Son père souhaitait revoir Simon et il s'était montré très désireux de rencontrer sa petite-fille.

Le troisième jour de la saison de la chasse, Déborah reçut dans la tour l'homme au profil d'aigle, il montait un cheval noir.

Elle l'avait remarqué auparavant, impossible de faire autrement, tant la prestance de cet homme était grande. Il montait avec une témérité et une arrogance qui le rendait dangereusement fascinant. Il était assez grand, avec le nez aquilin, des yeux sombres, sa chevelure était noir corbeau.

Il s'adressa à Déborah :

- Bonjour, dit-il, en touchant le bord de son chapeau. J'ai cru comprendre que vous êtes la propriétaire de ce lieu magnifique.

- Je suis ravie de vous offrir mon hospitalité, j'espère que vous apprécierez de loger dans la tour, répondit-elle sereinement.

- Je connais l'endroit, j'y jouais lorsque j'étais enfant.

- Vous êtes donc le…

- Je suis le comte de Messan, pour vous servir Madame.

- Enchantée !

Il sourit, ses dents étaient d'une blancheur éclatante.

- Vous étiez ami avec le propriétaire du château ?

- C'est exact, nous avons le même âge.

Déborah chargea son personnel de prendre grand soin de ce client si particulier.

Steven préparait son plan de sauvegarde du trésor templier. Il s'était installé dans le bureau de Déborah. Il méditait lorsqu'elle entra. Elle patienta le laissant terminer.

- Je sentais ta présence, dit-il.

Déborah s'était approchée de Steven et plongea son regard dans le sien. Elle dit :

- La protection de l'aigle est avec toi. Nous avons un visiteur, il nous aidera lorsque nous irons en Belgique.

- Comment le sais-tu ? Tu le connais ?

- Je l'avais déjà croisé, mais sans plus. A présent, je sais qu'il est ici pour nous aider. Je l'ai vu partir sur sa magnifique monture en direction du parc, tu devrais peut-être l'y rejoindre.

Déborah savait mieux que quiconque lire dans les âmes et Steven lui faisait sur ce plan une totale confiance.

Steven embrassa Déborah et partit en direction des écuries. Une demi-heure plus tard, il galopait dans le parc. Dans le lointain, il vit la silhouette d'un cavalier. Le cavalier était au sommet de la colline où le comte semblait l'attendre.

- Allez Râ, dit Steven en s'adressant au merveilleux pur-sang de Déborah.

Steven donna quelques petits coups secs contre les flancs de l'animal qui partit au galop vers le sommet de la colline.

- Je vous attendais, dit l'homme aigle. Je savais que Déborah saurait me reconnaître et vous guider vers moi.

- J'attendais votre arrivée, répondit Steven, mon père m'avait prévenu de la venue d'un Templier.

Les deux hommes discutèrent de longues heures. Ils étaient restés sur leur monture et s'étaient dirigés vers la rivière pour y faire boire les chevaux. Les embruns d'automne embaumaient l'air.

Au bord de la rivière, ils sautèrent de leur monture, laissant les chevaux se reposer et s'installèrent sur de grosses pierres. Ce contact avec la terre était nécessaire, les deux hommes le savaient.

- Vous avez de la chance d'avoir à vos côtés une Rose comme Déborah, elle vous sera d'un précieux secours, sa force vous rendra invincible. De mon côté, je serai là en qualité de sentinelle, j'écarterai les forces du mal pendant que vous et votre ami Marc sortirez le trésor des cylindres. Sur un plan pratique, nous serons aidés par l'Ordre. Nous aurons à notre disposition un chauffeur avec un véhicule blindé et un avion privé. Nous allons préparer cet endroit, dit-il, en montrant le château et l'immense domaine, afin qu'il puisse recevoir le trésor.

Les deux hommes avaient à nouveau enfourché leur monture et parlèrent encore lorsqu'ils aperçurent Déborah qui les cherchait.

- Je me demandais où vous étiez leur dit-elle avec un large sourire.

- Nous verrons tous les détails ensemble dans les prochains jours, dit le comte en s'adressant à Steven.

Les deux hommes se dirigèrent vers les écuries. Ils descendirent de leur monture et laissèrent les chevaux aux palefreniers qui les attendaient. Les chevaux étaient en nage, le comte insista pour que le palefrenier qui avait emmené son cheval, le douche et le sèche ; il souhaitait également que sa selle soit cirée et la couverture lavée pour le lendemain matin.

Steven ne s'encombra pas de donner ce genre de directive à l'autre palefrenier, il savait que cela faisait partie de leur fonction et qu'il l'exécutait à la perfection. Rebecca était intraitable sur les soins apportés aux chevaux.

Simon et Ludivine venaient de rentrer de l'école. Ce n'est que plus tard, dans la soirée, que Steven raconta à Déborah la conversation qu'il avait eue avec l'homme aigle.

Déborah connaissait fort bien la mission qui lui était octroyée. Elle serait le réceptacle de Steven, elle lui transmettrait la force de la terre, elle partirait avec eux en Belgique. Telle était la décision de Steven, une décision qu'elle avait prévue depuis longtemps et à laquelle elle s'était préparée. Cependant, l'idée d'emmener les enfants en Angleterre dans la famille de Steven, l'agaça.

- Ma cousine Suzanne et Rebecca ont toujours veillé sur eux, ils adorent vivre ici, je ne sais pas si l'idée de quitter l'Irlande pour l'Angleterre va leur plaire.

- Lorsque je leur aurai parlé du domaine de mon père, de ses chevaux et des visites qu'ils vont pouvoir faire, je pense que j'arriverai à les convaincre.

Simon appréciait son grand-père, même si à ses yeux celui-ci se montrait parfois un peu trop sévère.

- Je continue à ne pas aimer cette idée. Pour moi, c'est l'inconnu et je n'aime pas envoyer mes enfants vers l'inconnu.

- J'aimerais aussi présenter mon père à ma future épouse. Mon père souhaiterait également te rencontrer.

Déborah finit par accepter et, à sa grande surprise, Steven présenta ce projet de si belle façon que l'idée de partir en Angleterre rendit les enfants fous de joie.

CHAPITRE XIX
La mission de sauvegarde se prépare secrètement en Angleterre

Cet après-midi-là, Déborah rendit visite à sa cousine Nell, suscitant chez cette créature si pleine d'ambition sociale un tel assaut de bonnes manières, qu'elle ne remarqua pas les questions négligentes qu'elle lui posa sur le propriétaire du château.

C'était une de ces journées fraîches et brumeuses, avec une légère brise qui agitait les feuilles des arbres.

Il y avait peu de monde dans les rues ce jour-là, sans doute à cause de la fraîcheur. La visite de Déborah à sa cousine fut brève.

Nell n'était au courant de rien de ce qui intéressait Déborah, sinon de la décision du propriétaire du château de voyager. Cela faisait à présent cinq ans qu'il n'était plus rentré sur ses terres. Le personnel continuait à entretenir le château avec soin. La plupart des membres du personnel étaient au service des châtelains depuis plusieurs générations.

Après le thé, Déborah tenta une approche plus charmeuse encore auprès de cette cousine qu'elle rencontrait pour la première fois. Elle lui tendit une enveloppe et demanda :

- Oserais-je, ma cousine, vous demander un énorme service ?

Touchée dans son égo, Nell s'empressa d'acquiescer à toutes les requêtes de Déborah.

- Je vous serais tellement reconnaissante si vous pouviez faire envoyer cette lettre par le personnel du château à son propriétaire. Vous êtes la seule, ma chère cousine, à qui je peux demander un tel service ; j'ai une telle confiance en vous. Je sais que nous nous connaissons peu, mais j'ai tellement entendu parler de vous en termes élogieux.

Cette fois un sourire rayonnant inondait le visage de Nell. C'était une femme de taille moyenne à la forte corpulence. Elle portait les cheveux très courts et de petites lunettes dont la monture argentée scintillait sur son nez épaté.

- Je vous remercie de m'avoir permis de vous rencontrer et je vous suis reconnaissante de votre aide si généreuse, ma chère cousine, dit Déborah.

Ces quelques mots provoquèrent une réelle vive émotion chez Nell.

- Tout le plaisir fut pour moi, déclara-t-elle, avant de lui tendre la main.

Elles se serrèrent la main d'un air solennel.

Déborah salua sa cousine d'un petit signe de la main, après que cette dernière l'eût raccompagnée jusqu'à la sortie.

Déborah s'éloigna d'un pas léger, aussi légère qu'une feuille emportée par le vent, se retournant un instant pour faire un dernier signe à sa cousine qui, debout sur le pas de la porte, la regarda s'éloigner et répondit à son tour d'un geste de la main.

Toutes ces flatteries portèrent leurs fruits, et le jour suivant, la lettre fut envoyée au propriétaire du château.

Le propriétaire du château avait acquis un domaine en Afrique. Il s'occupait activement de la réhabilitation d'espèces en voie d'extinction, tels les félins pour lesquels il éprouvait la plus grande fascination et le plus profond respect.

Il reçut la proposition de Steven pour le rachat du château comme une bénédiction. La fortune qu'il lui proposait pour faire l'acquisition de son domaine familial était colossale. Le châtelain n'avait que faire de cet héritage. L'héritage qu'il souhaitait transmettre se trouvait en Afrique et l'argent commençait à lui manquer. Ce n'était guère un homme d'affaire, ni un homme du passé, mais un homme de cœur.

L'affaire fut conclue en deux semaines. Le vendeur et l'acheteur étaient ravis. Steven et le châtelain n'eurent pas à se rencontrer, l'affaire fut conclue entre avocats.

Déborah possédait maintenant un grand domaine ; l'acquisition de ce château par Steven faisait d'eux les plus riches propriétaires terriens d'Irlande.

Simon et Ludivine étaient émerveillés par le château. Pour l'instant, ils vivaient toujours dans la demeure de Déborah, ils s'installeraient au château plus tard, après le mariage de Déborah et de Steven... après... leur visite en Angleterre, dans la famille du père de Steven... après... la réussite de la mission qui incombait à Steven... D'autres préparatifs étaient plus importants.

Le comte était un compagnon plaisant et distingué. Steven et Déborah l'appréciaient énormément. Déborah franchit au pas le portail du clos qui conduisait à la tour. La fraîcheur et le brouillard ne la dérangeait guère. A vrai dire, ce climat correspondait à son tempérament, elle fuyait plus le soleil brûlant que les averses glaciales ; c'était une fille du nord. De sa loge, le gardien lui fit un petit signe, auquel elle répondit par un hochement de tête.

Les travaux que Steven et le comte entreprirent devaient rester secrets ; seul Steven, le comte et Déborah les connaissaient.

Il était fabuleux de constater que le domaine, la tour et le château fussent construits en respectant les points cardinaux, comme le sont les cathédrales, comme le sont les pyramides d'Egypte.

La chapelle du château était de toute beauté, elle était de style gothique, aux vitraux magnifiques. A certaines heures solaires, certains vitraux dessinaient sur le dallage de la chapelle des ombres étranges et, plus subtilement encore, la lumière lunaire rendait d'autres vitraux lumineux et leur projection semblait raconter une histoire.

- Votre chemin vous a conduite à un sanctuaire, fit remarquer le comte à Déborah. Si votre route ne vous avait amenée en Irlande, à proximité de ce château, nous ne serions pas là. Le château semblait attendre le trésor templier de Belgique depuis toujours. Ils découvrirent une crypte sous la chapelle, de façon totalement inattendue.

Le mercredi matin, un beau soleil baignait l'Irlande, invitant ses habitants à la promenade. Déborah avait bien dormi, ses rêves étaient souvent peuplés de voyages, tout comme ceux de Simon. Les rêves de Déborah étaient toujours très agréables, ceux de Simon commençaient à le devenir.

Les voyages en rêve de Déborah se mêlaient toujours au chemin de Steven, surtout lorsqu'elle était en sa présence. Les deux amants faisaient l'amour durant des heures, leurs forces s'unissaient dans cet acte et cela lui donnait la vision de choses merveilleuses et étonnantes.

- Je suis désolée de m'être endormie aussi vite hier soir, dit-elle. J'avais pourtant l'intention de rester des heures blottie contre toi.

Une inquiétude sincère perçait dans sa voix.

- Cela pose-t-il des problèmes ? T'ai-je été d'une aide suffisante ?

- Tout à fait, ne t'inquiète pas !

Le toast sauta bruyamment du grille-pain. Déborah se leva et le servit à Steven qui sirotait déjà son café.

Simon manifestait depuis de nombreuses années cette faculté de faire des voyages en vision ; cela ne semblait pas être le cas de Ludivine.

Quand plus tard, dans la matinée, Déborah accompagna le comte et Steven dans le château, ce fut grâce à l'un de ces voyages que Déborah se dirigea vers l'un des vitraux et, comme guidée par une puissance qui la dépassait, elle sut quelle pierre il fallait bouger. Les deux hommes la regardaient avec stupeur. L'une des dalles se mit à osciller. La jeune femme se dirigea alors vers l'autel et souleva l'un des chandeliers et un bloc de pierre, déclenchant ainsi l'ouverture d'une sorte de porte en pierre qui pivota en s'ouvrant vers un escalier. Une forte odeur poussiéreuse et acide s'en dégagea. Une vingtaine de marches les conduisirent vers une sorte de chapelle, bien plus ancienne que celle du château, sa construction semblait remonter à plus d'un millier d'années. Différents objets de cuivre et d'or s'y trouvaient et semblaient y être depuis des siècles. L'Ordre des Templiers étant un ordre masculin, les deux hommes reconnurent immédiatement l'origine des objets, ce qui ne fut pas le cas de Déborah.

Le brouillard était revenu le jeudi matin. Déborah souhaitait aller en ville, elle comptait partir avant 9 h, après le petit-déjeuner. Elle déposerait elle-même les enfants à l'école, c'était sur sa route.

Steven pouvait organiser leur départ, tout était prêt sur place pour recevoir le trésor sauvé à la hâte par le vieux moine de l'abbaye de Casteau. Le comte et Steven profitèrent de l'absence de Déborah pour se rendre à la crypte et y réaliser un rituel auquel elle n'était pas conviée.

Sur le fond, Déborah n'avait nullement ni le besoin, ni l'envie d'aller en ville. Elle ne voulait surtout pas déranger ; ce désir d'éviter de gêner était inhérent à sa nature discrète et réservée, même si parfois elle pouvait se montrer extravagante.

En ville, La jeune femme avait acheté de nombreux vêtements pour Steven, pour les enfants et pour elle-même. Elle commença à préparer les bagages, une petite valise par personne fut suffisante.

Le comte qui logeait toujours dans la tour, les attendait déjà. Il s'était occupé de tout.

Malgré les moments difficiles que Steven et elle avaient connus, l'amour qu'elle lui portait était toujours demeuré intact. Les tempêtes s'étaient pourtant succédées, souvent causées par l'attitude de Steven. Mais à présent tout s'est stabilisé. Avant son retour, combien de fois n'avait-elle pas déroulé le soir le tapis de sa vie, s'efforçant le plus possible de se coller à la réalité, savourant les bons moments et effleurant à peine les mauvais. Il lui restait à la fin, les souvenirs de l'homme qu'elle aimait profondément, faisant fi de ses défauts.

Sur les conseils de l'Ordre, les enfants ne rejoindraient pas leur grand-père en Angleterre. La famille Radclyffe avait mis à leur disposition des appartements dans l'une de leurs propriétés à Shugborough Hall, en Angleterre.

Un bateau les attendait, c'était un gros navire à coque ronde et à la voilure carrée, avec un équipage d'une vingtaine d'hommes. Le capitaine était un Libanais, un homme petit et grassouillait, qui menait son équipage avec bonhommie et compétence. Il naviguait à l'estime, se repérant sur les accidents de la côte dont il ne s'écartait guère, interprétant les signes de la mer et du ciel, habile à jauger les dangers d'embuscades.

Avant de revoir Steven, il arrivait à Déborah de s'endormir la journée pour le rejoindre en rêve, là, où le temps et l'espace n'existent pas.

La nuit avec son cortège de nuages et d'étoiles, semblait danser au même rythme que le bateau.

Les enfants étaient couchés, ils dormaient dans la cabine de Déborah. Elle les avait bientôt rejoints ; il était impensable pour elle de les laisser seuls ne fusse qu'une seconde. Steven et le comte étaient sur le pont. La traversée n'était pas longue, ils arriveraient dans la matinée.

Ils arrivèrent un vendredi, le vent se levait en même temps que le soleil. Une lumière rose et pourpre embrasait le ciel, éclairant les falaises de la côte qui se profilaient à l'horizon.

Tout le monde avait bien dormi, la traversée avait été calme. Déborah s'était abstenue de regarder cette immensité bleue ; elle en avait gardé un traumatisme depuis la tragique disparition par noyade de ses deux aînés.

Postés devant les hublots, les enfants contemplaient les falaises grises qui se dressaient devant eux. Déborah observait attentivement Simon qui de toute évidence semblait avoir définitivement effacé la tragédie de sa mémoire.

Des oiseaux survolaient les flots, tandis qu'un chalutier avançait doucement à l'horizon. De vieilles planches de bois flottaient sur l'écume mousseuse de la mer. En les apercevant, Déborah eut un frisson.

En fin de matinée, ils débarquèrent. Un chauffeur les attendait, c'était un homme grand aux manières très courtoises. Il se chargea des bagages qu'il mit sans problème dans l'immense coffre. En moins de dix minutes, ils roulaient dans le Comté de Staffordshire.

La campagne était verdoyante et accueillante. Après une dizaine de minutes, le véhicule franchit un grand portail resté ouvert, ils roulèrent encore cinq bonnes minutes avant d'apercevoir la somptueuse demeure du comte.

C'était une somptueuse maison appartenant à sa famille, depuis des centaines d'années. La demeure était dans la plus pure tradition britannique du XIIIème siècle. Elle était située au milieu de la campagne, c'était un énorme domaine de plusieurs centaines d'hectares, avec des jardins à la française. La façade du bâtiment s'étirait sur plus d'une centaine de mètres. Huit piliers de marbre blanc en ouvraient l'accès sur une magnifique terrasse qui conduisait à l'entrée principale. De chaque côté de la partie centrale, deux bâtiments construits plus tard y avaient été annexés ; ils étaient jumeaux, mais avec un effet miroir. Deux rotondes donnaient à l'architecture de cet édifice, un aspect des plus accueillants et majestueux.

Une fois entré dans le vaste hall, par une énorme baie vitrée, on pouvait avoir un aperçu de ce que devait être le jardin. De petits sapins taillés en boule délimitaient les allées principales du parc.

Au fond du parc, près du pavillon chinois, on parvenait à traverser un adorable pont peint en rose qui enjambait une partie de l'immense lac.

Plus loin encore, par-delà le lac se cachait un monument, discret et mystérieux, le monument des Bergers d'Arcadie de Shugborough.

Le monument se présentait sous la forme d'une arche ou d'une porte au milieu de laquelle le marbre était mis en valeur. On pouvait y voir quatre bergers, l'un d'eux indiquait les lettres N et R.

- Mon ancêtre était astronome et c'est grâce à ses travaux qu'il a fait ériger ce monument dit le comte, à l'attention de Steven, de Déborah et des enfants.

Profitant du soleil et de la tiédeur de cette fin d'après-midi, le comte avait souhaité leur faire visiter le parc avant le bâtiment.

- Comment s'appelait votre ancêtre ? demanda Steven.

- Lord Anson !

Ce nom ne doit pas vous être étranger.

- Effectivement, dit Steven, sans en dire davantage.

Déborah et les enfants étaient émerveillés. Simon buvait littéralement les paroles du comte. Ludivine tenait la main de sa maman.

- On retrouve les bergers d'Arcadie, ces mêmes bergers dans le comté de Staffordshire ; la représentation y est inversée, comme dans un miroir.

- C'est comme pour les bâtiments annexes, fit remarquer Déborah.

- Tout à fait, lui répondit le comte, et de poursuivre : et ce n'est pas l'effet du hasard !

La légende raconte que les bergers rapportent l'histoire de Marie-Madeleine et de Jésus : le P des inscriptions ci-dessous représentent, paraît-il, le poussin, leur enfant. C'est l'histoire du Saint Graal et de la descendance de Jésus, les Rex-Deus.

Déborah ne posa aucune question, elle se contenta de regarder Steven.

Lorsqu'ils se retrouvèrent pour la seconde fois dans le hall, les bagages du père de Steven y étaient encore.

- Votre père semble être arrivé.

Déborah sentit sa gorge se nouer, nul ne sait pourquoi, mais cet homme qu'elle ne connaissait pourtant pas, l'avait toujours impressionnée.

Le comte s'informa auprès du personnel, le père de Steven était dans le salon, il se désaltérait.

- Venez, je vais vous y conduire, dit le comte.

Les présentations furent des plus amicales. Les craintes de Déborah étaient sans fondement, l'homme était charmant. Il l'accueillit avec beaucoup de courtoisie. Il serra ensuite longuement Simon dans ses bras dont le bonheur de ces retrouvailles était réciproque. Il aurait aimé serrer Ludivine aussi longtemps, mais la fillette ne lui en laissa pas la possibilité. La curiosité du père de Steven était insatiable. Il éprouvait beaucoup d'admiration pour Ludivine et il appréciait le courage de Simon.

Connaissant à présent fort bien sa fille, Steven dit à l'attention de son père :

- Ludivine est un félin, il faut l'apprivoiser et elle ne vient que lorsqu'elle en a envie, elle ne fait d'ailleurs que ce qu'elle a bien envie de faire.

- Nous aurons tout le temps pour ça, répondit Monsieur San Versa.

- Et toi, quel âge as-tu, ma petite Ludivine ? demanda-t-il.

A la réponse de l'enfant, il se mit à la sonder intensément, ce qui irrita Ludivine qui vint se réfugier auprès de Déborah.

Monsieur San Versa lança un regard convenu avec son fils : Ludivine était la nouvelle gardienne du puits.

Le père de Steven était admiratif, son fils formait un couple magnifique avec Déborah, et ses deux petits-enfants étaient tout ce dont il avait rêvé.

Loin de se formaliser de la décision de Steven de fermer les entreprises San Versa, il appréciait sa nouvelle vie, loin des affaires. Il était bien décidé à prendre le temps de s'occuper des affaires de l'Ordre, à ses yeux tellement plus importantes et il allait s'occuper de sa famille, lui qui toute sa vie n'avait eu le temps pour personne, voulait changer cela, pendant qu'il le pouvait encore.

L'idée de prendre le temps pour ses petits-enfants le remplissait d'une sérénité que Steven ne lui avait encore jamais connue, cela donnait à sa voix une chaleur et une tonalité que Steven ne lui connaissait pas.

Le soir venu, après le dîner, Monsieur San Versa donna ses dernières recommandations à son fils Steven et à son hôte, le comte. Monsieur San Versa était inquiet. Lors de son transfert vers une prison pour peines longues, Bernard avait réussi à s'échapper. Sa haine envers Déborah et Simon ne pouvait que s'être accrue. C'était un homme particulièrement féroce, il l'avait prouvé, et comme il n'avait plus rien à perdre, il était d'autant plus dangereux. Bernard avait de nombreux complices à l'extérieur, ceux-ci l'avaient aidé. A présent, il fallait agir vite, il était évident qu'il tenterait de s'emparer du trésor templier déposé par le vieux moine chez Marc Deboner. La vie de ce dernier était vraisemblablement aussi en danger.

CHAPITRE XX
Une mission particulièrement périlleuse

Le comte était un compagnon plaisant et distingué. Déborah se surprit à parler bien plus qu'elle ne l'avait prévu... Elle parla de sa rencontre avec Steven, de son amitié avec Sabrina, de leurs jeux d'enfants, de leur vie dans le mannequinat, de sa carrière d'écrivain, de son premier séjour en Angleterre, de son mariage avec Bernard, la disparition tragique de ses enfants...

En s'écoutant, Déborah eut le sentiment d'avoir vécu, malgré son jeune âge, plus de dix vies. Le comte connaissait ses moindres secrets, elle avait une confiance totale en cet homme qu'elle ne connaissait que depuis peu. Elle se sentait merveilleusement bien en sa compagnie et ce sentiment était réciproque.

Plus tard dans la soirée, alors qu'elle s'apprêtait à se coucher, elle tourna et retourna dans son esprit les paroles du comte. Il parlait comme Steven à différents niveaux, s'adressant ainsi à tout son être. Elle ne pouvait s'empêcher de le trouver fascinant, envoûtant.

Déborah se mit au lit et se glissa sous la couette ; elle sombra rapidement dans un profond sommeil.

Steven, son père et le comte discutèrent encore une bonne partie de la nuit. Lorsque Steven s'allongea à ses côtés, Déborah était dans les bras de Morphée depuis longtemps.

Déborah sentit des larmes lui perler au bord des paupières, lorsque le lendemain matin, tôt dans la matinée, elle embrassa ses enfants avant de suivre Steven et le comte pour rejoindre le Petit Abri Blanc à Wodecq, en Belgique. Cela faisait plusieurs années qu'elle n'y était plus retournée. Dans une autre vie, elle avait vécu là, elle pensait y être heureuse, mais la vraie plénitude, c'est en Irlande qu'elle l'avait trouvée. Déborah appréhendait ce retour.

Simon était à la fois triste et ravi de pouvoir passer du temps avec son grand-père, triste de se séparer de sa maman Déborah et de son père qu'il venait juste de retrouver et, cependant, il était heureux de ces retrouvailles avec son grand-père ; ce dernier lui avait promis de lui raconter l'histoire de ses ancêtres et Simon était à l'âge où cela commençait à beaucoup l'intéresser. Ludivine manifestait moins d'enthousiasme face à cette nouvelle situation. Elle appréciait son grand-père, mais, en revanche, elle était encore à l'âge où l'on apprécie davantage les bras rassurants de sa mère. De plus, son cheval Roi lui manquait, ses camarades de classe lui manquait, sa gouvernante Rebecca lui manquait, bref, Ludivine n'était guère de bonne humeur.

Un jet privé attendait Steven, le comte et Déborah. L'avion appartenait à l'un des membres fortunés de l'Ordre qui les accompagnerait également. Ils furent très vite à Bruxelles-National. Comme prévu, un chauffeur les attendait, lui aussi était membre de l'Ordre et lui aussi les accompagnerait. Ils ne seraient pas trop de quatre hommes, cinq avec Marc, pour emporter le trésor vers l'Irlande, vers un nouveau sanctuaire.

Déborah était la seule femme ; sa force terrestre serait indispensable à Steven.

Lorsqu'ils passèrent à quelques kilomètres de la résidence de Déborah, elle demanda :

- Pourrait-on y faire un saut ? J'aimerais prendre quelques photos de mes enfants et quelques affaires personnelles. Je suis partie si rapidement que je n'ai rien emporté, ou presque, pour ne pas éveiller les soupçons, et le peu que j'avais emporté a sombré dans les flots.

- Plus tard peut-être, répondit sèchement Steven. Pour l'instant, avec Bernard en cavale, ce serait trop dangereux !

Steven lui lança un regard glacial et Déborah comprit qu'il ne plierait pas. Steven pouvait avoir ce côté dur, implacable qui glaçait Déborah jusqu'au plus profond de ses entrailles. Enfant choyée par ses parents et ses grands-parents, elle éprouvait d'énormes difficultés à accepter cette face sombre de l'homme qu'elle aimait. Il pouvait être tendre, mais aussi glacial ; cette étrange combinaison en un seul homme, lui faisait toujours immanquablement monter les larmes aux yeux. Déborah tourna la tête vers la vitre, elle pleurait en silence.

Ils mirent 1 h 30 pour faire le trajet de Bruxelles à Wodecq.

Marc les attendait. Il paraissait pâle et fatigué. Une nouvelle crise cardiaque l'avait alité durant de longs mois. Après un long séjour à l'hôpital, il avait été contraint de passer plusieurs semaines de repos dans une maison de santé.

Il avait maigri, mais il avait toujours ce sourire de bonhommie et sa gentillesse était restée la même.

Il embrassa chaleureusement Déborah. Ils étaient tous deux heureux de se retrouver, même si les circonstances n'étaient guère agréables. La présence de Marc redonna le sourire à Déborah.

Marc salua Steven ; les deux hommes avaient eu une franche explication et Marc comprenait à présent les raisons pour lesquelles Steven avait dû fuir en abandonnant Sabrina et Simon. Marc était un homme droit et de devoir. A sa façon, Steven l'était tout autant.

- Bonjour Monsieur Deboner, dit le comte en lui tendant la main.

Les présentations terminées, Marc les guida vers la cave, à l'endroit précis où étaient cachés les trois cylindres.

343

Un vent glacial s'engouffra dans la cave, en même temps qu'eux. Tous étaient conscients du danger que représentait cette mission, Marc y compris.

- Lequel de ces cylindres avez-vous déjà ouvert, demanda Steven à Marc.

Marc se dirigea vers un coin mal éclairé de la cave et de l'index, il indiqua l'un des cylindres. En y regardant mieux, on pouvait voir les endroits qui avaient été forcés par un outil.

Steven demanda à Déborah et à Marc de sortir ; les quatre hommes devaient procéder à un rituel, ils étaient les seuls à pouvoir le faire et ni Déborah, ni Marc ne pouvaient y assister.

Marc et Déborah remontèrent et allèrent attendre dans la cour, celle située juste sur le côté de la maison. Ils s'assirent sur deux petites chaises. De gros os rongés par les chiens jonchaient le sol de béton.

Par le soupirail, des murmures, des cris, des chants, des incantations se firent entendre. Les incantations qui parvinrent aux oreilles de Marc et de Déborah étaient dans un langage qu'aucun d'eux ne comprenait. Mais, à l'inverse de Marc, Déborah pouvait en ressentir les vibrations. Celles-ci étaient d'une force telle qu'elles effrayèrent Marc dans tout son être. Sans en connaître les raisons exactes, il se sentait incommodé.

- Voulez-vous que nous allions un peu plus loin ? lui proposa Déborah.

- Je veux bien, nous allons aller dans le petit jardin.

Marc et Déborah s'éloignèrent, les vibrations étaient toujours aussi puissantes. Déborah était inquiète pour son ami qui était encore convalescent parce que, sans qu'il en fût conscient, c'était précisément ces mêmes vibrations qui l'avaient rendu malade.

Par un effort de pensée, elle protégea son ami ; la pâleur de Marc disparut comme par magie.

Les quatre hommes commençaient à remonter le trésor contenu dans le premier cylindre, des parchemins anciens pour la plupart. Ils les déposèrent avec précaution dans le coffre du véhicule.

- Monsieur Deboner, pourriez-vous nous donner l'outil qui vous a permis d'ouvrir le premier cylindre ? demanda le comte. Nous allons ouvrir le second.

Marc entra dans la maison quelques minutes et revint avec une sorte de pince, assez grande, et un marteau qu'il tendit au comte. Steven et les deux autres hommes étaient déjà retournés dans la cave.

Un cri strident transperça le ciel. De lourds nuages noirs s'amoncelaient soudainement dans le ciel qui dix minutes plus tôt était bleu.

- L'aigle ! Il ne m'a jamais quitté, dit Marc.

- C'est une sentinelle, il veille sur nous, sur vous et sur le trésor.

- Vous souvenez-vous de ce soir où, après avoir dîné ensemble, je vous raccompagnai à mon portail ?

- Oui, très bien.

Le ciel était très clair, très lumineux et vous m'avez montré, avec une très grande précision, la constellation d'Orion.

- Oui, je m'en souviens, dit Marc en riant. L'astronomie est une autre de mes passions.

- Je sais, c'est la raison pour laquelle, je vous parle maintenant de la constellation du Serpent et de la nébuleuse de l'Aigle.

Marc passa une main sur son front :

- Oui ! Je pense que c'est la plus belle et celle à laquelle on confère le plus de légendes.

- Que pensez-vous des légendes, Marc ?

- Que ce sont des faits rapportés et déformés de bouche à oreille depuis leurs origines.

- Tout à fait, mais, au départ, il y a toujours un fait. N'avez-vous jamais trouvé étrange de voir cet aigle qui ne quitte jamais la région du Petit Abri Blanc ? Qui ne vous quitte jamais ? Qui ne s'éloigne jamais de cet endroit ?

- Oui, mais sans plus. Je dois bien admettre que ce phénomène est rarissime chez nous.

L'aigle tournoyait toujours au-dessus d'eux, il décrivait de grands cercles. Le vent s'était levé et la température s'était mise à chuter.

- Regardez mieux ce que fait l'aigle !

Marc regarda, mais ne vit rien de particulier.

- Regardez encore et suivez son vol !

L'aigle déployait ses ailes et, à chacune de ses figures, lançait un cri strident différent.

- Il danse, dirait-on.

Marc observait attentivement cet oiseau majestueux.

- Il écrit : « Marc » !

Marc regarda Déborah et lui lança un large sourire moqueur, mais, par gentillesse, il n'exprima pas le fond de sa pensée.

- Je vous le demande encore Marc, regardez ce qu'il écrit !

A sa grande stupeur, Marc réalisa que Déborah disait vrai. L'aigle écrivait, depuis toutes ces années, juste au-dessus de sa tête ; il écrivait et Marc n'y avait jamais prêté attention.

Ce que l'aigle écrivait sembla aussi sibyllin à Marc que les lettres gravées sur les tables de Moustier lorsqu'il les découvrit au début de ses recherches. Il découvrait maintenant que ce que l'aigle écrivait était en vers qui ressemblaient étrangement à ceux des Centuries !

De nouvelles incantations se firent entendre dans la cave.

- Ils ont ouvert le second cylindre, dit Déborah.

Marc hocha la tête. Un orage violent éclata, obligeant Déborah et Marc à se réfugier dans la maison. Les vibrations étaient maintenant si fortes que même Marc pouvait les sentir. Toute la maison tremblait sous les violentes secousses.

Le vent hurlait et s'engouffrait sous la porte. Trois des cinq chiens de Marc, les plus petits, allèrent se réfugier sous les fauteuils et les tables. Les bêtes tremblaient, le berger allemand et les deux plus grands aboyaient, l'échine dressée, en direction d'une chose qu'ils semblaient voir.

Déborah voyait cette chose, cette masse informe était effrayante. Marc ne la voyait pas, mais il pouvait lui aussi sentir sa présence et il connaissait ses chiens, il savait reconnaître à leurs aboiements ce qu'ils pensaient, ce qu'ils voyaient et, pour l'heure, c'étaient des aboiements de défense. Marc n'en doutait plus ses chiens voyaient ce que Déborah voyait, ce que lui ne pouvait que sentir.

Les quatre hommes reprirent leurs incantations. C'est sous une violente tornade qu'ils remontèrent cette fois le contenu du deuxième cylindre.

Les quatre hommes semblaient épuisés, ils rejoignirent Marc et Déborah dans le salon. Ils étaient couverts d'une épaisse poussière qui, au contact de la sueur et de la pluie, s'était transformée en boue, laissant apparaître sur leurs vêtements de longues coulées brunâtres.

- Reposez-vous un peu, dit Marc. Je vous ai préparé des grillades, de la salade et des pommes de terre. Vous devez reprendre des forces !

La pluie se mit à tomber par trombes d'eau et la cave commençait à être inondée.

- Les cylindres seront bientôt inondés, nous ne pourrons plus descendre aujourd'hui, dit le chauffeur.

Marc se dirigea vers la cave pour y constater l'étendue de l'inondation.

- Le même phénomène s'est produit lorsque j'ai ouvert le premier cylindre. La maison n'avait jamais été inondée par le passé et sa construction remonte au Moyen Âge.

Depuis j'ai depuis installé une pompe, je vais la mettre en fonction.

La pompe fonctionna sans relâche durant plus de deux heures, mais l'eau continuait de monter.

- Nous allons partir, nous ne pourrons plus rien faire aujourd'hui. Nous avons des chambres réservées dans un hôtel de Tournai. Accompagnez-nous Marc, je serai plus rassuré de vous savoir avec nous, lui enjoignit Steven.

- Je n'abandonne jamais mes chiens, répondit-il. Je vais dormir ici auprès d'eux.

- N'avez-vous pas une voisine qui pourrait s'en occuper ? demanda Steven.

- Elle vient s'en occuper lorsque je suis en clinique, mais de toute façon, elle ne vient que pour les nourrir et je ne veux pas les laisser seuls avec cette chose.

- Vous ne réalisez pas les forces néfastes qui rôdent autour de vous ? demanda le comte.

- Oh que si, dit Marc, mais je les supporte depuis mon plus jeune âge et je suis toujours là.

Allez-y, nous nous reverrons demain matin, inutile d'insister, je ne laisserai pas mes chiens.

Steven n'insista pas, ce fut Déborah qui le fit :

- Marc, je vous en prie, soyez raisonnable !

Mais, Marc resta inflexible. Il serrait contre lui la grande croix qu'il portait au cou et qu'il ne quittait jamais.

Ne parvenant pas à le convaincre, ils laissèrent Marc seul jusqu'au lendemain et gagnèrent leur hôtel à Tournai.

Trois des quatre hommes et Déborah se retrouvèrent dans une des trois chambres louées, le chauffeur était resté dans le véhicule. Pour la première fois, Déborah se joignit à eux. Lorsqu'ils firent de nouvelles incantations à voix presque inaudible, les trois hommes formaient un cercle parfait, ils se touchaient par la pointe des pieds et les mains, Déborah en était le centre.

La nature tourmentée se calma.

Le chauffeur passa la nuit dans le véhicule, les deux autres hommes rejoignirent en pensée leur sanctuaire et Déborah s'unit à Steven afin de lui donner la force de la terre.

Ils se levèrent très tôt. Le rendez-vous chez Marc était prévu vers 7 h du matin. Lorsqu'ils sortirent, le soleil s'élevait dans un ciel serein où quelques cumulus blancs défilaient lentement. Une demi-heure plus tard, ils arrivèrent chez Marc. Les vibrations étaient différentes, étranges !

Ce fut Déborah qui, la première, aperçut l'un des chiens. Il avait la gorge tranchée. Le pauvre animal gisait dans la cour. Déborah eut, en le voyant, le souvenir soudain des chiens de ses grands-parents, Nicky et Rocky, égorgés de la même manière. Son sang se glaça et elle étouffa un sanglot. En l'entendant crier, les quatre hommes comprirent, l'espace de quelques secondes, qu'une tragédie venait de se dérouler. A leur tour, ils découvrirent le premier des cinq chiens ; les quatre autres avaient eux aussi subi le même sort.

Marc restait introuvable.

Déborah eut l'idée de chercher dans la direction opposée de celle de la tête de l'un des chiens, sans doute le dernier à avoir été égorgé ; l'animal tentant de sauver son maître, aurait courageusement fait face à ses agresseurs. Soudain, un nouveau cri d'horreur provenant de Déborah fit précipiter les quatre hommes vers le grenier. Elle venait d'y découvrir Marc. Ses agresseurs s'étaient acharnés sur lui, ils l'avaient torturé, pour finalement le pendre par les pieds. Il avait perdu tout son sang et sa fin avait dû être bien longue. Marc avait accompli avec droiture sa mission jusqu'au bout. Il avait su protéger jusqu'à la mort le trésor du vieux moine et la vie de ceux qui allaient prendre le relais.

Déborah pleurait son cher ami, mort dans de si atroces circonstances.

Steven et le comte détachèrent Marc avec le plus grand respect et le descendirent pour le poser sur le divan du salon.

Le comte tira brusquement la nappe posée sur la table, quelques tasses tombèrent avec fracas sur le sol ; il étendit la nappe sur le corps sans vie de Marc.

L'atmosphère ambiante était lourde, les vibrations donnaient la nausée, même pour les quatre Templiers.

Le chauffeur fut le premier à se rendre dans la cave. Il devait maintenant vider le troisième cylindre et emporter son contenu le plus vite possible.

Stupéfait, il constata que le cylindre était déjà ouvert. Un homme se tenait debout, carbonisé ; il tenait en main un des parchemins.

Lorsque le chauffeur voulut récupérer le parchemin, la main de l'homme carbonisé tomba en poussière.

- Il s'agit d'un impur, dit le comte, il est impossible de survivre aux vibrations pour un non initié !

Steven et les deux autres hommes ne firent aucun commentaire, les mots auraient été inutiles, tous les quatre savaient. Déborah n'était pas la gardienne du puits et sans la gardienne du puits, les forces puissamment néfastes s'étaient emparées des parchemins. L'humain dans sa cupidité y avait perdu la vie, mais les forces des mondes de dedans s'en étaient emparées et cela rendrait la survie de l'Humanité bien plus compliquée encore.

Steven remonta le premier. Ils chargèrent le véhicule à la hâte.

Ludivine était la nouvelle gardienne du puits, mais elle était beaucoup trop jeune pour accomplir sa mission ; ils allaient devoir compter sur Déborah, c'est elle qui avait porté Ludivine, cela avait bien failli lui coûter la vie, il fallait compter sur le lien qui l'unissait à sa fille.

Une nouvelle fois, les quatre hommes refirent un cercle parfait, Déborah était au centre. Ils reprirent leurs incantations. La luminosité changea, l'aigle se remit à tourner dans le ciel en lançant des cris stridents. Déborah devint lumineuse et cette lumière qui émanait d'elle, transperça ses compagnons.

L'aigle poussa un nouveau et cri et s'envola en direction du soleil levant.

En chemin, Steven téléphona à son père pour l'informer du déroulement de leur mission et du décès tragique de Marc Deboner.

Le père de Steven mit le vénérable imperator au courant. Ce dernier se chargea de prévenir la police et d'offrir à Marc Deboner des funérailles dignes de l'homme respectable et intègre qu'il était.

La police attribua le meurtre crapuleux à Bernard et à sa bande. Bien que carbonisé, les experts purent identifier l'ADN de Bernard. La police pensa à un règlement de compte et l'affaire fut classée.

Le Jet privé ramena Déborah, Steven, le comte et les deux autres Templiers directement en Irlande. Leur mission ne pouvait être complète et réussie qu'une fois le trésor déposé dans la crypte du château.

Cette opération fut très facile, tout était prêt pour accueillir le précieux butin.

Lorsqu'ils sortirent le trésor du vieux moine de la voiture, un aigle royal apparut et manifesta sa présence par un cri strident. La nouvelle sentinelle déploya ses larges ailes, en volant majestueusement très haut dans le ciel. Il accomplit de larges boucles avant de se poser sur le toit du château.

Ensuite, le Jet privé ramena Déborah, Steven et le comte chez ce dernier, en Angleterre. L'Ordre allait devoir se contenter de cette mission, en grande partie réussie, mais en grande partie seulement ; les forces du mal du monde de dedans avaient pris plus de pouvoir, les contrer serait plus difficile encore que par le passé.

Déborah secoua la tête pour remettre sa chevelure en place ; Steven la prit par les épaules et l'embrassa tendrement.

- Nous allons préparer nos enfants, mais avant, nous allons penser un peu à nous.

CHAPITRE XXI
Tissée de lin et de fils d'or, l'étoffe qui unit Steven et Déborah est pour toujours scellée

Déborah faillit éclater de rire devant le spectacle qu'offrait Ludivine. La fillette était entièrement absorbée dans la tâche délicate qui consistait à briser le sommet de son œuf à la coque sans le détruire ; Steven la regardait avec une concentration égale à la sienne.

La gamine passait la langue sur le côté droit de la bouche, d'une main elle tenait l'œuf et de l'autre la cuillère. Ludivine finit par y arriver, mais le jaune de l'œuf coula en cascade, tel un volcan en éruption.

Après le petit-déjeuner, Steven, Déborah et les enfants dirent au revoir au père de Steven qui rentrait chez lui. Il souhaitait que les êtres qu'il aimait plus que tout, puissent profiter de quelques jours de détente dans la splendide demeure du comte.

Ce séjour avec ses petits-enfants fut un vrai moment de bonheur pour Monsieur San Versa. Comme il l'avait promis, il leur avait raconté l'histoire du monument érigé dans le fond du parc de cet immense domaine.

Monsieur San Versa avait pris l'habitude, en l'absence des parents, d'y emmener chaque jour ses petits-enfants.

Ils descendaient par l'arrière du château, en passant devant le splendide pavillon chinois. Généralement, ils empruntaient le pont rose. Ils avaient un jour contourné le lac, la beauté du parc les y invitait, mais cela avait beaucoup fatigué Monsieur San Versa ; ce fut la seule fois qu'ils empruntèrent ce trajet.

Quel meilleur préambule aurait-il pu trouver pour expliquer à ses descendants que, tout comme lui, ils étaient des Rex Deus ?

Cela faisait longtemps que Simon appréciait les histoires que lui racontaient ses parents sur Marie-Madeleine et Jésus. Il en avait toujours été touché, mais pour la première fois, bien qu'inconsciemment, il commençait à comprendre pourquoi il s'était senti aussi touché par ces histoires.

Monsieur San Versa utilisait beaucoup la métaphore en racontant ses histoires ; les enfants adoraient ça.

Simon était encore très jeune lorsque son père l'emmenait de cathédrale en cathédrale ; il était préparé à entendre ce que son grand-père lui expliquait. Pour Ludivine, tout cela était bien nouveau et elle ne savait trop ce qu'elle devait en penser ; les histoires de son grand-père l'amusait sans plus. Tout comme Simon, elle en redemandait. Simon posa mille et une questions.

- Combien d'enfants ont eu Marie-Madeleine et Jésus ? fut la première question que posa Simon.

- Sans doute deux.

- Des garçons ou des filles ? demanda-t-il.

-Un garçon et une fille. Il semblerait que leur fils ait vécu avec le frère de Jésus et Sarah, celle que l'on appelait l'Egyptienne. Leur fille serait partie dans le Sud de la France avec Marie-Madeleine, le frère de celle-ci et Marie, la mère de Jésus.

- Comment sais-tu tout cela grand-père ? demanda encore Simon.

- Par la transmission de documents de génération en génération.

Ludivine écoutait. Pour une fois, elle, si turbulente était silencieuse. Intéressée, son regard allait de l'un à l'autre.

Il est vrai que son grand-père l'impressionnait ; elle avait eu peu l'occasion de rencontrer des hommes barbus, et la barbe de son grand-père était broussailleuse et blanche. Parfois, il arrivait à Steven de garder la barbe quelques jours, mais la sienne ne ressemblait en rien à celle de son grand-père.

Cette fameuse barbe avait de quoi inquiéter Ludivine. A chaque fois que Monsieur San Versa s'approchait d'elle pour l'embrasser, elle ne pouvait s'empêcher de toucher cette masse de poils blancs qui habillait le visage de cet homme. Puis, elle touchait ses propres cheveux et la comparaison la laissait perplexe. Mais elle s'abstenait de tout commentaire.

Monsieur San Versa avait manqué le petit-déjeuner familial. Lorsqu'il entra dans la cuisine, son regard se posa avec tendresse sur les deux enfants. Se tournant ensuite vers Déborah, il lui demanda :

- Quel âge à votre fille ?

Déborah le regarda un peu surprise par la question : elle savait qu'il en connaissait la réponse.

- Quatre ans, pourquoi cette question ? lui demanda-t-elle.

Le comte présent dans la cuisine remarqua l'inquiétude de Déborah et esquissa un sourire amical.

- Parce que je la trouve intelligente et très habile en de nombreux domaines. J'ai dû attendre mes six ans avant de réussir son exploit de ce matin.

- Comment êtes-vous au courant ? demanda Déborah.

- Parce que les rumeurs à son sujet circulent à tous les étages.

Cette fois, tous deux riaient aux éclats.

Steven échangea quelques mots avec son père, ils avaient souhaité être un peu à l'écart. Ce que les deux hommes avaient à se dire ne concernaient qu'eux. Monsieur San Versa avait sans doute quelques derniers conseils à prodiguer à son fils avant son départ.

Le comte qui venait de descendre à son tour, s'approcha de Déborah pour lui parler. A la demande de Déborah, les enfants avaient regagné leur chambre pour se débarbouiller et se laver les dents, chose indispensable pour Ludivine après ce petit-déjeuner.

En traversant la salle à manger, le comte aperçut Steven et son père assis dans le petit salon. Il se contenta de leur faire un signe de la main. Les deux hommes semblaient visiblement occupés et le comte ne voulait pas les déranger.

Le comte préféra tenir compagnie à Déborah qui semblait bien seule dans cette immense salle à manger.

Ils se mirent à bavarder et il lui proposa de prendre l'air en faisant une petite balade dans le domaine. Le parc ensoleillé semblait les attendre.

Ils marchaient côte à côte, sans cependant trop s'éloigner, car ils avaient à cœur d'être présents pour le départ imminent de Monsieur San Versa.

Pour la première fois, le comte se confiait à Déborah. Il savait pratiquement tout d'elle, mais elle connaissait bien peu de choses sur lui.

- Pourquoi un homme aussi séduisant que vous est-il seul ?

Il appréciait sa franchise.

- Durant les années qui ont suivi mon divorce, je n'avais pas le cœur à vivre une nouvelle aventure. J'allais régulièrement aux Etats-Unis voir mes enfants, c'était tout ce qui comptait pour moi. Je ne faisais plus confiance à personne. Il y a trois ans, j'ai rencontré une femme, elle était plus jeune que moi... Elle désirait se marier et fonder une famille. Il était hors de question que je prenne à nouveau le risque de perdre mes enfants, la séparation avec les miens est par trop cruelle. En fait, je ne voyais pas l'utilité de fonder une nouvelle famille, j'ai deux enfants que j'adore et je n'avais aucune envie de recommencer tout ça. Elle avait trente ans et j'en avais quarante-quatre à l'époque. J'ai toujours pensé que les gens qui faisaient des enfants au-delà de la quarantaine étaient de purs égoïstes, que ce soit une femme ou un homme. Je n'ai simplement pas eu le courage de relever ce nouveau défi et je l'ai laissée partir.

Au bout d'un certain temps, elle m'a posé un ultimatum ; je ne lui en veux pas, nous n'avions pas les mêmes visions de notre avenir.

- Et vous Déborah, allez-vous accepter la demande en mariage de Steven ? Avez-vous envie d'avoir d'autres enfants ?

- Par certains côtés, Steven me fait souvent souffrir, il en a toujours été ainsi pour moi, dans ma relation avec lui ; c'est moi qui suis en demande et donc souvent en souffrance. Peut-être devrais-je être plus ferme ! Je l'ignore. Je suis une femme très indépendante et je n'apprécie guère qu'on essaie de diriger ma vie. D'un commun accord, Steven et moi avons mis au point certaines choses. Il sait à présent ce que j'accepterai et ce que je n'accepterai pas. Lorsqu'il arrive à me laisser mon espace et à respecter ma nature, nous nous accordons merveilleusement bien. Il m'arrive souvent, en le regardant, d'avoir l'impression que l'amour que j'éprouve pour lui est si grand que mon cœur va exploser. Il est aussi le père de Simon que j'aime comme s'il s'agissait de mon propre fils et puis, il est également le père de ma fille Ludivine. Voilà toutes les raisons pour lesquelles je vais accepter sa proposition de mariage.

Le comte aurait voulu lui dire combien il était fou amoureux d'elle, combien il l'admirait, combien il la désirait et qu'elle était la femme qu'il cherchait depuis toujours. Lorsqu'enfin il croyait l'avoir trouvée, il se rendit à l'évidence que par un concours de circonstances malheureuses, elle ne serait jamais à lui. Et, par décence et amitié profonde pour le couple, il se garda d'exprimer les sentiments qu'il éprouvait pour Déborah.

- Je suis très heureux pour vous deux et je vous souhaite tout le bonheur que vous méritez, celui auquel vous aspirez.

- Merci, votre générosité me touche profondément.

Déborah n'était pas insensible au charme du comte et elle-même avait dû faire un effort pour ne pas y succomber.

L'alchimie qui s'opérait entre eux était très puissante, dès le premier instant de leur rencontre.

A la différence de Steven, le comte ne l'avait jamais fait souffrir, ce qui était loin d'être le cas de l'homme qu'elle s'apprêtait à épouser. Quelque chose en elle ne pouvait oublier ce que Steven était capable de lui faire, et bien qu'elle l'aime de tout son être, une part d'elle-même se préservait, se protégeait, elle n'avait jamais pu se laisser aller à l'aimer autant qu'elle le souhaitait.

Une note d'espoir dans le ton de la voix de Déborah ne fit pas perdre tout espoir au comte, même si, en toute conscience, ce n'était pas dans les intentions de Déborah.

Cette fois, le père de Steven était sur le point de partir. Ses bagages étaient dans la voiture et le chauffeur avait laissé tourner le moteur.

Il étreignit très fort ses petits-enfants, salua son fils, Déborah et le comte avec beaucoup de gentillesse. Il remercia particulièrement le comte pour son hospitalité et l'aide précieuse, sans laquelle la mission qu'ils avaient réalisée en Belgique n'aurait pu se faire.

- Quand reverrons-nous grand-père ? demanda Simon en s'adressant à son père.

Steven regarda tendrement Déborah et répondit : « Très bientôt Simon, ce sera à l'occasion d'une fête que maman Déborah et moi allons organiser ».

Ludivine les regardaient avec des étoiles dans les yeux.

- Une fête ! Nous allons avoir une fête ! lançait-t-elle à tous vents. La fillette riait.

- Quand aura lieu la fête, maman ?

Ce fut Steven qui lui répondit :

- Les enfants, nous avons une grande nouvelle à vous annoncer. Nous allons nous marier !

Déborah s'avança auprès de sa fille qui les regardait avec stupeur. Elle repoussa une mèche blonde qui barrait le front de sa fille.

- Quand ? demanda à son tour Simon.

- Assez rapidement, le temps de remplir les formalités et de tout organiser.

- Nous n'allons pas rentrer chez nous en Irlande ? demanda Simon.

- Bien sûr que oui mon trésor, c'est là que nous allons organiser cette fête, lui répondit Déborah en déposant un baiser sur le front de l'enfant.

Le comte s'était éloigné, les laissant à leur bonheur.

Déborah l'avait regardé partir, il marchait en direction de la porte principale, la tête un peu baissée.

Quelques jours plus tard, la future famille San Versa laissa le comte à sa splendide demeure, à ses souvenirs et ses désirs inassouvis ; ils rentraient chez eux en Irlande. Déborah se montra volontairement et résolument réservée tout le reste du séjour.

Les enfants étaient ravis. Ludivine comptait les heures. L'idée de revoir son poney la rendait folle de joie.

- Dans combien de temps serons- nous à la maison ? demanda-t-elle toutes les dix minutes durant tout le trajet du retour.

Arrivés à l'aéroport, ils reprirent la voiture laissée dans le parking souterrain. Malgré leur longue absence, la voiture démarra au premier tour de clé.

Il faisait froid, mais la journée était très ensoleillée.

Ils trouvèrent le domaine tel qu'ils l'avaient laissé.

- Nous devrions peut-être aménager une partie du parc en jardins à la française, comme chez le comte. Qu'en penses-tu, c'était tellement beau ?

- Si tu veux ma chérie, lui répondit Steven, mais je trouve que la nature sauvage du domaine présente beaucoup de charme.

- Tu as raison, l'Irlande est sauvage et doit le rester, le domaine restera sauvage lui aussi.

Steven la regardait d'un air amusé.

Au cours des semaines qui suivirent, le comte occupa beaucoup les pensées de Déborah. Avait-elle raison ou tort d'épouser Steven ? Ce qui était certain, c'est que cette pensée soulevait en elle un débat. Pourquoi se posait-elle cette question ? Quelle peur secrète cette envie d'évasion cachait-elle ?

Elle était très agitée et, lorsqu'il faisait beau le matin, elle partait pour de longues promenades à cheval le long de la rivière et à travers l'énorme étendue du domaine.

- Comme la vie peut parfois être curieuse, pensait-elle. J'ai espéré toute ma vie épouser Steven et maintenant que je suis sur le point d'être sa femme, mes pensées s'envolent malgré moi, vers un autre homme.

Le soir de la Saint-Sylvestre, il y eut une grande fête dans le village. Le couple y emmena les enfants. Cette nouvelle année commença avec des rires. Déborah et Ludivine dansaient sous l'œil amusé de Simon. Steven les regardait avec plus de distance, il n'était pas homme à aimer la spontanéité, fusse-t-elle joyeuse.

Les préparatifs du mariage battaient leur plein. Les premiers cadeaux commençaient à arriver.

Dans l'après-midi, Déborah se rendit aux champs de course pour y admirer l'étonnante performance de l'une de ses juments. La très racée jument avait été achetée l'année précédente par l'un de ces gros propriétaires de chevaux dont elle s'était attirée la clientèle.

Le baron l'y avait invitée. Elle se trouvait à ses côtés dans l'espace VIP, lorsqu'elle aperçut le comte.

Leurs regards se croisèrent.

Il s'avança vers elle et lui baisa la main, sans jamais la quitter des yeux.

- Il est toujours amoureux de moi, pensa-t-elle. Elle en éprouvait de la tristesse pour lui.
- Comment ?…
- Que f ?…

Ils parlaient en même temps.

- Je vous en prie Déborah. Je vous écoute.

Le comte était d'une courtoisie qu'appréciait Déborah, il savait se montrer prévenant, attentif aux moindres besoins des personnes qui l'entouraient.

- Bonjour, voulais-je dire. Que faites-vous en Irlande ?
- J'ai une jument dans la course, je tenais à être présent.
- Vraiment, laquelle est-ce ?

Déborah était surprise, elle n'avait jamais imaginé qu'il puisse emmener ses chevaux ailleurs qu'à la chasse.

Le comte s'amusa de sa surprise et il lui adressa son merveilleux sourire.

Le costume de laine qu'il portait lui donnait une classe folle. Il s'approcha plus près d'elle et de l'index, il lui montra une superbe jument à la robe noire et luisante.

- Vous semblez aimer les chevaux racés et noirs, lui fit-elle remarquer. Je me souviens de votre monture, lorsque vous logiez chez nous, à la Tour.
- C'est exact, Déborah, je suis flatté que vous vous en souveniez.
- Quel est son nom ? s'enquit-elle.
- Twister.

Abordant un sujet totalement différent, il la regardait tendrement ; il devait savoir. Pouvait-il espérer posséder un jour cette femme qu'il désirait tant ?

- Comment allez-vous Déborah ? osa-t-il enfin demander.
- Je…

Le départ de la course venait d'être donné. Le baron s'approcha de Déborah en la priant de venir s'asseoir à ses côtés. Déborah le suivit en donnant le bras au comte.

- Venez, nous regarderons la course ensemble.

Twister semblait fendre l'air. La jument avait pris un mauvais départ, mais dans le virage, elle revint et, dans la dernière ligne droite, elle dépassa tous ses concurrents, y compris la jument du baron qui se classa en 3e position. Déborah laissa éclater sa joie, en même temps que celle du comte. Il la serra dans ses bras. Une légère brise souleva l'abondante chevelure de Déborah et une mèche parfumée caressa la joue du comte.

Le baron la regarda avec mépris.

- Une 3e place pour une jument qui court depuis si peu de temps, c'est très prometteur. Vous avez là une future championne, lui dit le comte.

A ces paroles, le baron serra la main du comte en le congratulant. Le baron avait retrouvé le chemin de la raison et se montra finalement satisfait de la performance de sa jument.

Déborah ne pouvait rester trop longtemps, les préparatifs accaparaient une grande partie de son agenda. Elle aurait aimé inviter le comte chez elle, mais à regret, elle prit la décision de s'en abstenir, elle devait mettre un peu de distance entre eux.

Le baron revint avec deux coupes de champagne à la main et il les tendit à Déborah et au comte. Ils trinquèrent. Le baron s'éclipsa sentant que sa présence serait plus appréciée à une autre table, des amis du Comté lui firent une place.

- Que signifie le mariage pour vous, Déborah ? demanda le comte.

- Il n'y a pas si longtemps, je vous aurais répondu sans la moindre hésitation : une affaire de cœur.

- Et à présent ?

- Mon premier mariage était un marché. Nos avocats respectifs avaient rédigé des contrats, mais ce n'était qu'une question de forme.

- Vous vous attendez à la même chose, cette fois ?

Déborah déposa délicatement sa coupe de champagne sur la table. Le comte la regardait attentivement.

- J'aimerais que vous me disiez à quoi je dois m'attendre, dit-elle.

- Ce n'est pas à moi que vous devez poser cette question Déborah !

- Je l'ignore, ajouta-t-elle.

- Vous me décevez, vraiment. Je vous attribuais plus de sagacité que vous n'en témoignez en ce moment. Oubliez votre vanité blessée et soyez heureuse.

- Je sais, mais….

- Vous êtes une femme solide, en parfaite santé.

Déborah garda la tête bien droite, en une attitude pleine d'orgueil.

- Je vais épouser Steven parce que je l'aime depuis notre première rencontre. Je suis désolée que vous réagissiez comme vous le faites. Votre amitié a une très grande importance pour moi, tout comme pour Steven. Je n'aime guère vos sous-entendus. Peut-être vous ai-je confié trop de mes secrets les plus intimes, mais ne vous y trompez pas, ce mariage aura lieu, parce que je le souhaite plus que tout. Le souvenir du précédent, si malheureux, ne met pas mon cœur à la fête tout simplement et je le regrette. Voilà que je vous confie à nouveau mes états d'âme.

- Vos secrets seront toujours bien gardés, je vous le promets Déborah.

Le comte s'inclina devant elle. Pour la première fois, il avait l'air consommé d'un courtisan, et il partit en riant.

Déborah rentra chez elle à la hâte. Le comte venait de se montrer si rustre, cela ne lui ressemblait pas, mais connaissant les blessures de l'amour, elle le lui pardonna.

Steven était dans le salon, il jouait avec les enfants.

- Oh ! Steven, dit-elle en le voyant, j'ai tellement besoin de toi, je t'aime tellement, je veux pouvoir te sentir le soir à mes côtés en m'endormant, sentir la chaleur de ton corps auprès du mien pendant mon sommeil et me réveiller émerveillée à l'idée de vivre une nouvelle journée à tes côtés. Je veux voir les enfants grandir à nos côtés, je veux que tu conduises Ludivine à ton bras vers l'autel, lorsqu'elle se mariera ! Je veux...

Les enfants riaient à gorge déployée. Déborah avait débité son texte, sans reprendre son souffle.

- Eh bien ! Voilà un programme qui me convient Ma Dame.

Steven l'attira à ses côtés dans le divan et il la serra contre lui. Déborah ne trahit rien de sa honte, elle s'en voulait farouchement du sentiment qu'elle avait éprouvé pour le comte.

- Quelle sotte suis-je, pensa-t-elle.

Le couple et les enfants s'étaient installés dans le château. Ils avaient bien l'intention, après leur mariage, de transformer la demeure qui avait été celle de Déborah, en pavillon de chasse.

Ludivine avait pris l'habitude, depuis qu'ils étaient installés dans le château, de se rendre à la chapelle chaque jour, sous le regard amusé de Steven et Déborah.

Elle n'avait que quatre ans, elle était trop jeune pour que ses parents lui expliquent le rôle qu'elle aurait à jouer plus tard, un rôle capital pour la préservation du trésor du Temple, mais en son for intérieur, elle le savait déjà.

Par sa naissance, Ludivine était préservée des vibrations néfastes du trésor et Simon, le nouvel Attendu, ne fut pas davantage incommodé.

Un long apprentissage allait commencer pour les enfants, ils étaient prêts. Steven et Déborah se chargeraient de leur initiation.

Lorsqu'il apercevait Ludivine, l'aigle qui ne quittait plus le domaine, depuis l'installation du trésor dans la crypte, avait pris l'habitude de se poser sur l'épaule de l'enfant.

Avec beaucoup de douceur, il posait ses serres sur la frêle épaule de la fillette sans jamais la blesser. Il posait alors doucement le sommet de sa tête sur la joue de l'enfant.

Le jour de leur mariage était enfin arrivé. Le soleil lumineux inondait la propriété. C'était une journée idéale ; une légère brise rafraîchissait agréablement l'atmosphère, le ciel était d'un bleu limpide.

Steven portait pour l'occasion sa tenue d'apparat.

Le prêtre arriva à 11 h 30, une demi-heure avant le début de la cérémonie.

Déborah portait une longue robe en dentelle blanche et tenait un bouquet de roses rouges. Ludivine portait une jolie robe en lin blanc et une couronne de roses blanches sur la tête. Quant à Simon, il portait un costume très élégant et son premier nœud papillon.

Une petite chapelle avait été érigée dans le parc, elle était tendue de voile blanc. Un tapis rouge séparait les deux allées plantées de chaises pour les invités qui feraient une haie d'honneur lorsque Déborah s'avancerait vers l'autel.

Les invités étaient installés, la cornemuse déchira l'air d'un son strident. Steven se trouvait déjà devant l'autel, Simon était à ses côtés. Portant devant elle un petit coussin de satin rose sur lequel deux alliances étaient entremêlées par un ruban rose, Ludivine s'avança sur le tapis rouge.

Steven et Simon se retournèrent en voyant Ludivine ; Steven fut bouleversé.

- Quelle belle enfant, pensa-t-il.

Ludivine avait fait une dizaine de pas, lorsqu'à son tour Déborah s'avança, son cœur battait à tout rompre.

Steven la regarda, admiratif. Dans sa robe de dentelle blanche, elle ressemblait à une fée, une magicienne ; elle serait bientôt pour toujours sa fée, sa magicienne, sa Rose.

Le prêtre prononça un discours à la fois bref et émouvant sur la résurrection de l'âme. Steven et Déborah ne l'écoutaient pas, ils étaient unis depuis si longtemps dans leur cœur et leur âme.

Les photographes de presse attendaient devant le portail de recevoir l'autorisation du couple de tirer quelques clichés.

Steven avait pu enfin retrouver son identité, le danger était écarté et le trésor en lieu sûr.

Au-delà de l'acte d'amour qu'ils célébraient ce jour-là, c'était aussi un acte de courage, de foi, d'espoir et de ténacité.

Les fils s'étaient entrelacés peu à peu entre ces deux êtres, au point de former à présent un tissage d'une étoffe solide et splendide.

Leurs chemins parsemés d'embûches et de dangers, ne les avaient pas éloignés. Au contraire, ces difficultés avaient renforcé leurs liens.

Tels deux funambules, Déborah et Steven avaient marché sur une corde raide, vers la sérénité et l'équilibre.

Ils s'étaient battus pour accomplir leur mission et ils y étaient enfin arrivés. Ils espéraient à présent vivre loin des tempêtes.

Lorsque le prêtre, se tournant vers Déborah, lui demanda si elle acceptait de prendre cet homme pour époux, de l'aimer et de le chérir jusqu'à la fin de ses jours, elle fut si émue, qu'elle pleura. Ludivine et Simon dirent « oui », en même temps que leur mère.

EPILOGUE
Le temps de l'initiation

Déborah, vêtue d'un ensemble bleu marine de Chanel, était assise derrière son spacieux bureau de style Louis XV. A droite et à gauche de ce meuble fonctionnel, trônaient deux lampadaires de style Empire. Seule note féminine, un bouquet de fleurs fraîches qui rehaussait les couleurs pastel de cette pièce. Une grande fenêtre s'ouvrait sur le parc dont une partie avait finalement été aménagée en jardins à la française. La pièce était claire, lumineuse même. S'appuyant sur une gestuelle précise, mais toujours retenue, Déborah gérait avec efficacité son emploi du temps. Elle dictait à sa secrétaire le prochain chapitre de son nouveau roman.

Elle prenait cependant le temps de plaisanter, comme celui de se moquer de l'excentricité de sa mère.

Après leur mariage, Déborah éprouva le besoin de plus en plus pressant d'avoir toute sa famille autour d'elle ; Steven ne fit aucune objection.

Une partie du château fut transformée en appartements confortables ; l'un d'eux était habité par les grands-parents de Déborah. Ceux-ci, restés longtemps à Charleston, souhaitaient se rapprocher de leur famille. C'est avec un bonheur non dissimulé qu'ils avaient accepté la proposition de leur petite-fille.

Un autre appartement était habité par la mère de Déborah. La maman de Déborah avait toujours vécu à Paris. Elle avait tenté de refaire sa vie en épousant un musicien, mais leur union n'avait duré que deux ans. Tel semblait être son destin. Elle était veuve pour la seconde fois. Elle retrouva sa joie de vivre et un équilibre en Irlande, dans ce petit coin du château spécialement aménagé pour elle et, même si ses relations avec les parents de son premier époux n'avaient pas toujours été au beau fixe, elle avait pardonné et les grands-parents de Déborah avaient accepté la roturière qu'elle restait à leurs yeux.

Chez Déborah, rien n'était jamais définitif car elle fonctionnait à l'instinct. Après s'être aussi brillamment illustrée avec l'exploitation de son haras, elle avait repris sa première passion d'écrivaine et, très vite, son nom brilla au firmament des stars de la littérature. La sortie de ses livres était un moment très attendu par ses milliers de lecteurs. Elle était connue et reconnue de par le monde.

Steven avait repris le fonctionnement du haras. Ses choix étaient parfois moins judicieux que ceux de Déborah, mais son sens inné des affaires avait fait de cette exploitation familiale une vaste entreprise internationale ; les chevaux se vendaient à présent dans le monde entier.

Le père de Steven était devenu vénérable imperator. Chaque jour, on pouvait croiser dans les allées du parc et les corridors du château des Templiers venus essentiellement des quatre coins de l'Europe ; tous faisaient ce passage obligé.

Bien que très modeste, la chapelle du château faisait partie d'un pèlerinage, un lieu chargé, un lieu initiatique. De nombreux séminaires s'y tenaient. L'immense demeure que possédait Déborah avant son mariage, avait été transformée en pavillon de chasse, équipé de nombreuses chambres d'hôtes, d'un restaurant et de plusieurs salles de conférences et de fêtes.

A chacun son paradis : celui de Déborah s'appelait l'Irlande.

Elle éprouvait un sage bonheur à musarder à cheval, à s'occuper des siens, à aimer Steven, à se consacrer à l'écriture de ses livres et veiller à la sauvegarde du trésor templier. Elle se réservait toutes les matinées à l'écriture.

Elle et Steven s'aimaient d'un amour profond. Contrairement à beaucoup d'autres, le temps ne faisait que rapprocher ces deux êtres.

Ludivine était l'enfant d'une escapade amoureuse. Les médias s'emparèrent de son enfance et de son adolescence, un peu trop au goût de ses parents.

A cinq ans, les parents de Déborah lui offrirent un jour une poupée que la fillette garda toujours auprès d'elle. Ludivine l'aima tout de suite, parce qu'elle était moins jolie que les autres. Elle l'habillait simplement, à la surprise de Déborah.

Loin de vivre sa très grande beauté comme un cadeau du ciel, Ludivine en avait souffert jusqu'à sa dix-septième année. Rejetée par les petites filles de son âge et trop poursuivie par les petits garçons, elle avait eu bien du mal à se forger une personnalité équilibrée. Et puis soudain, le jour de ses dix-sept ans, elle changea totalement d'attitude et apprit à user et parfois abuser de ce cadeau du ciel.

Déborah avait élevé Simon et Ludivine en tenant compte de leur individualité ; elle se montrait plus sévère avec Ludivine, tandis que Simon avait besoin d'encouragements pour avancer dans la vie.

Ludivine avait tout d'une bûcheuse. Elle pouvait être très concentrée, mais elle était aussi très indépendante. Elle possédait un réel don pour les langues et celui de se familiariser très rapidement avec tous les animaux, y compris les animaux sauvages.

L'aigle tournoyait toujours au-dessus du domaine, été comme hiver. Depuis son plus jeune âge, Ludivine dormait avec la fenêtre de sa chambre grande ouverte ; l'aigle royal avait pris l'habitude de la rejoindre la nuit.

Lorsqu'elle commença à participer aux parties de chasse, il était avéré qu'elle était la plus rapide, la plus intrépide et, avec l'aide de son aigle, la première à tirer les proies.

Les villageois dépeignaient Ludivine comme une diablesse, trop belle, trop intrépide, trop indépendante, trop intelligente…

Bien qu'elle eut depuis son premier cri le caractère fort d'une battante, Ludivine était une jeune fille très romanesque et d'une rare bonté d'âme, même si parfois elle arrivait à bien le cacher.

Simon était devenu un jeune homme très séduisant, un peu plus petit que Steven mais un peu moins charismatique que son père. Steven avait toujours su se montrer dur avec Simon lorsque les enjeux l'exigeaient. Le jeune homme était encore incapable de suivre le chemin qui lui était destiné. Et peut-être ne le suivrait-il jamais.

A la grande déception de Steven, Simon était trop doux, trop sensible, un peu timoré. Cependant, il possédait une intelligence vive et une très grande réceptivité. Sa plus grande qualité était la compassion.

Steven espérait autre chose de l'Attendu.

Déborah devait souvent intervenir et tempérer les brimades subies par Simon. Steven voulait en faire un conquérant, un Templier, un descendant Rex Deus digne de ce titre, mais Simon ne semblait pas en avoir les dispositions.

Par contre, Steven était constamment sous le charme de sa fille. Elle avait le tempérament qu'il aurait aimé voir en son fils, mais la nature en avait décidé autrement.

L'Ordre du Temple était un ordre exclusivement masculin et, pour la première fois de son existence, Steven le regrettait ; il était évident que Ludivine marchait dans ses pas, mais en ce qui concerne Simon, celui-ci ne semblait pas y adhérer.

A dix-huit ans, Ludivine devenait de plus en plus belle. Elle avait de magnifiques cheveux blonds et un visage à la fois fin et sensuel.

- Nos enfants sont libres Steven, libres d'être eux-mêmes. Voudrais-tu faire comme ton père : leur imposer un destin qui n'est peut-être pas le leur ? questionnait souvent Déborah.

- On ne choisit pas d'être Rex Deus, on l'est et que cela plaise ou non à Simon, tel est son destin, répondait invariablement Steven.

- Laisse-lui un peu de temps, lui répétait-elle alors doucement, en essayant d'apaiser la colère de Steven.

En fait, Déborah ne le savait que trop : Steven n'était pas en colère, mais inquiet. La mission de Simon serait un jour celle que Steven avait accepté par devoir, une mission parfois très pénible. Simon aurait également plus tard pour mission d'initier ses propres enfants dans la même ligne de conduite que son père ; mais la question reste posée : suivra-t-il ce chemin ? Si Ludivine avait hérité du tempérament de feu de son père, Simon, lui, ne semblait pas manifester un grand intérêt pour la gent féminine. Sa sœur était la seule jeune fille qu'il fréquentait. Il préférait partir durant des heures en solitaire dans le parc, muni d'une toile et de pinceaux. Il peignait souvent et son talent artistique était indéniable, mais ce n'était certes pas la qualité requise qui ferait de lui un bon chevalier.

A dix-neuf ans, Ludivine termina sa première année universitaire ; elle y était entrée pour y suivre une année de philosophie et de psychologie. Assez soupe au lait et peu disposée à écouter les conseils, elle n'eut pas envie de poursuivre dans cette voie.

Simon s'essaya à de nombreuses disciplines, mais, à l'exception de sa prédisposition pour les arts, il rata consécutivement trois années dans des options pourtant très différentes.

Donc, Steven était très inquiet et cela se manifestait chez lui, par des brimades et des accès de colère.

- Que vais-je bien pouvoir faire de toi ? lui répétait-il inlassablement.

- Laisse-le faire ses choix, lui répétait tout aussi inlassablement Déborah.

Les échecs répétés de Simon finirent par effrayer Déborah ; elle aussi commençait à se demander ce que Simon allait pouvoir faire de sa vie.

- Pourquoi ne pas l'initier aux affaires. Il aura à vivre ici, près du trésor. Il pourrait reprendre le jour venu, les affaires du haras.

Steven trouva l'idée excellente et contre toute attente, Simon semblait avoir trouvé une voie qui lui convenait et qui s'harmonisait avec les responsabilités de l'Attendu qu'il était.

L'été de ses dix-neuf ans, Ludivine partit en voyage avec quelques amis en Asie. Elle avait entendu si souvent son père lui parler de ce continent qu'elle avait hâte de le découvrir à son tour. Et puis, c'est en Asie qu'elle avait été conçue.

A son arrivée au pays du soleil levant, elle fit sensation, elle était grande, beaucoup plus grande que toutes les femmes du pays, elle était blonde dans un pays de brunes, ses prunelles étaient bleu-turquoise. Ludivine déployait un charme unique, troublant mélange de féminité, de sensualité et d'agressivité.

Lors d'une visite d'un musée qu'elle avait souhaité faire en solitaire, Ludivine croisa le regard d'un samouraï. Elle quitta l'endroit à la hâte.

La jeune fille s'attarda quelque temps devant le bâtiment, l'esprit en ébullition. Un curieux proverbe qu'elle avait lu la veille, lui revint en mémoire : « Le grand homme ne perd pas le pouvoir en une nuit, pas plus qu'un homme ordinaire ne se retrouve sur la paille en une nuit ».

- Pourquoi est-ce que je pense à ce proverbe si soudainement ? se demanda-t-elle.

Le Samouraï l'avait suivie et, sans trop savoir pourquoi, Ludivine l'avait suivi chez lui. Elle n'avait montré aucune résistance lorsqu'il l'avait embrassée et pas davantage lorsqu'il lui avait fait l'amour. Elle s'était offerte à cet inconnu sans se poser de questions.

Ludivine rentra émerveillée par ce pays aux couleurs et aux senteurs extraordinaires. Le voyage fut pour elle initiatique.

Ce voyage lui avait fait subir une complète métamorphose. Au lieu de porter ses robes du soir de confection française lors des réceptions, elle portait à présent une robe traditionnelle chinoise d'excellente coupe qui lui donnait l'apparence de coquetterie, teintée de timidité à l'instar des jeunes filles de Pékin, ce qui tranchait totalement avec sa personnalité.

Ludivine racontait avec enthousiasme son récent voyage en Asie à ceux qui lui prêtaient un peu d'attention. Elle décrivait alors le « Jardin de la Tranquillité », résidence située à l'intérieur de la concession japonaise. Une plaque à l'entrée indiquait : « Siège de la Cour ». L'endroit évoquait une réplique miniature de la Cité Interdite. Ludivine avait mémorisé chaque seconde de chaque minute de sa rencontre avec cet homme splendide. Une foule nombreuse et variée arpentait les abords de la demeure impériale.

Etre parmi ces gens, à la fois si proche et si loin du descendant du dernier empereur, resta gravé dans la mémoire de Ludivine.

Elle pensa soudain :

- Peut-être pourrais-je le séduire ?

Elle ne s'attendait pas à rencontrer une aussi âpre résistance, se souvenait-elle. Jusqu'alors, elle avait obtenu des hommes tout ce qu'elle désirait.

Ce fut le premier chagrin d'amour de Ludivine et, en guise de deuil, elle arborait cette robe chinoise lors des réceptions.

Steven s'en amusa. Déborah gardait un œil attentif sur sa fille, elle savait mieux que quiconque le mal que peut faire un amour inassouvi à cet âge.

Un soir, les pleurs de Ludivine poussèrent Déborah à entrer dans la chambre de sa fille. Une sourde honte avait envahi le cœur de cette dernière.

Quel tour prenait la vie ! Le château de cartes qu'elle avait passé tant d'années à construire, s'était effondré. Face au miroir, Ludivine crut avoir vieilli de dix ans en quelques minutes. Ses yeux, naguère pétillants de vitalité, semblaient éteints. Tout semblait perdu à jamais.

L'horloge indiquait 9 h. Le visage de la jeune fille portait les traces confuses de son maquillage de la veille, mélange de gloss, de poudre, de mascara et de rouge à lèvres. Tel un clown épuisé, elle avait pleuré toute la nuit.

Déborah s'efforça de consoler sa fille. Les souvenirs de la déception que Déborah avait eue avec Steven, lui revenaient en mémoire.

- Se pourrait-il que Ludivine ait croisé un Templier ? Se pourrait-il que le feu sacré de cet homme ait ouvert en Ludivine ce tourment ? Déborah s'en inquiéta, mais n'en parla cependant pas à Steven.

Ce fut le père de Steven que Déborah appela.

Installée dans son bureau, elle avait composé le numéro de téléphone de son beau-père. Elle avait choisi un moment où elle était certaine que personne ne viendrait la déranger. Elle tenait à ce que ce coup de fil reste secret.

- Bonjour, Monsieur San Versa !

Celui-ci la connaissait à présent depuis suffisamment longtemps pour reconnaître au son de sa voix que quelque chose n'allait pas.

- Si vous alliez droit au but, finit-il par dire.

Déborah lui donna un grand nombre de détails que Ludivine lui avait confié. La réponse à la question qu'il lui pressait d'entendre était de savoir si oui ou non l'homme sur qui Ludivine avait jeté son dévolu était un Templier ?

- C'est le descendant du dernier empereur de Manchourie, lança-t-elle.

- Oui, Déborah, cet homme est des nôtres !

- Que me suggérez-vous de faire ?

- Les dés sont jetés, Ludivine a été touchée par le feu sacré.

- Cela signifie qu'elle aura à subir les mêmes tourments que moi ! Je vous en prie, aidez-la !

- Le chemin de la connaissance n'est pas forcément un chemin de souffrance ; certains le vivent d'une façon heureuse, ce fut le cas de Steven.

- Qu'allez-vous faire pour l'aider ?

- Je vais avoir une longue conversation avec ma petite-fille. Si elle le désire, je me chargerai de son initiation. Elle peut aussi être initiée par son père.

- J'ai peur que cela n'agace encore plus Steven à l'encontre de Simon ; il aimerait tellement pouvoir initier son fils, mais celui-ci ne semble pas encore prêt.

- Ne dit-on pas que les filles sont plus précoces ?!

- Elle est si jeune.

- Vous l'étiez aussi. Elle est la gardienne du puits, elle aurait été amenée tôt ou tard à cette initiation.

- Je le sais.

-Alors ne vous inquiétez plus. J'appellerai Steven ce soir, après avoir longuement parlé avec ma petite-fille.

- Merci, Monsieur San Versa. A bientôt !

- A bientôt Déborah !

Déborah resta longtemps seule à regarder par la haute fenêtre qui éclairait généreusement son bureau.

Lorsque Steven raccrocha le téléphone, après une longue conversation avec son père, il s'approcha de Déborah.

Ils étaient dans le salon, la délicate lumière rose du lampadaire accentuait les traits parfaits du visage de Déborah.

- Je m'étais aperçu de la transformation qui s'était opérée en notre fille. Je ne t'en n'ai pas parlé, mais j'aurais dû, tout comme tu aurais dû le faire en m'en parlant.

Quoiqu'il en soit, que mon père soit au courant, est une excellente chose.

Déborah le regardait tendrement. Steven s'était assis à côté d'elle dans le divan et lui prit la main.

- J'ai eu peur que…
- Je sais que tu as pensé à Simon, j'aime Simon et nous allons les initier ensemble.
- Quand commencerons-nous ?
- Dès demain matin.

Sans ajouter un mot, Steven prit Déborah dans ses bras et la porta jusqu'à leur chambre. Il était tard lorsqu'ils finirent par s'endormir.

Le lendemain était une belle journée ensoleillée. Tous les membres de la famille San Versa prirent leur petit-déjeuner ensemble.

Steven s'était levé pour se faire un nouvel expresso. Il était grave mais détendu. Il annonça à ses deux enfants que le moment était venu pour eux de descendre dans la crypte : l'heure de l'initiation avait sonné.

Ludivine et Simon regardèrent leurs parents en souriant.

Ludivine et Simon s'étaient rendus à la crypte si souvent ; ils avaient tant attendu ce moment, le moment où, enfin, ils pourraient y descendre. Lorsqu'ils étaient encore enfants, ils avaient si souvent essayé de trouver l'entrée secrète, sans jamais y parvenir. Ludivine et Simon rayonnaient. Ce moment tant attendu était enfin arrivé ! Quelques minutes plus tard, ils étaient tous les quatre dans la chapelle.

Steven, Simon et Déborah firent un cercle parfait, en se touchant par les pieds et les mains ; cette fois ce fut Ludivine qui était au centre.

Steven commença ses incantations, il était le seul à les connaître, il les apprit à Simon. Déborah et Ludivine se contentaient de rester dans le champ vibratoire.

Après une dizaine de minutes, Steven fit pivoter la dalle et Déborah déplaça le chandelier. La lourde porte de pierre s'ouvrit avec un bruit sourd. Une odeur âcre s'en dégagea une nouvelle fois. Déborah et Steven n'y étaient plus entrés depuis le soir où, en compagnie du comte et du chauffeur, ils avaient caché le trésor.

Ludivine et Simon étaient restés sans voix. Déborah et Steven ouvrirent le passage vers la longue descente qui menait au chœur de la crypte. Ils s'y engagèrent, suivis de Simon et Ludivine.

Les parchemins et d'autres objets étranges reposaient là, dans leur sanctuaire.

Steven demanda à Déborah et à Simon de refaire le cercle. Ludivine se retrouva à nouveau en son centre. Les vibrations étaient particulièrement puissantes, suffisamment puissantes pour avoir réussi à carboniser Bernard, l'impur, l'assassin de Sabrina, la mère biologique de Simon.

Le rituel dura une bonne vingtaine de minutes. Une fois terminé, ils remontèrent et refermèrent la porte de pierre.

Steven demanda à Ludivine et à Simon de monter dans leur chambre et de se laisser emporter par le sommeil. Leur âme devait pouvoir voyager, sans la contrainte de leur corps. Pour les postulants, le sommeil est la manière la plus simple d'y arriver.

Déborah et Steven les attendaient dans le petit salon vert.

Ce fut Ludivine qui, la première, descendit. Son voyage avait duré trois heures. Elle était lumineuse.

- Tu vas bien ma chérie ? lui demanda Déborah.

- Oh oui, maman ! Ludivine semblait bouleversée.

- As-tu envie de nous raconter ton voyage ? s'enquit Steven.

Ludivine s'assit dans un des fauteuils, face à ses parents.

- Je me suis retrouvée dans un endroit paisible, mais j'y étais comme participante à un examen oral devant un jury. De nombreux hommes semblaient discuter entre eux à mon propos, oui, c'était un peu comme en fin de session. J'étais au milieu d'eux et j'attendais le résultat. Ils ont dû me donner mon certificat, car, juste après, je suis partie dans le cosmos et je suis arrivée devant une constellation ; c'était la plus belle chose qu'il m'ait été donné de voir. C'était une sorte de nuage aux couleurs de l'arc-en-ciel. Quelqu'un m'y attendait, c'était un très bel homme, très grand, aux traits très fins, il portait un long manteau rouge qui lui descendait jusqu'aux chevilles. Le manteau était dans une matière…

Ludivine essayait de trouver les mots justes, mais elle n'y arrivait pas, elle n'avait jamais rien vu de tel et avait des difficultés à décrire la scène.

Elle poursuivait :

- Le manteau de l'homme était aussi soyeux que la soie et pourtant il était beaucoup plus dense… comme du coton… De fins plis étaient parfaitement nets et plats au niveau de son torse, un peu comme les plis d'un kilt. Il portait une sorte de chapeau rouge de la même matière que le manteau. Le chapeau était rehaussé d'une énorme couronne, la plus lumineuse et la plus scintillante que j'aie jamais vue. Sa forme n'était pas vraiment arrondie, mais plutôt en forme d'arc. La couronne semblait fixée à ce que j'ai plus envie d'appeler une coiffe qu'un chapeau.

Ensuite, Il m'a emmenée vers l'intérieur de la constellation. J'avais l'impression d'être au milieu d'un nuage aux couleurs de l'arc-en-ciel, mais les choses y avaient une consistance, il y faisait très lumineux, mais les couleurs bien que plus lumineuses que les nôtres, ne faisaient pas mal aux yeux : elles étaient douces et chaudes.

L'homme qui m'accompagnait ne marchait pas, il évoluait à dix centimètres au-dessus du sol, et je pouvais faire la même chose. Il m'a alors donné quelque chose qu'il m'est difficile de décrire, tant l'objet était beau et étrange. C'était une sorte de petite boule, sa consistance était celle du métal, mais un métal que je ne connaissais pas, un métal très dense. Cette petite boule était déposée sur une sorte de plateau dont la consistance était un métal plus lumineux et moins dense que la petite sphère, elle ressemblait à une petite balle couverte de stries, sauf que le l'ensemble était composé d'un métal que je ne connais absolument pas.

C'était tellement extraordinaire, tellement beau !

Ludivine en avait les larmes aux yeux.

Déborah et Steven se regardèrent d'un œil complice et ils serrèrent Ludivine dans leurs bras.

- Félicitations, ma chérie, tu as reçu ton étoile, tu brilles désormais dans le firmament.

Simon était descendu depuis une vingtaine de minutes. Il était resté dans l'entrée et il avait écouté le récit de sa sœur, sans que Ludivine ne puisse le voir.

Lorsqu'elle se retourna et qu'elle vit enfin Simon, ce dernier la félicita.

Simon faisait depuis son plus jeune âge de nombreux voyages initiatiques, mais jamais encore, il n'avait reçu son étoile.

Simon ne s'en formalisait guère : il la recevrait en son temps.

Table des matières

Préface - Éloge de la simplicité 5

Avant-propos 7

A mes lecteurs 11

CHAPITRE I - L'élue entre toutes 13

CHAPITRE II - Sur le chemin de la connaissance 33

CHAPITRE III - A la rencontre des Templiers 52

CHAPITRE IV - La disparition de Steven 78

CHAPITRE V - Le devoir avant tout 105

CHAPITRE VI - Une partie du voile se lève, mais la route est si sinueuse, si sombre encore...131

CHAPITRE VII - La complicité retrouvée 152

CHAPITRE VIII - L'exil de Steven 165

CHAPITRE IX - Une Rose en devenir..180

CHAPITRE X - Le chemin du Vieux Moine 193

CHAPITRE XI - Les ennemis des Templiers assassinent la gardienne du puits...........219

CHAPITRE XII - Protéger l'Attendu à tout prix..233

CHAPITRE XIII - La fuite en Irlande...252

CHAPITRE XIV - La naissance de la nouvelle gardienne du puits 264

CHAPITRE XV - A l'aube d'une nouvelle vie 280

CHAPITRE XVI - La vie reprend ses droits...289

CHAPITRE XVII - L'éveil du nouvel Attendu 309

CHAPITRE XVIII - Steven découvre l'existence de sa fille Ludivine 318

CHAPITRE XIX - La mission de sauvegarde se prépare secrètement en Angleterre 331

CHAPITRE XX - Une mission particulièrement périlleuse 341

CHAPITRE XXI - Tissée de lin et de fils d'or, l'étoffe qui unit Steven et Déborah est pour toujours scellée 353

EPILOGUE - Le temps de l'initiation 367